BIEN PLUS FORTE QUE TOI !

De la même auteure aux Éditions

addictives

Cent facettes de Mr Diamonds – volumes 1 et 2
Toi + Moi. L'un contre l'autre
Toi + Moi. Envers et contre tout
Toi + Moi. Seuls contre tous
Call Me Baby – volumes 1 et 2
Love Me if You Can
Call Me Bitch
Kiss Me if You Can
Bliss. Le faux journal d'une vraie romantique – volumes 1 et 2
Jeux interdits
Jeux insolents
Fallait pas me chercher! – volumes 1 et 2
Corps impatients
Cœurs insoumis
Bliss. Le faux journal d'une vraie romantique – l'intégrale
Âmes indociles
Cent facettes de Mr Diamonds – l'intégrale
Jeux imprudents
(Im)parfait
Une toute dernière fois
Love Me if You Can – l'intégrale
It's Raining Love !
Kiss Me if You Can – l'intégrale
The Boy Next Room
Call Me Baby – l'intégrale
Call Me Bitch – l'intégrale
PS: Oublie-moi!
Fallait pas me chercher ! – l'intégrale
Recherche coloc: emmerdeurs, râleurs, lovers… s'abstenir!
10 bonnes raisons de te détester
Just 17
Love & Lies on Campus

EMMA GREEN

BIEN PLUS FORTE QUE TOI !

addictives

À nos sœurs de toutes les tailles, toutes les formes :
ensemble, on est bien plus fortes.
Aimons de tout notre corps !

*« S'aimer soi-même est le début
d'une histoire d'amour qui durera toute une vie. »*
Un mari idéal, Oscar Wilde, 1895

PROLOGUE

Willa

J'ai 13 ans.

Je fais la queue pour la cantine et je suis l'une des premières. J'ai une faim de loup, comme toujours. Il a neigé ce matin et tout le monde a froid, sauf moi.

Mon corps me tient toujours chaud.

La queue commence à avancer mais un garçon m'appelle, ce garçon que j'aime bien et qui ne me parle jamais. J'ignorais même qu'il connaissait mon prénom.

– Lila, viens voir !

Enfin presque.

– C'est Willa.

– Je peux te parler, Willa ? Allez, approche. Il restera toujours de la bouffe à la cantine, t'inquiète.

Des filles derrière moi ricanent mais je ne crois pas qu'il ait dit ça méchamment. C'était pour que je ne perde pas ma place dans la queue.

Je remonte ma doudoune sous mon bras et je m'approche de lui en souriant bêtement. Je ne sais pas si j'ai juste encore plus chaud ou si je me suis mise à rougir entre-temps. Il reste près d'une haie, adossé à un mur, et il m'attend. J'aime tellement son sourire. C'est à cause de ça que j'écris son prénom tout le temps, partout, dans tous mes cahiers. Ma mère trouve ça bête, elle pense que j'ai passé l'âge d'écrire aussi gros, avec des cœurs sur les i.

Mais avec elle, rien ne devrait jamais être aussi gros. Surtout pas moi.

– Alors, qu'est-ce qu'il y a ?

Je sais bien que tout le monde nous regarde, mais je ne vais quand même pas m'enfuir en courant. Il a dit mon prénom et je suis presque à sa hauteur.

– Je voulais te dire que… je sais que t'as pas froid aux yeux, toi.

Je ne sais pas exactement ce que ça signifie mais je le prends pour un compliment. Il me sourit tellement. Et puis tout à coup, le garçon se penche vers moi, lentement, comme s'il allait m'embrasser, là maintenant. Moi. J'ai le cœur qui se décroche un peu.

Je n'ai jamais embrassé de garçon, encore moins un que j'aime bien. J'ai failli une fois, mais c'était un sale con qui se moquait de moi. J'ai bien fait d'attendre… ça.

Dans mon ventre, ça fait comme un trou béant, un creux bien plus grand que la faim, un monde entier qui s'ouvre.

Il est tout près de mon visage en feu, j'entrouvre les lèvres et je plisse les yeux. Et puis il se met à secouer le buisson.

Toute la neige au sommet de la haie me tombe dessus, glacée, violente, comme une claque brûlante en plein visage. Le monde entier s'écroule un peu sous mes pieds. Je laisse mes cheveux trempés cacher mes yeux, ça vaut mieux. Les éclats de rire des filles me poignardent dans le dos. Le garçon au sourire s'en va déjà en direction de la cantine. Et j'ai le cœur tellement lourd que je n'arrive pas à courir.

– Qu'est-ce qu'elle croyait, la grosse ?

– Comme si ce mec-là pouvait s'intéresser à elle.

– Bah alors, ça se mange pas la neige, tu sais ?

– Bouge ton cul, Lila, tu vas être la dernière !

– Et la queue c'est par là !

– Peut-être que si on la pousse, elle roule ?

– Pleure, tu perdras peut-être du poids !

Les filles continuent à m'envoyer leurs poignards et les garçons se marrent. Je finis par partir en courant, ma doudoune sous le bras et des larmes gelées sur mes joues cramoisies. J'ai le cœur gros.

Même pour moi, même pour ce corps-là, il l'est trop.

1

TOUT LE MONDE TE REGARDE

Willa
Quatorze ans plus tard

– Non mais qui a bien pu inventer la neige ? Michel Emmerdes ? Jon Snow ? Il n'y a qu'un type aussi sexy qui pourrait se faire pardonner une invention aussi froide, dégoulinante, qui te colle des engelures, la goutte au nez, le teint rougeaud, le cheveu frisottant, les lèvres gercées et une odeur de fromage moisi au fond des chaussures. Franchement, tout ça pour faire briller les yeux des gamins une fois par an quand les adultes, eux, ont de vrais besoins importants. D'ailleurs, qui a inventé les enfants, hein ? Et les gens ? Moi, je veux juste que mon avion décolle : c'est trop demander, Jon ? Quelqu'un ?

– Euh… Willa ? Ça va, frère ? Je crois que tout le monde te regarde…

Ma meilleure amie se marre dans l'écran de mon téléphone. Elle a l'habitude, moi aussi.

– Ben oui, pourquoi ? Ça va super et ça se voit, non ? Mon avion est retardé depuis des heures, je suis coincée dans un café surchauffé d'un aéroport surpeuplé, tous ces New-Yorkais me regardent comme si je parlais chinois et que je leur crachais du coronavirus à la tête.

– Ramène tes fesses à Paris et viens faire du stand-up avec moi.

– Déso', Bulle, mais tu parles au rôle principal de la nouvelle série *medieval fantasy* qui va faire un carton aux US et je crois que les autres acteurs du casting adorent déjà mon fessier galbé.

– Je n'en reviens toujours pas que t'aies été prise pour *Queens of Dust*, ils sont pas nets ces gens d'Hollywood.

– New York c'est de l'autre côté, mais merci pour le soutien, t'es une vraie amie toi !

– Attends, je reviens, ça sonne à la porte, j'espère que c'est un pompier canon qui veut me vendre un calendrier… Ou juste m'offrir son corps.

– OK, rappelle-moi, je ne veux pas assister à vos ébats !

Je coupe la vidéo et je repose mon portable sur la table du café pendant que ma coloc va prendre ses rêves pour la réalité.

À toutes les deux, c'est l'une de nos spécialités.

2

PAS MON GENRE

Willa

Pendant que je finis mon *latte macchiato extra vanilla* supplément crème fouettée, je repense à ce qui est en train de m'arriver. À vrai dire, j'ai aussi du mal à y croire. Être l'égérie d'une agence de mannequins atypiques, je le dois à mon frère : Wolf a bâti Strange & Strong en partie pour moi. Le bleu perçant de mes yeux, mon teint crayeux et mon mètre soixante-quinze, je les dois à mon père suédois – l'un des hommes les plus gentils que je connaisse, si ce n'est le seul, en fait. Pour ces traits qui me font le visage d'une poupée, pour le brun profond de mes cheveux et toute la rage qui m'habite, je peux dire merci à ma mère française – et l'une des femmes les plus toxiques qui soient.

Mais c'est à mon travail que je dois tout le reste. Et à la chance aussi, peut-être. Jamais je ne pensais me faire repérer dans une campagne de pub pour un mascara waterproof où j'avais une misérable ligne à dire sur l'importance de « laisser sortir ses émotions » en pleurant pour de faux.

Me voilà maintenant actrice pour de vrai et c'est le rêve de ma vie.

Je ne vais plus seulement montrer mon visage, ma peau, mon corps, je vais désormais pouvoir faire entendre ma voix. Qui plus est dans une série américaine à gros budget, moderne et engagée, qui fait la part belle aux femmes, aux reines, aux guerrières, à tous les physiques, toutes les nationalités, tous les âges et toutes les histoires. C'est le spin-off de *Kings of Dawn*, ce succès planétaire dont j'étais une fan absolue avant de rejoindre le casting de cette suite tant attendue.

Dites-moi que je ne rêve pas…

– Ouais frère, t'es toujours là ?

Bulle a relancé l'appel vidéo et sa voix de lascar me ramène à la réalité en faisant grésiller mon téléphone sur la table. Tous les regards dans le café se tournent à nouveau vers moi, amusés ou excédés. Ma coloc est l'une des filles les plus féminines que je connaisse, mais elle parle mal, parle fort, parle trop, se fout totalement des bonnes manières et du jugement des autres : c'est globalement pour ça que je l'aime. Et aussi parce qu'elle me fait hurler de rire.

– Alors, ton pompier canon ?

– C'était un vendeur de tapis au moins aussi moches et vieux que lui. Je lui ai laissé ton numéro au cas où tu voudrais un paillasson berbère à six mille boules pour essuyer tes pieds de *queen*.

– Ouais, enfin si je peux un jour quitter New York et rentrer à la maison !

– Le tournage commence quand ?

– Le mois prochain. Là on a juste découvert le scénario de la *season one* et fait une première lecture avec tout le cast.

– Willa, promets-moi de ne pas te mettre à parler anglais au milieu de tes phrases, de ne pas sortir avec un acteur américain de deux fois ton âge qui a soixante-dix fausses dents et des implants capillaires blond vénitien. Jure et crache !

– Promis, Bulle. Pour l'instant, j'ai juste fait copine-copine avec une autre actrice française, Garance Coste, une jolie blonde genre *girl next door* sauf qu'elle a le crâne rasé et trois kilomètres de jambes. Mais elle n'était même pas si énervante que ça, plutôt archisympa.

– OK, je la déteste déjà. Et je suis sûre qu'elle s'appelle Géraldine Dacosta comme tout le monde, en vrai !

– Parce que ton vrai prénom c'était Bulle, peut-être, avant que tu deviennes une immense comique ratée ?

Ma copine prend un air outré.

– Bon, l'aéroport de New York a appelé, ils font embarquer tout le monde sauf une certaine Willa Larsson, son melon ne passe malheureusement plus les portiques de sécurité.

J'éclate de rire et j'enfonce mon bonnet à pompon en entier sur mon visage pour amuser ma meilleure amie. Cette folle me manque. J'ai passé des années à craindre le regard des autres sur moi, à attendre l'approbation de ma mère, les félicitations des profs, le désir des mecs, l'amitié des filles… Mais depuis que je travaille, que j'ai trouvé ma place dans ce monde, que j'ai appris à me regarder avec amour et à être ma propre alliée, je me fiche bien des coups d'œil et des soupirs, de ceux qui pensent que j'en fais des tonnes, que je parle un peu fort, que je ris trop souvent et que je râle tout le temps.

Je suis ce que je suis. Et ce que je suis suffit.

(Et je veux bien le confesser: j'ai lu cette maxime un peu niaise sous la photo retouchée d'une fille parfaite allongée face à un coucher de soleil sur Insta...)

– Je te jure que s'ils ne me proposent pas un autre vol dans l'heure, je rentre à pied! beuglé-je à Bulle en espérant bien que tout le monde m'entende.

– T'as qu'à demander à ta nouvelle meilleure pote Garance Truc de te prêter un peu de ses jambes...

Sa voix faussement grognon me fait sourire.

– C'est toujours toi ma personne préférée, Bulle. Viens vivre avec moi à New York pendant mes six mois de tournage, tu pourras vanner qui tu veux en français et je te présenterai des acteurs avec beaucoup trop de dents et de cheveux.

– Déso', Willa, je viens d'accepter un job de toiletteuse pour chiens en attendant de toucher mes trois euros d'indemnités d'intermittente du spectacle. Qu'est-ce' tu crois? J'ai une *life* moi aussi!

Je me marre, mais je crois que je ne suis pas loin de la convaincre de me suivre. On vit en colocation depuis quelques années, toutes les deux, et je paie plus souvent le loyer qu'elle, mais son amitié sans faille le vaut largement. Les êtres humains que je supporte au quotidien se comptent sur les doigts d'une main. Voire sur le pouce.

– Bulot, tu crois que je vais réussir à m'intégrer au milieu de toutes ces stars? Il y a l'acteur sublime qui joue dans *Outlander*... Et le Coréen canon de *Descendants of the*

Sun… Et la nana avec un seul sein qui meurt dans *Game of Thrones*. Et le nain sexy de…

– Boulette, on dit « personne de petite taille », t'as pas intérêt à déconner avec ça aux States.

Boulette et Bulot sont dans un bateau… Et à la fin, c'est toujours moi qui tombe à l'eau.

Que ce soit bien clair, je la laisse me surnommer comme ça uniquement parce que j'ai une légère tendance à enchaîner les bourdes et les maladresses, ainsi qu'une certaine affection pour les boulettes de viande par paquets de quinze dans une célèbre cafétéria d'un magasin de meubles suédois. Rien à voir avec mon physique de petite fille boulotte et ce surnom affectueux dont mon frère aime m'affubler en public juste pour me faire enrager.

– Je suis sûre qu'ils vont tous t'adorer… avant de te connaître vraiment.

– Possible, admets-je en ricanant. Bon, par contre je trouve le réalisateur un peu louche. Je l'ai vu mettre la main au cul d'un petit jeune qui distribuait des cafés sans lait, sans sucre, sans gluten et sans caféine.

– Il servait de l'eau du robinet, en fait ?

– C'est ça. Au moins le réal' ne s'en prendra pas à moi s'il aime les garçons musclés et tout juste pubères.

– Gros dégueulasse !

– Non, mais cette fois, je ne vais pas faire de vagues, Bulle. Si tu me sens déraper, arrête-moi et bâillonne-moi, c'est un ordre. Ce rôle, c'est le job de ma vie. Je m'interdis de tout gâcher, tu m'entends ?

– Je pense que tout l'aéroport t'entend, là. Et c'est vrai que ce n'est pas *du tout* ton genre, de te faire remarquer…

Je grimace en me rendant à l'évidence.

Dans le hall de JFK, une voix mielleuse annonce qu'en raison de la tempête de neige qui se profile, tous les avions resteront au sol jusqu'à nouvel ordre. Je bondis de rage, balance quelques dollars sur la table, fourre mon pompon dans ma bouche, attrape mes deux valises et pars avec toute la colère et la dignité d'une actrice bientôt oscarisée. Bon, et puis je reviens sur mes pas, penaude, pour récupérer mon portable oublié et Bulle qui crie dans l'écran :

– Mayday ! Mayday ! Boulette en vue, pars pas sans moi, Willa ! Et le bonnet c'est *sur* la tête, frère, pas dedans !

– Attends, je vérifie que personne ne m'a vue. OK, tout le monde me regarde. Bon, je raccroche, Bulle, il faut que j'appelle mon frère pour passer mes nerfs sur lui. Je veux sortir de cet aéroport de malheur. À un de ces jours, peut-être. Adieu, je t'aimais bien.

– Mes amitiés à Jon Snow et son pote Mich' !

– Bye !

En fait, je n'appelle pas Wolf, parce que je sais qu'il va me contredire juste pour le plaisir. Je me contente de lui envoyer un message pour lui dire ce que j'ai décidé de faire sans son avis.

C'est plutôt ça, mon genre à moi.

[JFK est à l'arrêt. Mais je viens
de vérifier, il y a encore
des avions qui partent
de l'aéroport de Newark.
Je vais prendre un taxi
jusque là-bas, OK ?]

[C'est une question ou déjà
un projet ? Dans les deux cas
c'est stupide, tu ne vas pas faire
la route jusqu'au New Jersey
en pleine tempête de neige.]

[Si.]

[Non, Willa…
Écoute-moi,
pour une fois.]

[J'ai ENVIE et BESOIN de rentrer
à Paris. Je veux profiter de ma vie
et de mes proches avant de m'installer
à New York pour six mois et d'avoir
le mal du pays.]

[Pauvre Boulette,
vraiment dure ta vie.
Et d'ailleurs, quels proches ?
Tu détestes tout le monde…]

[Non, juste toi, Wolf.]

[Je te rappelle que je te paie
un palace à NY. Tout
ce que tu as à faire
c'est attendre… Arrête
de me compliquer la vie.]

[Quand tu arrêteras
de me dire ce que j'ai à faire.]

[Je suis ton boss.]

[Tu es mon frère.
Tu sais que je déteste la neige.
Et le chauffage. Et l'attente.
Et les gens.]

[Bah tiens,
qu'est-ce que je disais ?]

[Je suis aussi l'égérie
de ton agence. Je viens
de te rapporter gros avec
ce défilé à New York ! Tu peux
bien me laisser prendre
l'avion que je veux.]

[Tu n'as pas fait que bosser
dur si j'en crois les photos
postées par ton mec
de votre folle soirée en boîte…]

[Alors :
– Cosimo n'est pas mon mec.
– Ce que je fais en dehors
de mes heures de travail
ne te regarde pas.]

[C'est aussi un photographe
qui est censé bosser pour moi.
S'il pouvait éviter d'étaler
sur les réseaux sociaux la vie débridée
de ma mannequin phare,
ça m'arrangerait.]

[T'es rigide, Wolf.]

[T'es intenable, Willa.]

[Oui, d'ailleurs je suis en route
pour Newark. Je vais
me trouver un avion
toute seule comme
une grande.]

[Si tu as un accident à cause
d'une plaque de verglas et que tu meurs
de froid ensevelie sous la neige,
je ne viendrai même pas
chercher ton corps.]

[Ça fera le buzz pour
Strange & Strong, tu seras
bien content. Et moi je serai
enfin débarrassée de toi.]

[Fais juste ce que je te dis.
Et laisse-moi bosser.]

[N'y compte pas trop.
Et laisse-moi vivre.]

J'adore mon frère, je déteste juste être dépendante de lui. Il n'a qu'un an de plus que moi et c'est mon complice de toujours, mais aussi un tyran qui a un avis sur tout et toujours raison. Wolf Larsson a besoin de tout contrôler. Moi, j'ai besoin de toute ma liberté. On a juste la même détermination à faire exactement l'opposé.

3

FUCK

Willa

Le chauffeur Uber qui m'emmène de New York à Newark roule à deux à l'heure. Il n'est pas totalement impossible qu'on arrive à destination l'année prochaine et que j'aie – encore – pris la mauvaise décision.

Au moins, j'ai le temps d'aller regarder les photos postées par Cosimo sur son compte Instagram. J'avais un peu trop bu pour remarquer qu'il nous avait pris en selfie en train de danser collés-serrés dans ce club. Je souris en regardant mon éclat de rire sur l'écran, alors que mon cocktail qui déborde arrose le beau brun barbu qui s'en lèche les lèvres en se marrant.

J'aime bien le regard qu'il porte sur moi, ses gestes sensuels mais jamais lourdingues, sa dégaine de séducteur italien qui ne joue pas à faire semblant de ne pas aimer les femmes, l'alcool, la drogue et les excès en tout genre. Cosimo est trop extrême, trop instable pour moi mais j'adore sa spontanéité, sa joie de vivre et les soirées qu'on passe à s'éclater quand on se retrouve par hasard dans la même ville, sur le même shooting ou le même défilé. Et aussi le fait qu'on ne se soit rien promis, si ce n'est du respect. Ce mec est à la fois un ami, un collègue, un *sex friend* quand le cœur m'en dit, mais pas cette fois.

Être libre, c'est ça mon genre.

– Excusez-moi, monsieur ? Vous comptez me conduire jusqu'à l'aéroport ou juste regarder mon décolleté dans votre rétroviseur en roulant à deux à l'heure ?

Le type libidineux me sourit avant d'essuyer les commissures de ses lèvres entre son pouce et son index, puis il revient planter ses yeux baveux entre mes seins. Je referme mon manteau malgré le chauffage et grommelle à nouveau vers lui :

– Vous n'êtes pas censés être puritains, vous les Américains ? Désolée mais vous ne ressemblez en rien à Jon Snow et il n'y a que lui qui pourrait me faire supporter cette *fucking* tempête de neige enfermée dans une voiture qui sent la chaussette. Rassurez-moi, vous portez vos *fucking* chaussures, là ? Très bien, alors appuyez sur le champignon, Jon-Michel, regardez devant vous et évitez les plaques de verglas, c'est tout ce qu'on vous demande. Je veux juste rentrer chez moi, arriver entière et donner tort à mon frère, OK ? *Fuck*, *fuck* et re-*fuck* !

Le chauffeur grommelle un « OK » baveux et je crois que je préfère ne pas savoir avec quoi il est « OK » exactement.

4

EMBARQUEMENT IMMÉDIAT

Willa

Aéroport Liberty de Newark, enfin.

Avec un nom pareil, on est forcément faits pour s'entendre.

Sauf que je ne suis apparemment pas la seule à avoir eu cette brillante idée : l'aéroport est plein à craquer. De ce que je vois, ce que j'entends, au milieu de cette agitation moite, des visages rougis, des cris agacés, des pas pressés et des valises à roulettes qui s'entrechoquent, j'en déduis que les avions décollent encore, ici. Mais pas pour longtemps. Autour de moi, ça grouille, ça joue des coudes, ça sourit pour de faux en se marchant dessus pour de vrai, la foule est compacte, la tension palpable. Dans ce remake urbain des *Hunger Games*, les gens ont l'air prêts à tout – vider leur compte en banque, vendre un organe, se rouler par terre, abandonner leur sandwich ou piétiner leur propre dignité – pour trouver un vol.

Et je fais partie de ceux-là.

Le bonnet de travers sur la tête, mes deux valises roulant dans mon sillage, je me faufile comme je peux entre les corps impatients et les cœurs insoumis, scanne du regard les panneaux d'affichage sans m'arrêter, repère le Newark-Paris qu'il me faut et débarque au comptoir de la compagnie aérienne comme une furie. Je patiente derrière un grand type suant et une petite dame chic en trépignant. Mon pompon ne tient plus qu'à un cheveu au sommet de mon crâne mais je tiens bon. Mon tour venu, je dégaine passeport et carte bleue en même temps que mon regard le plus implorant.

– Pitié, dites-moi qu'il vous reste une place sur le vol pour Paris !

– On a eu quelques annulations en classe économique à cause de la tempête, vous arrivez juste à temps.

– Je prends !

La neige cotonneuse virevolte toujours dehors, en tous sens, l'air de ne pas du tout savoir quel est son projet de vie, mais la température intérieure, elle, continue à grimper dans le but assumé de nous torturer. Et sans doute comme la plupart des femmes dégoulinantes ici présentes, je me demande si je suis par miracle en train de maigrir sans rien faire. Je retire quand même mon bonnet et secoue la tignasse brune tout aplatie qui se trouvait dessous. L'hôtesse en uniforme et chignon parfait me sourit, l'air de compatir, avant de se tourner vers son écran. Elle imprime mon billet puis me le tend.

– Dites, cette tempête… Ce n'est pas méchant, hein ? L'avion ne va pas se crasher avec nous dedans ?

– Vous vous apprêtez à prendre l'un des derniers vols autorisés mais tout ira bien, madame. On ne laisse pas décoller un avion si toutes les conditions de sécurité ne sont pas réunies.

J'acquiesce tout en voyant ma vie défiler et mon frère inscrire sur ma pierre tombale : « À ma Boulette de sœur regrettée, je te l'avais bien dit. » Au moins, j'ai maintenant un billet d'avion pour m'éventer.

Dix minutes plus tard, je brûle sans doute cent calories supplémentaires en déposant mes deux valises d'une tonne sur le tapis roulant. Je ne peux pas m'empêcher de leur faire un petit signe de la main en reniflant au moment de les laisser prendre leur envol loin de maman.

Autour de moi, les gens me regardent bizarrement.

Une actrice née, je vous dis.

***

Fin d'après-midi, fin de mois de novembre, la nuit commence déjà à tomber sur l'aéroport et j'admire les lumières dehors qui essaient de se faire plus jolies que les flocons – il faut croire qu'il m'arrive de ne pas tout détester, parfois. Il me reste quelques minutes à tuer avant d'embarquer, alors quand le visage de ma mère s'affiche sur l'écran de mon téléphone, je décroche sans réfléchir et l'entends me demander d'une voix distraite :

– Willa, tout va bien à New York ?

– Il neige. Beaucoup.

– Ah, ça doit être joli… Tu as des nouvelles de ton frère ?

Un soupir discret m'échappe. Je sais pertinemment qu'elle m'appelle uniquement pour ça, prendre de ses nouvelles à *lui*. Wolf et elle sont en froid depuis une éternité et je lui sers presque quotidiennement d'indic.

– Je ne sais pas ce qu'il a mangé au petit déjeuner, maman, ironisé-je. Ni si son transit est régulier. Ce que je sais, en revanche, c'est que je dois rentrer à Paris aujourd'hui et que je viens de dilapider une petite partie de la fortune de ton fils pour trouver un avion qui accepte de décoller. Il va sûrement me tuer à l'arrivée… Enfin, si je ne meurs pas avant, le visage ratatiné contre un hublot.

– Qu'est-ce que tu racontes, encore ?

– Je dois y aller, maman.

– Déjà ?

– Je m'apprête à embarquer !

– Mais…

– Bye !

***

Une nouvelle voix doucereuse appelle les passagers du vol Newark-Paris et je me rue à la porte d'embarquement avec cette allure très précise : la marche la plus rapide que tes jambes te permettent mais qui ne donne pas non plus l'impression que tu cours comme une sauvage. Un peu de tenue, tout de même.

La dernière fois que j'ai « marché-couru » comme ça, dignement mais en me déboîtant quand même les hanches à chaque pas, c'était pour les soldes d'une grande marque un mercredi à l'ouverture, en souriant faussement à mes rivales. Et la fois d'avant, pour avoir du rab de frites à la cantine sans passer pour une morfale.

Quelle violence, cette vie.

Quand j'atteins enfin mon siège, je vérifie mon billet avant de déranger le type déjà assis en bordure d'allée – et qui a sans doute dû courir comme un dératé pour atterrir ici avant moi, je le sens d'ici, vieux malpoli. Je lui souris, il soupire. Je sens qu'on va s'adorer. Il me regarde de la tête aux pieds, plusieurs fois, puis décale à peine ses genoux et me laisse un espace de dix centimètres pour passer mon fessier à peine plus épais. Je le remercie en ironisant, il grommelle en soupirant encore. Je sens que l'ironie ne va pas suffire longtemps. Je serre mon sac à main contre moi pour éviter de le heurter et finis par m'asseoir dans un trou de souris, coinçant un pan de sa parka sous ma cuisse au passage.

– Ttt, rrrohhh ! bougonne bruyamment le type en tirant dessus.

Il a beau ne pas avoir prononcé un seul mot audible, j'ai perçu qu'il était français. Dans toute sa splendeur.

– Oui, c'est-à-dire ?

– Vous ne pouvez pas faire un peu attention avec… tout ça ?

D'un petit geste dédaigneux de l'index, il fait le tour de mon corps. Et mon sang se met à tournoyer aussi dans mes veines surchauffées.

– Je suis assise sur mon siège, monsieur, je ne fais rien d'autre que respirer, là. Avec « tout ça ».

– Non, vous êtes assise sur mon anorak et je ne peux plus bouger. Quand on a vos… mensurations, on pense un peu aux autres.

– Personne n'a prononcé le mot « anorak » depuis 1996 et vous pouvez aller bouger dans une autre allée pour laisser mes mensurations tranquilles, merci.

Je soulève une cuisse pour libérer son horrible parka gris taupe qui pue l'humidité et la bêtise. J'ai à la fois envie de pleurer, de hurler, de lui expliquer la vie et de le frapper, mais les autres passagers commencent à nous regarder. Je baisse la tête et espère l'incident clos. J'ai l'habitude.

Plus on prend de place, plus il faut savoir s'écraser.

– Vous ne voyez pas que l'avion est plein ? Comptez sur moi pour demander à changer de place dès que ce sera possible. Je ne passerai pas une heure serré comme ça.

– Pauvre bichon, murmuré-je en sentant ma colère monter à nouveau.

La passagère à ma gauche se marre mais n'intervient pas. À ma droite, le type en parka hèle en claquant des doigts une hôtesse qui passait par là.

– Excusez-moi ? De nos jours, on n'est pas censé acheter deux billets quand on déborde sur le siège d'à côté ? Je ne peux pas passer le vol dans ces conditions. J'exige un surclassement immédiatement.

Pour éviter d'exploser, j'essaie de plaisanter en m'adressant à mon tour à l'hôtesse gênée.

– Excusez-moi ? Quand on sent à la fois le vieux pet et le pipi au lit, on n'est pas censé prendre un traitement pour ne pas incommoder ses voisins ? C'est insupportable, j'exige un pince-nez !

– Vous vous trouvez drôle ? réplique-t-il, rouge écarlate.

– Oui, c'est ce qu'on attend des gros, non ? Pensez à faire vérifier votre prostate et votre colon, monsieur, c'est ce qu'on attend des vieux.

Les rires fusent dans les allées d'à côté. Le type malodorant se lève d'un bond, perd sa patience et le peu de politesse qui lui restait.

– Je ne vais certainement pas me laisser parler comme ça par une grosse vache. Soit vous la déplacez, et il va vous falloir une grue, soit vous m'emmenez illico en classe affaires pour régler ça.

Il claque à nouveau des doigts sous le nez de la pauvre hôtesse qui cherche à tout prix à fuir.

– Je vais voir ce que je peux faire, monsieur…

– Non mais vous plaisantez, là ?!

Ma colère prend soudain un autre tournant – du genre dérapage dangereux sur une plaque de verglas. Je peux encaisser les insultes, quand elles se font discrètes, j'ai déjà tout entendu. Je me fous bien de devenir une vache, une truie, une bombonne, une barrique ou une baleine dans la bouche des imbéciles plus ou moins originaux. Mais les humiliations publiques, ça ne passe plus. M'habiller en taille 50 ne fait pas de moi une victime consentante : qu'on me marche dessus, qu'on me rabaisse, qu'on m'appelle « ça », qu'on me réduise à mon corps gros comme si je n'étais qu'un objet, un amas de chair et de bourrelets, qu'on m'écarte comme un problème à régler, qu'on cherche à me faire disparaître pour me punir de trop exister, je ne le mérite pas. Je porte déjà mon poids tous les jours, toute l'année, je suis grosse et je le sais, je n'ai pas à supporter aussi le fardeau du rejet.

Il y a bien longtemps que j'ai arrêté d'avoir honte de qui j'étais.

– Je ne bougerai pas d'ici, annoncé-je de ma voix la plus déterminée. Je n'ai aucun problème avec ce siège et si quelqu'un doit être déplacé, c'est lui. Si vous pensez qu'il mérite d'être surclassé après son petit caca nerveux, si vous êtes tous en train de vous dire que vous préféreriez passer ce vol à côté de Jon Prostatus plutôt que moi, si vous trouvez normal qu'on humilie la grosse de service sans que personne ne songe à intervenir, alors c'est vous qui avez un problème. Moi aussi, je peux me fâcher tout rouge et transpirer dans mon manteau, mais j'ai au moins la décence de sentir bon. Et vous, Anorak, si vous sentez que vous n'allez plus pouvoir vous retenir… les toilettes sont au fond ! Merde, à la fin !

Autour de moi, je vois à peu près autant de visages réprobateurs que compatissants. Quelques retraités marmonnent dans leurs barbes, quelques femmes, en surpoids ou non, me sourient tristement, et une seule voix s'élève en français de l'autre côté de l'allée.

– Super speech contre la grossophobie… Mais est-ce qu'on ne pourrait pas juste laisser cet avion décoller ?

J'ai à peine le temps d'entrevoir son profil. Le mec en costard noir me tourne le dos, retire son pardessus gris chiné très chic puis le glisse dans le coffre au-dessus de sa tête sans daigner m'adresser un regard.

– Vous avez raison, rétorqué-je. On essaiera de changer le monde une autre fois. Je suis sûre que votre mètre quatre-vingt-dix et votre corps sculpté sont très sensibles à ma cause quand ils en ont le temps.

– Je rêve ou vous vous en prenez gratuitement à mon apparence physique, là ?

Le grand brun se retourne lentement pour finir par m'adresser un petit sourire parfaitement arrogant. Regard de braise, tignasse épaisse mais maîtrisée, teint mat, mâchoires acérées, sang chaud.

Ah non, la chaleur, ça c'est en moi après l'effet qu'il me fait.

– Faites un scandale si ça vous chante, mais vous êtes en train de vous mettre tout un avion à dos alors que vous avez raison sur le fond. Je propose simplement d'échanger ma place avec ce monsieur et de passer le vol à côté de vous. Tout le monde est content, comme ça ?

– Non, c'est hors de question !

Je m'insurge pour le principe : je ne suis pas une patate chaude qu'on se refile. Et je déteste qu'on décide à ma place. Alors je me relève brusquement, sans trop savoir encore dans quel but, mais la sangle de mon sac à main s'envole et le petit passant métallique atterrit en plein milieu du visage de mon voisin. En plus de l'odeur et de la méchanceté, voilà que Vieux Pet se met à saigner du nez.

Eh merde…

– Non, mais non ! Je vous assure que je n'ai pas *du tout* fait exprès !

– Mais c'est quoi cette folle furieuse ? Y a-t-il un médecin parmi vous ? Oh, et appelez-moi le commandant de bord sur-le-champ !

– Mollo avec les répliques de film, hein ! Je vous ai cassé quelque chose ? J'avais très envie de vous frapper il y a cinq minutes mais là je vous le jure, ce n'était pas mon but. Je peux regarder ?

– Ne me touchez pas, bon sang !

– Ça pisse le sang, ça c'est sûr…

Le type sort un mouchoir en tissu à carreaux de la poche de son anorak taupe, maintenant maculé de taches rouges. C'est un carnage. Je meurs de honte, de gêne et d'embarras à la fois.

Et mon sauveur de l'allée centrale se marre encore.

5

VOUS M'AVEZ BIEN REGARDÉE ?

Willa

Dans l'avion surchauffé, les hôtesses de l'air s'affolent, les passagers s'impatientent et je ne sais plus si je dois rire ou pleurer.

– J'exige des excuses et un surclassement immédiat ! s'énerve le pisseur en parlant du nez.

– Oh, ça va, vous ne voulez pas qu'ils vous remboursent le billet et la rhinoplastie aussi ? Appuyez fort pour que ça arrête de saigner !

– Arrêtez de faire de l'humour et foutez-moi la paix ! Je vais vous coller un de ces procès, ma grosse !

Après cet ultime sursaut d'élégance, Anorak s'enfonce les doigts dans les narines et se tient la tête en arrière pendant qu'on lui fournit des Kleenex à ne plus savoir qu'en faire. Une hôtesse tente de le soigner, une autre me menace de me sortir de l'avion si je continue à retarder le vol, comme si j'étais la seule responsable de tout ce foutoir dedans et même de la tempête de neige dehors.

Au milieu du chaos, le beau brun de l'autre côté de l'allée contourne le blessé et vient se pencher vers moi pour me glisser à voix basse :

– Excusez-vous, qu'on en finisse. Plus vite on aura décollé puis atterri, plus tôt vous serez débarrassée de lui.

J'ai beau mourir de chaud sous mon manteau et le poids des accusations, son timbre grave réussit à me coller un petit frisson.

Je le fusille du regard en m'apprêtant à lui demander de quoi il se mêle, mais je ne parviens qu'à fixer ses lèvres ourlées au milieu de cette barbe brune de quelques jours, ce nez aquilin qui lui donne un air tellement racé, presque méprisant, et ses sourcils froncés dans une petite moue entre supplication et amusement. Je ne vois vraiment pas ce qu'il peut y avoir de drôle. Et je me demande si je ne le déteste pas encore plus que l'autre *drama queen* sanguinolente.

– M'excuser ?! Moi ?! Après tout ce qu'il a dit et fait ? Non mais vous m'avez bien regardée ?

– Oui ma jolie, je ne fais que ça. En même temps, c'est difficile de vous rater.

Et cet enfoiré hilare coule sur moi ses yeux couleur cappuccino que je n'avais pas encore bien cernés : un regard chaud, déshabillant, hautain, intense, moqueur, pétillant, profond, enjôleur, piquant, sucré, amer, gourmand… Tout ça à la fois et bien plus encore, qui me fait fondre en un instant.

Je me lèche les lèvres par réflexe, déglutis pour tenter de ravaler mon trouble et je le vois qui regarde ma bouche au moment où je lui crache mon plus délicieux venin :

– Vous voulez que je ressorte mon sac à main pour amocher ce visage un peu trop parfait ?

Le brun plisse ses yeux déments, les détourne et se rassied sur son siège. Sachant pertinemment que je le regarde, il va poser son index entre ses sourcils avant de le faire glisser lentement le long de l'arête de son nez. Il l'arrête à la naissance de sa lèvre supérieure et, sans jamais me regarder, m'adresse de profil le sourire le plus horripilant que j'aie vu de ma vie.

Le plus irrésistible, aussi.

6

POUPÉE XL

L'homme de l'autre côté de l'allée

Elle boude.

Elle boude sur son siège à un mètre de moi. Enfin, sur le siège du type à qui elle vient de refaire le nez. Bien joué, elle ne s'est pas écrasée, elle a maintenant deux places pour elle toute seule et plus personne ne va oser l'emmerder.

Elle boude super bien, d'ailleurs, les bras croisés sur ses seins qui remontent à la lisière de son décolleté en V. Elle a la peau claire, fine et sûrement très douce, j'ai du mal à penser à autre chose qu'à sa poitrine tendue sous son pull beige poilu. Je suis persuadé qu'elle ne porte pas grand-chose là-dessous. Elle ressemble à un poussin sexy mais fâché et je pense que ses formes et sa repartie ont dû exciter plus d'un homme ici. Ce n'est pas mon truc, mais je dois admettre que ses kilos en trop lui vont bien. Je suis sûr que si personne n'a vraiment pris sa défense, tout à l'heure, c'est parce que la plupart des femmes avaient envie d'avoir son cran et la plupart des mecs de l'emmener passer sa colère dans les toilettes de l'avion.

Moi y compris.

Bizarre, cette brune n'est pas du tout mon genre. Je sais très bien qui elle est, ce qu'elle fait, je l'ai déjà vue dans des magazines ou des pubs à la télé. Milla ou Willa, je crois, un prénom comme ça. Je côtoie régulièrement des stars dans mon métier, j'en ai fait ma spécialité. Mais en plus de son job de mannequin grande taille, je crois que cette fille et sa grande gueule ont l'habitude de faire parler d'elles, tout comme son agence et comme l'autre Larsson que je ne peux pas saquer.

Vieille histoire.

Bref, ce scandale ne m'étonne pas vraiment d'elle. Le grand blessé a fini par se faire escorter jusqu'en première en menaçant tout le monde d'un procès : les hôtesses, la compagnie aérienne, les inventeurs de trousses de secours, moi qui lui ai glissé discrètement ma carte et surtout son assaillante qui n'a rien lâché. Ni excuses ni un millimètre de sa place ou de sa dignité.

Au-delà de son physique, c'est peut-être ça qui m'interpelle le plus : sa force, son intelligence vive, son esprit combatif, sa détermination un peu butée, ses petites vannes bien senties qui m'ont fait sourire et ont rendu fou de rage ce vieux schnock. Il était plutôt marrant au début, leur show, mais tout ça est devenu lassant et a fini par nous faire perdre notre temps. Je ne sais pas pour les autres, mais le mien est précieux. À y repenser, moi aussi, j'aurais bien eu envie de lui péter le nez à cet emmerdeur, pour qu'il la boucle enfin, si mon boulot et ma réputation ne m'en avaient pas empêché.

L'affaire devrait être close et, pourtant, l'avion ne part toujours pas. Devant, au fond, les hôtesses s'agitent sans jamais répondre aux questions des passagers qui les hèlent. De temps en temps, une voix fébrile annonce que le décollage est imminent mais provisoirement reporté, pour une durée encore indéterminée. Comment ne rien dire du tout en en disant beaucoup trop ? Dehors, la tempête de neige s'intensifie. Dedans, la colère monte et plus personne ne sait si c'est à cause de la météo ou de l'esclandre que cet avion de malheur reste bloqué sur le Tarmac.

Je prends mon portable et me mets à dicter à voix basse des messages pour Imane.

« Je suis toujours coincé à l'aéroport, point. Ce vol a l'air maudit, point. Est-ce qu'on a des nouvelles de la détenue, point d'interrogation. Avec les sept heures de vol et le décalage horaire, j'espère être là demain matin, points de suspension. »

La boudeuse soupire de l'autre côté de l'allée. Nos regards se croisent quelques secondes et je mime une fermeture Éclair sur mes lèvres puis un sourire d'homme innocent, les mains en l'air, pour lui signifier que j'ai bien compris qu'il ne fallait pas l'énerver.

Gagné : ça l'énerve encore plus.

Elle se détourne et secoue la tête pendant que je me marre. Non, définitivement pas mon genre. Elle a pourtant de très jolis yeux clairs et fendus, une peau de bébé, des pommettes hautes, une bouche ronde qui lui donnent un air de poupée, et ses courbes affolantes qui donneraient des idées à plus d'un. Pour être honnête, je n'aurais jamais pensé que cette fille me ferait de l'effet, en vrai.

Je me mets à penser à mon « genre » en faisant défiler dans ma tête les derniers visages, les derniers corps, les dernières personnalités que j'ai laissés entrer dans ma vie. Je préfère les femmes douces et spontanées, simples et naturelles, qui ne se prennent pas la tête et surtout pas la mienne. La plupart de mes ex rentrent dans le moule « grande blonde filiforme », avec un petit côté sportif et garçon manqué, un tempérament discret et indépendant. Il n'y a que comme ça qu'elles ne m'ennuient ou ne me fatiguent pas.

Alors pourquoi je suis intrigué par cette brune incendiaire aux lignes plus que rondes et au très sale caractère ?

– Déconne pas, putain… maugréé-je en me laissant aller en arrière sur mon siège.

Depuis qu'elle est montée dans cet avion et qu'elle a ouvert la bouche, j'ai du mal à arrêter de penser à ses courbes sous mes mains. Je me retrouve coincé ici depuis des heures, je ne suis pas du tout du genre patient, mais je me surprends à ne pas trouver le temps si long que ça. À la mater à la dérobée et à aimer ce que je vois. À me demander quel effet ça me ferait de la plaquer sur mon lit ou juste contre le mur d'une chambre d'hôtel. Si elle me laisserait lui arracher son pull poussin et plonger la tête entre ses seins. Si j'arriverais à la faire taire ou si elle trouverait encore des choses à redire. Si elle râle et boude et bataille tout le temps, par principe, ou s'il lui arrive de s'abandonner parfois. Je n'y crois pas.

– Je peux vous aider ? me demande-t-elle soudain, de manière frontale.

Grillé. Je la regarde peut-être depuis un peu trop longtemps.

– Non, ça va aller, fais-je de ma voix la plus rauque. Je tue juste le temps comme je peux.

Vu le feu qui brûle dans ses yeux bleus au moment où je lui avoue à moitié qu'elle pourrait être mon passe-temps, je suis à peu près persuadé qu'elle ne me résisterait pas vraiment.

Mais une hôtesse coupe court à mon fantasme et vient s'accroupir près d'elle. Je tends l'oreille.

– Nous avons un problème. La personne que vous avez agressée exige que vous soyez débarquée de l'avion avant de pouvoir partir. Nous sommes dans une impasse et nous avons *vraiment* besoin de décoller *maintenant*.

– Pardon ?! *Monsieur* continue à faire son caprice depuis tout à l'heure ? Mais débarquez-le, LUI ! Ce n'est pas un forcené, tout de même ! Vous n'avez pas besoin d'un négociateur du GIGN pour gérer un vieux beau en anorak. Vous voulez que je m'en occupe ?

Elle bout et je souris malgré moi.

– Madame, accepteriez-vous d'échanger votre billet contre une place en classe affaires sur notre prochain vol ?

Je sens qu'elle ne va pas aimer *du tout* cette proposition.

– Moi aussi, je veux rentrer à Paris. Moi aussi, j'ai un travail et une vie qui m'attendent. Moi aussi, je meurs de chaud et d'impatience. Et il faudrait que je me sacrifie pour que tous ces gens minces puissent me passer devant, juste parce qu'un sale type à l'hygiène douteuse a décidé que ma cuisse droite l'importunait ? Et que ses anticoagulants lui font pisser le sang au moindre bobo ? Mais dites-moi que c'est une blague ?!

Décidément, plus elle se révolte et plus elle m'amuse. Je retiens un petit rire en pressant mon poing contre ma bouche puis je me racle la gorge. Elle le remarque et m'interpelle :

– Et je peux savoir pourquoi vous continuez à vous marrer en toussant, vous ? Vous avez besoin d'une pastille pour la gorge ? D'un masque à oxygène ?

Dépitée, l'hôtesse rebrousse chemin.

– Je n'ai besoin de rien ni personne, ce sont les gens qui ont besoin de moi, répliqué-je du tac au tac. Mais vous n'écoutez pas et vous faites perdre du temps à tout le monde.

Elle ne s'attendait pas à ça.

– Je… Quoi ? Mais vous vous prenez pour qui, au juste ?

– Je suis avocat et je crois que je pourrais régler votre problème, si vous arrêtiez une minute de vous obstiner.

– Je ne vous ai rien demandé. Je peux m'occuper de moi toute seule.

– Respirez un grand coup…

– Un grand coup, c'est exactement ce qui risque de vous arriver.

Je lâche un petit rire sonore, cette fois, tandis que tout le monde nous observe avec plus ou moins de sympathie. Plutôt moins, si j'en crois ce qui se marmonne autour de nous.

– C'est pas bientôt fini, ce cirque ?

– Ça va durer combien de temps ?

– On ne décollera jamais, si elle continue… s'impatiente encore une jolie rousse du rang de devant.

L'accusée voit rouge.

– Et vous auriez fait quoi, vous, s'il s'en était pris à votre couleur de cheveux ? Ou à la peau noire de votre voisin ? Ou à…

– Stop ! sifflé-je en fusillant la brune du regard. Je vais aller négocier, vous ne bougez pas d'ici et vous la fermez avant que tous les passagers ne se mettent à vous jeter des pierres !

Elle la boucle et se tourne vers sa tablette, à ma plus grande surprise. Je sors de mon siège, inspire profondément et me rends jusqu'en première pour m'entretenir avec le grincheux. Entouré de deux hôtesses et d'un steward, comme s'il avait besoin d'une protection rapprochée, il me regarde arriver d'un œil torve. Son nez a l'air d'aller mieux mais il soutient férocement mon regard et serre les dents, comme s'il tentait de me soumettre à distance.

La bonne blague.

– J'ignore ce que vous venez faire là, mais je veux qu'elle dégage, grogne-t-il en triturant le coton ensanglanté qui dépasse de sa narine.

– Oubliez ça, vous avez été surclassé. Détendez-vous, profitez du vol et laissez-nous reprendre le cours de nos vies.

– Je vais porter plainte, s'entête-t-il. Contre cette folle et contre cette compagnie s'ils ne la foutent pas dehors avant de décoller !

– Cette « folle » serait en droit de le faire, elle aussi.

Le gueulard me fixe d'un air outré – qui lui donne une plus sale gueule encore.

– Et pourquoi, au juste ?!

– Tout comportement ou propos grossophobe est puni par la loi, c'est stipulé dans le Code pénal depuis 2001, article 225-1.

Il baisse d'un ton mais ne cède pas encore pour autant.

– Elle prenait trop de place… Et elle m'a frappé !

– Sans le vouloir. Blessure involontaire sans gravité. Et vu ce que vous lui avez balancé avant, elle ne risque rien.

– Involontaire ? Ça, ça reste à prouver !

– Plusieurs dizaines de personnes pourront en attester dans cet avion. Et témoigner en sa faveur, s'il le faut. Vous n'avez pas exactement suscité la sympathie, si vous voulez mon avis, en vous en prenant à elle comme vous l'avez fait…

En réalité, elle a agacé les gens au moins autant que lui, mais ça, cet emmerdeur n'a pas besoin de le savoir.

– Vous êtes son avocat ou quoi ? soupire le type.

– Je suis avocat, oui. Le sien, non. Maintenant, je voudrais juste qu'on en finisse et qu'on décolle, si ce n'est pas trop demander…

– Ça l'est, grommelle-t-il encore.

– Bon, qu'est-ce que vous voulez ?

Je lâche ces mots froidement mais sans agressivité, ce genre de type à gros ego et petit cerveau a besoin qu'on écoute ses énormes problèmes et ses minuscules revendications. Je tente le coup.

– Vous n'avez le droit qu'à une seule demande. Et soyez raisonnable.

– Qu'elle me présente des excuses ! Je classerai l'affaire uniquement si elle vient jusqu'à moi pour s'excuser !

– Merveilleux… Voilà qu'il se prend pour un juge, maintenant, soufflé-je en serrant les poings.

– Des excuses publiques et on décolle, répète-t-il.

Excédé par son comportement digne d'un gosse de 4 ans, je lui fais signe de la fermer.

– Je vais essayer de la faire venir, propose alors une hôtesse.

– Laissez-moi faire. Elle risque de vous traumatiser, vous voudrez changer de métier. Et surtout, on n'arrivera jamais à quitter ce putain de Tarmac !

Une fois de retour auprès de l'intéressée qui contemple toujours sa tablette vide devant elle, je n'y vais pas par quatre chemins.

– Il exige des excuses. Mettez votre fierté de côté et allez lui lécher les bottes, qu'on n'en parle plus.

– Vous êtes nul, comme avocat.

Elle ne prend même pas la peine de se retourner vers moi.

– Je suis *quoi* ?

– Nul, naze, incompétent. Vous n'aurez pas de pourboire.

– Je n'aurai pas de *quoi* ? Vous me prenez pour votre serviteur ou votre gigolo, là ?

Elle hausse les épaules. Je ris doucement, aussi subjugué par son audace que par son impolitesse. Les passagers autour de nous tendent l'oreille et lèvent le menton, espérant glaner quelques informations.

– Arrêtez de vous montrer plus coriace que vous ne l'êtes et allez juste vous excuser, qu'on décolle enfin, lui glissé-je un peu plus bas.

– Ça ne vous dérange pas, qu'un enfoiré pareil l'emporte ?

– Non.

– Vous n'êtes pas seulement nul comme avocat, alors. Mais aussi comme être humain.

– Écoutez, les histoires et les mésaventures des autres, ça ne m'intéresse pas. Les rapports humains, les belles valeurs, l'amitié, l'amour, je m'en fous. Ce que j'aime dans la vie, c'est gagner. Et ce que je voudrais, là tout de suite, c'est *décoller*.

La brune pivote lentement et nos regards se croisent. Dans le sien, je ne trouve plus la même hargne. Ça m'étonne mais il semble même y avoir désormais de la tristesse, dans ces yeux-là.

– C'est toujours la même chose, murmure-t-elle dans un soupir. C'est ce que la société attend des gens différents : qu'on se fasse oublier, qu'on prenne moins de place, qu'on s'écrase, qu'on s'efface quand on dérange. Moi, je demande juste du respect et le droit d'exister telle que je suis. Mais ça a l'air impossible, dans cette vie. Alors je vais aller m'excuser pour faire plaisir à tout le monde, en asseyant mes grosses fesses sur mon tout petit amour-propre.

La poupée XL se fait minuscule quand elle se lève et emprunte l'allée centrale pour se rendre jusqu'en première. Je me rends compte qu'elle a sacrément calmé mes ardeurs, avec son discours résigné et ses yeux presque mouillés. Je ne suis pas du genre à m'attendrir facilement mais ce qui est sûr, c'est que je n'ai même plus envie de la coller contre le hublot pour la faire taire.

Je la préférais entière, imposante, rebelle, bruyante.

Sans fêlure.

Les combats des autres m'indiffèrent. J'ai assez des miens.

7

ÇA M'APPRENDRA

Willa

Cette fois, c'est terminé pour moi.

J'ai eu beau m'excuser platement face à Nez Rouge et son petit air satisfait, retourner à ma place la tête basse, boucler ma ceinture et fermer mon clapet, rien n'y a fait.

Toujours pas de décollage.

La voix de l'hôtesse vient d'annoncer que tous les vols depuis Newark étaient désormais annulés en raison de la tempête et qu'on allait tous devoir débarquer. Une heure plus tôt, l'avion se serait peut-être envoyé en l'air… mais Monsieur Pisseux et moi avons quelque peu ruiné nos chances de revoir Paris aujourd'hui – ainsi que celles des autres passagers.

J'imagine déjà la foule se ruer sur moi pour me piétiner et mon pull en jolie laine mohair ravagé par des semelles sales et excédées. Triste fin de vie pour un modèle censée mettre les fringues de créateurs en valeur. Je me dis qu'au moins, ça ferait une très belle scène de fin d'épisode dans une série dramatique où tout est permis. Et que Wolf aura son buzz, en plus de ma mort sur la conscience.

Mais à la place, les gens se lèvent et se bousculent, récupèrent leurs affaires, piétinent pour sortir en bougonnant à ma hauteur des « Y en a marre », « On ne vous remercie pas », « Tout ça pour ça… » et autres grognements inaudibles. Je choisis de les ignorer, je me sens vidée. Je n'ai plus la force de leur expliquer que je ne contrôle pas plus les chutes de neige que les vieux fous acharnés.

Avoir l'air hors norme ne me donne pas de pouvoir magique, hélas.

Je reste assise sur mon siège, attendant que la vague passe, en pensant à celles qui m'attendent après. Mon frère furieux qui pourra me dire qu'il avait raison pour le vol et mes mauvaises prises de décision. Les flics qui vont peut-être venir me chercher si l'autre change d'avis et s'obstine à vouloir porter plainte pour agression au sac à main. Ma mère qui me reprochera de m'être encore mise dans de sales draps et d'avoir ruiné son fils chéri avec les dommages et intérêts du procès. L'agence qui va couler à cause de moi, *strange* mais pas si *strong* que ça. La chaîne américaine qui va vouloir rompre mon contrat de *Queens of Dust* pour mauvaise publicité avant même le tournage commencé. Le chômage, la dépression, Bulle qui ne me trouvera plus assez drôle pour elle, son déménagement, la solitude, manger des boulettes Ikea toute seule en allant m'acheter une petite table individuelle et un lit une place pour les caser dans ma mini-chambre de bonne où plus personne ne mettra les pieds, pas même un chat qui se retrouverait de toute façon écrasé sous moi tellement on serait serrés, les années qui défilent, la vieillesse, les escarres à force de ne plus bouger, le karma qui me fera finir aussi seule, aigrie et malodorante que ce type, juste pour avoir osé lui dire ses quatre vérités.

Ça t'apprendra à te taire, queen of rien du tout.

La mort dans l'âme, je quitte finalement mon siège la dernière, remonte l'allée centrale avec une musique tragique dans la tête, comme si je jouais l'ultime scène de ma vie, et je décide d'appeler ma meilleure amie pour avoir un public… Ce sera toujours ça. Mais je tombe sur son répondeur et je m'enfonce un peu plus dans la mélancolie.

« Bulle, fallait que je te raconte une des pires histoires de mon existence. Je crois que ça t'aurait fait marrer. Là, telle que tu me vois, je sors d'un avion qui n'a jamais pu décoller un peu à cause de moi mais en fait pas du tout, je serre mon bonnet à pompon contre mon cœur pour me raccrocher à quelque chose de doux et familier, je sens ma sangle de sac à main qui me fouette les fesses à chaque pas comme la punition que j'ai bien méritée, je t'expliquerai. Et je pense que le réalisateur ferait un zoom sur mon postérieur pour rappeler le pouvoir de l'esprit sur le corps, qu'on peut faire de son enveloppe un complexe ou une fierté mais que c'est toujours aussi lourd à porter. Je me demande si les gens capteraient l'idée, je suis sûre que toi oui. Et là je me retourne une dernière fois pour faire un adieu déchirant au dernier endroit sur terre où j'ai croisé des humains, où je me suis fait engueuler, insulter, humilier, puis à moitié draguer par un grand brun canon que je ne reverrai jamais.

Et puis je reprends ma marche solennelle vers ma fin, le bout du tunnel, l'épisode final de la dernière saison de cette série que je ne tournerai pas et pour laquelle Garance Coste décrochera un Golden Globe à ma place, après avoir couché avec une personne de petite taille, un Coréen sexy et même Jon Snow plein de neige, mélangés dans une orgie sublime où personne ne sent la chaussette ni le pipi. »

Mon téléphone bipe, je regarde l'écran et mon Bulot m'appelle tandis que je m'épanche toujours sur son répondeur. Je raccroche et décroche.

– Ouais, frère, t'as essayé de m'appeler ? Ah, je crois que t'étais en train de me laisser un message mais je t'ai rappelée avant d'écouter, je me coupais les ongles des pieds.

– Bulle, faut que je te laisse…

À peine arrivée dans la salle de débarquement où les passagers attendent leurs bagages, je retrouve l'avocat au costard noir et au visage arrogant qui vient se planter devant moi. Son air triomphant ne me dit rien de bon.

– Souriez un peu, personne ne portera plainte contre vous aujourd'hui.

– Je. N'ai. Rien. Fait ! lâché-je en détachant chaque syllabe.

– C'est votre façon de me dire merci ?

– Je suis épuisée par cette journée, vous n'avez pas idée. Vous ne voulez pas me foutre la paix ?

– Je pourrais, mais je suis coincé ici et je m'ennuie. Ah oui, et en échange de mes services de médiateur et contre la promesse de pas ébruiter l'affaire, la compagnie m'offre en bonus une chambre d'hôtel jusqu'à ce que les vols reprennent. Je n'ai pas tout perdu…

Je secoue la tête, médusée par tout ce qui sort de sa bouche ourlée et tellement séduisante.

– Gagner, vous adorez ça, non ? C'est votre raison de vivre ?

– C'est mon métier.

– Dans mon top cinq des professions que je déteste le plus au monde, il y a agent immobilier, dentiste, banquier, nutritionniste et avocat. Loin devant tous les autres.

– Maître Rio Delacroix, enchanté, résonne sa voix grave.

Il s'amuse avec moi et c'est parfaitement horripilant.

– Comme c'est un peu grâce à vous que j'ai obtenu ce superbe appart-hôtel tout près de l'aéroport, je vous propose de le partager. Milla, c'est ça ?

– C'est honnêtement la pire approche de drague que j'aie jamais entendue. Merci pour la négociation dans l'avion, mais non merci pour le reste. Et c'est Willa.

Il lève ses mains de chaque côté de sa tête, en signe de repli. Enfermés dans son costard griffé, ses épaules me paraissent plus larges et ses bras plus musclés qu'une heure plus tôt.

Si seulement ce type était un peu plus désagréable à regarder…

– Et comment vous connaissez mon prénom, d'ailleurs ?

– Vous vous appelez Milla ?

– Non.

– Donc je ne le connaissais pas, rétorque l'avocat en souriant.

– À une lettre près, c'était le bon.

– Il m'arrive de lire des magazines, Willa Larsson.

À l'entendre prononcer mon nom en entier, un petit trou de rien du tout se creuse dans mon estomac.

– Bref, aucun problème si vous préférez vous chercher une chambre minable et hors de prix en pleine tempête de neige, reprend-il. Et en même temps que ces centaines de gens qui ont déjà récupéré leur valise et se dirigent vers la sortie. Faites comme vous voulez.

– Vous avez vraiment réponse à tout, hein ? Mais ça ne suffit pas toujours d'être beau, dans la vie. Il faudrait aussi voir à être un peu moins insupportable.

– Vous ne me connaissez pas, Willa. Et je pense que sur ce terrain-là, vous et moi, on se vaut largement.

– Vous commencez à me chauffer… grommelé-je.

– Vous m'en voyez ravi.

– Je ne voulais pas dire chauffer dans ce sens-là !

Tandis qu'il me fixe avec une drôle de lueur dans le regard, je lui balance aussi froidement que possible :

– Tout ce que je sais, c'est que je n'ai aucune envie de partager une chambre avec vous, *Mio*. Je n'ai pas compris votre prénom mais je cerne très bien votre proposition. Vous êtes tellement persuadé qu'il vous suffit de sourire et de lever un sourcil pour que toutes les femmes tombent à vos pieds que vous ne vous êtes même pas dit qu'une fille grosse pourrait oser vous dire autre chose que oui. Eh bien ouvrez grand vos oreilles : c'est NON.

Le beau brun fait un petit pas en arrière, sa main posée entre ses pectoraux comme si ma réponse venait de le poignarder en plein cœur. Puis il chasse son éternel sourire de son visage grave et racé, et son regard marron glacé vient plonger dans le mien.

– Je vais vous souhaiter une bonne continuation, Willa. Mais vous devriez songer à changer de disque. Vos grands discours sur la grossophobie, l'intolérance et le sexisme, c'est un peu lassant à la longue. Baisser la garde et ne pas mettre tout le monde dans le même sac, ça a l'air d'être au-dessus de vos forces. Dommage, je voulais juste passer une bonne soirée. Avec tout le respect que je vous dois, vous n'êtes pas du tout mon genre. Mais vous aviez l'air d'avoir de la conversation et de la repartie, dans cet avion, j'avais simplement envie d'être encore diverti, ce soir. Enfin, je vous l'ai déjà dit : je n'ai besoin de personne et je n'ai pas l'habitude de faire dans les causes désespérées.

– Avec tout le respect que je vous dois, je vous emmerde… Maître.

– C'est Rio.

Sa voix rauque, son demi-sourire et son assurance me troublent à nouveau. Comme pour mieux me laisser hésiter, il prend le temps de lisser son pardessus gris parfaitement plié sur son avant-bras. Puis récupère sa petite valise à roulettes et me salue du menton avant de tourner les talons.

Ça m'apprendra à laisser les baratineurs me baratiner.

8

ENCORE VOUS ?

Willa

Je récupère enfin mes deux valises, quasiment en dernier – le karma sait très bien se venger. Et j'enfonce mon bonnet rose sur la tête avant de sortir affronter la tempête. Effectivement, la foule attendant un taxi dans la nuit glaciale et cotonneuse forme déjà une longue queue compacte qui serpente plusieurs fois. Par malheur, je me retrouve quasiment au même niveau que Nez Rouge qui attend son tour, frigorifié dans son anorak tout taché.

Je regarde ailleurs, je l'ai assez vu.

– Encore vous ? siffle-t-il, l'air mauvais.

– …

Je serre fort les lèvres et mon manteau contre moi mais ne réagis pas.

– Vous êtes sûre que vous allez entrer dans un de ces taxis standards ?

– Oh, par pitié, ignorez-moi ! C'est si difficile que ça ? Sifflotez, curez-vous le nez, pissez-vous dessus mais foutez-moi la paix !

– J'espère qu'ils ont des vans pour les gens comme vous.

– Est-ce que je vous demande s'ils ont des banquettes avec alèses imperméables et des bassins à disposition pour les incontinents ? Occupez-vous de vos fesses et laissez les miennes tranquilles, mon vieux.

– Ou sinon quoi, vous allez encore me frapper ?

– Vous y avez pris du plaisir, en fait, c'est ça ? Ou vous vous ennuyez tellement dans votre vie que vous n'avez que moi ? Ou bien il y a une caméra cachée quelque part ? C'est mon frère qui vous envoie ? Bulot, c'est toi ?

Je ris fort mais en réalité, je crois que je ne suis pas loin de la crise de nerfs.

– J'ignorais que l'obésité rendait cinglé. Vos bourrelets ont dû vous monter au cerveau…

Cet imbécile devient cruel et cette fois, plusieurs voix s'élèvent pour lui demander de se taire. Mais c'est trop tard, le mal est fait et je sors les griffes.

– Je ne sais pas encore si je vais vous arracher les yeux ou les couilles en premier, mais…

– Willa, bon sang, arrêtez-vous avant de vous attirer de vrais ennuis !

La voix grave de l'avocat me surprend, je le dévisage, son regard a tourné couleur café noir. À quelques mètres de moi, il se tient devant une berline dont le chauffeur lui ouvre la portière.

– Montez dans mon taxi, je m'occupe de vos valises, m'ordonne-t-il très sérieusement.

Quelques flocons blancs se déposent sur ses cheveux épais. Interdite, je me retrouve à les contempler au lieu d'agir. Le brun dégage la barrière qui nous sépare puis vient s'emparer de mes bagages en posant ses deux grandes mains brûlantes sur les miennes, gelées.

– Eh *fuck*.

Je capitule dans un soupir. L'idée de me tirer d'ici sur-le-champ est plus forte que tout. Ne plus entendre ce pauvre type qui s'acharne sur moi en espérant je ne sais trop quoi, ne pas avoir à attendre encore une heure sous la neige, à chercher un hôtel à cette heure tardive, à jouer des coudes avec d'autres gens à bout de nerfs, pouvoir me débrouiller sans mon frère pour une fois, mettre fin à cette journée cauchemardesque, tout ça est bien trop tentant pour résister encore.

– C'est la dernière fois que vous volez à mon secours, annoncé-je à mon sauveur pour le principe.

– Putain, mais vous ne savez pas dire simplement merci ?!

Je lui souris et m'engouffre dans le taxi.

Après avoir balancé mes valises dans le coffre ouvert, il vient s'installer à côté de moi sur la banquette arrière, en restant à bonne distance. Son corps plié me semble encore plus immense, plus carré, plus imposant. Son visage de profil plus beau et charismatique encore. Puis il se prend le front dans une main, l'air de déjà regretter de m'avoir emmenée avec lui.

– En toute objectivité, vous êtes bien plus insupportable que moi, Willa.

J'hésite une seconde à répliquer, mais je choisis de retirer mon bonnet à pompon et de le lui jeter dessus pour toute rébellion.

– Merci, Rio.

9

JOKER

Willa

Le reste du trajet en taxi se passe dans une ambiance glaciale – et je ne parle pas des rafales de vent et de neige qui s'écrasent sur les vitres. Pendant dix minutes, mes quelques tentatives de discussion se trouvent réduites au strict minimum par mon interlocuteur qui n'est apparemment plus d'humeur joueuse. Ou quoi que ce soit d'autre.

– Juste pour que ce soit clair, je vous remercie de me proposer de partager, mais j'essaierai de me trouver une chambre à moi dès mon arrivée à l'hôtel.

– Il n'y en a plus, la compagnie m'a dit que l'hôtel était complet.

Il ne lève même pas les yeux de son écran de portable pour me répondre ça d'un ton distrait.

– Alors je dormirai par terre, il paraît que c'est bon pour le dos.

– C’est une suite, Willa, il y aura au moins un lit et un canapé.

– Bien.

J’attends quelques interminables secondes avant de préciser bêtement :

– Je sais ce qu’est une suite, hein ? Je suis déjà allée à l’hôtel, figurez-vous. Même si moi je règle la note, en général.

– Ah bon ? Ce n’est pas *l’autre* qui paie pour vous ?

– Qui ?!

– Oubliez ça, balaie-t-il d’un geste de la main.

– Je n’ai pas compris…

– Oubliez, je vous dis.

– Pourquoi vous êtes de si mauvaise humeur, tout à coup ? Je peux descendre du taxi si…

– Rien à voir avec vous.

– Enfin bref, je voulais juste clarifier la situation et la raison de ma présence ici…

– Vous parlez trop, j’essaie de travailler.

– À cette heure-ci ?

Il hausse les épaules et je me demande s’il fait de la musculation pour avoir une carrure pareille. Et décharger toute la tension qu’il semble supporter.

– Je vous ai proposé de vous héberger pour la nuit, Willa, pas de la passer dans mon lit. Les choses sont très claires.

– Bien.

Après d’autres longues secondes de silence, le brun au visage fermé ajoute de lui-même :

– Quand vous dites « bien », on entend tout le contraire.

– Oui, j’ai dit « bien », et j’ai pensé : « Pourquoi il me parle comme ça, ce foutu avocat ? »

Il éteint brusquement son portable et revient à moi, demi-sourire aux lèvres.

– Juste parce que vous avez besoin de ne pas avoir le dernier mot parfois.

***

Je n'y passe pas ma vie et mon frère adore me réserver aussi des motels pourris, parfois, pour me rappeler d'où on vient tous les deux, mais je connais parfaitement les hôtels de luxe, leur grand hall, leurs suites confortables, leur *room service* vingt-quatre heures sur vingt-quatre, leur personnel aux petits soins… Sauf que c'est la première fois que je m'apprête à partager une chambre avec *lui*. Un presque inconnu.

À la réception du Marriott, un employé tiré à quatre épingles remet les cartes magnétiques de la 501 à Rio Delacroix, puis m'annonce, confus, qu'aucune autre chambre n'est disponible. Je lui réponds en anglais :

– Vous êtes sûr, James ? lui chuchoté-je en fixant l'étiquette dorée épinglée à sa veste. Vous en gardez toujours une ou deux de côté au cas où, non ? Non ? Vraiment ? Allez, Jamie, un petit effort. Vous le jurez sur mon pompon ? Je lis dans vos pensées, Jimmy-Jim. Et je crois que vous mentez…

– Ignorez-la, elle a des troubles mentaux.

– La ferme, Mio.

– Ça vous arrive de ne pas harceler les gens ? soupire l'avocat à mes côtés.

– Vous pouvez parler, vous !

– Madame, je suis navré mais…

– Vous n'avez vraiment rien de rien ? supplié-je l'employé en baissant d'un ton. Même pas une chambre un peu défectueuse, en travaux, un cagibi ? Je dois à tout prix m'éloigner de lui…

Celui que je désigne d'un doigt discret reste nonchalamment accoudé au comptoir, sans ciller. Mais le brun aux yeux moqueurs finit par me regarder en répétant : « Un cagibi ? » Puis il lâche un petit rire grave et je devine que dans son esprit tordu, il se dit : « Tu ne tiendrais jamais dans un cagibi, ma jolie. »

– Tout dépend de la taille du cagibi, grommelé-je dans ma barbe.

– Madame, excusez-moi, mais il y a des gens qui attendent…

– C'est mademoiselle !

– Ça, on l'aurait deviné… souffle le brun en quittant le comptoir.

Il s'exprime dans un anglais parfait à l'employé, mais repasse en français chaque fois qu'il s'adresse à moi. Je le poursuis en trottinant, reviens sur mes pas pour récupérer mes deux valises lâchement abandonnées, puis le retrouve aux portes de l'ascenseur.

– Comment ça ? Personne ne serait assez fou pour m'épouser, c'est ça ?

– Joker, lâche le brun sans m'adresser un regard. Et je croyais que les féministes détestaient ce « mademoiselle » condescendant et discriminant qui les réduit à leur statut matrimonial ?

Il m'énerve tellement. On grimpe dans la cage métallique, plusieurs personnes nous succèdent et je n'ai pas le temps de lui expliquer qu'il a raison mais que ce n'est pas une raison.

L'ascenseur s'élève. Premier arrêt au deuxième étage, un beau quadra m'adresse un sourire en sortant. Arrivés au quatrième, une mère et ses deux enfants surexcités nous quittent. Lorsque les portes s'ouvrent au cinquième, je quitte la cabine en me trimballant mes valises et sans me préoccuper de l'homme qui m'accompagne.

Il atteint la porte de la 501 avant moi, je le rejoins et lui glisse :

– Je n'ai pas besoin d'un homme pour exister, *Maître*. Encore moins d'un mari…

– Ça, j'avais remarqué. Vous existez sans conteste, Willa Larsson. Mais dans cette suite, tâchez *d'exister* un peu moins…

Gnagnagna.

Moins, toujours moins.

10

D'AUTRES GUERRES

Willa

Deux longs canapés se font face dans le petit salon, moins spacieux que je ne l'imaginais mais plutôt moderne et agréablement décoré. Je balance mon manteau sur un fauteuil pivotant, fais le tour de la pièce, m'empare d'une petite bouteille de San Pellegrino posée à côté de la machine à café et en descends quelques gorgées. Un peu plus loin, je repère la chambre, dont je ne vois qu'un bout du lit à travers la porte entrouverte, et où mon « coloc forcé » est déjà en train de s'installer.

– Pas d'inquiétude, je préfère le canapé ! ironisé-je.

– Il en faut beaucoup plus pour que je m'inquiète, rétorque froidement l'insolent, au loin. *Ma* suite, *mon* lit.

Je rêve d'une douche chaude mais n'ose pas m'aventurer sur son territoire. Je choisis de me laisser tomber sur un canapé et allume l'écran plat fixé au mur. Besoin de briser ce silence. Sur une chaîne d'infos en continu, un journaliste en doudoune répète à quel point ces conditions météorologiques sont inhabituelles pour un mois de novembre, même sur la côte est, puis affirme que la tempête va s'intensifier dans les heures qui viennent et pourrait durer plusieurs jours.

– Eh merde…

J'éteins la télé, un peu démoralisée, et entends l'avocat s'entretenir avec je ne sais qui au téléphone, en je ne sais quelle langue. Ça ressemble à de l'espagnol, mais je n'en mettrais pas ma main à couper. J'ai beau visiter pas mal de pays pour les défilés, les shoots, les campagnes de pub et croiser des modèles de différentes nationalités, je ne maîtrise pas encore toutes les variantes et les accents.

En allant récupérer mon portable dans mon sac à main, je tombe nez à nez avec le brun qui fait les cent pas – toujours en pleine communication – et qui a laissé tomber la veste. Sa chemise blanche moulée sur ses larges épaules, il me tend la carte du *room service* et, à l'aide de simples gestes, me fait comprendre que je dois commander un hamburger pour lui et ce que je veux pour moi. Et le voilà qui repart pour défendre je ne sais quel criminel, pendant que je joue les assistantes.

Il a de la chance, je meurs de faim.

La réception m'annonce qu'ils croulent sous les commandes et qu'il y aura plus d'une heure d'attente, je me venge en commandant beaucoup trop de choses à ajouter sur la note de Me Delacroix et raccroche poliment. Je m'empare de mon script de *Queens of Dust* et me décide à aller réviser mes lignes dans un bain brûlant.

Sa suite, son lit, mais il n'a jamais dit « sa » baignoire.

Après avoir longé discrètement la chambre pour gagner la salle de bains, je glisse la tête dans l'encadrement de la porte et chuchote en direction du brun de dos :

– Pour info, je vais prendre un bain… Et vous n'êtes pas invité.

Je vois sa belle carrure se retourner lentement vers moi, son téléphone coincé entre son épaule et son oreille pendant qu'il retrousse soigneusement ses manches de chemise. Rio plisse les yeux comme s'il se méfiait de moi, mais me sourit étrangement, creusant un peu plus le petit trou dans mon estomac… Puis il pousse la porte du bout du pied et la fait claquer à deux centimètres de mon nez.

– Psychopathe, sifflé-je en m'enfermant dans la salle de bains.

Évidemment, une fois dans la baignoire remplie de bulles parfumées, je laisse tomber les révisions pour une activité bien plus utile : *stalker* les comptes Instagram des autres acteurs de la série, pour voir à qui je vais devoir me frotter dès le mois de janvier.

L'autre *Frenchie* du casting, Garance Coste, poste peu et seulement des photos d'elle au naturel accompagnées de jolis textes pleins de bienveillance et de poésie. Malgré tous mes efforts, toute cette perfection, je ne parviens pas à la détester.

Je passe en revue presque toutes celles avec qui je vais partager l'écran, des actrices plus ou moins connues, plus ou moins jeunes, de tous horizons, toutes morphologies, toutes couleurs de peau. Je m'imagine qu'elles sont peut-être en train de faire précisément la même chose : essayer de découvrir qui je suis à travers mes photos, mes mots… en ne se faisant aucune illusion. On est bien toutes les mêmes. Même les légendes *I woke up like this* se retrouvent sur des photos où on a soigneusement corrigé nos coiffures du saut du lit. Le hashtag #NoFilter se colle sur des *stories* où on a évidemment cherché la meilleure lumière. Et c'est parfois aux toilettes qu'on joue à « Tiens, je vais raconter ma vie super intéressante ». Là, j'hésite même à poster une photo de ma jambe mouillée et pleine de mousse en assumant mon tour de cuisse… mais en pliant le genou et la cheville pour faire ressortir un semblant d'os saillant.

Saloperie de conditionnement au règne du beau, du mince et du lisse.

Ça fait quelques années que j'ai décidé de me montrer – presque – comme je suis. J'ai la chance de gagner ma vie comme « mannequin grande taille », même si je déteste cette étiquette, et je me sens une immense responsabilité vis-à-vis des femmes qui me suivent. Ce qu'on attend de nous est une chimère. L'image qu'on se force à renvoyer dans la rue ou sur les réseaux sociaux n'est que la vitrine d'une réalité modifiée, retouchée, enjolivée, où tous les défauts sont lissés… Mais pourquoi ? Plaire à qui ? Faire croire aux autres qu'on est mieux qu'elles ? Être désirées par des hommes à qui on ne demande pas le dixième de ces efforts ?

Ça doit s'arrêter.

On ne peut plus continuer à cacher bourrelets, rides, poils, cellulite, rougeurs, cheveux blancs, vergetures, cernes et boutons comme s'ils n'existaient pas. On ne doit pas continuer à faire croire à qui que ce soit que la perfection existe ou est un but en soi. On ne peut plus perdre autant de temps, d'énergie et de larmes à jouer à cache-cache avec nous-mêmes, à maîtriser les angles flatteurs, les pauses trompeuses, les sourires faux et les moues sexy qui cachent un cri silencieux : je ne sais pas comment vivre avec qui je suis.

Ça me met en colère, on a tellement d'autres guerres à mener. J'aime toutes les femmes et je veux qu'elles soient libres. D'être elles, d'être différentes de moi, de faire leurs choix. Je veux qu'elles se rappellent qu'elles sont fortes d'avoir autant de sœurs qui désirent la même chose : passer leur vie à changer le monde plutôt qu'elles-mêmes.

J'éteins mon appareil photo et je décide de ne rien montrer de moi du tout ce soir. À la place, je partage les comptes de mes futures sœurs de combat à l'écran avec le hashtag #Reines. Je sais que c'est aussi pour leur engagement que les autres actrices de *Queens of Dust* ont été choisies pour rejoindre ce casting incroyable et participer à cette série hors norme, engagée, féministe, inclusive. C'est vraiment le rêve de ma vie. Alors je l'écris.

Et à cet instant, au milieu des bulles de savon et du silence apaisant, je me demande si toutes ces femmes sont aussi fières que moi – et aussi pétrifiées – à l'idée de faire partie du changement. Je l'écris aussi et je publie sans plus réfléchir. Bulle me dirait que j'ai été sérieuse bien trop longtemps.

« Mayday ! Mayday ! Tu deviens chiante, alerte à la boulette ! »

Je rigole toute seule, lui envoie un message composé de la seule émoticône contenant une boulette : un plat de spaghettis bolo'. Puis je rouvre Instagram et vais faire un tour du côté des quatre rôles principaux masculins – on ne va quand même pas se priver – et particulièrement les deux que je vais devoir embrasser.

Sans trop avoir à me forcer, soyons honnête.

– Plouf plouf, ce sera toi que je glisserai dans mes draps…

Je me marre encore en m'écoutant dire des âneries et en me demandant si Rio m'entend glousser toute seule, de l'autre côté du mur.

Mais qu'est-ce que je fous ici, avec lui ?

Et d'ailleurs, Rio, c'est quoi ce prénom ?

Et pourquoi il me dit vaguement quelque chose ?

Et si j'allais le stalker, lui aussi ?

Pas le temps : je sens mon téléphone vibrer dans ma main.

[T'es vivante, frère ?
Dis-moi que ton avion
n'a pas décollé…]

Je souris en imaginant l'air épouvanté de ma meilleure amie insomniaque qui, à quatre heures du matin à Paris, doit m'imaginer en train de me crasher au milieu de l'Atlantique.

[Je suis sur la terre ferme,
en un seul morceau.
Et probablement encore
dans de sales draps.
Je te raconterai demain.
Allume ton enceinte
magique et essaie
la pluie tropicale.]

[Peux pas. Ça me donne
envie de pipi. Vais tenter
le chant des cigales.]

[Tu les hais !]

[Je suis une femme libre
et complexe, Willa.]

[Pardon, Bulle. Cricricricricri.]

[C'est censé être des cigales, ça ?]

[Cricricricricri.]

[Tout compte fait, ton avion
aurait dû s'écraser.
Tu ne m'es d'aucune utilité.
Raconte-moi plutôt la boulette
que tu t'apprêtes à faire.]

[Seule dans une suite avec
un parfait inconnu.]

[Je t'aime, t'es mon idole.
Je veux une photo.]

[Et l'adresse de l'hôtel.]

[Et son casier judiciaire.]

[Dans l'ordre que tu veux.]

[Hôtel Marriott de Newark.
Chambre 501. Pas un mot
à Wolf mais appelle les flics
si je t'ai pas donné de nouvelles
d'ici demain matin. Dors. Cricricri...]

La chaleur de l'eau, la tempête qui fait rage dehors, la proximité de *l'autre* me montent à la tête. Alors je m'égare à nouveau, vais faire un tour sur mes notifications et tombe sur la dernière photo postée par Cosimo.

Quand il m'a montré cette image de nous en direct, alors qu'il venait de nous prendre en selfie dans ce club à l'ambiance déjantée, je me souviens l'avoir trouvée belle. Fun. Vivante, osée, mais vraie. Alors j'ai dit au photographe, qui se trouve aussi être mon *sex friend* occasionnel, mais surtout mon ami de longue date, qu'il pouvait la poster.

Sur cette photo, j'ai l'air d'une sauvageonne. Les yeux brillants, le maquillage coulant, les pommettes rouges, la crinière en vrac et les seins presque à l'air. Je parais saoule – et je l'étais. Mais aussi libre – et je le suis toujours. Sans doute un peu trop débridée, beaucoup trop collée à lui. Et sur le coup, tout ça m'a plu.

Il y a toujours une petite part de moi qui aime choquer, remuer, déranger, qui s'évertue à prouver qu'une fille qui porte du 50 peut plaire, susciter le désir, oser la minijupe et le dos nu, attirer les regards sans faire pitié, s'acoquiner avec un beau mec comme Cosimo – ou même plusieurs en une seule soirée.

Mais maintenant que je contemple cette photo à nouveau, à froid et totalement sobre, je me rends compte qu'elle ne me rend pas service. Ni à la cause des femmes. Cette image de *party girl* un peu trash, c'est tellement réducteur. Ce n'est pas moi, pas seulement et pas vraiment moi. Et la grande chaîne américaine pour laquelle je m'apprête à tourner risque de ne pas du tout apprécier.

D'ailleurs, mon agent m'a suggéré et vivement conseillé de rester clean sur les réseaux sociaux. Et je ne parle même pas de Wolf Larsson, alias mon contrôleur de conscience, qui me rabâche sans cesse que ce que je fais de mon cul ne regarde que mon cul.

Mais mon cul est très vexé.

[Cosimo, ti amo
mais tu pourrais supprimer
notre dernière photo ?]

Je lui balance ce message privé sur Instagram, sans savoir s'il va me répondre ni même me lire. J'ignore sur quel continent le bel Italien sans attache se trouve actuellement, lui qui saute d'avion en avion pour aller mitrailler les jolies choses.

Mais sa réponse me parvient déjà.

[Tu m'aimes ?
C'est nouveau, ça… Épouse-moi
et ton vœu sera exaucé.]

[Vire-la, Cosi.]

[Je me demandais quand tu allais
m'ordonner de le faire.
Tu es sublime, pourtant.
Je n'ai reçu que des réactions
positives… parfois déplacées…
voire carrément lubriques.]

Il m'envoie une émoticône bombe, je lui balance un cœur brisé pour l'amadouer.

[Je dois soigner mon image.
Supprime, please.]

[C'est fait.]

[Merci.]

[Ciao, mia dolce.]

[Attends !]

[Quoi ?]

[Lubriques comment ?]

Pour seule réponse, je reçois dix lignes d'émoticônes flamme. Je rigole toute seule, laisse tomber le téléphone et glisse lentement ma tête sous l'eau.

Il faut que j'arrête de déconner.

Cette série, c'est la chance de ma vie…

11

JE T'ATTENDS

Willa

– Vous riez seule, donc ? Si vous avez des visions ou entendez des voix, vous pouvez vous faire aider, vous savez ?

Je sursaute à la sortie de la salle de bains, ne m'attendant pas à le trouver là. Rio est assis sur le lit, jambes croisées devant lui, pieds nus et manches de chemise retroussées, les yeux rivés sur l'écran de son ordinateur posé sur ses cuisses.

Parfaitement concentré, stoïque, arrogant. Renversant.

Et il vient, en gros, de me traiter de tarée. Sans même daigner me regarder.

Je lève mon portable dans sa direction, le fais danser au bout de mes doigts et rétorque :

– Ça s'appelle un téléphone et ça permet de communiquer avec des gens. Voire des *amis*. Vous devriez essayer… Grâce à ça, on n'est plus jamais vraiment seul.

L'avocat consent enfin à m'adresser un regard. D'abord agacé, puis… troublé. Peut-être parce que je ne porte qu'une serviette. Que j'ai les cheveux mouillés, les jambes nues, les mains croisées sur ma poitrine, la peau partiellement exposée.

Je ne m'attendais pas à le trouver *ici*, il ne s'attendait pas à me trouver *ainsi*.

J'ai mis longtemps à m'accepter, à être à l'aise dans ce corps imparfait, à aimer vivre dans ma peau et à dompter mes démons, mais j'y suis parvenue. Depuis quelques années, grâce à mon métier et à l'assurance qu'il m'a apportée, me mettre nue devant un homme n'est plus une épreuve.

Mais ce soir, en sa présence, mes jambes vacillent à nouveau.

J'ignore pourquoi le regard de Rio Delacroix me remue comme ça. Pourquoi ce mec m'excite autant qu'il m'effraie. C'est étrange et sur le coup, j'ai du mal à le comprendre, à l'expliquer, mais je me sens à la fois vulnérable et toute-puissante face à cet homme qui promène ses beaux yeux sombres sur moi.

J'ai le cœur qui bat fort, très fort, au milieu de tout ce silence.

J'imagine qu'un type comme lui a l'habitude d'admirer des corps parfaits, minces, sans trop de reliefs ni de défauts, peut-être pulpeux parfois, mais pas aussi ronds, aussi charnus, aussi forts que le mien. C'est même sûrement la première fois qu'il voit une femme « comme moi » de si près. La première femme à avoir des seins lourds, des hanches pleines, des fesses imposantes, des cuisses qui se rejoignent et se câlinent. Une femme normale en somme, mais que la société a juste décidé de rendre invisible.

Et pourtant, dans son regard à lui, ce soir, je lis du désir. Je crois qu'à ma grande surprise, comme à la sienne, mon colocataire forcé ne déteste pas ce qu'il voit. Une petite armée d'anges passe entre nous, puis l'homme face à moi semble reprendre ses esprits. Il se mord la lèvre, sourit en coin en baissant la tête, puis se racle la gorge et riposte :

– Jamais seul ? C'est des conneries, ça. C'est ce que les nouvelles technologies nous font croire, mais on est toujours seul avec soi-même. Et quand on cherche de vrais rapports humains, rien ne remplace ça, Willa. Un regard, un contact.

Au moment de prononcer mon prénom, il plonge à nouveau ses yeux dans les miens.

Dans ses iris, ça brûle. Et entre mes cuisses, ça se réveille.

Une drôle de chaleur se répand au creux de mes reins. Je fais un petit pas en arrière, observe mon adversaire avec plus d'attention, en resserrant comme par réflexe ma serviette autour de moi. Nos regards ne se quittent plus.

C'est effrayant. Excitant. Bouleversant.

J'hésite à reculer davantage, à retourner me terrer dans la salle de bains, ou à assumer et me mettre à défiler devant lui dans cette tenue, pour aller rejoindre le salon où se trouve ma valise pleine de fringues.

Défiler en robe de grand créateur ou poser en sous-vêtements, c'est mon métier. Je le fais chaque jour les yeux fermés, mais devant lui, je ne suis plus bonne à rien. Ce mec m'intimide et ce rapport de force silencieux ne m'est plus arrivé depuis des années.

– Jolie serviette, commente sa voix rauque.

– Elle n'a rien de spécial.

– Celle qui la porte, si…

Je lâche un rire étouffé pour cacher mon trouble, puis dégage la mèche rebelle qui me barrait le front. Ma serviette en profite pour glisser dangereusement vers le bas, je laisse échapper une expiration et la rattrape in extremis pour recouvrir mes seins.

Mais Rio a eu le temps d'en voir beaucoup trop.

Depuis le lit duquel il n'a toujours pas bougé, il inspire profondément, décroise ses jambes, se colle un doigt entre les yeux et le fait descendre le long de son nez. Je l'ai déjà vu faire ça, je crois que ça l'aide à réfléchir. Et j'ai l'impression d'attendre l'ultime verdict : à quelle sauce il me mangera… ou pas. L'avocat finit par me balancer tout bas :

– Je vous avais sous-estimée, Willa…

– Pardon ?

Je n'ai jamais vu un sourire plus joueur, plus indécent, plus tentant que celui qu'il m'adresse.

– Je pensais qu'on resterait sages, vous et moi…

J'ai du mal à ne pas me liquéfier face à cette voix grave et vibrante, terriblement sexy.

– À quoi vous jouez, là ?

Il referme l'écran de son Mac et se lève lentement, sans me quitter des yeux ni se départir de ce sourire qui me donne chaud. J'ai envie qu'il me touche. Envie d'une seule fois. Envie que ce soit intense, sauvage, dément et qu'ensuite on se quitte, pour toujours.

Mes yeux lui disent tout ça, le réclament, tandis qu'il savoure cette tension entre nous, qu'il prend son temps, s'approche de moi sans se presser, se penche dans mon cou pour me humer, puis tire tout doucement sur ma serviette pour me faire comprendre qu'il aimerait en voir plus.

Je ne résiste pas. Je le laisse exposer une partie de mon décolleté puis découvrir mes tétons pointés vers lui en inspirant profondément.

Ça bout à l'intérieur de moi, ça s'agite, ça se bouscule, pendant qu'il reste immobile. Il se contrôle, se montre patient, se poste tout près de mes lèvres, parfaitement calme et insolent, l'air de dire : « Je t'attends. » Sans hésiter, je réponds à cette invitation. Je tiens toujours la serviette relâchée autour de ma taille, comme une dernière barrière entre nous, mais de l'autre main, je m'agrippe à sa chemise comme au bord d'une falaise et je plonge. Vers lui, vers l'inconnu.

Je l'embrasse brusquement, sur un coup de folie, en faisant taire mes doutes, mes complexes, mes vieux démons. Nos lèvres se rencontrent, s'entrouvrent, nos langues se caressent, se goûtent, c'est étonnamment doux, c'est chaud, sensuel, mais je recule par réflexe, trop tôt, trop vite, rattrapée par un sursaut de pudeur.

Je resserre la serviette contre moi.

– J'en veux plus, Willa… beaucoup plus. Et toi aussi, je crois.

Sa voix déborde de désir, elle me couvre de frissons, sa main se plaque au creux de mes reins et m'attire à lui. Je n'émets aucune résistance, ça le fait sourire. Puis grogner.

Cette fois, l'avocat redoutable change de registre.

Il m'embrasse à m'en faire mal aux lèvres.

Je sens son corps immense et solide collé au mien, ça me rend folle, presque animale. Lui est insatiable, il me mordille, me happe, me dévore, me fait frémir, gémir, il me pousse contre le mur, me fait la guerre avec sa langue, tandis que ses mains explorent déjà mon corps.

J'adore ça, sentir la pulpe de ses doigts sur ma peau, son envie de moi quand il caresse mes cuisses, quand il empoigne mes fesses sous la fine serviette qui nous sépare encore.

– Laisse-moi te voir… me glisse-t-il.

C'est une invitation, pas un ordre. Il ne me brusque pas, ne force pas les choses. Mais Rio me fixe, le regard brûlant, le souffle court, attendant que je nous débarrasse de ce dernier garde-fou entre nous.

La serviette tombe. Sur un coup de tête, je m'abandonne à cet inconnu que je ne reverrai probablement plus jamais une fois ces tempêtes oubliées. Celle qui sévit dehors… et l'autre, à l'intérieur de moi.

Ses yeux se promènent sur mon corps totalement nu, je l'embrasse pour qu'il n'ait pas le temps de me contempler trop en détail. Vieux réflexe de protection. Tandis qu'il répond avec fougue à mon baiser, ses mains me frôlent, me découvrent, me palpent, m'apprivoisent, puis sa bouche descend dans mon cou, mon décolleté et ça s'embrase au creux de mon ventre. Quand ses dents se referment férocement sur mon téton gauche, je lâche un cri à m'en casser la voix.

L'arrogant plaque sa bouche sur la mienne pour me faire taire, il se retourne en m'emportant avec lui et me pousse sur le lit. J'en profite pour me couvrir partiellement avec le drap blanc. Réflexe encore.

Un jeu de regards s'ensuit, un duel torride, indécent, excitant au possible.

Rio Delacroix me surplombe et se désape en me dévorant du regard, un sourire de sale gosse au coin des lèvres. Je l'étudie avec attention, sans jamais le quitter des yeux. J'aime la manière dont il défait les boutons de sa chemise, de haut en bas, sans se presser mais avec une précision et une efficacité absolues.

– Un peu plus vite, Maître Sadique, le provoqué-je.

Ses épaules carrées surgissent, puis son torse à la peau mate, aux muscles dessinés, ses bras bandés, impressionnants. Je scrute sa taille fine, ses abdominaux, le V bien marqué qui disparaît sous sa ceinture.

J'ai chaud. Du mal à déglutir. Et rarement eu aussi envie d'un homme.

En quelques secondes, son pantalon disparaît, dévoilant un boxer noir moulant et ultra-tendu.

Clairement, *tout* est impressionnant chez lui.

– C'est vraiment ce que tu veux, Willa ?

– Tu veux dire, ça ? demandé-je en pointant son érection du doigt.

Il hausse un sourcil, amusé, sourit de mon audace, puis sort une capote de son énorme portefeuille abandonné sur la table de nuit.

J'hésite un instant à le vanner en lui demandant ce qu'il cache d'autre là-dedans – des liasses de billets ? des faux papiers ? un tableau de chasse long comme le bras ? – ou s'il a l'habitude de coucher avec une femme différente chaque soir et de ne jamais les revoir, mais nos regards se percutent et mon désir remonte en flèche. Il arrache l'emballage doré à l'aide de ses dents, cliché mais terriblement viril, et je n'ai plus du tout envie de plaisanter.

Mon sarcasme peut attendre. Pas le reste.

Allongée sur le lit, je ne le vois pas faire mais je le devine : l'homme au corps d'Apollon libère son sexe, l'habille du préservatif, puis se penche lentement sur moi pour me rejoindre au milieu des draps. Il embrasse mes cuisses, mon ventre à travers le fin tissu blanc, puis l'écarte sauvagement pour me mettre à nu.

Il a suffi de ce geste pour que je décide sur-le-champ que je suis prête à le laisser faire tout ce qu'il veut de moi.

Soudain, des coups sur la porte nous interrompent.

– *Room service* !

– Laissez ça derrière la porte ! grogne l'avocat en direction du couloir. J'ai autre chose à me mettre sous la dent, là…

Son corps vient alors se plaquer contre le mien, sans douceur ni délicatesse, sa bouche s'abat à nouveau sur la mienne et m'arrache un long gémissement. Ses dents se plantent dans ma lèvre tandis qu'il remonte brusquement ma cuisse. Je sens son érection presser contre mon sexe. Je le veux comme jamais… Mais je le fais attendre encore.

– « Autre chose » ?! répété-je, faussement outrée.

Rio sourit puis m'embrasse à m'en faire perdre la tête, sa langue joue à me rendre folle, son souffle chaud me rend ivre de lui… et ses doigts se faufilent tout en bas. *Là*.

Là où c'est si bon. Là où j'ai tant envie de lui. Il me touche, titille mon clitoris, me caresse avec dextérité, me pénètre d'un doigt, puis d'un deuxième et grommelle en découvrant à quel point je suis trempée.

Il sait parfaitement s'y prendre, ce salaud.

Mais il n'est pas le seul : j'enroule mes doigts autour de son sexe tendu, sens sa dureté, sa largeur, sa peau douce, ses nervures. Je l'excite, joue un peu avec ses nerfs, le caresse de haut en bas, jusqu'à ce que son désir et le mien deviennent urgents.

Rio s'empare de mes poignets, remonte mes mains de chaque côté de ma tête et, sans hésiter, s'enfonce en moi tout en me couvrant de son regard brûlant.

Je… meurs… de… plaisir.

Ses coups de reins se font d'abord lents et appuyés, nos peaux claquent l'une contre l'autre dans une harmonie parfaite, puis notre danse sensuelle s'intensifie. J'enfonce mes ongles dans la chair ferme de ses fesses et notre tango devient un peu fou, bestial, étourdissant. Rio me prend plus vite, plus fort. Entre deux allées et venues, il mordille mon cou, embrasse mes seins, aspire mes tétons, les pince, les mord jusqu'à me faire mal. Il est partout, il me remue, me secoue, me malmène, me possède sans retenue. J'aime ça.

– Pas trop vite, poupée… Je ne fais que commencer.

Il me retourne soudain, m'incite à me mettre à genoux, s'agrippe à mes hanches et se glisse en moi par-derrière. C'est brusque, inattendu, divin. Il s'empare de mes cheveux, les tire doucement en arrière pour me forcer à me cambrer et j'adore ça. J'ignore combien de temps il passe à se démener derrière moi mais il ne faiblit jamais. Il ralentit parfois et c'est meilleur encore. Il accélère soudain et je perds pied. J'en veux encore, je ne sais plus si c'est assez, je veux qu'il décide pour moi et c'est exactement ce qu'il fait, en dosant tout à la perfection. Je gémis quand le plaisir monte encore et encore et menace de m'emporter.

– Willa, souffle sa voix entêtante. Pas encore…

– C'est ta faute, riposté-je, la voix tremblante et cassée. C'est toi qui me fais ça…

– Ton cul est fait pour moi.

– Tais-toi et baise-moi, l'avocat.

Je n'ai pas besoin de le dire deux fois. Notre partie de baise devient plus intense encore, Rio me pénètre sauvagement, tout en caressant ma peau et tout mon corps comme s'il n'avait pas touché une femme depuis des mois, des années. Ses mains sur moi me font un effet fou. Sa façon de me vouloir si fort décuple mon plaisir. Je m'entends gémir son prénom, lui glisser des mots salaces, puis crier ma jouissance lorsque l'orgasme survient et ravage tout sur son passage.

Je m'écroule sur le matelas, la peau couverte de frissons, le sexe en feu, tandis qu'il jouit en moi.

Personne ne m'a jamais embrassée, touchée, rudoyée, possédée comme il vient de le faire.

Rio Delacroix est encore plus redoutable que je ne l'imaginais : homme insupportable, mais amant parfait.

– J'ai faim, bordel.

Le type qui était en moi trois minutes plus tôt quitte le lit, se rhabille en me tournant le dos et se barre dans la pièce d'à côté, sans un seul regard pour moi.

Dieu du sexe, oui. Maître Enfoiré, aussi !

12

HORS CATÉGORIE

Willa

Où suis-je ?

Quelle heure est-il ?

Pourquoi suis-je nue dans un lit vide ?

Est-ce qu'il se pourrait que je meure de faim ?

Aïe, et depuis quand ai-je des courbatures dans les fesses ?

Un mouvement pour m'étirer et tout me revient. La serviette qui tombe, son regard qui me brûle, ma bouche qui franchit le pas et la barrière de ses lèvres, puis son grand corps qui me plaque contre le mur et me colle sur ce lit pour ne plus me lâcher.

Longtemps, follement, délicieusement, sauvagement.

Je sens encore la morsure de ses dents et l'ardeur de ses coups de reins.

Après ces bons et déloyaux services, le sauvage s'est rhabillé et a disparu au salon pour ne plus jamais réapparaître. Après tout, on ne s'était rien promis.

Et j'ai pu dormir dans un vrai lit.

Mais même plusieurs heures après, ce que Rio m'a fait cette nuit réussit encore à me faire rougir. Dans un élan de pudeur, je m'extirpe de ce lit tant qu'il n'est pas là pour me voir. Je n'ai pas la moindre idée d'où il peut être à une heure si matinale et après une nuit presque blanche, mais je ne veux pas le savoir.

Dehors, la tempête ne s'est pas calmée, loin de là.

Une douche express plus tard, j'enfile des vêtements propres, robe-pull en cachemire rose pâle et collants noirs, puis je ramasse et range ce qui m'appartient comme pour effacer toutes les traces de la veille. Quand je me redresse, un grand brun transpirant passe la porte de la chambre.

Bas de survêtement gris, baskets fluo, tee-shirt noir à manches longues tellement moulant et trempé de sueur que je peux deviner l'intégralité de ses muscles dessous. J'aurais dû me douter que ce corps parfait et ce cerveau maso s'entretenaient à la salle de sport à la moindre occasion.

– Tiens, tu n'es plus déguisée en poussin fâché ? lâche-t-il en retirant ses pompes.

– Pardon ?

Les premiers mots qu'il m'adresse après cette nuit… débridée.

– Ton pull poilu, là, ça m'a fait penser à ça hier dans l'avion.

– Tu n'es vraiment pas discret quand tu mates, tu sais ?

– Du calme, j'avais juste besoin d'un divertissement.

Voix grave, haussement d'épaules, sourcil sûr de lui et regard cappuccino qui donne chaud.

– Alors, d'une, je déteste qu'on me dise de me calmer. Et de deux…

Son téléphone vibre dans la pochette noire et transparente qui entoure son biceps, il s'en empare et me tourne aussitôt le dos. Agacée, j'allume la télé, baisse le son mais regarde les images des infos défiler, juste histoire de poser mes yeux sur autre chose que sur lui – et cette face arrogante que j'ai envie de gifler.

Ce qu'il s'est passé cette nuit était clairement une connerie, mais il n'a pas encore pris la peine de me le balancer à la figure. Pourtant, je devine qu'on est sur la même longueur d'onde, lui et moi. Ça ne peut pas être autrement. Et puis, sa nonchalance et le peu d'intérêt qu'il me porte en disent long.

Rio raccroche rapidement, après avoir marmonné du jargon d'avocat en anglais, puis passe devant moi, en me frôlant presque, pour atteindre la machine à café. Il a beau être en sueur, cet enfoiré sent toujours aussi bon.

– Apparemment, il n'y a toujours pas d'avion programmé aujourd'hui, précisé-je en fixant les images silencieuses qui passent à l'écran. Je vais aller voir s'ils ont des chambres libres pour la nuit prochaine.

Il me scrute étrangement, sans que je parvienne à décrypter ses pensées. Ça me colle des frissons.

– En rose et noir, tu ressembles à un bonbon maintenant.

– Pardon ?

– Tu connais les Haribat ? Pâte à sucre et réglisse. Sucré, fondant, mais avec du caractère.

À quoi tu joues, Maître Relou ?

– Arrête ton baratin. Et me comparer à une sucrerie écœurante, ce n'est pas du tout flatteur.

Un léger sourire en coin se forme au coin de ses lèvres, juste avant qu'il ne les trempe dans son expresso. Ce type sait exactement comment me mettre en rogne.

Et moi, je me suis mise toute nue devant lui.

Je l'ai laissé me faire des choses indécentes.

Sa peau était délicieuse, sa langue, son souffle, ses mains… J'en voudrais encore si je ne le détestais pas à ce point.

Je me frotte les cheveux, chasse de mon esprit les images de la nuit précédente, puis continue mon speech de fille pas contente du tout, sans trop savoir où je vais.

– Et penser que je vais aimer les métaphores culinaires et ton petit air gourmand, c'est aussi réducteur et stupide que si je te faisais une blague… sur l'avocat mayonnaise.

– Je vois. On ne joue pas avec la nourriture, c'est ça ? Et encore moins avec la fierté de Mlle Larsson.

Il plisse les yeux en prenant un faux air sérieux, je lève les miens au ciel et retourne dans la chambre pour mettre fin à cette joute verbale et à ce petit jeu que je ne vais jamais gagner. Je fais semblant de continuer à réunir mes affaires déjà réunies, et je réalise que j'aurais pu quitter cette chambre, à l'instant. Et que j'ai choisi de rester.

Je dois bien avouer que sa façon de me bouffer du regard sans le moindre scrupule a quelque chose de plaisant. Je pensais que Rio Delacroix, le gros dur, l'orgueilleux, qu'on ne peut pas cerner, afficherait des regrets plus marqués, après la nuit dernière. Ou au moins ce genre d'indifférence – totale, criante, insultante – que les mecs ont absolument besoin de surjouer pour t'annoncer très vite que non, ils n'ont pas prévu de se mettre en couple avec la grosse avec qui ils viennent de passer une nuit torride.

Ni même de réitérer l'expérience.

Rio, lui, ne cherche ni à se débarrasser de moi ni à me retenir. Je l'observe se diriger vers la salle de bains, retirer son tee-shirt de sport collé à sa peau en se contorsionnant, s'asperger le visage et la nuque d'eau fraîche. Depuis le lavabo sur lequel j'ai une vue directe, il me révèle des muscles absolument improbables tout le long de son large dos, passe ses mains mouillées dans ses cheveux en bataille et attrape une serviette pour se la jeter autour du cou. Le voir à moitié nu en plein jour est à la fois envoûtant et… terrifiant.

Lui… Moi… Comment ? Pourquoi ?

Quand ce canon horripilant me refait face, c'est pour lâcher :

– Tu n'es vraiment pas discrète quand tu mates, tu sais ?

– Et toi, tu es un énorme cliché vivant. Et c'était ma serviette, ça.

– Ah. Cette nuit j'avais plutôt eu l'impression que tu étais du genre à partager.

Il fait glisser la serviette sur sa peau avant de me la jeter à la tête.

– In-sup-por-ta-ble, lâché-je dans une grimace.

– Tu ne devais pas aller te chercher une chambre ? C'est d'une logique implacable : si les avions ne décollent pas, c'est évident que les autres gens coincés ici vont partir pour laisser leur place à Willa Larsson.

– Mais tu ne te tais jamais ?

Non. Il revient se planter devant moi, immense et torse nu, sans le moindre sourire sur son visage fermé, dur, arrogant, presque méprisant tellement son grand front intelligent, son nez aquilin et ses mâchoires carrées ont l'air de vous prendre de haut de toute leur beauté, leur virilité, leur intensité.

– Tu peux rester ici cette nuit, poupée, je n'y vois pas d'inconvénient.

– Merci pour ta permission mais c'est hors de question. Et ce surnom, c'est un non ferme et définitif. Je ne suis pas un jouet en location pour tes soirées d'ennui, *Maître*.

– Je ne paie jamais pour ça, murmure sa voix rauque. Et si mes souvenirs sont bons, c'est toi qui m'as sauté dessus hier soir, je n'avais rien demandé.

– Tu ne t'es pas vraiment fait prier…

– Non, c'est vrai. Mais ce n'était pas inoubliable, Willa. Pas au point que je te supplie de remettre ça, là, maintenant, sur ce lit, ce tapis, contre ce mur…

Ce mec est hors catégorie. Il arrive à me blesser et à m'exciter en une seule et même réplique.

– Tu mens, soufflé-je en allant soutenir son regard.

– Peut-être.

– Tu mens très mal, pour un avocat.

– Ou peut-être trop bien. Mais tu ne le sauras jamais si tu t'en vas.

Il fait un minuscule pas vers moi et son mètre quatre-vingt-dix me surplombe comme hier soir, impressionnant, stoïque, fascinant comme une statue grecque inébranlable, qui arrive à être sensuelle et envoûtante en n'étant faite que de marbre ou de pierre.

Il faut que je me sorte de là.

Avec sa carrure, son charisme, ce visage typé et ce regard changeant mais si expressif, il pourrait largement être mannequin. Mais il se croit sans doute bien au-dessus de ça.

– Tu sais quoi, Rio Delacroix ? Je déteste les menteurs et les prétentieux dans ton genre qui se croient tout permis, qui savent tout mieux que tout le monde et qui pensent que rien ni personne ne leur résiste. Une nuit m'a largement suffi pour faire le tour de ta petite personnalité narcissique et superficielle. Il faut croire qu'on ne peut pas tout avoir : un corps de rêve *et* une âme digne de ce nom.

Il me laisse terminer, sans jamais perdre son calme ou songer à m'interrompre.

– Parfait. Parce que je ne supporte pas les grandes gueules qui ne savent pas ce qu'elles veulent, qui jouent les guerrières féministes qui n'ont peur de rien mais fuient au moindre plan cul qui les déstabilise, qui font semblant de s'assumer sans rien vouloir changer mais qui sont incapables de prendre les autres comme ils sont.

J'ouvre grand la bouche, outrée par ce résumé de moi, mais je ne trouve rien à répondre. Ses talents d'orateur sont à la hauteur de son arrogance.

– Pas de bol pour tes grands discours, Willa. Mais c'est toujours moi qui ai le dernier mot, dans cette vie.

Je le laisse gagner à ce petit jeu-là, puisqu'il aime tellement ça, et je quitte enfin cette chambre irrespirable.

13

J'M'EN FICHE

Willa

Je me rends à la réception en racontant aussitôt mes exploits à ma meilleure amie par texto. Rien de mieux que taper très vite sur un clavier pour passer ses nerfs. Et il est beaucoup trop tôt pour un verre.

[Toujours vivante. Très bon coup,
très sale type. Pas fière de moi.
En plus, je viens de claquer
la porte alors que je voulais pas.
Erreur de débutante, flagelle-moi.
Je veux ma maison,
mes chaussettes pilou et toi.
Ah, et un Magnum double chocolat
+ une bouteille de vodka.]

Petit matin ici, début d'après-midi à Paris : mais pas de réponse. Je reproche mentalement à ma meilleure amie d'avoir une vie, vais vérifier auprès de mon pote de la réception, James, que toutes les chambres sont toujours prises et que Maître Logique avait encore raison, puis m'installe au bar en commandant un petit déjeuner. Puis un jus de tomate. Puis un autre café. C'est fou comme le temps passe lentement quand c'est bientôt l'heure du repas mais pas encore du tout. À midi pile, horaire à la limite de la décence culinaire, je commande une salade avec tellement de trucs dedans que j'aurais mieux fait de prendre un burger. Du coup j'en prends un aussi, arrosé de Coca Light et de contradictions. Et pas de dessert, parce que rien ne me fait envie.

J'ai longtemps craint le jugement des autres sur ma façon de manger, trop, trop peu, trop gras, trop sain, mais quand j'ai compris que j'étais jugée et questionnée quoi que je fasse, j'ai arrêté. La liberté donne un bien meilleur goût à tout.

Avec Bulle, on a inventé le concept du « je-m'en-fichisme ». Après avoir gardé ma nièce de 3 ans tout un week-end et l'avoir entendue répondre : « J'm'en fiche » à tout ce que je lui disais, j'ai décidé que c'était la meilleure des philosophies de vie. Et aussi que je ne ferai plus jamais de baby-sitting, même pour Louve, l'adorable fille de mon frère qui a malheureusement hérité de son caractère mordant, et même en compagnie de ma meilleure amie qui peut sans problème avoir 3 ans dans sa tête tout un week-end.

Je passe l'après-midi sur un des canapés confortables du grand hall, à relire les scènes de la saison un qui me concernent ; à prendre des nouvelles de mes copines modèles – Eugénie, Qin-Qin, Paloma –, des quelques mecs de l'agence avec qui il est possible d'avoir des relations d'amitié sans ambiguïté – Côme, Elias, Babakar. Puis j'envoie une grimace à Léo, la mère de ma nièce, pour savoir si Louve sait faire la même… Mais ma belle-sœur ne tarde pas à me répondre : « Désolée, je m'en fiche. »

Je consulte mes e-mails pros, trie les propositions de boulots intéressants que m'a transférées Colette, mon agent. Je donne suite à celles qui me tentent en fonction de mon planning de tournage, mais elle me répond rapidement, à sa manière bien à elle.

De : Colette Coco Pas Chanel Mais Presque
À : Willa Larsson
Objet : Quand c'est non, c'est non
Ma chérie,
Je sais que tu es une bosseuse née, contrairement aux gens normaux, et je sais bien où tu te fourres les normes et la normalité, mais tu es en train de dire oui à tout le monde et ton vieil agent feignant ne sait plus où donner de la tête.
J'ai oublié de te dire que la chaîne américaine m'avait appelée hier : ils ne veulent pas que tu fasses trop d'allers-retours entre New York et Paris une fois le tournage commencé, pour une sombre histoire de risques et d'assurance. Bref, je crois que tu vas être un peu bloquée là-bas à partir de janvier.
Conclusion : il faudrait voir à dire un peu non.
(Tu verras, ça marche pour les jobs, mais aussi pour les mecs, les frites, les verres de trop et les sodomies non désirées…)
OK, *capisce*, *comprendo* ?
Je t'embrasse.
À vite,
Coco

Pourquoi ai-je choisi l'agent le moins professionnel de tout Paris ? Parce qu'à 60 ans bien tassés, Coco avait besoin d'un boulot en plus de sa misérable retraite, parce qu'elle fume des cigarettes sans filtre même dans les lieux où c'est interdit, parce qu'elle était féministe, libre et *badass* bien avant moi, parce qu'elle ne s'est jamais maquillée de sa vie et qu'elle ne voit pas l'intérêt de se « tartiner de merdier », parce qu'elle est aussi classe que vulgaire, parce qu'elle n'a jamais été mariée ni amoureuse et qu'elle préférerait mourir sur-le-champ, parce qu'elle me parle normalement, que ce soit pour me dire que je suis géniale ou que je déconne à pleins tubes, parce qu'elle m'a déjà « virée » plusieurs fois alors qu'elle est censée travailler pour moi, parce qu'elle parle anglais comme une vache espagnole, parce que Wolf la déteste d'être aussi incompétente, parce qu'elle me fait hurler de rire quand elle envoie bouler les gens qui me proposent des pornos ou des rôles de princesse, parce que Bulle rêve d'être Colette quand elle sera grande et parce que vu ma famille de timbrés, j'avais bien besoin d'une grand-mère de substitution complètement ingérable. Et que je paie pour ça, en plus.

En bref, je l'aime. Je la vois peu et on se parle principalement par e-mails, mais elle fait du bon boulot dans l'ombre et je ne me séparerais d'elle pour rien au monde.

Après cet échange d'informations plutôt floues, je décide d'appeler mon frère pour être honnête avec lui – même s'il n'a toujours pas besoin de savoir où j'ai passé la nuit et avec qui.

– Wolf ? C'est moi. Colette vient de me dire que la chaîne US me voulait principalement à New York pendant toute la durée du tournage. Je pensais que je pourrais rentrer régulièrement à Paris pour bosser à côté, mais ça s'annonce compliqué. Désolée, je vais devoir mettre Strange & Strong de côté.

Silence à l'autre bout de la ligne. Je m'apprête à l'entendre rugir… mais une voix étonnamment douce me répond :

– Willa, ça va ? Tu viens vraiment de t'excuser là ?

– Qui, moi ?! Tu rêves ou quoi ? J'ai dit : « Je vais te planter tous tes contrats pendant six mois et j'm'en fiche ! »

Il se marre, de l'autre côté de l'Atlantique, puis répond à je ne sais qui d'autre de l'attendre dans son bureau, qu'il en a pour deux minutes. Peut-être trois, vu que sa sœur a l'air de bonne humeur.

– Ça pourrait changer à tout moment, tu sais ?

– Actrice, c'est ton rêve, Boulette, t'as raison de faire passer ta carrière avant tout le reste.

Cette fois, c'est moi qui marque un silence.

– Merci Wolfy… C'est grâce à toi si j'en suis là.

Je souffle cette phrase, la voix coincée par l'émotion qui me gagne… puis je me reprends rapidement.

– Et je te promets de ne pas oublier ta petite agence de mannequins minable quand je serai devenue célèbre et insupportable.

– Honnêtement ? Je n'ai jamais douté une seconde de ton potentiel de star qu'on s'arrache et de diva qui donne envie de s'arracher les cheveux. Je crois en toi, petite sœur ! Je peux retourner bosser maintenant ?

– Je t'en prie, va tyranniser d'autres gens que moi !

– Tu es toujours à New York sous la neige ?

– Ah, je t'entends mal, Wolf… Tfff, tfff… Ça doit être la tempête… Pfiou, pfiou… Je t'appelle quand je suis à Paris… Rrrh, Rrrh… À plus tard !

– Euh… Je t'entends très bien moi.

Mes faux bruitages font lever le nez au réceptionniste perplexe et j'entends bien à sa voix que mon frère doute aussi que je sois tout à fait saine d'esprit. Mais il peut bien soupirer très fort, il n'a pas besoin de savoir que j'ai changé d'aéroport contre son avis, que je suis toujours coincée ici et encore moins avec qui j'ai passé la nuit.

Lui et moi, on s'aime autant qu'on s'engueule, autant qu'on se respecte, autant qu'on s'insupporte, et ça fait vingt-sept ans que ça dure.

Avec Rio Delacroix, ça ne fait même pas vingt-quatre heures et je ne sais pas comment on va survivre dans la même suite une seule heure de plus.

***

Quand je me décide à remettre un pied dans cette chambre, à vingt et une heures passées, je le trouve en tenue décontractée assis sur un des canapés du salon. Jean brut bien coupé, pull *camel* ni moulant ni *loose*, chaussettes sombres, jolie montre en cuir au poignet et manches remontées sur ses avant-bras au teint doré, il est étalé sur le dossier comme si tout cet espace – et ce monde – lui appartenait.

Je me sens minuscule, tout à coup. Et ça ne m'arrive vraiment pas souvent.

Je reste à l'observer quelques secondes, sur le pas de la porte à peine entrebâillée. J'hésite à venir perturber cette scène à l'ambiance feutrée, sereine, où rien ne dépasse. Pas la moindre faute de goût chez lui, aucune faille apparente, économie de gestes, respiration calme, regard concentré, mâchoires détendues, il regarde les infos d'une chaîne internationale avec le son réglé très bas.

Et ma tension monte très haut.

Je devrais trouver ça sexy, toute cette perfection, ce degré d'exigence, cette maîtrise de soi, il y a tellement peu d'hommes qui savent se fringuer, se tenir, se comporter comme il faut même quand ils pensent qu'on ne les regarde pas. Mais je sais qu'à la seconde où il aura remarqué ma présence, je vais me sentir en trop. Dans sa suite, dans sa vie. J'hésite à battre en retraite pour ne pas m'infliger ça.

– Tu pars ou tu restes, poupée ?

– On avait dit quoi sur ce surnom ? fais-je en entrant rapidement, juste pour éviter qu'il me voie sursauter.

Je retire mes boots et lui apprends de ma voix la plus détachée possible :

– Aucune autre chambre libre : je suis obligée de rester. Mais note bien que c'est contre mon gré.

– Il était temps, lâche-t-il sans sourire. Et ça t'a pris toute la journée ? Tu as *vraiment* essayé de convaincre James de t'emmener dans un cagibi pour voir si…

Je l'interromps en venant m'asseoir sur le canapé face à lui.

– Si tu es en train d'insinuer que j'ai couché avec lui pour obtenir une chambre, tu te trompes gravement sur qui je suis. Si c'est ta façon de te montrer jaloux à l'idée que je puisse…

– Ne te fatigue pas, me coupe-t-il à son tour. La jalousie, ce n'est pas dans mon ADN. Et moi aussi j'attends quelqu'un, pou… ssin.

Je lève les yeux au ciel pendant que son regard indéchiffrable dévie sur ma robe-pull. Tandis que j'essaie de comprendre ce qu'il dit et de ne pas perdre mon sang-froid, il éteint la télé, quitte son canapé et se rend devant la porte à la seconde même où quelqu'un y frappe. J'ai juste le temps de me demander s'il va me mettre à la porte pour sa nouvelle conquête de la soirée ou bien nous proposer un plan à trois, l'air de ne pas y toucher, mais c'est un mec du *room service* qui fait glisser son chariot dans la chambre et déguerpit aussitôt, un généreux pourboire à la main.

– Pizza et bonne bouteille de vin, j'avais envie de ça. Si tu n'aimes pas le rouge, tu peux te commander autre chose, mais je vais commencer, je meurs de faim.

Il y a effectivement deux grands verres à vin sur ce plateau et je prends ça pour une invitation à dîner. Ce serait absolument charmant si Rio n'affichait pas ce petit air victorieux, sûr de lui, comme si j'avais évidemment déjà dit oui.

Bon, je ne dis pas non.

Pour toute réponse, je lui tends mon verre qu'il s'empresse de remplir et fuis son regard en allant le siroter à l'autre bout de la chambre, près de la fenêtre. Pendant ce temps-là, l'avocat s'installe sur le lit, deux coussins dans son dos et la boîte à pizza ouverte devant lui. Il mord férocement dans une part comme s'il n'avait pas mangé de la journée et rallume l'autre télé en zappant nonchalamment. Toujours pas le moindre geste maladroit, la moindre petite tache sur le couvre-lit blanc, le moindre signe de gêne face à cette situation inédite qui mettrait mal à l'aise n'importe qui. Moi y compris.

– Tu peux t'asseoir ici, Willa…

– Je t'en supplie, évite le : « Je ne mords pas. »

Il se marre à ma petite repartie et je viens poser une fesse au bord du lit. On ne se regarde toujours pas.

– En fait je mords souvent, avoue le grand brun de sa voix grave qui me donne chaud.

– Je sais.

– Mais je préfère la pizza à beaucoup d'autres choses que je pourrais me mettre sous la dent.

– Tu aimes surtout beaucoup trop les métaphores, je crois.

– Déformation professionnelle… Tu ne manges pas ?

– Pas faim, réponds-je laconiquement.

C'est un mensonge et je m'apprête à recevoir en retour une petite pique stupide sur l'idée préconçue qu'il se fait de mon appétit ou de mon « coup de fourchette », mais Rio se tait et engloutit sa pizza. Il finit par s'arrêter sur un épisode de *Kings of Down*, lâche qu'il l'a déjà vu mais qu'il adore cette série, je lui dis que moi aussi sans préciser qu'il pourra bientôt me voir jouer l'un des rôles principaux du spin-off.

En fait, j'ai du mal à réfléchir en le regardant manger du coin de l'œil, poser sa grande main et ses lèvres ourlées sur son verre de vin, croiser et décroiser ses jambes, glisser son bras replié derrière sa tête et son autre main parfois très près de moi. De ma robe remontée sur ma cuisse.

Il m'a déjà resservie une fois et l'alcool commence à me monter à la tête. Je voudrais bien retirer ma robe-pull et mes collants pour enfiler un long tee-shirt et crever un peu moins de chaud. Je voudrais bien ne pas être follement attirée par lui et repenser à tout ce qu'il m'a fait cette nuit. Je voudrais bien ne pas réfléchir très fort à lui sauter dessus et renverser sur ce lit mon verre, le sien, les restes de pizza et son grand corps beaucoup trop habillé mais tellement, tellement proche de moi.

– Il paraît qu'il va y avoir une suite, lance sa voix rauque et détachée.

– *Queens of Dust*, confirmé-je tout bas.

– Ça va faire du bien un peu moins de testostérone, de bagarres, de muscles. Et un peu plus de… ça.

À l'écran, une des héroïnes dépose son armure et grimpe à califourchon sur un mec nu, couvert de cicatrices, de sueur, de terre et de neige fondue. C'est hot, très hot. J'essaie de ne pas me laisser dépasser par toutes les images que j'ai de lui et de moi. Presque par réflexe, pour me protéger, je le prends sur un autre terrain.

Le mien.

– Maître Macho, les femmes aussi peuvent se battre et être musclées, tu sais ? Ou pas, d'ailleurs. Et elles peuvent servir à autre chose qu'à… ça.

– Laisse-moi profiter de la scène et tais-toi, Willa.

– Ou sinon quoi ?

Je n'aime ni sa façon de me donner des ordres ni sa mauvaise manie de vouloir me faire taire à tout bout de champ. Et pour joindre le geste à la parole, il plaque son index sur ses lèvres, sans quitter l'écran du regard.

Enfoiré.

– Il y a un temps pour les grands discours, un autre pour les actions, murmure-t-il d'un ton presque méprisant.

– Et j'imagine que *tu* décides de ça ? Que je n'ai pas mon mot à dire, seulement le droit d'obéir ?

Cette fois, il pose ses yeux sur moi et je soutiens son regard café noir sans ciller. Lentement, il fait glisser son verre de vin sur la table de nuit à côté de lui, revient plonger dans mes yeux en promenant distraitement le dos de ses doigts sur ses lèvres.

Cet homme aime beaucoup trop jouer avec sa bouche.

– C'est le temps de la contemplation, souffle-t-il contre ses doigts, avant de retourner fixer l'écran.

Je pose aussi mon verre, juste pour me tenir prête et parce que je sens mes gestes pas tout à fait aussi assurés que les siens. Ce mec me fait décidément trop d'effet.

– Je t'ai connu moins… inactif que ça, lâché-je sans réfléchir.

Rio lève un sourcil, sans doute piqué dans son orgueil, puis il passe de longues secondes à me déshabiller du regard et je pourrais rougir à la seule idée qu'il le fasse pour de vrai. À la télé, au-dessus de nos têtes, j'attrape la dernière image de l'épisode au vol : le couple de héros transpirants, dénudés, leurs corps qui se ruent l'un sur l'autre et s'effondrent sur le sol, bouches soudées, jambes emmêlées, désirs fusionnés.

Dans cette chambre, sur ce lit, Maître Parfait éteint la télé, se redresse et je crois que le moment de contemplation est terminé. L'heure de l'action a sonné. J'ai rarement senti une vague de désir si forte m'envahir, un élan si puissant m'aimanter à un type que je peux à peine encadrer. Mais peu importe.

Là, maintenant, je veux juste que ce *king* me traite en *queen*, de la façon qu'il lui plaira. Et je le lui fais comprendre en me rapprochant de lui, sans équivoque.

– Tu peux avoir le lit cette nuit, je prends le canapé, annonce-t-il soudain en quittant le ring.

– Quoi ?

Non, je ne pensais pas du tout à cette façon-là.

– On n'a rien à faire ensemble, toi et moi.

Et, à l'intérieur, j'entends : « Je suis beaucoup trop bien pour toi, Willa. »

Sur cette sentence terrible, irrévocable, l'avocat glacial récupère sa boîte à pizza, son verre qu'il termine en se relevant, et s'éloigne vers le petit salon où il disparaît de mon champ de vision. Je n'entends plus ni bruit ni voix. Juste le son de ma vexation qui cogne à tout rompre dans mon cœur et ma frustration qui creuse un puits sans fond dans mon ventre.

Je meurs de honte.

De faim.

Je m'enfouis sous les draps tout habillée et je ne bouge plus, mortifiée par son rejet et tous les films que je m'étais faits. Je ne l'insulte même pas en silence. Je n'écris même pas à Bulle. Je ne me rejoue même pas la scène en me demandant où j'ai merdé. Je m'interdis de penser que je ne suis pas assez bien, beaucoup trop grosse, tellement naïve, qu'une fois ça va, mais deux fois, ça aurait vraiment fait trop tache sur son tableau de chasse.

Je ravale mes larmes et ma fierté, mes grands discours et mes beaux combats. Je me répète juste inlassablement : « J'm'en fiche. »

J'm'en fiche, j'm'en fiche, j'm'en fiche.

Jusqu'à ce que sommeil s'ensuive.

14

L'EXIL

Rio
Un mois et demi plus tard

C'est assez rare de voir Paris sous la neige. Je n'avais pas pensé à elle depuis des semaines mais la météo de ce mois de janvier me rappelle Willa Larsson et nos deux jours passés au Marriott, coincés l'un avec l'autre pour cause de tempête. Après la deuxième – et chaste – nuit, la poupée fâchée a quitté la suite avant moi en laissant juste un petit mot au dos d'une carte de visite estampillée Strange & Strong :

C'est moi qui te quitte !

J'aime bien avoir le dernier mot, dans la vie, mais j'avoue que celui-ci m'a fait sourire. J'espérais un peu la retrouver dans l'avion, pour pouvoir lui répondre ou juste la faire taire, mais non. En toute franchise, j'étais presque déçu. On s'est bien amusés, la première nuit, et son sens de la repartie a réussi à me marquer. Mais ça s'arrête là : pas mon genre physiquement, grands discours fatigants, grosse perte de temps.

J'ai d'autres problèmes autrement plus importants à régler.

– Rio, tu es dispo ?

Édouard passe une tête par la porte de mon bureau et je lui fais signe que j'arrive en froissant la petite carte dans ma main avant de la balancer à la poubelle. Mon job, mon boss, mon cabinet d'avocat, il n'y a pas grand-chose, et pas grand monde, qui passe avant ça.

Et je me retrouve en difficulté pour la première fois de ma carrière.

Voilà pourquoi je déteste tant les esclandres, les scandales, les grandes gueules qui ne savent pas la fermer ou assumer ce qu'ils ont fait : un chanteur populaire accusé d'avoir giflé une serveuse et qui m'avait juré que non vient d'être reconnu coupable. Habituellement, j'aime bien prendre les cas indéfendables. Et je ne supporte pas cette tendance actuelle qui fait porter tous les maux de la terre aux hommes sous prétexte qu'ils en sont. Mais celui-ci m'a menti. Et pire, cet abruti fini, qui se fait passer pour un mec bien sous tous rapports en chantant son amour des femmes, croule maintenant sous des dizaines de plaintes pour harcèlement, menaces et violences.

C'est un vrai coup dur : je déteste perdre, je déteste m'être fait berner et je déteste l'idée que mon nom ou mon cabinet puissent être associés aux violences envers les femmes.

Je traverse les longs couloirs, adresse un signe de tête à Imane au passage et suis Édouard jusqu'à son bureau. Je referme la porte du pied et m'y adosse, bras croisés.

– Écoute, je sais que tu espérais passer associé pour cette nouvelle année, mais on va devoir mettre ça en stand-by.

– Je comprends.

– Le dossier est clos. Mais même avec un autre avocat sur le coup, l'affaire risque encore de faire parler d'elle… Et donc de nous.

Je ravale mon orgueil, même si c'est douloureux.

– Je suis désolé pour ce procès médiatisé qui nous fait une très mauvaise publicité.

Je ne suis pas du genre à fuir mes responsabilités, Édouard le sait. C'est en partie pour ça qu'il bosse avec moi. On est très différents, tous les deux, il a dix ans de plus, vient d'une famille bourgeoise, d'un milieu favorisé, est marié et père de famille, mène une vie parfaitement bien rangée. Mais ça ne l'empêche pas d'être mon mentor. Mon ami. Un grand avocat parisien et le premier à m'avoir donné ma chance. Un des seuls humains sur terre à pouvoir me dire ce que j'ai à faire sans que je cherche à le faire taire.

– J'ai réfléchi à la meilleure stratégie, m'expose-t-il calmement. Pour ta réputation, pour celle du cabinet, je pense que le mieux serait que tu t'exiles quelques mois pour te faire oublier.

– OK, comme tu veux. Tu as une idée ?

– Une chaîne américaine m'a contacté pour qu'on envoie un avocat de chez nous à New York. Deux actrices françaises vont bosser sur une grosse production pendant six mois et il y a pas mal de fric en jeu. Les Américains sont frileux. Ce n'est pas le job le plus intéressant, mais il faut quelqu'un qui ait l'habitude des stars, qui maîtrise parfaitement les enjeux juridiques et les deux langues, qui sache gérer de gros ego de part et d'autre. Ça m'a l'air taillé pour toi.

– Ed…

Je me colle le majeur entre les deux yeux, le temps de réfléchir en vitesse.

– Tu peux me demander ce que tu veux, mais tu sais ce qui me retient ici. Je ne peux pas *la* laisser si longtemps.

– Je savais que tu me dirais ça. Je peux envoyer quelqu'un d'autre si tu préfères mais… Un, ça paie bien. Deux, ça te permettra de redorer ton image en te montrant sur ce tournage. Trois, c'est la suite d'une série que tu adores et quatre, l'une des actrices est sublime et tout à fait ton style…

Édouard sait me parler. Je souris en regardant ses quatre doigts en l'air et ajoute d'une voix d'enfant de chœur :

– Mais bien évidemment, si elle devient ma cliente, je n'y touche pas.

Il acquiesce en me rendant mon sourire.

– Et cinq, continue-t-il en brandissant le pouce, on pourra reparler de s'associer après ça, OK ? Six mois, Rio, c'est tout ce que je te demande.

Je soupire en laissant glisser mon doigt le long de mon nez et en me rappelant que je devrais vraiment abandonner ce tic.

– Chaperonner deux actrices, hein ? fais-je en me marrant.

Mon boss ouvre un dossier sur son bureau avant de me répondre.

– Garance Coste et… l'autre… attends un peu… la mannequin grande taille qu'on voit partout… Voilà, Willa Larsson !

Il plaisante ce con ?

Apparemment pas.

C'est quoi ce coup tordu ?

– Je connais, soupiré-je. Elle a une sacrée réputation et pour cause : elle est intenable. Tu m'envoies au casse-pipe, enfoiré.

La brune incendiaire me revient en mémoire et je me doute bien qu'Édouard pensait plutôt à la blonde en espérant me faire plier.

– Alors ? demande-t-il avec un petit sourire.

– Je pars quand ?

Je ne sais pas exactement pourquoi je viens d'accepter cette mission absurde aussi facilement. Enfin si. Devenir l'associé d'Édouard Fabre et avoir un cabinet d'avocat à mon nom, c'est l'accomplissement dont je rêve depuis des années. Je le fais pour ma carrière.

Aucun rapport avec le fait de revoir Willa, même si je dois admettre que ce job s'annonce un peu moins ennuyeux avec elle dans les parages. Elle en armure, en fourrure ou en tenue de guerrière sur un plateau de tournage. Elle en poussin enragé dans la neige. Elle en poupée qui fait « non, non, non », tout le temps, pour rien.

Et qui fait « oui », parfois, la nuit.

Je la chasse de mes pensées quand Édouard vient me serrer la main et me plaquer sur le torse un billet d'avion pour New York.

À dans une semaine, Willa Larsson.

15

LE DOSSIER

Rio

Six jours plus tard, je fête mon départ et le juteux contrat américain avec tous les membres du cabinet dans un *afterwork* sélect. Je déteste ça, mais je joue le jeu pendant une heure. Je serre des mains, bois des coupes, donne mes dernières consignes à Imane, la secrétaire du cabinet qui va continuer à bosser pour moi depuis Paris pendant mon absence, échange des tapes amicales avec Édouard qui sait très bien ce que me coûte cet exil forcé.

Il ignore tout de ma nuit sans lendemain avec Willa, mais pour le reste, il connaît ma vie et mes deux seules faiblesses par cœur : mon addiction au boulot et *elle*, celle que je laisse derrière moi à contrecœur. Je n'apprécie pas beaucoup l'idée de rater de belles affaires, d'abandonner mes gros dossiers ou de me priver de procès passionnants pour aller faire mumuse avec de petites actrices et leurs gros caprices. Je sais d'avance que l'une d'elles va me donner du fil à retordre au lieu de respecter un simple contrat à la lettre. Mais cette punition n'est rien à côté de l'idée d'abandonner pour six mois celle qui a tant besoin de moi. Je lui ai déjà fait mes adieux, elle comprend.

Elle comprend toujours.

Ça fait tellement longtemps qu'elle attend… Elle n'est plus à quelques mois près. Et elle sait aussi que je peux être de retour en quelques heures si elle me le demande. Il suffira d'un coup de fil. Il n'y a qu'un seul homme capable de me faire traverser l'Atlantique dans un sens. Et qu'une seule femme pour me faire rentrer dans l'autre.

– J'y vais Édouard, je suis attendu ailleurs.

– C'est ça, va faire le tour des filles en larmes qui vont devoir se passer de toi pendant six longs mois…

Je hausse les épaules pour ne pas rentrer dans son jeu, mais il me connaît bien.

– Je suis sûr que tu trouveras vite de quoi te consoler à New York, va.

– Ne t'en fais pas pour moi, Ed. Je t'appelle !

Je quitte l'*afterwork* sans me retourner et me rends à pied au resto où j'ai donné rendez-vous à Anouk. Cette grande blonde a tout pour me plaire, un corps athlétique, un sourire communicatif, et surtout elle vit entre la France et les Pays-Bas, son pays natal : aucun risque de fusion, d'engagement ou d'avenir commun. On se voit depuis un peu plus d'un mois, quand elle est là et que j'ai le temps, on passe de bons moments ensemble et ça s'arrête là, elle n'en demande pas plus, on ne se promet rien. Ce genre d'histoire m'arrange bien.

– J'ai déjà commandé, j'avais faim, m'annonce-t-elle avec sa petite pointe d'accent néerlandais.

– Tu as bien fait.

Sa salade et son eau gazeuse arrivent, je prends un tartare et un verre de vin qui ne tardent pas à suivre et Anouk se met aussitôt à taper dans mes frites.

– Ça ne te dérange pas ? lance-t-elle en se marrant et en minaudant un peu.

Je déteste ça. Je repense à Willa qui n'a pas touché à la pizza que j'avais pourtant décidé de partager. Je ne sais pas si elle en avait envie ou pas, j'aurais mieux fait de m'abstenir de proposer.

– Rio, pourquoi tu dois partir ? chouine la blonde avec une petite moue chagrine.

– Pour le boulot.

– Je sais, mais raconte-moi ! Je ne sais rien de toi…

Merde. J'avais pensé dîner, taxi, dernier verre chez elle ou chez moi. Sans doute un bout de nuit ensemble. Mais pas une discussion sérieuse sur mon parcours, mon C.V., mes choix.

– Hum… Le type avec qui je bosse au cabinet, je lui dois beaucoup. Il a besoin de moi à New York alors j'y vais, c'est tout. Tu rentres bientôt aux Pays-Bas de toute façon, non ?

– Oui, ne t'inquiète pas Rio, je ne vais pas me cacher dans ta toute petite valise pour te suivre.

Elle rit doucement et je pense à Willa qui n'y rentrerait pas. Willa et ses deux énormes bagages, Willa et son sac à main qui casse des nez au premier qui se met en travers de son chemin. Je souris, me marre tout bas et Anouk croit que c'est pour elle.

– Mais comment tu as fait pour entrer dans un si grand cabinet d'avocat à même pas 30 ans ?

La flatterie gratuite, ça ne m'a jamais excité. Je lui réponds distraitement, en puisant dans la patience qu'il me reste.

– J'en ai 32. Et Édouard m'a donné ma chance quand je venais juste de passer le barreau. C'était un pari un peu fou, je n'avais aucune expérience mais il avait besoin d'un tchatcheur, un gros bosseur sans femme ni enfant, très disponible et capable de prendre des risques pour lui. Comme je n'avais rien à perdre, j'ai accepté des procès un peu perdus d'avance et je les ai gagnés. Je lui ai rapporté de l'argent et des stars ont commencé à faire appel à nous pour défendre leur réputation. C'est un peu devenu notre marque de fabrique.

– Tu me présenteras des stars américaines quand je viendrai te voir à New York ?

– Non, je ne crois pas.

Il est surtout hors de question qu'elle vienne : je ne mélange jamais pro et perso. Anouk ne veut pas de dessert mais elle trempe son index dans ma mousse au chocolat… Et je suis en train de me dire qu'on va plutôt prendre chacun un taxi différent pour rentrer.

Si seulement j'avais pu passer cette dernière soirée à Paris avec la vraie et la seule femme de ma vie.

– Je vais rentrer, Anouk, mon avion décolle très tôt demain matin et j'ai encore du boulot ce soir.

C'est presque la vérité. Les contrats de Garance Coste et Willa Larsson à relire. Ma valise à faire. Et les derniers épisodes de *Kings of Dawn* à visionner pour être au fait de ce qui m'attend sur ce tournage. J'aime les choses carrées, être bien préparé. Avec les acteurs, les mannequins, les chanteurs, les politiciens, il y a toujours un moment où ça dérape et mon job, c'est de les rattraper au vol pour les faire rentrer dans le cadre.

Les sauver d'eux-mêmes, je sais le faire, ça ne me fait pas peur, j'y prends même un certain plaisir.

Mais alors pourquoi je continue à penser que cette foutue poupée nommée Willa va tout faire pour m'emmerder et continuer à déborder ? Que je n'arriverai peut-être pas à la maîtriser ? Que cette fille ne ressemble à aucune autre et n'entre dans aucune case ?

Celle qui aurait dû rester une parenthèse ne sait probablement même pas que je m'apprête à rouvrir son dossier et qu'elle va devoir me supporter six mois comme avocat. Et je crois bien que la seule idée de voir son air courroucé quand elle me découvrira planté face à elle me donne envie de sauter dans ce taxi. Cet avion.

Pas de doute, ce dossier va me chauffer.

16

NOW YOU'RE IN NEW YORK

Willa

Le mois de décembre, je ne l'ai pas vu passer.

J'ai à peine eu le temps de tout cocher sur ma liste avant de quitter Paris pour six mois. Voir tous les gens que je devais voir, éviter tous ceux que je ne peux pas encadrer, honorer mes derniers contrats pour Strange & Strong, me bourrer la gueule une dernière fois avec Bulle, dîner avec Cosimo, penser (un peu) à Maître Connard sur son piédestal perché, me chamailler avec mon frère, couvrir ma nièce de cadeaux à Noël (spoiler : elle s'en fiche !), ne pas étouffer ma mère avec sa dinde vegan et ses conseils en matière de régime… Et me voilà déjà de retour dans la Grosse Pomme.

New York.

« Now you're in New York
These streets will make you feel brand new
Big lights will inspire you
Hear it for New York, New York, New York. »

Je chantonne ces paroles d'Alicia Keys tandis qu'à l'avant, le chauffeur de taxi s'envoie un sandwich au pastrami. Je tente de faire taire mon estomac qui crie famine et relis mes lignes pour la millième fois environ.

Le M34 nous dépasse, mon copain à la bouche pleine klaxonne comme un dingue et soudain, sur le flanc du bus bleu et blanc, mon visage apparaît en gros plan.

– Mais c'est quoi ça ? C'est vous ?!

J'acquiesce, un peu gênée, puis souris en contemplant ma trogne sur cette pub pour le dernier mascara Maybelline. C'est moi, sur ce cliché, mais pas vraiment. Plus lisse, plus belle, plus mince. Typique : on promeut la différence, on se la joue inclusif en embauchant une mannequin XL, mais on la transforme à moitié pour qu'elle rentre *presque* dans les normes et les jolies petites cases qui font vendre *presque* n'importe quoi à *presque* n'importe qui.

Derrière son volant, l'autre ne s'en remet toujours pas.

– Je me disais bien que vous aviez quelque chose… J'ai une star à bord ! Vous connaissez Tyra Banks ? Et Bella Hadid ? Elle est trop jeune pour moi, mais mes filles l'adorent. Dites, vous me signez un autographe ?

On passe rapidement un deal, lui et moi : un autographe contre la moitié – intacte – de son déjeuner. Au moins, il aura quelque chose de croustillant à raconter à ses filles.

Si on commence à me reconnaître assez souvent en France, ce n'est pas le cas aux États-Unis où je suis une quasi-inconnue : quelques campagnes de pub, même internationales, ne suffisent pas à faire de vous quelqu'un par ici. Mais *Queens of Dust* pourrait bien changer la donne et, même si je rêve d'être une actrice reconnue, j'appréhende un peu de plonger dans le monde sans pitié de la célébrité.

Colette m'a mise en garde encore ce matin, par téléphone.

« Tu vas devenir une star en un rien de temps avec cette série, ma petite, mais garde à l'esprit que les Amerloques ont la dent dure et le cul serré. Si tu veux te faire ta place, pas de débordements ! Montre-leur juste ton joli minois pour commencer… et garde la vraie Willa au chaud, pour plus tard. »

Comme si j'étais capable d'être une autre que moi…

– Vous allez jouer dans une autre pub ? me demande soudain le chauffeur à l'avant.

– Non, dans une série.

– Sérieux ? Laquelle ? J'adore ça les séries télé ! J'ai Netflix, vous savez ?

– Si je vous le dis, je devrai vous tuer ensuite… Ça m'embêterait.

– Ah, ben oui, moi aussi, murmure le type en souriant mais pas vraiment.

Je crois que je lui fais un peu peur. Et je crois que j'aime ça. Les plus gros studios et plateaux de tournage ont beau se trouver de l'autre côté des États-Unis, là où il fait chaud toute l'année, c'est bien ici que je m'apprête à tourner pour l'un des plus gros *networks* américains.

Cette série ne fait rien comme tout le monde, je vous dis !

Et c'est justement pour ça que j'ai signé.

Je replonge le nez dans mon épais scénario tout corné, avec des marque-pages et des notes épinglées quasiment sur chaque page. Ce pavé à spirales, c'est devenu ma bible, mon livre de chevet, mon guide de survie, mon journal intime.

Et cette fois, ça y est, ce n'est plus seulement un rêve sur le papier : je vais désormais donner un visage, un corps, une voix, un souffle à la reine Ira du clan des Onyxis. En plein Moyen Âge, dans le royaume des Cinq Mondes imaginé par une armée de scénaristes perchés, et dans un système féodal jusque-là dominé par les Puissants – des hommes blancs, brutaux et tous ressemblants –, cette héroïne va tenter l'impossible. Et réussir. Elle va réunir les forces de tous les soumis, les différents, les marginaux, les rebuts, à commencer par les femmes, évidemment, et les transformer en alliés. Cette guerrière née, habitée par sa colère et son sens de la justice, va fédérer autour d'elle pour parvenir à soumettre des géants, briser des carcans, ouvrir des esprits, lutter contre l'obscurité et l'obscurantisme. Elle qui a vu tant de femmes vivre sous le joug des hommes et des créatures de l'ombre va peu à peu mener son peuple de poussière vers la lumière. Les *Queens of Dust* : celles sur qui on marchait impunément… devenues reines en leur royaume.

Ira est forte, bien plus forte qu'eux.

Elle est courageuse, elle est unique, elle est *badass* : tout ce que j'ai toujours rêvé d'être.

Et j'espère qu'elle inspirera bientôt d'autres filles, d'autres femmes qui ignorent à quel point elles sont fortes. J'en frissonne d'avance.

***

Cette première journée de tournage ressemble à un marathon… mais en sprint. Tout va très vite. On m'accueille à l'entrée, je passe la sécurité, puis atterris dans une salle immense, pleine de caméras, de rails, de matériel technique et de gens affairés. Je serre des dizaines de mains, entends des dizaines de prénoms, en retiens probablement un sur deux, mais je me concentre pour les mémoriser, tout comme chaque visage, chaque titre, chaque rôle. Il y a le réalisateur, le chef-opérateur, ses assistants, les cadreurs, les ingénieurs son, lumière, le chef machiniste, le scripte, les costumiers et costumières. Rien à voir avec l'équipe d'un shooting photo ou même d'une pub télévisée. Je pensais être un tout petit peu rodée, mais c'est la claque. J'ai du mal à réaliser ce qui m'arrive, à suivre la cadence infernale de ces présentations et des informations à ne surtout pas oublier, mais je m'accroche, tente de tout enregistrer, de sourire, de rester naturelle, d'avoir l'air professionnelle mais engageante, d'aller vers les autres en faisant preuve de retenue, mais pas trop non plus.

Ce qu'ils ignorent, c'est que je garde *tout* à l'intérieur.

La vraie moi.

Parce qu'en réalité, j'ai envie de hurler de joie, de danser toute nue, de les embrasser tous avec la langue, d'aller pleurer dans les toilettes, d'appeler ma mère, de changer d'avis, d'appeler mon frère, de me rouler en boule dans les bras de ma meilleure amie et de ne plus bouger, de partir en courant et de ne jamais revenir, de rester là toute la vie, de dire « Merci », de dire « Pardon mais je ne peux pas », de dire « D'accord, d'accord, je vais le faire », de ne plus rien dire du tout, et tout ça à la fois.

Mayday ! Mayday ! Est-ce qu'il se pourrait que je fasse une toute petite crise d'angoisse ?

Je plonge la main dans mon sac et retrouve le porte-clés que m'a offert Bulle à Paris juste avant de partir : une boulette antistress, à serrer en cas de besoin. Je ne pensais pas que ça marcherait si bien.

Durant le reste de la matinée, je m'enfile trois cafés et deux donuts – en même temps, on m'en propose tous les quarts d'heure environ et je ne suis *vraiment* pas du genre à dire non –, je découvre les studios, les différents plateaux, les décors, les hordes de techniciens qui courent dans tous les sens, les loges, la salle d'habillage, celle de maquillage. Et je retrouve enfin, un peu timidement, les quatre actrices avec lesquelles je vais jouer dans cette première scène que je me suis imaginé tourner environ huit milliards de fois.

Je me rapproche de Garance Coste, l'autre Française, par réflexe de survie et d'appartenance. Ce soir, elle et moi partagerons un appartement dans Manhattan pour six mois, décision de la production. Et je suis bien contente de ne pas vivre cette folle aventure seule.

– Salut, lui glissé-je en français et à voix basse. Cligne deux fois d'un œil si toi aussi tu vis le symptôme de l'imposteur et que tu ne sais pas ce qui t'a pris d'accepter ce rôle alors que tu n'es même pas sûre de pouvoir aligner deux mots sans bafouiller et que même si tu y arrivais, tu n'as de toute façon plus du tout assez de salive dans la bouche et les lèvres complètement collées aux dents…

La jolie blonde au crâne rasé se marre et me fait deux petits clins d'œil discrets. Je lui réponds en battant cent fois des paupières, à toute vitesse, comme en pleine crise de manque de magnésium.

– Les cinq actrices à la prep', s'il vous plaît ! scande une voix dans un mégaphone.

Je sursaute en réalisant qu'on parle de moi. *Actrice*. Ce petit mot magique, fascinant, rêvé, inaccessible : il va enfin me désigner, m'appartenir. Un peu, juste un peu, mais suffisamment pour changer ma vie.

« Bruna », « Garance », « Giselle », « Ifé », « Willa » : chacun de nos prénoms apparaît sur l'un des fauteuils de cette immense loge. Je suis la dernière arrivée, Giselle est en train de se faire coiffer, Bruna et Ifé comparent les cicatrices et traces de combats qu'on a dessinées sur leurs corps et Garance relit son script pendant qu'un grand blond ajuste son costume de guerrière sur son corps peint en blanc. Une jolie brune aux cheveux courts, un peu ronde et percée de partout me fait signe de la rejoindre. Elle a de beaux yeux bridés et le teint hâlé.

– Bonjour Willa, installe-toi ! Je suis ta *make-up artist*.

– Enchantée. Et désolée pour tout le boulot de ravalement, je n'ai pas dormi de la nuit et j'ai la peau qui sue le pastrami par tous les pores.

Cette fille rit un peu comme un mec bourré après sa huitième bière – sans grande finesse –, et elle me plaît déjà. En moins de cinq minutes, le temps de faire sa mise en place, elle m'explique qu'elle est d'origine thaïlandaise, qu'elle me connaît puisqu'elle a déjà bossé pour l'agence new-yorkaise de Strange & Strong, qu'elle est un peu amoureuse de mon frère, ravie de travailler avec moi, spécialisée dans le maquillage d'effets spéciaux et qu'elle a déjà fait ses preuves sur les tournages de *Game of Thrones*, *Vikings* et *Kings of Dawn*.

Puis elle passe aux choses sérieuses, applique un premier sérum sur mon visage… et je ne l'entends plus pendant presque une heure. Le temps que Willa devienne Ira.

17

LES REINES

Willa

La toute première scène de cette toute première journée de tournage nous fait rentrer dans le vif du sujet. Devant un fond vert qui deviendra bien sûr un décor époustouflant au montage et face à des hordes de figurants, mes quatre copines *queens* et moi nous tenons debout, en quinconce, dans une position définie par le réalisateur et sur une marque définie au sol par un minuscule bout de scotch transparent. On ne doit plus bouger d'un millimètre mais hurler à chaque fois qu'il nous le demande. C'est surréaliste.

Ça doit déjà faire vingt-sept fois que je pousse un cri de bête en m'écorchant la voix. Et j'adore ça. Le poing gauche brandi au-dessus de la tête, j'essaie de ne pas éborgner ma voisine avec la longue flèche noire qui me sort du coude. J'ai un onyx brillant et anguleux collé entre les deux yeux et la même pierre noire et polie, mais deux fois plus grosse, entre les deux seins. Avec ce corset en cuir noir qui remonte ma poitrine, ces bretelles métalliques croisées sur mes épaules, ces cuissardes à rayures ajourées qui masquent et dévoilent à la fois mes jambes, je me sens puissante, sexy, invincible comme doit l'être mon héroïne.

Dans le clan des Onyxis dont j'incarne la reine en colère, tous les personnages ont un physique imposant, hommes géants ou ventrus, femmes fortes ou immenses, tous ont la peau très claire, les cheveux très noirs et les yeux très bleus, rendus plus perçants encore par des gouttes magiques. Je devrais détester cette ségrégation sur critères physiques, mais je nous trouve très beaux.

À ma droite, Garance joue Celerity, la reine agile et rapide du clan des Opalis, couverte de petites pierres blanches et nacrées. Son peuple magnifique a le crâne rasé, teint en blond platine comme elle, la peau d'un blanc laiteux et des costumes blanchis à la craie qui donnent l'impression qu'ils sont presque nus. Je vois parmi eux des Blancs, des Asiatiques, des Noirs, certains albinos, d'autres maquillés, le résultat est époustouflant de beauté et de pureté.

À côté d'elle, la sublime actrice éthiopienne Ifé Ayélé interprète Blue, la reine courage du clan des Lazulis. Sa peau noire et ses longues tresses sont parsemées de lapis-lazuli, ces pierres d'un bleu intense assorties à son armure brillante comme une flaque d'essence. Je ne sais pas comment les maquilleurs ont réussi ce tour de force, mais tous les acteurs de ce peuple ont la langue, les ongles et le blanc des yeux du même bleu profond. C'est somptueux.

– Trois, deux, un… criez ! scande le réal' pour la trente-deuxième fois.

Je donne tout… en me demandant si j'aurai encore assez de voix pour mes vraies lignes de texte dans la scène suivante. M'économiser, je n'ai jamais vraiment su faire.

À ma gauche, je louche sur Bruna Cruz, cette actrice brésilienne au corps parfait et au sang chaud, d'après sa réputation.

Même pas peur. Juste un peu jalouse, en fait.

Dans *Queens of Dust*, elle sera la reine Animae du clan des Topazis : c'est le peuple du feu et tous ont le teint doré ou ambré, une chevelure rousse flamboyante, des lèvres carmin – même chez les hommes. Leurs corps transpirants arborent de vraies brûlures ou de fausses cicatrices, traces de leurs combats passés, et des pierres de topaze qui vont du jaune orangé au rouge ardent. Impressionnant.

Enfin, la dernière reine de la série est jouée par Giselle Carter, cette actrice américaine de 70 ans bien sonnés que j'admire énormément. Rien n'a été fait pour gommer ses rides, masquer ses cheveux gris ou sa peau soumise à la gravité : tout ça n'a été que sublimé pour lui faire incarner Prudens, la reine de la sagesse à la tête du clan des Amethystis. Son peuple d'anciens aux corps fatigués et aux visages marqués porte aux mains, aux oreilles et autour du cou des bijoux en améthyste, ces quartz d'un joli mauve translucide. Les maquilleurs-magiciens ont aussi distillé une encre violette dans tout le labyrinthe de leurs rides et les acteurs ressemblent à des vases anciens, fêlés et magnifiquement réparés.

J'ai beau déjà figurer au casting, faire partie de l'aventure, je suis en train de tomber amoureuse de cette série et de son univers comme si j'en étais la première fan. Il y a tout à la fois : de la féerie, de la poésie et de la sorcellerie dans cette esthétique étudiée jusque dans les moindres détails. Et en une heure à peine, il règne déjà sur le plateau une ambiance électrique, frémissante, exaltante, comme si on était tous en train de réaliser qu'on fait le plus beau métier du monde et qu'on participe à une épopée unique, une œuvre qui pourrait marquer les esprits et révolutionner des choses bien plus grandes qu'elle.

Au milieu de tous mes congénères, j'en ai presque les larmes aux yeux et la chair de poule.

– Et… coupez ! Merci à tous. Vous êtes nuls, on a dû faire quarante prises pour un putain de cri de rage, on a une heure de retard et déjà cent mille dollars de perdus. On enchaîne !

La voix contrariée du réalisateur fait rapidement passer mon sentiment d'extase. J'échange une grimace avec Garance, puis le mégaphone m'appelle sur le plateau numéro trois pour ma première scène de combat. J'y vais au pas de course, me perds en chemin, m'arrête pour regarder un plan scotché à un mur, suivie par la *make-up artist* qui me fait quelques retouches tout en marchant.

– Tchu n'as pchas une boutcheille d'cheau par hachard ? Che n'ai chamais eu auchi choif de tchoute ma vchie.

– Rien compris. Il va te falloir une assistante, Willa. On ne t'a rien dit ? Quelqu'un qui te dit où aller, quand boire, quand pisser et quand ne pas t'essuyer la bouche avec la main alors que j'ai passé quinze minutes sur ce rouge à lèvres noir bleuté.

– Décholée.

– Ah, OK, t'as plus de salive, en fait ?

Je fais non de la tête avec la lèvre supérieure enroulée sur les dents et sans doute l'air d'un hamster déshydraté.

Je pense qu'Ira va faire un super effet en combattant pour sa liberté avec cette tête et cette diction.

– Tiens.

La maquilleuse me file une pastille à la menthe qui me sauve la vie et je la remercie en me demandant quand même si elle ne vient pas de me filer une ecstasy en douce vu ma fébrilité quand je me pointe enfin sur le bon plateau.

– Répétition !

Je suis là depuis moins de trente secondes et un chorégraphe m'explique les mouvements à faire pour me battre avec mon partenaire masculin dans une scène aussi violente qu'érotique. Il n'est pas encore là mais je tremble déjà. Il faut donc que j'esquive ses coups de poing, que je lui mette une fausse gifle qui va lui dévisser la tête, que je le laisse m'empoigner les cheveux en souriant, que je lui murmure, en gros, que je l'ai dans la peau avant de lui planter mon talon aiguille entre les pectoraux. Après ça, il me restera à le mettre au sol, à lui rouler la pelle de sa vie puis à le décapiter avec la flèche qui me sort toujours du coude.

Fastoche.

– Eh, salut !

L'acteur se pointe, quasi nu et très sûr de lui, avec une bouteille d'eau d'un litre et demi qui me donne littéralement envie de lui sauter dessus. Je m'abstiens en songeant à quel point ma meilleure amie, mon frère et mon agent seraient fiers de moi.

Totale maîtrise de soi.

Pas de débordement.

Du grand Willa !

Mais une assistante, oui, ce serait définitivement une bonne idée.

– Et… action !

Je réussis la scène dès la première prise, bons mouvements au bon moment, bons placements caméra, bon rythme dans ma réplique, voix cassée même pas voulue mais qui plaît apparemment bien au réalisateur. Le jeune acteur, en revanche, se fait engueuler pour sa décapitation beaucoup trop bruyante et ce baiser beaucoup trop mouillé.

On refait la scène une fois et j'entends : « Coupez. » Le réal' grogne toujours, sans que je sache trop sur qui et pourquoi, il annonce une pause d'une heure pour le déjeuner puis je le vois mettre une main aux fesses de son jeune assistant, en y restant un petit moment, exactement comme en novembre dernier. Il disparaît et je ne peux pas m'empêcher de me diriger vers le joli blond exaspéré.

– Jacob, c'est ça ? Tout va bien ?

– Oui, pourquoi ? Oh, ça ! J'ai l'habitude, pas de souci.

– Il n'est quand même pas censé te tripoter comme ça si tu n'en as pas envie.

Une petite voix intérieure, mélange parfait et très étrange de celles de Bulle, Wolf et Colette, me dit de la fermer et de me mêler de mon cul au lieu de celui de ce Jacob.

– Robbins a un petit côté pervers mais tout le monde est au courant, je savais à quoi m'attendre avec ce réal'. J'ai décroché un job en or sur une série de rêve, ce ne sont pas deux ou trois mains baladeuses qui vont me faire fuir.

– Tu es sûr ? N'hésite pas à m'en parler si tu changes d'avis, je sais qu'on se sent souvent seul quand…

Le petit jeune de 20 ans et quelques au minois angélique me regarde de travers en se marrant.

– Parce que tu ne vas pas te faire peloter par au moins trois acteurs différents sur ce tournage, toi peut-être ?

– Si… Mais c'est le rôle qui veut ça, pas le boulot.

– Ça fait partie du job, Willa. Merci de t'inquiéter pour moi mais je t'assure que ça va. Super scène, au fait, tu as fait bonne impression. Et c'est rare le premier jour !

– Ah oui, tu crois ?

Je laisse les rôles s'inverser et ce gamin blondinet me rassurer.

– Tu sais que Robbins n'a pas sa langue dans sa poche. Il a dit plusieurs fois aux producteurs qu'il avait des doutes sur tes capacités physiques… Mais ce matin il a été vraiment impressionné !

– Mais j'ai passé plein de tests, bon sang ! On peut très bien être *curvy* et tonique, savoir bouger son corps même quand il prend de la place. Ce type n'a aucune idée de la bosseuse que je suis, des moyens que je me donne pour réussir et ne pas décevoir. Les filles dans mon genre doivent batailler deux fois plus dur que les autres pour…

– T'enflamme pas, c'est exactement ce que tu viens de lui prouver. Profite de ta pause, OK ? Content de t'avoir rencontrée !

– Moi aussi. Tu sais où me trouver si jamais il…

Le beau blond m'arrête d'un index brandi entre nous puis va se le coller sur la bouche. Un sourire plus tard, il repart en courant là où il est sans doute attendu pour se faire hurler dessus ou toucher le cul.

Pas de vagues, Willa.

Je m'en fais la promesse solennelle : je n'ouvrirai la bouche que pour réciter mon texte. Et boire un litre d'eau, là, tout de suite, maintenant, avant de tomber dans les pommes comme la reine des hamsters colériques et desséchés.

18

LE ROI DES QUOI ?

Willa

Après deux autres scènes partagées avec Garance et Bruna cet après-midi, je quitte les plateaux de tournage épuisée, en emportant une petite bouteille d'eau glacée. Je me dirige vers les loges où j'imagine qu'on va me démaquiller, me déshabiller et me rendre mon apparence de Willa Larsson – mais je crois que j'ai encore oublié où c'était. J'attends ma consœur française avec qui je dois aller découvrir notre nouvel appartement new-yorkais, mais la blonde reste un peu en arrière, pendue au téléphone avec son amoureux à qui elle a tant à raconter.

Jalouse, moi ?!

N'importe quoi…

J'ai une meilleure amie déjantée, un agent complètement perché, un frère tyrannique et une nièce qui s'en fiche, le tout à six mille kilomètres de là : de qui je pourrais avoir besoin d'autre, hein ?

Je vide la moitié de ma bouteille d'eau et m'aventure toute seule dans un couloir étroit, m'aplatis contre le mur pour laisser passer un immense acteur brun baraqué dont j'évite le regard pour ne pas avoir à m'excuser de bloquer un peu le passage. Vu sa taille et sa carrure, il doit sûrement faire partie de mon « clan ». Et il prend beaucoup trop de place, lui aussi.

– Bonjour, Willa.

C'est sa voix grave et nonchalante que je reconnais en premier. Mon cœur rate un battement pendant que mon regard s'élève à la recherche du sien.

Du cappuccino intense, profond, à s'y noyer et s'y brûler en même temps.

– Rio ?!

– Vous vous souvenez de mon prénom, alors…

Je meurs à nouveau de chaud, de soif.

Malgré son petit sourire en coin, il me vouvoie à nouveau comme pour installer une distance entre nous. La dernière fois qu'on s'est croisés, on était plutôt collés serrés, jusqu'à ce qu'il décide qu'on n'avait… « rien à faire ensemble », lui et moi.

Ce qu'il m'a fait ressentir ce jour-là, je l'ai encore en travers de la gorge. Et ça s'entend dans ma voix.

– Qu'est-ce que vous faites là ?

Je me passe la langue sur les dents pour éviter la bouche et la diction de rongeur en plein désert.

– Disons que je vais m'occuper de votre cas, pendant six mois.

– Très drôle. Vous n'étiez pas avocat ?

– Si, toujours. Sauf qu'entre-temps je suis surtout devenu le vôtre.

– Vous pourriez arrêter de sourire et dire des choses qui ont un sens, pour changer ?

Je ne peux pas m'empêcher de passer furtivement mes yeux sur sa bouche ourlée et de remarquer qu'il est rasé de près, cette fois. Ses mâchoires me semblent encore plus acérées, son visage plus racé, sa beauté plus déstabilisante encore.

– Mon cabinet parisien m'envoie ici à la demande de la chaîne américaine pour m'assurer que vous et Garance Coste respectiez les règles fixées dans votre contrat pendant toute la durée du tournage.

Il ne sourit plus. Il est tout à fait sérieux. Pendant que j'essaie de réfléchir à la plausibilité d'un truc pareil, il glisse ses immenses mains dans les poches de son pantalon de costard et colle son dos contre le mur d'en face. À moins de cinquante centimètres de moi.

Comment on fait pour déglutir, déjà ?

Je bois une gorgée d'eau pour me donner un peu de répit – et de courage – puis me lance.

– Je ne comprends pas pourquoi je ne suis pas au courant de ça. Je ne comprends pas pourquoi c'est vous. Je ne comprends pas pourquoi on se vouvoie et pourquoi ce couloir est si étroit, mais si tout est vrai et qu'il n'y a pas de caméra cachée, on va oublier absolument tout ce qu'il s'est passé la dernière fois.

– Quelle dernière fois ? réplique-t-il du tac au tac.

Je soupire.

– Il ne s'est rien passé, Willa. Et tout ira bien si vous n'en faites pas qu'à votre tête, cette fois.

L'avocat me regarde bien en face, avec ce mélange de froideur professionnelle et d'intensité proche de la tension sexuelle.

J'ai une terrible envie de lui dire que c'est lui qui commence, mais je m'abstiens. Au moment où son regard chaud frôle la pierre noire entre mes yeux, je me souviens que j'ai un autre onyx brillant pile entre les seins. Et un corset en cuir moulant qui me laisse la moitié du décolleté nu. Et des cuissardes qui jouent au même petit jeu avec mes jambes. Et beaucoup trop de peau dénudée face à ce type qui réussit l'exploit de ne me regarder que dans les yeux… tout en me donnant l'impression de me reluquer de la tête aux pieds.

Maître Insensé…

– Je ferai ce que je voudrai et je n'ai pas besoin que vous me rappeliez comment me comporter. Je tiens à ce rôle plus qu'à toute autre chose.

– Très bien, acquiesce-t-il.

– Vous venez de dire « très bien » comme moi quand je pense : « Va te faire voir. »

Il se marre en fixant le sol, puis se reprend en allant se frotter doucement le sommet du nez du bout de l'index.

– Vous allez commencer par embaucher un ou une assistante, vous y avez droit dans votre contrat, et ce ne sera pas moi puisque je n'ai aucune velléité de jouer les larbins.

– Pourquoi ça ne m'étonne pas du tout ? Vous pouvez aussi remballer toutes vos « velléités » de donneur d'ordres ou donneur de leçons.

– Ça, c'est mon job, que ça vous plaise ou non.

Et tout à coup, malgré ce costume de guerrière en colère, je ne me sens plus du tout puissante, sexy et invincible. Ira la reine s'est fait la malle. Willa la fille banalement hors norme et terriblement normale ne sait plus quoi faire d'elle-même.

Je bois encore de longues gorgées pour me laisser du temps avant de trouver quelque chose à répondre. Mais Garance prononce mon prénom au loin et me rejoint en courant.

Toi, je t'aime, Celerity !

Elle s'arrête en découvrant la présence de Rio, ils se saluent poliment et l'avocat se met à mater sans scrupule son kilomètre de jambes, son crâne rasé, sa peau crayeuse et toutes les petites pierres d'opale déposées sous ses yeux, sur ses épaules, le long de son ventre et de ses hanches laissées nues par son costume blanc minimaliste.

Je crois que je dérange.

L'actrice lâche un petit éclat de rire aussi naturel qu'insupportable et Rio lui tend la main avant de se présenter. C'est tout juste si je le laisse prononcer « Delacroix » et « avocat », avant d'entraîner ma copine par la main vers les loges.

Si tu aimes courir, tu vas courir, ma grande !

Je referme la porte derrière nous pendant que Garance me demande :

– C'était qui, ce beau mec ?

– Personne d'important. Juste un fan un peu collant…

Je me souris à moi-même. Je crois que la colère est déjà revenue.

L'effet Rio, roi des salauds.

19

BIENVENUE CHEZ VOUS

Willa

Pincez-moi. Mordez-moi. Faites ce que vous voulez, mais prouvez-moi que je ne rêve pas.

Je vais désormais habiter la calme, cossue et prestigieuse 82th Street, en plein Manhattan, à deux pas de Park Avenue, ses buildings géants, ses embouteillages permanents, ses touristes et ses boutiques de luxe. Et ça me ferait presque oublier le retour dans ma vie de l'autre enfoiré.

Au pied du bel immeuble de quinze étages en briques rouges dans lequel je vais entrer pour la première fois, je lève les yeux au ciel et prends une grande goulée d'air froid. Garance rit doucement, à mes côtés, et me glisse :

– Tu ne rêves pas, Willa.

– Tu lis dans mes pensées ?

– Non, j'ai emménagé avant toi, donc juste vécu la même chose il y a deux jours. Et encore, attends qu'il débarque…

– « Il » ?

Bennett, notre portier habillé en noir de la tête aux pieds à l'exception de ses gants blancs, qui passe déjà la porte tournante et se présente devant moi. Avant de prendre la parole, l'homme en costume trois-pièces fait claquer ses chaussures vernies, croise les mains dans son dos et se penche légèrement en avant. C'est tout juste s'il ne me baise pas les mains en m'appelant vicomtesse.

– Miss Larsson, bienvenue chez vous ! Entrez donc, il fait froid. Vos effets personnels ont tous été déposés au 10A. Mes collègues Ernie, Albert et moi serons présents vingt-quatre heures sur vingt-quatre pour assurer votre tranquillité et votre confort dans cet immeuble. Protéger votre anonymat également. Nous remplissons les rôles de concierge, voiturier, assurons votre sécurité dans l'immeuble. N'hésitez pas à faire appel à nous dès que vous le souhaitez, pour tout motif, à toute heure du jour ou de la nuit.

– Merci. Je… C'est très… aimable. Je ne sais pas ce que je suis censée… Vous… Vous voulez venir boire un verre chez nous, Bennett ?

– Pardon ?

L'homme à la casquette noire et aux parfaites manières recule d'un pas, désarçonné par ma proposition. Je lis dans son regard qu'il me prend déjà pour une folle. Ou une plouc, au choix.

– Désolée, c'est sorti tout seul. Je ne savais pas quoi répondre…

– Allons-y, me souffle Garance en se retenant de rire à mes dépens. Bonne soirée, Bennett.

– Excellente soirée, miss Coste et miss Larsson.

– Non mais vraiment, appelez-moi Willa !

– Arrête, il va croire que tu le dragues…

Suivant les pas de la blonde, je découvre le grand hall, m'arrête net, tombe des nues. Et amoureuse. Du marbre, des colonnes, des dorures, des tapis en velours rouge : je vais donc vivre dans un palais, en plein New York. Émerveillée par tout ce luxe, ce raffinement, je tourne sur moi-même et réponds à celle qui m'observe en souriant :

– Garance, je crois que je pourrais épouser Bennett… Juste pour vivre ici toute ma vie.

L'espace est tellement immense, les plafonds tellement hauts que ma voix résonne.

– Il a au moins 50 ans et il est gay, tu sais ? Ernie et lui sont mariés. Si Bennett a l'air réservé, tu verras que son petit mari l'est beaucoup moins.

– Et voilà, toujours la même chose, soupiré-je en la rejoignant dans l'ascenseur. Les perles sont déjà toutes prises…

Ma collègue française se marre franchement en appuyant sur le bouton 10, la cage s'élève et je deviens officiellement new-yorkaise.

Je jette quand même un petit coup d'œil à la limite de poids affichée par l'ascenseur, vieux réflexe dont je ne peux pas me défaire, et je me retrouve à convertir dans ma tête les deux mille deux cents pounds annoncées. Ça doit faire dans les mille kilos, mais une petite voix au fond de moi me force quand même à additionner les cinquante de Garance à mon propre poids, juste pour voir si on s'approche de la tonne et si une alarme stridente pourrait venir gâcher mon nouveau bonheur.

Mais pas cette fois.

Aujourd'hui, je suis plus forte qu'elle. Et j'ai bien envie de faire toute cette ascension silencieuse avec un poing levé vers le ciel et une langue tirée vers toutes mes humiliations passées.

20

FIGURATION

Willa
Sept ans plus tôt

J'ai 20 ans.

Il fait un soleil de plomb, je sue dans ma robe rétro mais saute du bus et me presse pour arriver à l'heure à mon rendez-vous. C'est mon tout premier job. Faire de la figuration n'est pas le rêve de ma vie mais c'est peut-être un premier pas.

Palme d'or, me voilà.

Je m'engouffre dans l'immeuble aux parois rutilantes, fonce à l'accueil, souris à la dame en m'éventant d'une main, puis reçois mon badge qui me permettra d'accéder au niveau 12 où m'attend le joli petit contrat que je suis venue signer. Rien de dément, juste l'Américaine typiquement *plus size* dans cette série française, juste deux scènes dans lesquelles je vais me contenter de rire très fort, de débiter quelques phrases en anglais, de sourire par-ci et de regarder par-là.

Pour moi, c'est déjà quelque chose.

Et c'est à Wolf que je dois tout ça. Grâce à son idée folle, à l'agence Strange & Strong qu'il vient de lancer à Paris et qui a déjà suscité l'intérêt d'un directeur de casting.

Et voilà Willa en route vers Cannes. Puis Hollywood. Mais d'abord l'ascenseur.

Une petite foule s'amasse dans la cabine, je m'y glisse à mon tour, suivie d'une dernière personne qui se faufile dans un trou de souris.

Ça sonne.

Une alarme s'allume aussi sous mon crâne.

On me regarde.

Eh merde.

Je suis la seule personne dont l'IMC est clairement supérieur à vingt-cinq.

– Mademoiselle, vous pourriez prendre le suivant ?

– Je ne suis pas la dernière à être montée… murmuré-je en sentant ma gorge se serrer.

– Dépêchez-vous, j'ai une réunion qui m'attend !

– Prenez les escaliers, c'est plus sûr.

Je lance un regard implorant à la brune en tailleur – pas tout à fait mince mais presque – qui m'a suivie dans l'ascenseur, mais elle préfère fixer ses pompes plutôt que m'éviter cette humiliation publique.

J'ai 20 ans.

L'habitude de ce genre de situations.

Et pas encore le courage de dire non à la bêtise et à la méchanceté gratuite.

Je sors de la cabine, l'alarme s'arrête presque aussitôt. Mais pas celle de mon cerveau, qui crie sa honte, son malaise, son indignation… Et mon ras-le-bol de jouer les premiers rôles quand je voudrais juste faire de la figuration.

21

LAISSÉS-POUR-COMPTE

Willa

« Rien à faire ensemble. »

Alors, qu'est-ce qu'il fout là ?

Dans le taxi qui me ramène à Manhattan après une longue journée de tournage, mes pensées divaguent vers *lui*. Garance a fini par apprendre que Rio Delacroix était son avocat à elle aussi et elle semble ravie à l'idée de mettre – au moins – sa carrière entre ses mains. Moi, je ne sais toujours pas comment le prendre.

Depuis que Rio Delacroix a jugé bon de me suivre jusque sur ce continent pour mettre son nez dans mes affaires, je me fais un malin plaisir de l'éviter. Je veille à être toujours accompagnée lorsque je le croise, à ne jamais passer plus d'une minute en sa présence et à écourter toutes nos conversations en évoquant des prétextes bidon. Il m'attire, bien sûr. Il me débecte au moins autant. Et après ce qu'il m'a fait, ce qu'il m'a dit à Newark, je sais qu'il est tout ce que je déteste.

Au bout d'un moment, il devrait saisir le message. Et finir par comprendre que me fusiller du regard, soupirer ou grogner mon nom entre ses dents serrées rend la chose bien plus amusante pour moi.

Je sors de cinq jours de tournage particulièrement intenses et je n'ai pas encore dérapé une seule fois. Très fière de moi. La scène phare du premier épisode, celle de la réunion au sommet des Cinq Reines, est enfin bouclée. Animae, Blue, Celerity, Prudens et Ira sont désormais engagées dans une quête commune : sortir de l'ombre, combattre les Puissants, libérer leurs peuples asservis.

Prouver qu'une guerrière peut frapper aussi fort qu'un guerrier.

Et que les femmes, les faibles, les petits, les lambda, les différents, tous les laissés-pour-compte peuvent changer le monde en s'alliant.

Exténuée, déjà en manque de Bulle, de Wolf, de Louve, de Cosimo et des autres, je retrouve ma jolie rue paisible au milieu de cette jungle urbaine, mon portier souriant, mon dixième étage et ma porte encadrée de dorures. Sauf qu'aujourd'hui, quelqu'un squatte le paillasson. Une jolie blonde à lunettes qui m'est étrangement familière. Et qui, entourée de deux sacs de sport pleins à craquer, m'accueille en me balançant de sa voix de lascar :

– C'est pas trop tôt, putain ! D'abord, j'ai cru que le type d'en bas me laisserait jamais entrer, mais je l'ai tellement saoulé avec nos photos et nos vidéos qu'il a cru que j'étais ta meuf et qu'il a fini par céder. Et ensuite, tu me fais poireauter dix ans ! J'ai le *jetlag* dans les dents, moi !

– Bulle ?

– Quoi, tu me reconnais pas ?

– Bulle ?

– C'est comme ça que tu accueilles ta BFF ?

– Bulle ?

– Tu t'es cogné la tête sur ton tournage, frère ?

Je l'attrape et la serre contre moi. Un peu trop fort, peut-être – il faut dire qu'on ne fait pas exactement le même gabarit, elle et moi.

– Willa… proteste-t-elle. Plus d'air… Os broyés… Mayday, asphyxie imminente.

Je lui rends son corps et embarque ses sacs avec moi. Elle m'insulte une bonne vingtaine de fois en découvrant l'appartement, sa superficie, son esprit loft, sa lumière, son design, l'écran géant dans chaque pièce, les deux salles de bains avec immenses baignoires, le frigo constamment plein… et le fait que je ne paie pas un centime de dollar de loyer.

Mais ses yeux s'éclairent lorsqu'elle découvre la chambre supplémentaire. Celle qui est restée inhabitée jusque-là.

– Tu as deux colocs ?

– Seulement Garance.

– Regarde-moi bien, Boulette : tu as *deux* colocs.

Elle se jette sur le lit sans même retirer ses Vans tricolores, s'enroule dans la couette, disparaît en dessous, ondule comme un burrito épileptique, me prévient qu'elle ne quittera plus jamais cet appartement, puis m'ordonne de la rejoindre dans sa grotte.

Je me demande soudain quand ma coloc habituelle va rentrer et si elle ne va pas prendre peur.

– Bulle, tu es sérieuse ? Tu veux vivre ici ?

– Je me suis encore fait virer de mon job pourri, grommelle ma meilleure amie depuis sa cachette. Mes quatre comptes sont à découvert, je suis tellement pauvre que j'ai dû arrêter de fumer, j'ai été obligée de prendre un billet d'avion avec trois escales, je suis restée tellement longtemps assise que j'ai des escarres au cul. Ah, et une mycose. Et pas la moindre scène prévue dans les trois prochains mois… Ma vie est aussi réjouissante que celle d'un vieux mégot abandonné qu'on n'a même pas écrasé pour achever ses souffrances.

– Sors de là, clopinette, on va aller t'acheter des patchs. Et discuter.

– Non, tu vas nous foutre dehors, moi et mon champignon, et on va mourir de froid, de faim, de manque et de solitude dans les rues de Manhattan.

Je m'assieds sur le lit, soulève un bout de couette et observe son joli visage contrarié.

– Le chômage sans toi à Paname, c'est pas drôle du tout, Willa.

Bulle n'est pas du genre à se morfondre, encore moins à demander de l'aide à qui que ce soit et la voir dans cet état me fait mal au cœur.

– J'ai peut-être le job parfait pour toi, lui glissé-je. Mais il va malheureusement falloir que tu quittes cet appart de temps en temps… Pour aller bosser, tu vois ?

La lèvre du bas ourlée dans une moue chagrine, elle lève deux yeux tristes vers mon visage et trouve encore le moyen de râler.

– Je sens le piège se refermer sur moi…

– Écoute un peu, *drama queen*.

– L'espace se réduit, l'air vient à manquer…

Je colle mon index sur sa bouche qui se tord et lui balance :

– Si Garance veut bien de toi ici, tu pourrais être mon assistante.

– *What* ?

– Bilingue, *check* ! commenté-je en cochant une ligne invisible.

– Tu te fous de ma gueule ?

– Polie et courtoise, *check* !

– Willa, frère, t'es sérieuse ?

– Ils ont engagé un avocat despotique pour me contrôler. Donc je vais t'engager pour qu'il comprenne sa douleur… Tu feras désormais le lien entre lui et moi.

– « Lui » ? C'est qui « lui » ?

– Le mec du Marriott.

À cet aveu, les yeux de mon amie s'ouvrent beaucoup trop grand, j'ai peur que l'un d'eux me saute au visage.

– Cligne, Bulle. Cligne !

– L'avocat mayonnaise ?!

J'acquiesce.

– Mais il t'a suivie jusqu'ici ?

– Non, apparemment c'est juste un heureux hasard de la vie, fais-je d'une voix ironique.

Elle encaisse cette information et la digère comme elle peut. Et, le temps de se débattre avec la couette burrito, elle redevient elle-même.

– Attends, c'est quoi le salaire ?

Garance nous rejoint peu de temps après. Je lui présente ma meilleure amie en tentant d'arrondir les angles de Bulle le camionneur, lui expose les choses en douceur, et ma copine actrice semble amusée, surprise mais pas braquée. Elle dit simplement : « Pourquoi pas ? » en haussant une épaule, je nous commande un festin au meilleur coréen de New York – son péché mignon – et la colocataire la moins emmerdante du monde accueille finalement mon petit lascar avec le sourire.

– Trois Françaises à New York, il faut bien qu'on se serre les coudes, non ?

– On se serre tout ce que tu veux, frère…

Bulle joue au séducteur de bas étage alors qu'elle est cent pour cent hétéro et Garance est déjà sous le charme de son humour. Elles ne pourraient pas être plus différentes et, pourtant, la connexion entre elles se fait illico. Ma meilleure amie montre son meilleur visage pour ne pas – encore – effrayer la douce *girl next door*, tandis que l'actrice éclate de rire à chaque fois que la nouvelle venue ouvre la bouche. J'assiste à cette drôle de rencontre, un sourire aux lèvres – et la bouche pleine de *kimchi*. Je me surprends à penser que pour six mois, notre trio pourrait fonctionner. Après tout, elles partagent déjà le même amour pour le *bulgogi*, le *tteokbokki*, le *soju* et apparemment les *dramas* coréens. Et leurs acteurs, évidemment.

Mais ce que Garance ignore encore, c'est qu'une Bulle alcoolisée est une bombe à retardement.

Trois, deux, un…

– Putain, *man*, cette mycose, c'est l'enfer ! Qui a une clope ?

22

IL EST LÀ

Willa

Quand je tourne une scène, Rio n'est jamais loin. Il me surveille dans l'ombre, adossé à un mur, assis sur des marches, dans un fauteuil près du réalisateur, les coudes posés sur ses genoux, le regard concentré. Quand je me tiens à carreau et discute sérieusement de mes scènes avec l'équipe de tournage, il est là. Quand je fais ma Willa et hausse le ton sur ma nouvelle assistante juste pour rire, m'oublie un peu avec une actrice, ris trop fort, parle trop longtemps, existe trop, il est là. Quand je fais une pause, quand je téléphone, mange, bois, quand je me retiens de danser, de crier, de pleurer, quand j'ai mal aux pieds, au dos, aux cheveux, quand j'oublie mon texte, quand j'ai trop bu ou pas assez, il est toujours là.

Les toilettes sont la seule zone qu'il ne franchit pas. Et ça fait plus de dix jours que ça dure.

– Taré… grogné-je tandis qu'Apsara, ma maquilleuse, retouche mon teint.

– Un problème ?

Elle suit mon regard et tombe sur Maître Connard.

– Oh, *lui*. Impossible de le rater, chuchote-t-elle en souriant. J'ai cru qu'il était acteur au début, il a la gueule pour, mais il est avocat, c'est ça ?

– Non, dans la vie, il fait « emmerdeur ».

La petite brune se dépêche de finir, sous les aboiements de Robbins qui, quand il n'en a pas après les fesses de son assistant, adore tyranniser le reste de ses équipes. On boucle la scène en seulement quatre prises, j'échappe à ses foudres et me rapproche du moniteur pour voir les dernières images filmées. Mais Rio y a pensé avant moi, il me coupe la route et se poste devant l'écran.

– Je peux respirer ?

– Tant que ça ne vous empêche pas de bien faire votre boulot, oui.

Ses yeux sombres sont froids et son insolence réveille la Ira en moi.

– Un avocat, ce n'est pas censé servir à quelque chose ? Prendre la défense de gens qui en ont vraiment besoin, par exemple, plutôt que me harceler ?

– Larsson, on n'entend que vous, bordel ! rugit soudain le réalisateur depuis son fauteuil. Votre journée est terminée, laissez-nous bosser. Du vent !

J'ai entendu tout un tas de saloperies, dans ma vie, mais je n'ai jamais toléré qu'on me parle comme ça. Laisser glisser, ce n'est pas mon truc. Je m'apprête donc à riposter, mais la main de Rio se plaque brusquement sur ma bouche.

– Pas un mot, souffle-t-il. On y va.

– Donc vous allez le laisser me parler comme à un chien ? Ça me rappelle quelque chose, remarquez…

L'homme pipi. Sa grossophobie. Ses mots qui me pèsent encore et tout cet avion qui se tait face à mon humiliation.

Rio ne réagit pas, il concentre toute sa force pour parvenir à me traîner hors du plateau. Une fois en coulisses, seuls et à l'abri des regards, on explose.

– Vous servez à quoi, au juste ?! Vous n'êtes pas mon avocat en fait, vous êtes le complice de Robbins !

– Du calme…

– Collabo !

– Arrêtez vos conneries, Willa ! Vous tenez vraiment à vous faire virer, c'est ça ? Et à me foutre dans la merde ?

– Vous êtes nul, je vous l'ai déjà dit, il faudrait songer à changer de métier !

– Je suis là pour que vous gardiez votre job, putain ! Ce rôle, ce n'est pas la chance de votre vie ? Vous êtes vraiment prête à tout perdre pour protéger votre joli petit ego ?

Nos regards se font la guerre, nos souffles se percutent et la tension monte, monte et monte encore entre nous. Au point d'allumer une dangereuse flamme au creux de mes reins.

– Lâchez-moi, grommelé-je.

Maître Despote le fait dans la seconde, comme s'il ne s'était pas rendu compte qu'il me tenait encore par le bras.

– J'ai faim, ajouté-je tout bas.

– Moi aussi.

– Aucune envie de déjeuner avec vous.

– Ce n'était pas une proposition, Willa. Où est votre assistante ? Vous avez déjà réussi à la faire fuir après une seule journée ?

– Bulle est en pause, elle est allée courir pour s'empêcher de fumer.

– « Bulle » ? grimace-t-il. Vraiment ?

– Oui. Un problème, « Rio » ?

Il inspire profondément, tire sur les manches de son pull gris et me contemple en silence. Il est sacrément beau, ce con. Et bizarrement, encore plus quand je lui tiens tête.

– C'est bon, je suis calmée, j'ai passé mes nerfs sur vous, ça m'a fait un bien fou. Je peux y aller ?

– Vous êtes sûre que c'était une bonne idée d'embaucher votre meilleure amie ?

– Qui vous a dit ça ? rétorqué-je, surprise qu'il en sache autant.

– Je connais votre entourage, Willa.

– Mais pas le prénom de ma BFF…

– Ce n'est pas sa vraie identité. Je ne suis pas seulement « nul », je suis aussi du genre méticuleux.

– Pas que…

– Pardon ?

– Rien.

On se regarde en chiens de faïence un long moment, avant de soupirer à l'unisson.

– Adieu… marmonné-je en me détournant enfin de lui.

– Willa, attends !

Bruna Cruz, l'actrice *caliente* du casting, surgit de nulle part et vient poser une main sur mon épaule tout en bouffant le brun du regard. Cette fille n'a clairement pas froid aux yeux – ni froid nulle part. Malgré des températures extérieures largement négatives à New York, elle se promène en tenue légère sous son manteau ouvert.

Et chez elle, rien ne déborde, rien ne dépasse, si ce n'est son sex-appeal.

– Rio, c'est ça ? demande-t-elle à mon avocat. Garance m'a dit que si j'avais une question d'ordre juridique, je pouvais venir vous trouver…

– Je suis là, je vous écoute.

– Vous êtes célibataire ?

Je ne m'y attendais pas, à celle-là. Et je m'attendais encore moins à ressentir cette piqûre désagréable, sous mon corset de guerrière. L'enfoiré sourit en coin et lui répond de sa voix suave :

– Pas très juridique, tout ça…

– Laisse tomber, murmuré-je à l'actrice. Il est asexué. Et totalement antipathique.

Je la prends par la main et l'embarque avec moi, tandis que j'entends Maître Joli-Cœur se marrer dans mon dos.

– Au fait, Bruna ? chuchoté-je à la bombe.

– Oui ma belle ?

– Tu n'es pas mariée ?

– Si, répond-elle en riant doucement. Mais tu l'as bien regardé ? Je suis à deux doigts de te frapper pour avoir le droit de faire appel à ses services !

Je rêve… ou elles sont toutes folles de lui ?

***

J'aurais dû le parier : il a choisi le même restaurant que moi, à deux pas des studios. Il occupe la dernière table libre et, lorsqu'il sort la tête de son écran et me voit arriver, il affiche un petit sourire triomphant qui s'excuse faussement.

Donc soit je déjeune avec Rio Delacroix, soit je perds la face – et je ne mange pas.

Vous m'avez bien regardée ?

Je décide de capituler, un peu lasse et complètement affamée. Je m'assieds en face de lui, retire mon manteau à carreaux Nasty Gal, mon pompon, réunis ma longue tignasse brune d'un seul côté, envoie un message à Bulle puis observe la carte en silence. Pendant tout ce temps, je sens son regard sur moi.

Et mon trouble qui grandit.

– Au cas où vous seriez en train de vous faire des films, je précise que je ne vous ai pas suivi jusque-là. J'ai bien retenu qu'on n'avait « rien à faire ensemble ».

– Alors comme ça je suis asexué ? rétorque sa voix grave. Besoin que je vous rafraîchisse la mémoire, poupée ?

Après m'avoir humiliée comme il l'a fait, il choisit d'ignorer la moitié de ma phrase et voilà qu'il se remet à jouer avec moi.

Je contiens le flot de mots assassins qui monte dans ma gorge. Un serveur débarque à ce moment-là et prend ma commande… en promenant ses yeux sur mon décolleté.

– Elle ne vous a pas commandé, vous, juste le steak, grogne soudain la voix de mon avocat.

Le jeune homme détale rapidement, vexé d'avoir été pris en flag, nous laissant en tête à tête.

– Vous pouvez m'expliquer ce que vous venez de faire, là ?

– Vous n'êtes pas aveugle, Willa. Ni idiote. Vous savez très bien l'effet que vous produisez…

– Je vais être très claire : je n'ai pas besoin d'un *bodyguard*, merci. Pas envie que vous respiriez le même air que moi. Et pas la moindre volonté d'être vue partout avec un type arrogant comme vous.

L'un de ses sourcils se soulève, tandis qu'une lueur sombre traverse son regard noisette.

– Je fais ça pour le fric et ma réputation, chérie, ne te méprends surtout pas.

– On se tutoie à nouveau, donc ?

Rio penche légèrement la tête sur le côté, l'air amusé. Ou furieux. Je n'arrive décidément pas à le décrypter.

– Ne m'appelle plus jamais « chérie », « poupée », « ma jolie », tu peux oublier tous ces sobriquets sexistes. Je ne suis pas *ta* quelque chose. Je ne me *calmerai* pas sur commande. J'existerai autant que ça me chante. Tu n'as pas à approuver tout ce que je fais ni à aimer qui je suis, je n'ai pas à t'obéir ni à te plaire. Et je te rappelle que je sais me battre, je suis tout sauf une petite chose fragile.

Mon téléphone a vibré plusieurs fois mais je l'ai ignoré. J'ai débité ces mots très vite, sur un ton ferme, sans que mon adversaire ne cherche à m'interrompre. Je pensais l'avoir remis à sa place, mais c'était mal connaître l'animal. Une fois arrivée au bout de mon monologue, je vois le satané sourire de Rio s'élargir.

– Je sais tout ça, Willa, murmure sa voix de velours. Et je n'aime pas les bagarreuses. La grande blonde qui te sert de coloc et qui se trouve être aussi ma cliente est bien plus mon genre que toi…

– Elle a un prénom, grommelé-je en pensant à Garance.

– Elle a bien plus qu'un prénom. S'il n'y avait pas ce contrat...

– Fais gaffe à ce que tu vas dire, l'avocat, grommelé-je en enfonçant mon nez dans mon verre.

Il se marre tout bas et son timbre rauque et sexy s'insinue en moi un peu plus loin encore. Et soudain, tandis que je m'apprête à vivre le plus long et pénible déjeuner de ma vie, je reconnais une silhouette, une démarche, un visage qui arrive droit sur nous.

Mon cœur palpite un peu. Beaucoup.

– Cosimo !

– *Mia dolce* !

Je saute de ma chaise pour atterrir dans ses bras. Dans l'excitation de ces retrouvailles, nos lèvres se frôlent, mais mon bel Italien s'en fout, il rit comme un fou en m'embrassant dans le cou et en m'expliquant que Bulle l'a mené jusqu'ici.

– Je dérange, peut-être ? demande-t-il soudain en croisant le regard noir de mon avocat.

J'adore son accent, sa spontanéité, ses visites surprises et sa façon de prendre la vie à la légère.

– Un déjeuner pro, rien d'intéressant !

Rio n'a pas l'air de beaucoup apprécier ma réponse. Il pose ses yeux sur moi et je sens une étrange tension dans ses épaules carrées, ses mâchoires crispées, son visage fermé. Puis il se lève lentement, déploie son grand corps et tend la main au photographe qui vient d'interrompre son petit moment de gloire.

– Rio Delacroix, son avocat.

– Cosimo, photographe de mode et... son ami.

– Ami ?

– Un peu plus que ça, disons… Et vous ? Vous êtes son avocat ou son surveillant ?

Je leur fais de grands signes, juste au cas où leur petit combat de coqs parfaitement assumé leur aurait fait oublier ma présence.

– C'est vrai qu'il y a du boulot, soupire Rio. J'ai déjà vu plus docile…

– Ce mot est à gerber, Maître Delacroix, sifflé-je, furax. Je ne suis ni une esclave ni un carlin.

– Willa, docile ? reprend Cosimo. Elle est indomptable ! C'est bien pour ça qu'elle me résiste depuis tout ce temps…

Dans ce restaurant bondé, au milieu des clients et des serveurs qui se croisent, les deux bruns se jaugent un bon moment, entre défi et curiosité. Je finis par briser cet échange viril qui s'éternise en me raclant la gorge, puis je récupère mes affaires, mon « ami » et débarrasse le plancher. En laissant la note pour l'autre enfoiré.

***

– Non mais, « docile »… Il se prend pour qui ? éructé-je encore dix heures plus tard, en vidant mon énième verre.

Affalés dans les canapés de la 82th Street, Bulle et Cosimo m'écoutent patiemment, un petit sourire chacun au coin des lèvres.

– C'est quoi votre problème ? Vous en avez marre de moi, vous aussi ?

Je me venge sur un malheureux sushi qui passait par là.

– Nous aussi ? répète ma meilleure amie.

– Il ne peut pas m'encadrer, ce salaud machiste et méprisant.

Mais c'est tellement réciproque… On a *absolument* rien à faire ensemble !

– Willa, tu as assez bu, je crois.

– Laisse-la s'exprimer, lui lance Cosimo en vidant son scotch.

Bulle nous abandonne vers minuit pour aller retrouver Ji Seong et le dernier *drama* coréen qui la rend accro. Cosimo me tient compagnie quelques heures encore et, quand je nous sens sur le point de déraper, je lui demande gentiment de rentrer à son hôtel.

– Pas ce soir, alors ? murmure-t-il à mon oreille en me caressant dans le cou.

– Pas ce soir, non…

Beau joueur, l'Italien se marre doucement, m'embrasse sur la joue et s'en va sans se vexer. C'est ce que j'appelle un mec bien.

Et au moment de me coucher, cette question vient me hanter :

Ce soir, est-ce que j'aurais dit non à Rio Delacroix ?

23

RESTER LIBRE

Willa

Ce samedi matin, je me réveille avec une sacrée gueule de bois. Dans mon pyjama en satin pêche mal boutonné, je me traîne jusqu'à la salle de bains, me plante devant le miroir et découvre mon reflet. J'hésite un peu entre rire et pleurer. Le *smoky eye* pas démaquillé, passe encore, mais j'avais oublié que Cosimo s'était amusé à me faire trois couettes au sommet du crâne avant de partir, et que j'ai dormi avec.

Je ressemble donc à un panda bouffi qui aurait bouffé un cocotier.

– Willa ! Pancakes !

Ma colocataire en or sait me parler comme aucun autre. Après un ravalement de façade rapide, je trottine jusqu'à la cuisine et la trouve aux fourneaux, comme c'est souvent le cas. Depuis trois semaines, Garance cuisine, Bulle commente, critique, s'agite, manque de nicotine et… je prends des fesses.

– Le Bulot dort encore ? demandé-je en me servant un café.

– Elle a englouti six pancakes et elle est allée courir.

– Elle t'a raconté l'histoire du mégot abandonné ?

– Déjà trois fois depuis ce matin…

Garance rit doucement, puis croque dans une fraise. Je l'observe en silence. Carré Hermès porté en bandeau sur son joli crâne rasé, teint de pêche, robe-tee-shirt qui lui arrive jusqu'aux pieds : la perfection existe et elle vit avec moi.

– Toi, c'est un miracle que je ne te déteste pas, tu sais ? lui lancé-je en me massant le front.

– Mange, ça va te faire du bien.

– Tu es rentrée tard, hier soir ?

– Vers minuit, je crois. Mais quand je t'ai vue avec ce beau brun, je me suis dit qu'il valait mieux que je disparaisse dans ma chambre…

Elle me balance un clin d'œil, puis me tend une assiette pleine de pancakes, de fruits et de sirop d'érable. Je vais m'asseoir sur l'un des tabourets du comptoir et goûte à ces merveilles.

– Le mec d'hier c'est Cosimo, mon ami photographe.

– Bulle m'a raconté ça aussi, m'apprend la blonde en s'adossant au plan de travail. *Sex friends*, c'est ça ?

– Amis et plus, parfois, acquiescé-je.

– Vous n'avez jamais tenté de vous mettre ensemble ?

– Plus ou moins, il y a longtemps, mais ça n'a pas marché. On préfère rester libres, lui et moi. Et de toute façon, Cosimo est incapable de se poser, il vit à mille à l'heure. Trop vite pour moi.

– Dit la mannequin, égérie d'agence, couverture de *Vogue* dans six pays, actrice montante…

– Oui, bon, je n'ai pas non plus beaucoup de temps à consacrer à un homme.

– Donc vous avez opté pour une amitié améliorée, résume-t-elle en me piquant un bout de kiwi.

– Exactement. Et pas touche, je ne partage ni mes mecs ni ma bouffe, la prochaine fois tu perds un doigt.

Elle rigole, s'attaque à une fraise mais cette fois, je suis plus rapide qu'elle et sauve mon butin.

– Ton prénom, c'était pas Célérité ? la provoqué-je.

– J'ai dîné avec notre avocat, hier soir.

Un trou se forme dans mon estomac.

– Rio ?

– Oui. Je ne sais pas pourquoi tu le détestes, je le trouve très sympa.

– Il n'a pas dû te montrer son vrai visage…

– Et pas seulement sympa.

Le trou devient boule. Et vient se loger dans ma gorge.

– Vous… vous avez fait quoi ?

– Juste dîné. Il ne s'est rien passé, c'est un vrai gentleman. Enfin, on a flirté un peu, mais je n'arrive pas à savoir s'il est intéressé ou pas. Il cache bien son jeu… et j'adore ça.

– Quel enfoiré…

– Quoi ?

– Rien. Mais tu n'as pas déjà quelqu'un, toi ? C'est qui ce mec que tu appelles tous les deux jours ?

– Qui, Alex ? Rien de sérieux.

Je mords sans conviction ni appétit dans un nouveau pancake, juste histoire de cacher ma mauvaise humeur.

– Je suis comme toi Willa : pour l'instant, je tiens à ma liberté. Quand on fait ce métier et qu'on déménage tous les six mois, difficile de faire autrement.

La porte de l'appartement claque soudain en nous faisant sursauter et Bulle débarque dans la cuisine en jogging couleur lavande, le visage cramoisi et la bouche grande ouverte. Elle retire son bonnet roulé, ses lunettes de vue pleines de buée, me vole mon mug de café, en boit une gorgée, grimace, puis va mettre la tête directement sous le robinet d'eau froide pour y boire.

En se redressant, elle tente de reprendre son souffle tout en tapotant sur les trois ou quatre patchs qu'elle s'est collés sur les deux bras.

– Je déteste courir… Je déteste la neige… Je déteste cette ville… Je voudrais fumer quarante clopes d'un coup, m'évanouir et recommencer… Éternellement… On sort où, ce soir ? Ah, et je viens de croiser Ernie et Bennett… à la sortie de l'ascenseur… en train de se rouler des pelles ! Interdit aux moins de 18 ans, le truc ! Vous saviez et vous ne m'avez rien dit ?

– Ils sont mariés, Bulle, répond Garance en riant.

– Ernie passe sa vie à nous parler de son « Benny », tu n'avais pas compris ? ajouté-je en me marrant.

– J'ai toujours cru qu'il parlait de son… enfin de sa… Bref, faut que j'améliore mon anglais, je crois. Putain, mais vous auriez vu ce que j'ai vu… À mon avis, ils ne font pas que s'embrasser dans cet ascenseur. Faites gaffe où vous posez vos mains ! Si ça colle, à mon avis c'est pas du chewing-gum…

Je ferme très fort les paupières pour m'empêcher de visualiser, choisis de ne pas m'attarder sur la question, range rapidement la cuisine et vais m'affaler devant la télé. La vie sexuelle et sentimentale des uns et des autres ne me regarde pas. Ça fait longtemps que j'ai arrêté d'envier les autres d'avoir ce que je n'ai pas.

Bulle file sous la douche en se demandant à haute voix si on peut attraper des mycoses dans un ascenseur, Garance me rejoint en riant et on zappe jusqu'à tomber sur *Tristan et Yseult* avec le canon James Franco dans le premier rôle.

– C'est moi ou Rio lui ressemble un peu? chuchote la blonde.

– Le revoilà, celui-là…

Je grogne dans mon coin, me remémore notre dernière engueulade, ce mot, « docile », qui m'a fait enrager, ses affronts répétés, son omniprésence, son sex-appeal, cette tension entre nous… et ce dîner avec *elle*. Soudain, j'étouffe.

– Non mais là, sur cette image, regarde!

Garance n'a pas totalement tort. Tignasse brune, regard intense, arcades et mâchoires marquées: la ressemblance physique est là, même si elle est subtile. Rio a quelque chose de plus sauvage, plus rugueux, plus *dirty* à la Tom Hardy.

– C'est le nez viril et la bouche pulpeuse, observé-je. Et quelque chose dans le regard, peut-être… Mais l'autre emmerdeur fait deux têtes de plus, il a la peau plus mate, les yeux plus clairs. Son torse est plus large, il est plus baraqué en haut, plus élancé en bas.

Ma colocataire me dévisage en souriant.

– Tu l'as bien observé, à ce que je vois…

– Déformation professionnelle. Les beaux mecs, j'en ai croisé des centaines en faisant mon métier.

– Donc tu admets qu'il est beau?

– Extérieurement, oui. Mais à l'intérieur, crois-moi, c'est pas joli à voir.

Elle me balance un coussin à la tête, se laisse tomber en arrière et lâche un petit râle qui se veut agonisant.

– Willa, je crois que je suis un peu obsédée…

Et moi je voudrais enfoncer ma tête dans ce coussin et crier que je le hais.

En sachant pertinemment que ce n'est pas vrai.

24

PLUS JAMAIS

Willa

Ma mère, championne incontestée dans l'art de la superficialité, m'a toujours conseillé de ne m'entourer que de gens susceptibles de me mettre en valeur et de me servir à quelque chose, d'une manière ou d'une autre. Sans doute une façon de me dire que je n'étais pas parfaite mais que d'autres pouvaient peut-être m'aider à l'être. À part Wolf, personne n'a jamais atteint son degré d'exigence qui dépasse l'entendement.

Alors forcément, j'ai passé mon enfance et mon adolescence à me tourner spontanément vers des humains atypiques, authentiques, ni très normaux, ni très brillants, ni très convenables… mais tellement intéressants.

Et, disons-le, contrarier Agnès Larsson, mère aimante mais beaucoup trop maman poule et complètement névrosée, est vite devenue l'une de mes passions. Une façon pour moi d'exister, de me donner le droit d'être boulotte, imparfaite, désobéissante et surtout déterminée.

Si ma mère m'a bien appris quelque chose, c'est l'esprit de contradiction. Dommage que ça se retourne contre elle chaque fois qu'elle m'appelle.

– Ma chérie, tu es dans le dernier *Paris Match* ! Ils parlent de ta série et de l'autre Française, Constance. Ta colocataire. C'est quand même étrange de se tondre les cheveux quand on est si belle, c'est quand même l'un des attributs de la féminité. Elle a besoin de se faire remarquer, non ? La cohabitation se passe bien ? Elle est comment ? Ne la laisse pas s'accaparer toute la lumière, hein ?

– Maman, c'est Garance, elle adore son crâne rasé et je suis sur le point de tourner, là...

– Attends, on passe en FaceTime, j'ai besoin de te voir !

– Non, tu vas me prendre en photo sans me le dire, en costume sur ce plateau, et l'envoyer à toutes tes copines pour leur montrer que tu as engendré une star.

– C'est le cas, non ?

– Je n'ai rien d'une star comme tu te l'imagines, maman...

– Bon, tu acceptes mon invitation vidéo ?

– Non. Tu sais que j'ai signé une clause de confidentialité, rien ne doit fuiter.

– Je rêve ou ma propre fille ne me fait pas confiance ?

– Tu ne rêves pas.

Elle soupire, tellement bien qu'on jurerait qu'on fait le même métier. Et je me dis que je devrais appeler plus souvent mon père, lui qui a la gentillesse de ne jamais se plaindre, jamais se reposer sur moi, jamais me faire de scènes ni de reproches. Avant de divorcer, cet homme a survécu à plus de vingt ans de mariage avec ma mère.

Il ne doit pas être totalement humain.

– Maman, je dois y aller, j'ai une urgence à gérer.

– Ton frère va bien ? Il ne me répond toujours pas.

– Laisse-lui du temps.

– Et Judith qui continue à m'envoyer des lettres d'insultes… Ma propre sœur !

– Tu l'as mérité.

– Willa !

– Je raccroche, mais je t'aime quand même !

L'urgence, c'est que Bulle est en train de faire son show sur le plateau, de parler en *franglish*, d'appeler tout le monde *brother*, de sniffer les acteurs pour découvrir qui fume, de tirer sur une fausse clope qui est un vieux bâton de sucette, de demander si elle ferait une bonne comédienne, de rappeler à des gens qui s'en foutent qu'elle en est déjà une, en fait, de chercher partout mon script qu'elle a apparemment égaré, de renverser du café sur un ingé' son et son matériel, de se tromper de loge, de plateau, d'interlocuteur… Je la regarde faire et je suis à deux doigts de bazarder tous mes principes, de la renier à tout jamais pour me choisir des amis plus simples à gérer.

Je crois que je n'aurais pas pu choisir pire assistante. Elle n'a toujours pas repéré le distributeur de bouteilles et je continue à m'hydrater toute seule comme une grande. Je dois systématiquement vérifier derrière elle qu'elle m'envoie au bon moment au bon endroit. Même après deux semaines, alors que les autres assistants autour d'elle font correctement leur boulot, ma meilleure amie reste une catastrophe ambulante.

Et pour une fois, il semblerait que Rio Delacroix soit du même avis que moi.

– Assistante de Willa Larsson ! lâche sa voix grave à une dizaine de mètres de moi.

– Oui ? C'est moi !

– N'y va pas, Bulot… murmuré-je en la voyant s'approcher du despote assis bien haut sur son piédestal.

Ce n'est pas parce qu'on est probablement du même avis que ça lui donne le droit de malmener mon Bulot incompétent. Ça n'a pas l'air comme ça, mais c'est fragile ces petites bêtes-là.

Je les observe discuter tout bas, pendant quelques secondes qui me paraissent des heures. Bulle se tient presque dos à moi, les mains enfoncées dans les poches de son sweat « *F.R.I.E.N.D.S* » et je ne peux pas discerner ses expressions, mais elle semble calme. Quand elle me rejoint en mâchant son chewing-gum à la nicotine, c'est pour me glisser :

– En fait, il est plutôt cool ton avocat…

– Quoi ?

– Il m'a dit qu'il me voyait me démener depuis ce matin et il m'a simplement donné ma journée. Ça va aller si je rentre ?

– Bulle ?

– Willa ?

– Tu détestes ce métier ? Je sais que ce n'est pas passionnant…

– Non, tu rigoles ?! C'est dingue, d'être ici. Ces studios, cette ambiance, ces gens, voir les coulisses de la série. Et vivre ça avec toi ! Désolée si je ne suis pas très efficace. Au moins, j'ai l'air plus à l'ouest et allumée que toi…

Je ricane en me disant que c'est vrai. À côté de mon assistante, j'affiche un sérieux et une dignité à toute épreuve. J'en deviendrais presque... discrète.

– Je veux Blue et Ira sur le plateau ! retentit soudain la voix du réalisateur.

– Va, Reine Boulette !

– Bulle, mon script !

– Merde ! Euh... Je l'avais avec moi aux toilettes et ensuite... Je... Euh...

***

En fin de journée, je suis appelée en salle d'essayage pour apporter les dernières retouches aux costumes sur mesure que je porterai dans mes prochaines scènes. Je me rends dans la grande pièce aux murs noirs tapissés de miroirs, remplie de racks de vêtements, de cabines d'essayage et d'yeux experts. Luther, le chef costumier et ses petites mains sont en train de tourner autour de Garance, qui vient de passer une robe... particulière.

En plastique souple et transparent. Très peu couvrante, disons.

– Willa, toi tu ne vas pas me mentir ! J'ai l'air nue ?

Ce n'est pas un caprice de star. La douce et sage Garance semble réellement paniquée.

– Tu veux la réponse diplomatique ou la réponse ?

– Vous voyez ? Elle est mannequin, elle sait de quoi elle parle !

– On ne défile pas, ici, on tourne, la rembarre Luther. J'ai créé cette pièce en suivant les directives des scénaristes.

Dans cette scène, Celerity marche sur l'eau et le tissu flotte sur sa peau comme un voile de brume…

– Vous pourriez peut-être juste rajouter un point ici, pour que sa poitrine soit moins exposée ? proposé-je.

Mon audace ne plaît pas du tout au costumier, qui part à la recherche de l'un des assistants du réalisateur pour trouver une « satanée solution ». Tapi dans un coin non loin de moi, assis sur une pile de caisses métalliques, en costume noir sans cravate, Rio me fixe étrangement. Je n'avais pas réalisé qu'il se trouvait là, tout ce temps, et lorsque nos regards se croisent, je reçois comme une décharge.

Brusque. Désagréable. Excitante.

– Laisse-les faire leur travail, articule-t-il tout bas.

– Fous-moi la paix, lui réponds-je en remuant les lèvres sans émettre un son.

Le costumier revient, passablement agacé de perdre son temps, fait signe à Garance d'aller s'asseoir et de patienter, tandis qu'il enchaîne sur l'actrice suivante.

– Willa, passez celle-ci, me lance Luther en me tendant une robe faite de pièces de cuir, fourrure et peaux de bêtes.

– Tout est faux, bien sûr ?

– Vous me prenez pour qui ?

Je hausse les épaules, souris insolemment à Rio qui lève les yeux au ciel, puis récupère la tenue et me rends dans la première cabine. En me déshabillant à l'abri des regards, je prends conscience que Rio n'a pas dû rater une miette du spectacle et a sans doute bien apprécié de voir Garance si dévêtue… Je défais le bouton de mon jean un peu trop rageusement.

Lorsque je sors de ma cachette, tous les regards se posent sur moi.

Y compris le sien, un peu plus intense que les autres.

La robe que je viens d'enfiler est longue mais très décolletée, des lambeaux noirs et bruns pendent autour de mes cuisses jusqu'à mes chevilles et s'y entourent comme des serpents quand je marche, des rideaux d'onyx descendent devant ma poitrine depuis un bandeau en cuir enserrant mon cou, deux empiècements pointus en métal rappelant une armure médiévale englobent mes seins et les font pigeonner.

Mon reflet ne me choque pas, je l'affronte sans ciller, sans rougir. Ira est une guerrière, certes, mais moi aussi j'ai mené des guerres contre moi-même avant de réussir à m'aimer. Le plus souvent. À ne plus vouloir me cacher. La plupart du temps. À ne plus tenter des régimes miracles, qui vous font perdre vingt kilos en six mois puis en reprendre trente en un an. J'en ai versé des larmes dans ces cabines à la lumière crue où tout est trop petit, trop serré, impossible à fermer, alors que c'est la plus grande taille disponible en rayon. J'en ai ravalé des cris quand les vendeuses me chuchotaient : « Ça va se détendre », « Ça se porte près du corps. »

J'en ai envoyé des regards cruels et culpabilisants à cette Willa face à moi que je ne supportais pas.

Aujourd'hui, je me fonds dans ma peau et je m'accepte tout entière. J'ai des jours sans, bien sûr, mais je ne me bats plus contre moi. Je me regarde bien en face et je vois Ira, cette reine qui vit sa féminité, ses désirs, sa force et ses failles librement. Et cette robe incarne à merveille toute la complexité de ce personnage unique.

Garance pose sur moi ses yeux qui pétillent et me murmure en me regardant de haut en bas :

– C'est renversant… J'admire ta confiance en toi, Willa.

Dans le miroir, je tombe sur ses yeux à *lui*. Il s'est relevé comme pour mieux m'étudier, je me laisse happer, emporter dans son tourbillon. Il y a beaucoup de choses dans ce regard. De l'envie, de la possessivité, de la colère, ça gronde, ça vibre, ça me réchauffe. Et ça me déstabilise plus que je voudrais bien l'admettre.

– Tu es donc payé à ça ? murmuré-je en me rapprochant de lui.

– Pardon ?

– À reluquer tes clientes…

Rio plisse les yeux, serre les lèvres et me balance :

– Porte plainte contre moi, je t'en prie.

– Ne me tente pas.

– Willa, souffle sa voix de velours. Est-ce que tu sais seulement qui je regarde vraiment ?

Et d'un petit signe de tête, l'enfoiré me fait comprendre que Garance est celle qui l'intéresse. Pas moi.

***

Une dizaine de mains jouent à la poupée avec moi pendant une bonne heure, dans cette salle d'essayage que Rio refuse obstinément de quitter. Garance, elle, a décidé de rentrer à l'appartement il y a belle lurette, en s'excusant de ne pas m'attendre.

Son mètre sur l'épaule et ses lunettes au bout du nez, Luther me fait essayer un ensemble en suédine troué, lacéré, brûlé par endroits, dans lequel je rentre à peine, mais qui est validé sur-le-champ. Puis j'enfile sur mes épaules une armure de onze kilos, noir métallique aux reflets rouge sang, sur une jupe asymétrique en écailles de serpent.

Difficile à croire, mais j'ai déjà fait pire, en haute couture.

Dernière pièce à valider : une robe fourreau en soie parsemée de plumes noires, qu'un jeune styliste vient me zipper à l'arrière en me rejoignant dans la cabine d'essayage. Au passage, le beau barbu me pelote allègrement une fesse, puis l'autre.

À deux reprises, je sens nettement ses doigts s'enfoncer dans ma chair à travers le tissu, comme si mon corps était en libre-service et ne m'appartenait plus. La première fois, j'ai douté avoir bien compris son geste. La deuxième fois, c'était trop clair même pour mon cerveau choqué.

Scandalisée mais totalement paralysée, je n'ai même pas sursauté. Je me suis laissé faire et ne reprends mes esprits que lorsqu'il ouvre le rideau de la cabine et s'apprête à filer en douce.

– Je vous ai autorisé à me toucher ? Ça va, la marchandise vous a plu ?

Pas de réponse. Je sors de la cabine en suivant de près le type et ses mains baladeuses, puis je le retourne et le plaque contre le miroir le plus proche.

– Willa ! intervient Luther en me voyant m'en prendre à son protégé.

– La prochaine fois que tu me tripotes comme tu viens de le faire, j'utilise ma première tenue et mes seins en métal pour te transpercer une couille, c'est compris ?

– Ça va pas, non ? Je n'ai rien fait !

– On ne touche pas une femme sans sa permission, connard !

Le couturier, d'abord désarçonné, trouve rapidement une stratégie et se met à me rire au nez, l'air de dire : « Comme si un type comme moi allait se salir les mains sur toi. »

Je suis plus que prête à me jeter sur lui pour lui faire ravaler son mépris, mais deux mains m'en empêchent soudain. Elles s'enroulent autour de ma taille et me retiennent, tandis que je sens quelqu'un venir se coller derrière moi.

Je lâche un cri de colère, me débats, puis reconnais sa voix.

– Laisse-le, Willa. Respire. Voilà exactement ce pour quoi je suis payé et ce pour quoi je suis là : t'éviter de faire n'importe quoi et te foutre dans la merde. C'est apparemment ta spécialité…

Il me parle tout bas, en français, comme à chaque fois qu'il joue au bon petit avocat avec moi et qu'il veut éviter d'être compris. Sa voix est particulièrement grave, vibrante, elle m'apaise autant qu'elle m'excède. Je sens tout mon corps se tendre, ma peau fourmiller, mon cœur battre la chamade.

Je ne suis plus en colère : c'est le trouble qui me gagne.

Pas à cause des mots qu'il me murmure, mais de l'effet que son corps me fait, soudé au mien. Sa présence, son odeur, sa chaleur, sa voix, ses gestes, tout me rappelle notre folle nuit ensemble.

Mais je repousse ces pensées, ces images, ces sensations qui appartiennent au passé et tente de repousser Me Delacroix – qui, une fois encore, a pris la défense de la partie adverse.

– Lâche-moi. Comment est-ce que j'ai pu penser une seule seconde que tu serais de mon côté ?

– Willa…

– Je n'ai pas besoin de toi, lâche-moi je te dis !

– Tu as besoin de ce boulot et moi aussi. Fais le bon choix.

Il me rend ma liberté, je fais volte-face, m'éloigne de lui, de celui qui m'a touchée, de tous les autres qui restent bouche bée.

Mon rythme cardiaque redescend, le choc se dissipe, la colère se dilue et je décide que pour Ira, pour ce rôle qui me tient à cœur, pour cette série qui pourrait changer tant de choses, je vais classer sans suite ce qui vient de se produire.

– C'est bon, on peut reprendre, Willa ? me glisse Luther. On meurt tous d'envie de rentrer chez nous…

Je hoche la tête et me tourne vers celui qui, cinq minutes plus tôt, a pris mes fesses pour des objets et mon corps pour son terrain de jeu.

– C'est la dernière fois que vous mettez les mains sur moi. Plus jamais.

Puis je lance en direction de mon avocat :

– Ça vaut pour toi aussi.

Et cet insolent me sourit.

– Tu te donnes trop d'importance, Willa. Je t'ai déjà dit que je ne faisais pas dans les causes désespérées.

– Salopard…

Alors pourquoi est-ce que son regard ne cesse de me raconter une tout autre histoire ?

25

CAS DIFFICILE

Rio

Ce job me tue : soit je suis inactif, soit je dois gérer une forcenée à laquelle je n'ai pas le droit de toucher. Frustrant à souhait. Je déteste rester assis sans rien faire, à guetter les problèmes et à devoir les étouffer au lieu de les gérer à ma façon. Les tribunaux me manquent, mon bureau me manque, ouvrir ma gueule me manque. *Elle* me manque.

Je ne supporte ni l'oisiveté ni le manque de liberté. Mais le pire de tout, c'est ce sentiment d'inutilité.

Ça fait pile un mois que je joue au chaperon et je ne sais pas comment je vais tenir encore cinq de plus. Je ne peux pas dire que je m'emmerde sur ce plateau de tournage, il y a largement de quoi faire et de quoi regarder. Le dernier esclandre de Willa, qui remonte à quelques heures, me reste encore en tête : la terre a tremblé pour une main au cul.

J'espère que l'affaire est close, que la brune incendiaire va éteindre son feu toute seule, même si ce couturier est un crétin fini à qui j'aurais bien expliqué deux ou trois choses sur la vie.

Au moins, Garance Coste ne me pose pas de souci – et ne me fait aucun effet, ça m'arrange. Bruna Cruz aurait pu réveiller un peu mon cerveau endormi – mais je ne touche pas aux femmes mariées, question de principe.

Willa Larsson est mon seul vrai problème. Je ne sais même pas pourquoi elle en a à ce point après moi, ce qu'elle me reproche, j'ai sûrement fait ou dit quelque chose qu'il ne fallait pas, mais je m'en fous.

Enfin, je devrais.

Elle ne me plaît pas, elle fait bien pire que ça. Mais je dois juste mener cette mission à bien pour rentrer à Paris et passer associé au cabinet. J'ai gravi des montagnes bien plus hautes que celle-ci, démêlé des nœuds bien plus compliqués. Alors pourquoi c'est si difficile, si vide, chaque soir, dans cette chambre d'appart-hôtel luxueuse payée par la chaîne ? J'ai tout à portée de main ici : une salle de sport, une piscine, une blanchisserie, des salles de réunion pour participer aux visioconférences hebdomadaires avec Édouard et le reste du cabinet.

Mais après une heure à courir sur un tapis, une demi-heure à nager dans l'eau tiède, une autre à évacuer le stress au sauna, je me retrouve entre ces quatre murs à fixer l'écran de mon ordinateur, incapable de dormir, de fixer ma concentration sur un film ou une série, de songer à aller profiter de la vie nocturne new-yorkaise. Je n'ai envie de rien de tout ça. J'ai besoin de cas difficiles, de dossiers épais dans lesquels me plonger, de l'adrénaline de nouveaux procès à gagner, de faire avancer ma carrière et de régler de vrais problèmes.

Non, Willa, je ne me pencherai pas sur ton foutu cas.

Je me marre à avoir ce genre de pensées à la con, comme si cette pseudo-guerrière au sale caractère était comparable à une affaire pénale. Elle n'est pas nuisible à la société : juste à elle-même.

Et parfois à moi.

Assis sur mon lit *king size* au milieu de dizaines d'oreillers, l'ordinateur portable sur les cuisses et le téléphone greffé à la main, je fais le tour des réseaux sociaux pour voir si « mes » deux actrices ne se sont pas mises dans de sales draps plus ou moins malgré elles. Garance ne poste presque que des photos des coulisses du tournage, à la fois pros et naturelles : elle au maquillage, elle en train de relire son script, elle en train de répéter une scène, elle en selfie avec une fan, elle ébahie face aux faux décors de *Queens of Dust*. Les producteurs doivent l'adorer.

Willa, en revanche, a mis des *stories* de sa meilleure amie recouverte de patchs antitabac puis une vidéo d'elle qui lui en colle sur les yeux en guise de rondelles de concombre détoxifiantes. On les entend rire comme des baleines – la poupée XL détesterait férocement cette comparaison et ça me fait esquisser un sourire en même temps qu'un soupir. Sur la *story* suivante, la brune est en train de raser le crâne du photographe italien qui lui sert d'« ami » ou de je ne sais quoi d'autre et qui a l'air de « passer à New York » au moins une fois par semaine. Ce genre de type est vraiment prêt à tout pour se garder un plan cul facile dans chaque ville.

Ça aussi, Willa détesterait me l'entendre dire. Et je me demande bien comment elle essaierait de me faire taire, cette fois.

Je finis mon tour de ses comptes Instagram, Facebook, Twitter, Snapchat, TikTok et rien n'a l'air de porter atteinte aux règles fixées par la chaîne. Mais avec elle, tout est borderline. Ses « soirées entre filles » finissent souvent en karaoké où elles et ses amies sont pompettes et pas très habillées, ses balades tardives dans New York en grands discours face caméra sur l'insécurité insupportable à gérer pour les femmes et la nécessité pour les hommes de prendre conscience qu'ils se comportent en prédateurs parfois même sans le savoir, ses dîners au resto deviennent des dégustations sexy de mousse au chocolat avec les doigts et se transforment parfois en peintures de guerre sur son visage poupon et très sérieux, face à des serveurs décontenancés qu'elle s'amuse à martyriser.

Elle est épuisante. Et je ne sais pas où elle puise cette énergie, cette rage, cette force de vie, mais elle semble inépuisable.

Et moi, je ne dors toujours pas.

Vers une heure du matin, je reçois sur mon portable une photo d'Anouk, mon ex néerlandaise avec qui j'ai pourtant mis les choses au clair juste avant de quitter Paris.

[Tu me manques…
Tu penses à quoi ?]

Aveu inutile. Question ridicule.

Je ne suis pas du genre à revenir en arrière, à m'appesantir sur des histoires passées ou à les entretenir juste pour le plaisir. Je ne m'abaisserai pas au style de vie de Cosimo, le cliché rital. Je n'ai rien contre ce mec, je m'étonne juste que Willa lui trouve un quelconque intérêt.

Je balance mon téléphone sur le matelas à côté de moi, choisis de ne pas répondre à Anouk et je pense à ma mère qui désespère de me savoir si solitaire. Elle est la seule femme dans ma vie qui y est restée plus de trois mois – même si elle a eu une drôle de façon de le faire, elle aussi. J'espère qu'elle va bien. Je me tends, sens mes mâchoires et mes poings se serrer malgré moi. J'ai parfaitement conscience de mes problèmes avec l'engagement, la stabilité, ma façon de faire passer mon boulot avant tout le reste et de me blinder contre l'abandon.

Je n'ai besoin ni d'un psy ni d'une femme : je me connais très bien et je n'ai besoin de rien.

Je sais ce qui m'a bousillé.

J'attends deux heures du matin pour qu'il soit huit heures à Paris et que je puisse appeler Édouard, toujours très matinal au bureau. Je lance un appel vidéo sur mon ordinateur et retrouve mon boss avec un café perché au sommet d'une pile de dossiers.

– Rio, quoi de neuf à New York ?

– Jusque-là tout va bien, pas de coup de canif dans le contrat. On a frôlé le pire il y a quelques jours au stylisme, mais tout est rentré dans l'ordre.

– Ah, donc tu surveilles tes actrices jusque dans les cabines d'essayage ? Je vois que tu as bien pris tes marques !

Il se marre dans l'écran et je lève deux mains innocentes. Dans son quotidien millimétré de quadra chef d'entreprise, marié et père de famille nombreuse, il vit un peu par procuration mes aventures sans lendemain et mon apparente insouciance. Mais il sait aussi ce que j'ai au fond des tripes.

– Ici tout va bien aussi. Je te prépare de jolis petits cas bien complexes pour ton retour. Et je bichonne ta détenue.

– Du nouveau ?

– Non, mais j'ai mis un petit nouveau avec les dents qui rayent le plancher sur le recours à envoyer au juge d'application des peines.

– OK, merci. Le mec est fiable ?

– J'ai tout verrouillé, Rio.

– Je sais, je te fais confiance. Tu me transfères dès qu'il y a quelque chose de concret ?

– Évidemment.

Édouard s'interrompt deux minutes pour griffonner une signature en bas d'un document que lui apporte Imane. La secrétaire du cabinet m'adresse un petit sourire discret, je lui réponds par un signe de la main et j'attends qu'elle ait refermé la porte du bureau.

– Tu crois que c'est faisable ?

– C'est le dernier recours légal, je crois qu'il faut tenter. Mais ça s'annonce très difficile, oui.

– Je sais, soupiré-je en me prenant le front entre les doigts.

– Si quelqu'un peut y arriver, c'est toi, Delacroix. Et en attendant, je veille sur elle pendant que tu t'éclates à New York. Profite, un peu !

– Ouais… Tu me connais.

Je reste sur cette réponse vague et Édouard a l'intelligence de ne pas chercher à creuser. Il me résume rapidement les autres dossiers en cours au cabinet, les procès récemment gagnés, les appels à tenter, la situation financière du premier trimestre de l'année et l'avenir prometteur qui nous attend quand je passerai associé. Je peux enfin penser à autre chose qu'à des actrices en colère, des corsets en cuir, des soutiens-gorge armés et des onyx noirs qui m'embrouillent le cerveau.

– La distance n'est pas trop dure à supporter, Rio ?

Je hausse les épaules, pour ne pas tomber dans le mélo.

– Je suis allée la voir hier, elle a plutôt le moral mais elle parle beaucoup de toi.

Il est le seul à savoir pour *elle*. La *détenue*. Celle pour qui je me bats comme un diable depuis des années, même si c'est une cause perdue.

Ce type est à la fois mon boss, mon mentor, ce qui se rapproche le plus d'un meilleur ami et du père que je n'ai jamais eu. C'est un peu ma seule famille, celle que je me suis choisie. Je n'en voudrais pas d'autre. Avec lui, les choses sont claires, stables, pas de débordement à prévoir, de défaillance possible.

Toc toc toc.

– *Room service* ! annonce une voix féminine dans un murmure éraillé.

Elle dit « *room service* », et j'entends : « Les ennuis viennent d'arriver. »

Et Willa Larsson avec eux.

Évidemment, qui d'autre ?

26

CE QUE JE VEUX

Willa

Rio n'a pas l'air surpris de me voir débarquer chez lui à près de trois heures du matin. Il a peut-être reconnu ma voix. En tee-shirt blanc et jean sombre, les pieds nus et les cheveux en bataille, il ouvre grand la porte de sa chambre mais ne me laisse pas entrer pour autant.

Si seulement il pouvait être moins beau. Et ne pas ruiner toutes mes envies d'en découdre avec lui.

– Willa Larsson… Comment tu as su où j'étais logé ? me demandent sa voix grave et ses sourcils froncés.

– Ton adresse figure sur le contrat qui nous lie tous les deux. Moi aussi je sais me renseigner.

– Je vois ça…

– Si tu crois avoir affaire à une de ces actrices ou mannequins sans cervelle, tu m'as vraiment mal regardée.

Son visage fermé se détend enfin mais il se tord la bouche sur le côté pour s'empêcher de sourire vraiment.

– C'est un peu stéréotypé, sexiste et pas du tout féministe, ce que tu viens de dire, non ?

– Tu es vraiment en train de me faire la leçon, là ?

– Tu ne supportes pas la contradiction, hein ?

– Laisse-moi entrer, je crois que tu as définitivement besoin qu'on révise toutes ces notions, l'avocat.

Je m'invite dans sa chambre d'hôtel en passant sous son bras appuyé contre le cadre de la porte. Il la referme derrière moi en soupirant.

– Et mon consentement, alors ?

– Je ne t'ai pas vu ni entendu dire non à quoi que ce soit, Maître.

Il se marre franchement cette fois et je réalise qu'une barbe tout juste naissante recouvre à nouveau ses mâchoires si bien dessinées. Je ne sais pas si je le préfère en bad boy nonchalant ou en avocat élégant. Je le trouve insupportable dans tous les cas.

– Tu aurais pu amener de la bouffe si tu t'annonces comme *room service*.

– Tu m'as prise pour ta serveuse ? Ta cuisinière ? Ta livreuse ?

– À moins que ce soit toi qui sois à consommer ?

Pure provocation.

Après cette réplique facile, Rio lève un sourcil, prêt à s'amuser de n'importe laquelle de mes réactions. Je reste de marbre et lui fais face.

– Tes phrases de baratineur ne marchent pas sur moi, Delacroix. « On n'a rien à faire ensemble, je suis trop bien pour toi », tu te souviens ?

– Alors qu'est-ce que tu fais là ? Et je n'ai jamais prononcé la deuxième partie de cette phrase.

– Tu l'as pensée. Et je suis juste venue clarifier quelque chose.

– Au milieu de la nuit ?

– J'y pense depuis tout à l'heure, à ce qu'il s'est passé dans la salle d'essayage, et je déteste ruminer toute seule dans mon coin…

– J'ai pourtant l'impression que tu fais ça très bien, Larsson.

Ses petites piques pleines d'arrogance commencent à m'agacer, alors que je voudrais ne pas le laisser m'atteindre. Son mètre quatre-vingt-dix, son assurance, sa beauté insolente, son regard joueur… ça fait beaucoup à soutenir, même pour une guerrière.

– Tu es capable d'écouter quelqu'un d'autre que toi-même plus de dix secondes ou bien je retourne d'où je viens ?

Le beau parleur capitule, me contourne en me frôlant pour aller s'asseoir au bord de son lit, en appui sur ses bras tendus derrière lui. J'essaie de ne pas remarquer ses triceps qui se contractent et son tee-shirt qui remonte sur son ventre bronzé.

– Je t'écoute.

– OK, fais-je en sentant toutes mes forces me quitter.

J'ouvre mon manteau à carreaux qui me tient terriblement chaud mais croise les bras sur mes seins pour qu'il n'y voie pas une invitation à me mater.

– Ce que j'aurais dû te dire plus tôt, c'est que si les hommes ont un problème avec le consentement, ce n'est certainement pas la faute des femmes. S'il suffit d'avoir le dessus pour prendre ce qu'on désire, alors on ne se comporte pas en humains mais en animaux. Aucun type ne devrait jamais penser qu'il a des droits sur les corps des autres. Ni les beaux ni les moches, ni les puissants ni les paumés, ni les brutes ni les manipulateurs. Aucun titre, aucun job, aucun talent, aucune hiérarchie ni aucune circonstance atténuante ne devrait justifier ou permettre ça. Et même ce réalisateur célèbre qui pelote ses assistants en toute impunité, juste parce qu'il a le pouvoir de les virer, je devrais lui mettre mon poing dans la figure. Mais on est tous là à fermer les yeux et la bouche pour ne pas s'attirer d'ennuis. Toi le premier, moi pareil. On ne pense qu'à soi. C'est dégueulasse et je ne suis pas fière de moi, de tout ce qui s'est passé tout à l'heure.

– Willa…

J'ai les jambes qui tremblent et la bouche sèche, mais je ne le laisse pas me couper dans mon élan. Je crois dur comme fer à ce que je dis. Je veux aller au bout.

– J'attendais autre chose de toi : j'ai besoin d'être soutenue, protégée, certainement pas muselée. Je vais demander à la chaîne de changer d'avocat. Mon agent en connaît des tas à Paris.

Les yeux cappuccino de Rio s'assombrissent.

– Je ne veux pas être défendue par le plus grand macho qui soit, qui me dit sans cesse de la fermer, qui a trouvé un prétexte bidon pour me revoir, qui invite les actrices pour lesquelles il bosse à dîner, qui mate les autres comme des morceaux de viande, qui non seulement cautionne mais en plus participe à tout ce système de domination masculine, de patriarcat indéboulonnable, je n'en peux plus de laisser le pouvoir aux mains des hommes blancs, riches et importants comme s'il n'y avait aucune autre issue possible.

– Tu as terminé ? me demande-t-il froidement quand je reprends mon souffle.

J'acquiesce en silence.

– Tu ne me connais pas, me parvient sa voix rauque. Tu ne sais absolument rien de ma vie, de mon histoire, de mon passé et de ce qui m'anime pour faire ce métier. Tu n'as pas la moindre idée de qui je suis.

Il fait non de la tête, doucement, avec un calme olympien qui me donne envie de rugir et de me jeter sur lui.

– Je ne suis pas un saint mais tu es priée de garder tes procès d'intention pour toi.

– Ou sinon quoi ?

– Ou sinon c'est moi qui te quitte, Willa.

Cet enfoiré joue avec mes nerfs et arriverait presque à m'arracher un sourire. Il se relève, traverse la chambre tout en continuant son petit discours d'un ton détaché, presque flegmatique.

– Tout ça, c'est juste un job pour moi. Rien d'autre. Je préférerais largement être ailleurs et faire autre chose de ma vie, crois-moi. Mais je n'ai pas vraiment le choix.

– Pauvre petit avocat, ironisé-je.

Il se penche vers le mini-frigo, en sort une petite bouteille d'eau fraîche qu'il me tend. Je déteste le voir prendre soin de moi. Et me connaître assez pour savoir que je meurs de soif. Je l'ignore sans me laisser amadouer et contre-attaque.

– Je sais que tu as défendu ce chanteur violent. Ça ne revient pas à cautionner ses agissements, ça ?

– Premièrement, même les pourritures ont besoin d'un avocat et droit à un procès équitable. C'est le sens même de la justice. Deuxièmement, si tu te renseignes sur moi, fais-le bien, Willa. Je ne suis plus l'avocat de ce mec depuis longtemps, l'affaire a pris une tout autre tournure.

– Mais c'est trop tard ! Tu sais quel message ça envoie aux femmes, ça ? Qu'ils ont le droit !

Rio revient soudain droit sur moi et me surplombe de toute sa hauteur. Cette fois, il y a dans son regard noir de la fureur.

– Tu ne sais pas de quoi tu parles et tu parles trop ! Je ne te laisserai pas dire ça, je n'ai aucune leçon à recevoir de toi. Ma naissance même dépend d'un homme abusif et violent qui se croyait intouchable et tout-puissant.

Il serre fort dans son poing la bouteille en plastique froissée et prête à exploser.

– Qu'est-ce que cet homme a fait ? murmuré-je en soutenant son regard.

– Tu ne veux pas le savoir.

– Si, c'est exactement ce que je veux, Rio.

– Rentre chez toi, Willa.

– Non.

– Sors ou je te fous moi-même dehors.

Ses menaces en l'air ne m'impressionnent pas.

En un mois à ses côtés, je ne l'ai jamais vu si tendu, à fleur de peau. Il reste immobile, tout près de moi, essoufflé, bouillonnant, pris par mille émotions qui l'empêchent de réfléchir correctement. De se maîtriser comme il l'aime tant.

– Je suis né dans la violence, me révèle-t-il alors, dans un souffle. Le type qui a manipulé ma mère, abîmé ma mère, brisé ma mère… c'est mon propre père.

Je l'écoute attentivement, lui recule d'un pas mais se livre un peu plus.

– C'est pour elle que je suis devenu avocat. C'est le combat de ma vie et même s'il est perdu d'avance, je n'abandonnerai pas. Jamais. Elle est tout ce que j'ai. Elle a vécu dans la honte, toutes ces années, elle a gardé ce secret si longtemps, juste pour me protéger. Et je dois vivre avec ça. Avancer chaque jour en sachant que je n'aurais pas dû exister.

Je ne peux que deviner tout ce qu'il ne me dit pas mais le peu qu'il avoue en dit déjà beaucoup. Je ne l'imaginais pas avec un passé pareil, une histoire si sombre, si lourde à porter, lui à qui tout réussit et rien ne résiste. L'homme infaillible a finalement des failles profondes, des plaies à vif. Il fixe le sol mais j'ai l'impression que ses yeux se mettent à briller. Mes vannes à moi restent fermées mais je me connais : mes larmes ne sont pas loin.

– Rio…

Je prononce son prénom tout bas et je lève une main un peu tremblante vers sa joue. Mais il esquive mon geste de tendresse et s'éloigne encore davantage.

– Contrairement à toi, Willa, je ne vocifère pas dans tous les sens en agitant mon cul en même temps que le drapeau du *girl power*.

Cette pique me percute violemment, me prend de court… et m'atteint en plein cœur.

– Qu'est-ce que…

– Tu ne sais pas ce que tu veux, siffle le brun.

Il s'enfonce le majeur entre les yeux et lâche un faux sourire amer.

– Ou plutôt tu veux tout : la célébrité, l'égalité, la liberté et des mecs à tes pieds…

– C'est faux !

– Si, tu penses que tu es la seule à avoir des problèmes.

Arrête un peu de te regarder le nombril.

– Je n'ai jamais dit ça !

– Si tu crois que tout tourne autour de ta jolie gueule, de tes courbes, de ton apparence et de ta petite révolution personnelle, c'est peut-être qu'il est temps de t'intéresser aux autres. De crier un peu moins fort et de te mettre à écouter, pour une fois.

Ses mots me blessent comme autant de flèches. J'efface rapidement une larme qui a débordé sur ma joue, je songe à m'en aller mais mes jambes ne m'obéissent pas. Pendant que je tergiverse, vexée, sonnée, Rio retourne s'asseoir calmement sur son lit, les jambes étendues devant lui, et installe son ordinateur sur ses cuisses avant de m'expliquer sans même me regarder :

– Si tu veux changer d'avocat, libre à toi. Je vais rédiger un avenant au contrat et demander à mon cabinet d'envoyer quelqu'un d'autre que moi. Je serais ravi de rentrer à Paris et de pouvoir retrouver ma vie. Mais tu cours droit à la catastrophe, tu n'arriveras jamais à garder ton rôle dans cette série. Si je n'ai pas réussi à te contrôler, en quelques semaines ici, je ne sais pas qui le pourra.

Il vide la moitié de la bouteille d'eau, la repose sans la reboucher et se met à taper je ne sais quoi sur son clavier, à toute vitesse, comme si je n'étais déjà plus là.

– Ce n'est pas à toi de décider de ça, Rio. Et *personne* ne me contrôlera jamais.

D'un doigt, je referme le clapet de son ordinateur pour qu'il arrête ce qu'il est en train de faire. Je ne crains pas sa réaction, je l'attends. Et l'avocat se relève, déplie doucement son grand corps, pose calmement ses mains sur mes épaules et se penche en avant pour me regarder droit dans les yeux.

Ce mélange de douceur et de fermeté, d'assurance et de tension, d'autorité naturelle et de volonté de me faire comprendre les choses sans me brusquer, ça me bouleverse.

– Moi j'aime les choses carrées et quand rien ne dépasse, toi tu détestes qu'on te brime. Mon job ne consiste pas à te faire rentrer dans une case, juste à faire rentrer les choses dans l'ordre chaque fois que tu débordes. C'est moi qu'il te faut, Willa, tu le sais et tu détestes ça. Tu *me* détestes et tu sais quoi ? Ça me va.

– Tu es complètement taré, soufflé-je.

Mais tout ce que je sens, ce sont ses paumes qui me tiennent, son souffle tiède sur mon visage, son regard chaud qui m'enveloppe et me défie.

– Maintenant, tu te décides : tu me veux comme avocat, garde du corps, chaperon et tyran auquel tu es prête à obéir, ou pas ? C'est oui ou c'est non, mais il n'y aura pas de retour en arrière possible.

J'ai tout le corps en feu, le cœur en vrac, l'esprit comme pris dans un étau. Tout ce que je parviens à faire, au milieu de la nuit et de cette chambre d'hôtel, c'est répéter à voix basse :

– Oui, je te déteste.

Et je vois un infime sourire se dessiner sur les lèvres ourlées de Rio. Cet enfoiré me murmure, encore un ton plus bas :

– Ça ne répond pas à ma question.

La gravité de sa voix me couvre de frissons.

La proximité de sa bouche me fait tourner la tête.

Et dans un coup de folie, j'attrape son visage à deux mains

pour coller mes lèvres aux siennes. Il n'esquive pas, cette fois. Dans un grognement rauque, il répond à ce baiser insensé, sa langue chaude s'invite dans ma bouche, sa barbe naissante me brûle la peau et ses paumes quittent mes épaules pour se glisser sous les pans de mon manteau, m'attraper par la taille et me coller à lui.

Je trouve ça renversant. Je ne pense plus. Je meurs de chaud, de colère, de désir pour lui. Je plane et il me fait reculer jusqu'à la porte, sans jamais cesser de m'embrasser, avant de m'y plaquer.

Ce contact fougueux crée un déclic en moi.

« On-n'a-rien-à-faire-ensemble », rappelle-toi…

Je colle mes deux mains sur ses pectoraux pour le faire reculer, plante mes yeux dans les siens, pendant une seconde suspendue qui semble durer une éternité. Puis je prends la fuite, sur un coup de tête. Je quitte sa bouche, ses bras, sa chambre d'hôtel et son air irrespirable.

Je claque la porte derrière moi en pensant : « Je le veux. »

Et c'est tout ce que je ne veux pas.

27

LUI AUSSI

Willa

[Tu m'as mordu la lèvre.
Pas très légal, si ?]

[Le numéro du room service
est écrit sur ta porte,
débrouille-toi sans moi.]

[Et au fait, je déteste
les ultimatums. Bonne nuit.]

Cinq, dix, quinze, dix-sept minutes et trente-neuf secondes s'écoulent et rien ne se passe. Aucune réponse qui ferait vibrer mon téléphone, frémir ma peau, s'emballer mon pouls. J'ai envoyé ces trois messages bêtement, de retour dans ma chambre et depuis mon lit fleuri, comme n'importe quelle cruche à l'affût d'une réaction de la part du garçon qui lui plaît et qu'elle vient de planter sans raison, juste parce que c'était trop bon. Trop fort.

Trop tout.

Elle est belle la guerrière insoumise, ce soir...

Il faut que j'arrête de me mentir. Tous les deux, je crois qu'on se déteste pour de faux et qu'on se veut pour de vrai. Il n'y a pas une once de frémissement d'amour dans ce tourbillon entre nous, juste du désir brut, du défi, de l'adrénaline pure. Jusque-là, feindre l'indifférence ne m'a menée nulle part – seulement contre sa bouche démente et son corps de dieu grec.

Mais cette nuit, j'ai compris au moins une chose : il avait tout faux. On n'a pas rien à faire ensemble, lui et moi. Et on n'est pas si différents que ça. C'est bien pour ça qu'on s'entend si mal. Aussi butés, aussi coriaces, aussi persuadés de n'avoir jamais tort, aussi déterminés à avoir le dernier mot. Je suis parfaitement lucide sur mon sale caractère, mon esprit de contradiction, mes excès, mes exigences, mon besoin de faire entendre ma voix pour qu'on ne m'écrase pas. Résultat de dix ans d'enfance surprotégée, dix ans d'adolescence à me cacher, quelques années d'adulte à essayer d'exister... mais pas trop.

Maintenant c'est trop. Et c'est comme ça.

En attendant, Rio aussi enfreint les règles qu'il se fixe avec tellement d'aplomb. Lui aussi, il souffle le chaud et le froid en jurant qu'il n'est pas comme ça. Lui aussi, il veut tout et rien à la fois. Lui aussi cache sûrement bien des combats.

Et Maître Silence boude au moins aussi bien que moi...

– Réponds-moi, réponds-moi, réponds-moi… Rio, Rio, RIOOO !

Bulle tape dans le mur qui sépare nos deux chambres et je la mets en veilleuse lorsque je réalise qu'il est plus de quatre heures du matin.

Je voudrais juste qu'il me dise, de façon détournée ou non, qu'il ne pense pas les horreurs qu'il m'a balancées dans sa chambre d'hôtel après m'avoir fait toutes ces confidences. Même s'il ne s'est pas appesanti sur les détails de son histoire, même s'il a laissé tant de questions en suspens, il doit s'en vouloir de m'avoir révélé ces bribes d'informations sur lui. Un homme comme Rio Delacroix ne doit pas être rompu à ce genre d'exercice, pas enclin à étaler son passé.

Tout garder pour rester dans le contrôle absolu, j'imagine que c'est son mode opératoire. Sa technique de survie.

Et toute la nuit durant, comme pour me le prouver, mon écran reste désespérément éteint.

***

Si j'ai promis à Colette, à Wolf et à la terre entière de me tenir à carreau ? Absolument. Ça ne signifie pas vivre comme une nonne à seulement 27 ans, recluse dans mon appartement léché de Manhattan, à siroter du jus de pomme en révisant inlassablement mes prochaines lignes.

Je suis Willa Larsson, après tout. Mon corps, mon esprit ont besoin de vivre, frémir, bouger, s'exprimer. Même sans *lui*, qui se fait clairement plus discret depuis notre dernier baiser.

Lorsque je ne tourne pas, j'aime faire les choses à l'envers : vivre la nuit et dormir une partie du jour. C'est la petite liberté que je m'octroie pour m'échapper du cadre strict et réglementé de mon métier d'actrice… et me sortir quelqu'un de la tête.

J'ai déjà visité des tas de quartiers de la Grosse Pomme, mangé, bu, dansé un peu partout, fait quelques rencontres, flirté en pensant à *l'autre*, mais sans jamais aller plus loin. Bulle est toujours partante pour me suivre dans mes virées un peu folles, Garance se joint à la fête quand ça lui chante et, depuis peu, même Bruna et Ifé sont devenues nos copines de soirée.

Ce soir, on se retrouve toutes au Fat Cat situé dans Greenwich Village. Ifé adore le jazz, Bruna adore les mecs, Bulle et moi sommes là pour le billard et les cocktails, Garance a juste besoin de se changer les idées. Ce matin, elle a tourné dans son costume en plastique transparent et l'expérience semble l'avoir un peu traumatisée.

– Mes parents ne vont jamais s'en remettre, lâche-t-elle à l'entrée du bar bondé, les yeux dans le vague.

– Viens boire un coup, ça ira mieux, lui propose Ifé en la prenant par la main.

D'un côté une peau couleur ébène, de l'autre une peau couleur crème. De longues tresses sombres et un crâne rasé blond platine. Des yeux noirs et fendus face à deux immenses billes bleues. Un corps solide et musculeux et un autre plus frêle, longiligne. Difficile de faire plus différentes. Difficile de faire plus belles que ces deux reines, l'Éthiopienne et la Française, qui se rendent main dans la main au bar en traversant vaillamment la foule.

– C'est la nature, on est toutes faites pareil ! soupire Bruna. Garance devrait être fière. Pourquoi est-ce qu'on devrait tout cacher sous prétexte que ça va choquer les gens coincés ?

Son accent latino fait chanter ses mots. Je lui souris et m'installe sur une banquette en cuir, pendant qu'elle remonte encore sa mini-robe pour pouvoir grimper sur un tabouret.

– Question de sensibilité, d'éducation et de confiance en soi, estimé-je. On mène toutes nos batailles comme on peut…

– Quand même ! ronchonne Bulle en me poussant pour avoir plus de place. Avoir un corps comme le sien et ne pas vouloir le montrer…

– Toi, tu ne fais pas mieux ! lui rétorque la Brésilienne.

– Quoi ?

– Tu n'assumes ni ta beauté ni ta féminité. Tu dois avoir peur qu'on t'aime alors tu te caches derrière tes grosses lunettes, tes gros pulls et tes gros mots ! Ça vient d'où ? D'un traumatisme de ton enfance ?

– Merde… Elle m'a percée à jour !

Je ris doucement en voyant ma meilleure amie faire un gros doigt d'honneur à l'actrice *caliente*, qui ne s'en offusque pas une seconde et se lève pour aller danser dans sa robe rouge carmin en dentelle. À la façon dont elle ne marche pas droit, je devine que Bruna avait trop bu avant même de nous rejoindre dans ce bar.

– Détends-toi, Ursule…

– M'appelle pas comme ça, frère, me menace-t-elle entre ses dents serrées, ou je te perce un œil avec ma queue de billard.

– Ton prénom est unique, accepte-le.

– Mon prénom, c'est Bulle. Arrête de t'en prendre à moi, j'ai déjà vécu un lourd traumatisme dans l'enfance ! Et moi c'était à la naissance !

Je glousse, on trinque, je promets de garder encore quelques années son plus grand secret, puis on se rend jusqu'à la seule table de billard laissée libre. On est rapidement rejointes par trois types plutôt pas mal, puis par Garance et Ifé qui n'ont jamais touché à une queue de leur vie.

Hum...

– Prête pour jeudi, Ira du clan des Onyxis ?

Ma meilleure amie, aussi élue la meilleure assistante en carton, me glisse ces mots à l'oreille pour me déstabiliser et me faire louper mon coup. Une paille en guise de clope au coin de la bouche, elle fait la maligne. Cette peste sait pertinemment que j'angoisse à l'idée de démarrer le prochain tournage qui aura lieu en extérieur, sur la côte du Connecticut. Au beau milieu d'une plage sauvage battue par les vents, Ira va se mettre à nu. Littéralement. Pour ne faire qu'une avec l'océan.

Et face à une bonne cinquantaine de techniciens et figurants.

Me déshabiller devant tout le monde, exhiber mon corps tout en chair, en largesse et en rondeurs va évidemment être une épreuve pour moi. Aucun acteur n'envisagerait cette scène avec une totale sérénité, je crois, mais c'est une autre paire de manches lorsqu'on ne rentre pas dans un petit 38, mais plutôt dans un bon 50.

– Vise la jaune et ferme-la, Ursule ! Si tu m'en reparles une seule fois, je te fume une clope sous le nez !

***

Deux jours plus tard, laissant les gratte-ciel derrière nous, on se rend à Old Saybrook, sur le territoire des baleines.

Dans ce van chauffé qui me conduit en direction du Connecticut, alors que le chauffeur chantonne sur « Fake Love » de BTS, que Bulle ronfle à l'arrière et que Rio est aux abonnés absents, je reçois un appel de mon frère.

– Comment va notre star ?

– Stressée, résumé-je.

– Tu veux m'en parler ?

– Pas vraiment. Tout roule à Paris ?

– L'agence tourne bien, même s'il nous manque notre égérie. À partir de juillet, t'as intérêt à te consacrer à Strange & Strong à cent pour cent !

– J'adore qu'on me donne des ordres, Wolfy… Vas-y, continue.

– Toute la famille me harcèle pour avoir de tes nouvelles, ton agent rôde à l'agence comme une âme en peine, tu manques à ta nièce et à ta belle-sœur préférée…

– Elles me manquent aussi !

Je perçois de drôles de bruits et devine que Léonore arrache le téléphone à son mari.

– On veut de la Boulette ! s'écrie-t-elle. Tu rentres quand ?

– Jamais, si je me fie au contrat que j'ai signé… fais-je d'une voix désespérée.

– Willa, tout va bien ?

– C'est à cause d'un mec, c'est ça ? grogne Wolf. Il faut que je casse la gueule à quelqu'un ?

– J'ai juste le mal du pays, inventé-je à moitié. Je rêverais de rentrer juste quelques jours, mais le *network* me l'interdit. Ils m'ont même envoyé un avocat qui n'est là que pour me coller aux basques et m'empêcher de respirer… Bref, j'adore ce métier mais pas les restrictions qui vont avec.

– Sois patiente, sœurette, six mois ça passe vite, déjà un et demi d'enquillé. Et puis tu as Bulle sur place…

– Tu tournes dans *Queens of Dust* ! me rappelle ma belle-sœur. Et pense au cachet monstrueux que tu vas toucher !

– Je savais bien que j'avais épousé une femme vénale… soupire mon frère.

– Sois beau et tais-toi, homme ! Willa, on va venir te voir, nous !

– Je m'en fous de vous, je veux juste serrer ma nièce dans mes bras.

– Louve, viens parler à…

– Nan, j'm'en fiche !

Bon.

***

Au fil des semaines et des scènes tournées, je prends de plus en plus de plaisir à jouer avec la caméra, à dire mon texte, à improviser, à incarner pleinement mon personnage. Je cerne mieux les attentes des scénaristes, les demandes du réalisateur et de toute son équipe de tournage qui me guident pour interpréter Ira. Et, alors que j'appréhendais tant ce jeudi glacial du mois de février, je n'ai finalement aucun mal à me jeter dans l'océan et à m'y dénuder, de dos certes, mais tout de même sous l'œil de trois caméras. Et je ne veux même pas compter combien d'humains.

En réalité, le froid est tellement violent sur cette plage et l'eau me mord tellement la peau que ma pudeur s'envole, comme anesthésiée. Et dès que Robbins hurle : « Coupez ! »,

Bulle se jette sur moi avec sa couverture de survie pour m'y enrouler dans l'espoir de m'éviter l'hypothermie.

Évidemment, elle n'est pas du bon côté. Face argentée vers le corps, face dorée vers l'extérieur : c'est tout ce qu'elle avait à retenir. Bulle a beau rester allongée sur moi, tout emmitouflée, dans la position la plus inconfortable et la moins digne qui soit, rien ne se passe.

– Il est bien mon burrito, hein? Tu crèves de chaud, là?

– T'es parfaite, Bulle, ne change rien. Ah, au fait, t'es virée.

Je me relève puis remonte la plage en riant pendant qu'elle pédale dans la semoule et tombe trois fois dans le sable en me demandant si je plaisante.

Mais je suis déjà passée à un autre dossier.

Emmitouflée dans un peignoir, je le cherche à nouveau du regard, mais Rio n'est toujours pas dans les parages. Pas plus qu'il ne l'était pendant ma scène de nu – je ne sais pas si c'est voulu ou non, mais je lui en suis reconnaissante. Il refait surface pour la suivante, celle que je m'apprête à tourner avec un acteur irlandais, tout en haut d'une falaise. Une scène de baiser plutôt tordue.

Qui fait ressurgir des souvenirs que je ferais mieux d'oublier.

Me Delacroix est clairement passé à autre chose, lui aussi. Ces derniers jours, il se montre bien plus présent aux côtés de Garance qu'auprès de moi. Nos échanges se limitent au strict minimum, concis, brefs et terriblement professionnels.

– Rien à signaler? me demande-t-il en posant les yeux sur ma tresse noire qui tombe sur le côté, puis sur ma robe longue qui danse sous l'effet du vent.

– Rien, à part que j'ai froid.

Je hausse mes épaules incrustées d'onyx et échange avec lui le regard le plus neutre possible. Je ne sais pas ce qu'il pense – s'il me trouve attirante ou repoussante. Ce qu'il veut – m'embrasser ou me détester. Ce qu'il attend de moi – que je sois docile ou simplement Willa.

Notre silence si parlant dure un petit moment, Rio finit par jouer avec un caillou du bout du pied, puis se détourne de moi pour me montrer le dos de son manteau noir. Je le vois observer un instant l'acteur avec lequel je m'apprête à tourner.

– Bon. À plus tard alors, fait-il en reniflant.

Un peu déroutée, je contemple à nouveau ses larges épaules qui s'éloignent, entends les graviers qui crissent sous ses bottines en cuir. J'ai l'habitude qu'on s'engueule, qu'on s'ignore, à la limite qu'on s'embrasse, mais pas qu'on se comporte comme deux personnes parfaitement indifférentes et civilisées.

– Répétitions ! lâche soudain Robbins, depuis son siège de réalisateur.

Je rencontre pour la première fois Ronan Walsh, ancien rugbyman devenu acteur, immense, baraqué et possédant les yeux les plus verts que j'aie jamais croisés. On ne tournera qu'une scène, lui et moi, pour cause de mort imminente dans le scénario, mais sa voix légèrement aiguë tranche avec son physique de brute et ce détail me séduit immédiatement.

– Willa, si tu veux bien, on va faire en sorte de ne pas rendre ma femme trop jalouse…

Son sourire un peu gauche et sa requête timide me mettent en confiance, je lui promets de ne pas déraper et de contrôler ma langue. Le géant se marre et le réalisateur nous presse pour qu'on répète enfin cette scène avant de la mettre en boîte.

– Donc tu l'embrasses sauvagement et, au milieu de ce baiser, tu découvres qu'il cache une lame dans sa main gauche. Tu t'en empares, tu l'égorges avant qu'il ait le temps de le faire et il tombe de la falaise. Compris ?

J'acquiesce, prétends observer le décor qui nous entoure pour prendre mes marques, mais suis en fait à la recherche de celui qui me trotte dans la tête. Me trouble. Me désarme. Me fait débloquer.

Et je découvre que Rio a préféré disparaître, à nouveau.

– Tu ne veux plus jouer avec moi, ou quoi ? marmonné-je, déçue.

On n'a pas encore eu l'occasion de se reparler *vraiment*. Mais sa présence, son regard acéré, son air suffisant qui m'exaspéraient tant en viendraient presque à me manquer.

28

NON C'EST NON

Willa

Après trois jours passés dans le Connecticut, à partager une chambre d'hôtel avec une Bulle toujours en manque de nicotine, je retrouve New York, la 82th Street et les studios de tournage avec bonheur.

Le rythme s'intensifie : j'enchaîne les costumes, les dialogues, les scènes d'action, rêve parfois d'un break, d'un milk-shake et d'un massage, puis repars de plus belle. Je fais tout ça pour Ira, pour son regard sur le monde, sur elle-même, pour mon propre regard qu'elle arrive à changer sur moi, pour notre combat commun pour les femmes, les faibles, les différents, les invisibles, les trop visibles.

Et notre bande d'actrices se soude chaque jour un peu plus.

Garance gagne en assurance et se dévoile de plus en plus, Bruna reste fidèle à elle-même et fonce dans le tas, Ifé se fait à peine remarquer mais lorsqu'elle souffle ses lignes, tout le monde est subjugué, et Giselle se foule une cheville et ne peut plus tourner pendant une semaine.

Le planning s'en trouve modifié, les heures de tournage s'accumulent, les courbatures, les fous rires et les trous de mémoire aussi, mais je ne lâche rien.

Rio continue à me surveiller de loin, l'air distrait, distant, moins impliqué qu'avant.

– Super scène, Willa ! me lance Jacob, l'assistant du réalisateur, en me croisant près de ma loge.

– Si seulement Robbins savait faire la moitié de tes compliments… Il ne sait vraiment pas s'y prendre avec les gens.

On échange un sourire un peu gêné, lui et moi. Je ne voulais pas parler de ça. Mais je devine qu'il en a, des choses à cacher sur celui qui continue régulièrement de dépasser les bornes avec lui, en public. Mais je n'insiste pas et on se quitte devant ma porte. Je me ravise en posant la main sur la poignée.

– Jacob, tu sais que tu as le droit de…

Je n'ai pas le temps de finir. La porte s'ouvre dans mon dos et deux mains m'embarquent. Je pousse un cri aigu, puis entends éclater le rire de Cosimo.

– Mais quel con ! m'écrié-je en frappant son torse. Tu m'as fait peur !

Un bouquet de roses rouges à la main, en jean noir et veste en cuir, le photographe se marre sans chercher à se protéger.

– Tu frappes comme une fille, *mia dolce*.

Il me tend l'énorme bouquet et m'embrasse dans le cou.

– Bonne Saint-Valentin…

– C'est aujourd'hui ?

– Tu te souviens ? On était ensemble pour la dernière, me glisse-t-il de son air canaille.

Je me remémore des bribes de cette nuit… alcoolisée et *légèrement* dépravée.

– C'est bon Casanova, je me change et tu as le droit de m'inviter à dîner.

Alors que la nuit tombe tout juste sur New York, on saute dans un taxi direction Soho et le restaurant préféré de Cosimo : La Piccola Cucina. Il m'y avait déjà emmenée il y a quelques années, pendant un shooting pour Mango. Il prenait les photos, je posais.

Une fois sur place, mon ami va saluer le chef qu'il connaît bien en cuisine, puis il revient en m'annonçant qu'il a commandé l'intégralité de la carte. Je lui souris, affamée, puis m'étire en grognant.

– Tu as mal quelque part ?

– Partout.

Un serveur en tablier rouge nous apporte une bouteille de blanc, accompagnée d'une petite assiette de *prosciutto con pere*. Je dis non au vin, mais me délecte d'un quartier de poire enrobé de jambon cru.

– Tu vas me laisser boire tout seul, ce soir ?

– Désolée, je tourne tôt demain matin.

– Un petit verre, Willa…

– Ce n'est jamais un seul, avec toi.

On se sourit, il me fait les yeux doux dans ce restaurant rempli de couples amoureux – ou qui prétendent l'être.

– Tu rentres quand à Paris ?

– Demain, m'apprend-il en portant son verre à ses lèvres. Puis direction Amsterdam et Johannesburg.

– Tu ne te poses jamais, hein ?

– Non. Mais un jour, quelqu'un arrivera peut-être à me retenir à un seul endroit…

– Impossible.

– Peu probable, admet-il.

Je me laisse finalement tenter par un verre, puis deux. On déguste la farandole de plats qu'on nous apporte, on rit, je me détends enfin et parviens à me sortir le boulot de la tête.

– Je sais ce qu'il te faut, Willa Larsson.

– Quoi donc ?

– Une nuit de débauche. Avec moi.

L'Italien se mord la lèvre, se caresse le torse comme un mauvais acteur et je lève les yeux au ciel.

– Allez, je vois bien que tu as besoin de recharger tes batteries…

Mon téléphone sonne et m'évite de lui répondre. Au bout du fil, Bulle m'apprend que le script de ma prochaine scène a été modifié et qu'elle peut m'envoyer un coursier pour que je le récupère dès ce soir. Je raccroche et Cosimo me lance un regard perplexe.

– Ils ne te laissent pas beaucoup souffler, commente le photographe.

Mon portable s'excite à nouveau. Je décroche et, cette fois, mon assistante de choc apparemment décidée à faire son boulot sérieusement pour la première fois de sa vie m'annonce que mon costume a lui aussi changé et que je suis attendue en salle d'essayage.

– Maintenant ?!

– Dans quinze minutes, frère. Demande un *doggy bag*.

***

Mes essayages terminés, je retrouve Cosimo dans ma loge aux alentours de vingt-trois heures. Alors qu'il était allongé sur le canapé, le brun se lève pour m'accueillir et m'entoure de ses grands bras fins.

– Mon avion décolle dans huit heures. En attendant, on pourrait s'amuser…

– Cosi, je suis crevée, j'ai mal partout, je voudrais juste aller me coucher.

– C'est une invitation ?

Il me sourit comme un gosse et je le trouve mignon, doux, presque touchant, même s'il insiste un peu beaucoup.

– Va te trouver une jolie New-Yorkaise pour satisfaire ta libido ce soir.

– J'en ai déjà une sous la main. Et je me souviens très bien de ce qu'elle aime, ce qui la rend chaude…

Il se marre, me pousse doucement en direction du mur et tente de m'embrasser. Cette fois, je le repousse franchement.

– Stop ! J'ai dit non ! Et aussi fou que ça puisse paraître, *non* ça veut vraiment dire non ! Je rentre chez moi !

Cette fois, le message est passé, Cosimo l'a compris et ne me retient pas. Je lui marmonne un merci pour les fleurs et le dîner puis m'éloigne sans me retourner. Alors que je rejoins la porte laissée entrouverte et que je quitte la loge, je percute Robbins qui passait par là.

– Pardon !

– Willa, vous avez vu l'heure ? Du vent, arrêtez un peu de butiner et allez bosser votre texte pour demain !

C'est officiel.

Ils ont vraiment tous décidé de me faire ch***.

29

PAS D'HUMEUR

Willa

Mi-février. Températures proches de zéro. En ce samedi après-midi de glande à la coloc, ma BFF porte un short de foot, un débardeur de basket et une casquette de base-ball enfoncée sur son carré blond et ses grosses lunettes. Rien d'autre.

– Je ne me suis jamais sentie aussi ricaine, tu sais ?

– Vraiment, tu n'es pas obligée de t'intégrer à ce point, Bulle.

– Tu sais qu'ils m'appellent tous Bull, sur le tournage ? Et tu sais que ça n'a rien à voir, en anglais ?

– Oui, Bulot, ça veut dire taureau. Et ça te colle vraiment à la peau…

– C'est quand même pas ma faute si je passe ma vie à porter quatre cafés dans mes toutes petites mains et que je n'ai plus que ma tête pour enfoncer les portes du plateau !

Elle me mime à nouveau la scène et je ne comprends pas comment elle ne s'est toujours pas fait virer par Robbins, un de ses assistants ou juste moi-même. Elle a de la chance que je l'aime autant. Au milieu du salon, je la vois se mettre à courir, puis sauter par-dessus le bras du canapé et s'y écrouler comme si elle faisait une bombe dans une piscine. Sauf qu'elle atterrit sur moi.

– Bulle, merde, c'est mon outil de travail ! râlé-je en me frottant le bras et la cuisse endoloris.

– *Sorry, bro'*. Je ne maîtrise pas encore bien les plaquages. Tu fais quoi pour être de si mauvaise humeur ?

– Rien d'intéressant.

Je change d'onglet sur mon ordinateur portable pour lui faire croire que j'étais en pleine session de shopping en ligne sur Asos. Quand je ne défile pas pour des marques de haute couture, je ne reçois plus de fringues sur mesure ou des pièces de nouvelles collections en avant-première. Il faut bien que je me débrouille comme toutes mes copines de galère avec ce que proposent les lignes de prêt-à-porter qui vont au-delà du 44.

C'est-à-dire des pages et des pages de robes noires plus ou moins longues et plus ou moins couvrantes, plutôt plus que moins, des tuniques noires, des gilets noirs à mettre par-dessus, des débardeurs noirs à porter en dessous, quelques blouses noires à froufrous, parfois à pois, soyons fous, quelques fois gris foncé, bleu marine ou kaki, mais il ne faudrait pas non plus pousser.

– Tu fais quoi, tu fais quoi, tu fais quoi ?!

Ma meilleure amie insiste avec la voix excitée d'un enfant qui s'ennuie et qui a juste envie d'emmerder le monde.

– Bon, OK. Je faisais des recherches sur Rio Delacroix, avoué-je dans un soupir.

– Ah ouaiiiiis ? On a bien dépassé le stade du « je-m'en-fichisme », là !

Elle se moque et je l'ignore.

Je lui montre une page où il apparaît en tête d'un article, costard chic, tignasse coiffée en arrière, visage rasé de près, sourire victorieux à la sortie d'un tribunal parisien, aux côtés d'une femme politique blonde et super classe. En découvrant son immense main posée au creux de ses reins, je me demande s'il a couché avec elle avant ou après avoir sauvé ses fesses de fraudeuse.

– Regarde, je ne comprends pas comment on peut savoir aussi peu de choses sur lui malgré son cabinet prestigieux, ses clients célèbres et ses affaires hyper médiatisées. Je n'avais jamais entendu parler de lui avant !

– Le mec est peut-être juste un travailleur de l'ombre. Ou alors un agent double ! Ou un ancien acteur porno qui a changé de…

– Focus, Bulot ! fais-je en claquant des doigts. J'ai cherché partout sur Internet, je n'ai pas trouvé une seule ligne sur sa vie privée, son entourage, son passé.

– Ben il n'y a peut-être rien à dire ! Enfance banale, études de droit, famille normale, vie chiante, métro, boulot, apéro, vibro… Comme tout le monde, quoi !

– Tu as besoin qu'on parle ?

Je relève des yeux circonspects vers elle mais Bulle fait non de la tête en cachant son visage rougissant sous la visière de sa casquette. Je retourne à mon enquête.

– C'est quand même bizarre, tous ces mystères. Et

franchement, c'est quoi ce prénom, Rio ?

– Ben je connais plein de Florence, moi ! Et même une Nancy. Et il y avait une Sydney dans ma classe en sixième B, mais je crois qu'elle a mal tourné…

– Tu n'aides pas !

J'ai crié ça un peu fort et je ferme les paupières quelques secondes le temps que passe mon envie irraisonnée de la jeter par la fenêtre.

– OK, frère, qu'est-ce qui s'passe ? Parle à tata Taureau.

Ma meilleure amie écarte grand les narines, plusieurs fois, juste pour me faire rire, puis frotte son museau contre mon bras.

– Tu promets de garder ça pour toi ?

– Quoi, t'as un gros *crush* sur ton avocat ? Merci mais je le savais déjà. Vous passez votre vie à vous bouffer du regard sur le tournage et tu prononces sans cesse son prénom de ville dans ton sommeil, on dirait un *Guide du routard* rayé !

– Non, ce n'est pas ça… Il s'est confié à moi l'autre soir.

– Raconte !

– Je n'ai pas de détails mais il a l'air d'avoir un passé très chargé. Sale départ dans la vie, père maltraitant, mère à protéger et des tas d'autres secrets bien gardés. C'était la première fois que je le voyais baisser la garde et avoir l'air si torturé.

– Je vois. Et du coup tu es encore plus *in love* de lui.

– Il m'insupporte autant qu'il m'attire. Et je ne sais même plus si c'est un type bien déguisé en connard… ou l'inverse. Et je ne risque pas de le découvrir de sitôt, puisqu'il s'amuse à m'éviter comme la peste ces derniers temps.

– Pauvre petite Boulette perdue, couine Bulle en me pinçant la joue comme une mamie. Tu veux une Nicorette ? Un patch ? Une cuite ?

Puis elle ajoute en chuchotant :

– Je peux faire bouillir mon vibro si t'as vraiment envie que je te le prête…

Je plaque ma main sur sa bouche intenable quand Garance débarque dans le salon, vêtue d'une combinaison genre bleu de travail qui ne pourrait aller qu'à elle.

– Demain c'est dimanche, on ne tourne pas, aujourd'hui vous avez glandé toute la journée alors ce soir on sort, c'est décidé ! Giselle fait une soirée chez elle avec d'autres acteurs de la série.

– C'est où ? C'est quand ? Il y aura des mecs normaux ? Des filles plus moches que moi ? Je suis prête !

Bulle saute sur ses pieds et se met à surfer sur le canapé, avec des jumelles imaginaires plaquées sur ses lunettes à la recherche de congénères qu'elle trouverait à sa portée.

Et je commence à sérieusement m'inquiéter pour sa santé mentale.

– T'es sûre que tu ne te changes pas d'abord ? demande Garance en grimaçant. Willa, tu m'aides ?

– Désolée, ce sera sans moi ce soir.

– Quoi ?

– *What* ?!

Mes deux colocs s'insurgent à l'unisson.

– Il neige, il fait nuit, pas d'humeur, pas envie… grogné-je sans même chercher de fausses excuses.

La blonde au crâne rasé et la blonde en casquette échangent des regards paniqués. Ça ne me ressemble pas de décliner une invitation ou de rater une occasion de m'amuser. Mais là, je n'ai vraiment pas la tête à ça.

Ni la tête ni tout le reste.

***

Après une heure à relooker Bulle pour finir par la laisser partir avec la tenue dans laquelle elle se sent bien – salopette, chaussettes, sandalettes –, je passe une heure dans un bain à me gommer le corps tout entier en espérant me clarifier aussi un peu les idées. Après une autre heure à traîner sur les réseaux sociaux à me réconcilier avec Cosimo qui s'excuse un demi-milliard de fois, puis à jalouser le samedi soir des autres alors que c'est moi qui ai décidé de ne pas sortir de mon plein gré, je passe une nouvelle heure à relire mon scénario pour me préparer au tournage de lundi. Après une heure à chercher sur Google Maps toutes les villes du monde qui commencent par Rio – et il y en a un paquet –, je passe une autre heure à me demander si cet avocat au teint hâlé et au passé nébuleux aurait plutôt des origines espagnoles, brésiliennes, grecques, argentines ou italiennes comme Cosimo.

Au bout d'un moment, ce n'est plus l'insomnie qui me guette mais la nuit blanche. J'abats ma dernière carte en envoyant un message à mon frère pour qui il est déjà dimanche matin et qui connaît tout le gratin parisien.

[Debout, feignasse!
Apporte le petit dej'
au lit à ta femme et à ta fille

et dis-moi tout ce que tu sais
sur Rio Delacroix.]

[Bonjour à toi aussi,
petite sœur de mon cœur.
Je suis levé depuis longtemps,
j'ai déjà fait un puzzle
de cent pièces avec ma fille
de 3 ans qui s'en fiche complètement
pour que ma femme puisse faire
la grasse matinée puis aller
au marché. Ça va et toi ?]

[OK, t'as pondu une surdouée
et ton histoire d'amour me file
la nausée. Et sinon, Delacroix ?]

[L'avocat ?]

[Non, le peintre du XIXe,
sa petite moustache m'excite
beaucoup et La Liberté guidant
le peuple m'a tenue éveillée
toute la nuit. Donc tu le connais ?]

[Rio Delacroix t'excite et te tient
éveillée la nuit, Willa ?!]

[Mais pas du tout !
Ce que tu peux être pénible,

Wolf Larsson ! Pire
que maman et ses questions !]

[Me chauffe pas trop avec
les comparaisons, quand même…]

[Je pensais juste que tu avais
un beau réseau dans les hautes
sphères parisiennes, moi. Alors,
tu le connais ou pas ?]

Pendant de longues minutes, mon frère ne me répond plus et j'en viens à espérer que sa fille lui ait sauté dessus à pieds joints ou ait décidé de jouer au Frisbee avec son Smartphone dernier cri. Juste pour rire et le faire enrager.

Mon portable affiche presque cinq heures du matin et mes deux colocs ne sont toujours pas rentrées. Je commence à me dire que cette soirée en valait la peine et que je ne fais vraiment jamais les bons choix. Mais Wolf m'appelle à ce moment-là.

– Allô ?

– Désolé, j'étais à moto.

– Tu vas où comme ça ?

– On est dimanche, donc déjeuner avec Judith à l'institut spécialisé.

– Ah, c'est vrai…

Trois ans après les révélations sordides qui ont déchiré ma famille, je continue à fréquemment occulter cette histoire : Judith est la mère biologique de mon frère, la sœur de ma mère à moi, notre tante folle qui a vécu internée toute sa vie après qu'on lui a arraché le bébé qu'elle n'était pas capable d'élever. Ce bébé s'appelle Wolf. La voleuse d'enfant n'est autre que ma mère encore plus tarée qui s'est dit qu'elle allait l'élever comme son fils sans rien dire à personne. Je suis née peu de temps après, *par accident*, et on a tous vécu comme ça dans le mensonge, le secret, la lâcheté, en s'aimant bon gré mal gré.

Mon frère a toujours noyé ses émotions dans le travail. Moi dans la bouffe. Mon père dans le silence. Et on ne s'en sort pas si mal que ça, tous les trois, quand on voit les ravages faits sur ma mère qui plane et ma tante qui sombre.

– Je te passe en visio, Willa, Judith veut te voir.

– Non, Wolf, je t'en supplie, pas ça…

Parmi toutes les séquelles psychologiques liées à son traumatisme et à sa dépression chronique, ma tante souffre de tics et de TOC plus ou moins amusants ou horripilants, pour elle comme pour les autres : elle compte systématiquement avant de parler, lève sans cesse la main comme une enfant, fait des grimaces, pousse des cris, lâche des insultes que même Bulle le lascar trouve atrocement vulgaires. Mais surtout, ce que je préfère chez Judith, c'est sa totale désinhibition. Il n'existe aucun filtre entre elle et le reste du monde. Et notamment moi.

– Un, deux, trois… Willa, comment vas-tu, ma Bouboule ?

– Ça va, Jud…

– Recule un peu ton visage, tu veux ? Il est beaucoup trop gros pour cet écran.

Je souris jaune et tiens mon téléphone à bout de bras.

– Tu es sûre que tu prends bien toutes tes petites pilules, Judith ? ironisé-je.

– Un, deux, trois… C'est quand même dommage d'avoir de si beaux yeux perdus au milieu de toutes ces joues, quel merdier !

– Attends, c'est ma tête qu'elle vient de traiter de merdier, là ?

Wolf se marre en arrière-plan, ma tante tord sa bouche dans tous les sens, fait une sorte de salut hitlérien soudain et traite de « tête de gland » un pauvre infirmier chauve qui passait par là.

– Eh ben je vois que ça va vraiment beaucoup mieux, ta mère, Wolfy… On peut raccrocher, maintenant ? Je me sens vraiment regonflée à bloc par ce coup de fil, merci !

– Je ne vois vraiment pas ce que vous avez tous contre sa franchise. C'est précieux.

Je la laisse humer son plateau-repas et dire que « ça sent le vomi de fesse », puis une idée me vient. Au milieu de tout le chaos dans sa tête, Judith a une sorte de talent inné pour cerner les gens, comme un sixième sens, un regard si aiguisé qu'elle peut lire en vous et en n'importe qui juste en observant un visage.

– Tiens, Judith, qu'est-ce que tu penses de ce type ?

Je tourne la caméra de mon téléphone vers mon écran d'ordinateur pour lui montrer une photo de Rio. Je choisis la plus neutre parmi les rares que me propose Google.

– Un, deux, trois… Hum… Bon cœur, mauvais sang.

– Hein ? C'est tout ?

– Petit complexe… Grands secrets… Très gros sexe.

Je m'étrangle avec mon propre air et referme rapidement mon ordinateur. Pendant que je tousse à m'en étouffer, mon frère reprend son portable et fronce les sourcils avant de me demander :

– Ne me dis pas que tu te tapes cet immense connard ?!

J'ai donc ma réponse : oui, Wolf le connaît et oui, il le déteste.

30

RIEN D'UN HÉROS

Willa

– Un, deux, trois... Alors, tu l'as vu son gros sexe ?

Elle s'y met aussi.

Avant que mon frère n'ait le temps de me rugir dessus en découvrant mon air embarrassé, Judith, ses TOC et sa subtilité légendaire se mêlent à la conversation. Tout en mâchonnant un morceau de pain, ma tante sans filtre se met à me traiter de fille facile, puis à cracher que c'est un miracle que de « beaux garçons » s'intéressent à moi malgré tous ces bourrelets qui dépassent.

Je lui récite pour la millième fois que je m'aime comme je suis et qu'heureusement pour elle, je la prends aussi comme elle est, elle me demande si c'est pratique comme bouées pour flotter à la piscine, je lui réponds que c'est toujours plus utile que les valises qu'elle se tape sous les yeux et les bajoues qui lui pendent dans le cou. Tandis que Wolf continue à me fixer d'un air suspicieux, Judith ne m'écoute pas une seconde et, comme toujours, finit par balancer des énormités.

– Un, deux, trois… De toute façon, les hommes aiment les grosses fesses. Les gros derrières, ça plaît. J'aurais dû avoir un gros popotin, moi aussi… Ton père ne serait pas parti. Et le monsieur de la chambre 14 m'aurait peut-être regardée…

– Judith, je rêve ou tu as un *crush* ? m'écrié-je.

– Un, deux, trois… Un quoi ? Parle-moi en français, dodu dindon.

– Judith, intervient doucement Wolf. Mange, ça va être froid. Et toi, ne change pas de sujet…

Il pointe un doigt accusateur dans ma direction et s'éloigne dans la pièce pour aller s'asseoir sur un fauteuil en cuir blanc.

– Willa, comment tu connais Delacroix ?

– C'est lui, l'avocat qu'ils ont envoyé pour me surveiller pendant tout le tournage.

– Et ?

– Et c'est un emmerdeur de première.

– Pourquoi tu cherches tant à te renseigner sur lui ? C'est louche. Ne me prends pas pour un con…

– Il est dans mes pattes en permanence, c'est normal que je veuille en savoir plus, non ? Ce qui m'intéresse, c'est comment tu le connais, *toi* ?

Mon frère passe nerveusement la main dans ses cheveux courts avant de se décider à grommeler :

– J'ai eu affaire à lui il y a quelques années.

– Pourquoi ?

– Parce qu'il avait une réputation du tonnerre et que j'avais besoin d'un avocat différent pour défendre l'un de nos mannequins. Marcel, le jeune trisomique, tu te souviens ? Il s'était fait virer d'un casting comme un malpropre et il était hors de question que je laisse ces abrutis à l'esprit étriqué s'en sortir comme ça.

– Wolf Larsson, ce héros même pas masqué qui ne supporte pas qu'on s'en prenne à ses petits protégés hors norme… fais-je en souriant à mon frère.

Il lève les yeux au ciel, comme à chaque fois que je lui fais comprendre que je suis fière de lui.

– Je continue ou pas ?

Je hoche la tête en silence.

– Ce Rio m'a ri au nez quand je l'ai rencontré. Selon lui, « mannequin » et « trisomique » dans la même phrase, c'était déjà indéfendable.

– Quel con, soufflé-je. Ça lui ressemble.

– Du coup, je lui ai mis mon poing dans la gueule.

J'éclate de rire en voyant Wolf esquisser un sourire faussement coupable.

– Tu as fait quoi ?!

– J'étais de mauvais poil ce jour-là.

– Et il s'est laissé faire ?

– Pas du tout. Il m'a pris par le col et m'a plaqué au mur en me menaçant de me faire un visage hors norme, à moi aussi. Cet enfoiré a de la force et de la repartie…

Je n'ai plus envie de rire, cette fois. Non pas parce que je suis en colère à l'idée qu'on frappe mon frère – Wolf est bien assez grand pour se défendre tout seul –, mais parce qu'imaginer mon avocat se servir de ses gros muscles, ça m'excite un peu.

Et ça ne devrait pas.

– Et ensuite ?

– Ensuite il s'est barré avec son petit sourire satisfait et ça s'est arrêté là. C'est finalement son boss, Édouard Fabre de Je-ne-sais-plus-quoi, qui a défendu Marcel. Il lui a d'ailleurs obtenu une jolie compensation…

Les yeux dans le vague, je repense à Rio et au sale type de l'avion. Rio et ses mots qui me blessent. Rio et Robbins le macho. Rio et le styliste aux mains baladeuses. Rio qui est censé me défendre, mais ne fait que chercher à me contenir, à me rendre un peu moins visible, qui me demande sans cesse de la fermer, de moins exister.

Lui n'a rien d'un héros.

Et je m'en veux cruellement d'être si troublée, si attirée par un homme dans son genre.

– Reste loin de ce mec, Willa. Bosse avec lui si tu n'as pas le choix, mais sois sur tes gardes. C'est peut-être un avocat surdoué, mais au-delà de ça, c'est un pourri.

– Wolf ?

– Oui ?

– Tu sais que je ne fais jamais rien de ce que tu me dis… mais tu me manques.

Il soupire, on se sourit et on raccroche, avec Judith qui engueule un aide-soignant en arrière-plan. Son steak de thon sentirait la culotte. La grosse culotte pour gros derrière.

31

À NOUS DEUX

Willa

Il est maintenant sept heures du matin, mes colocataires vivent apparemment la nuit de leur vie et je n'ai toujours pas fermé l'œil. Trop énervée pour rejoindre mon lit, je vais faire un tour dans le frigo et y trouve un reste de pizza qui me supplie d'abréger ses souffrances. Je l'accompagne d'un grand verre de smoothie orange et d'un Kinder qui passait par là.

Ce qui compte, c'est de manger varié.

Quand je me décide finalement à aller dormir quelques heures, mon téléphone se met à vibrer. Le prénom de Bulle s'affiche dans mes nouveaux messages et une pointe de déception m'étreint.

Comme si quelqu'un d'autre allait m'écrire… Quelqu'un aux yeux noisette et assassins, aux mauvaises manières mais aux lèvres si délicieuses.

[Tu dors, Willy Wonka ?]

[Je crois que je suis
un peu bourrée…]

[On est à Long Beach,
je sais pas chez qui mais
il paraît qu'il joue
dans la série et sa baraque,
c'est de la folie !]

[Garance a embrassé
un mec et après elle a vomi.
Mais vraiment juuuuuste après.
On a réussi à la rendre
comme nous, frère !]

[Bref, on se fait un after
de luxe et on ne rentrera
pas avant ce soir.
Adieu, le Jacuzzi m'appelle.]

[Tu me manques quand même,
Boulette, t'aurais dû venir !]

Je fixe l'écran de mon téléphone d'un air torve et je ne suis soudain que regrets.

Je ne rate jamais aucun plan foireux, fidèle au poste – et au bar – mais c'est *toujours* quand je décline ou que je suis clouée au lit que ça finit en soirée d'anthologie. Là, je ne sais pas ce qui m'a pris de rester sagement chez moi au lieu d'aller faire trempette dans un bain à remous avec mes *partners in crime*, en buvant du champagne directement à la bouteille.

– Tout ça, c'est à cause de toi l'avocat.

Je m'adresse au mur vert canard qui me fait face en espérant qu'il me cancane des mots pleins de sagesse en retour, mais seul le silence me répond et je dois bien constater que je commence à perdre la boule.

– Pas de réponse, ça me rappelle quelqu'un d'autre…

Cette distance qu'il impose entre nous depuis notre dernière confrontation, notre dernier baiser, ça me rend folle de frustration, ça me grignote à l'intérieur. Je n'ai pas demandé, encore moins mérité ça. Ce chaud et ce froid, ça me perturbe plus que je ne l'aurais imaginé. Par sa faute, je ne suis plus moi-même. Je passe d'une humeur à une autre sans raison, suis en permanence à l'affût, en attente. En manque de lui.

Je ne sais plus comment me le sortir de la tête, comment tolérer son indifférence, comment faire sans lui, ni avec.

– Tu ne veux plus jouer, tu préfères m'ignorer ? Mais je n'ai pas encore quitté la partie, moi… J'ai beau te détester, te le dire, me le répéter, je te poursuis encore, je te cherche, je te cours après. Et toutes ces contradictions que tu fais naître en moi, ça me rend folle. Plus folle que je ne le suis déjà.

Tout en passant ma robe-pull, mes collants et mes Doc Martens noires, je continue à parler au vide. Je lance des menaces en l'air, lâche mes cheveux, trace un trait d'eye-liner, un autre, étale du rouge sur mes lèvres, enfile mon manteau et descends dans la rue pour héler un taxi.

La morsure du froid me rappelle la sienne.

En moi grandit ce besoin soudain et irrépressible de le voir, de croiser son regard, d'entendre sa voix et, enfin, de tout mettre à plat.

Bennett propose de s'occuper d'arrêter un taxi pour moi, je décline en levant le pouce et lui souhaite une belle journée.

J'ai l'habitude de me débrouiller seule.

Et de régler mes comptes comme une grande.

***

Je frappe depuis trois bonnes minutes à la porte de la chambre 401, au quatrième étage de ce petit hôtel luxueux situé à deux pas de Times Square. Rio ne répond pas plus à son portable qu'à mes coups répétés.

Huit heures sept. Même un dimanche matin, il est peu probable que l'avocat bourreau de travail se tape une grasse matinée. Soit il est absent, soit il joue à cache-cache et refuse de m'ouvrir.

Et je penche plutôt pour l'option numéro deux.

– Rio Delacroix, ouvre cette porte !

Rien ne bouge.

– J'ai des choses à te dire !

Toujours rien.

– Tu es mon avocat ! Je vais te poursuivre pour abandon de client ou un truc du genre ! Ouvre ou je…

– Excusez-moi !

Un garçon d'étage s'approche de moi au pas de course, mais quasiment sur la pointe des pieds. J'imagine qu'il y a des gens qui essaient éventuellement de dormir dans les chambres d'à côté, et que le raffut que je fais va m'attirer quelques ennuis.

– Mademoiselle, pourriez-vous…

– On ne vit plus au XVe siècle, ce mot n'existe plus.

– Pardon ?

– « Mademoiselle », vous pouvez le bannir de votre vocabulaire.

– Je… Veuillez m'excuser mais M. Delacroix s'est absenté de sa chambre.

Je soupire, en manque de sommeil, dépitée d'être venue jusqu'ici pour rien, puis me mets à douter. Une ampoule s'allume, sous mon crâne.

– Il vous a appelé à la réception pour que vous veniez me déloger, c'est ça ?

Interdit, le jeune homme en costard bleu marine bredouille en secouant la tête. Soit il m'a vraiment menti et je l'ai pris en flag, soit je l'effraie et il s'apprête à fuir la folle du quatrième.

– Ouvre, Rio, je sais que tu es là… lancé-je en frappant plus doucement à la porte. Il faut qu'on parle, qu'on mette tout au clair, j'ai des tas de choses à…

– Il n'est vraiment pas dans sa chambre !

– Je ne vous crois pas.

– Mais puisque je vous dis qu'il est là-haut !

– Là-haut ?

Le garçon comprend qu'il en a trop dit et que je ne suis pas près de le lâcher. Il commence à s'agacer.

– Pour la tranquillité de nos clients, je n'ai pas le droit de vous dire où ils…

– Oh… Vous préférez que je réveille tout l'étage, pour la tranquillité de vos clients ?

– S'il vous plaît, madame, je vous serais reconnaissant de…

– J'ai toute la journée devant moi, rien d'autre à faire.

– Piscine, au sixième, finit-il par grommeler. Je ne vous ai rien dit.

Je me penche pour lire le prénom brodé sur sa poche avant, remercie Henry et file en direction de l'ascenseur. J'appuie sur le bouton argenté numéro six et m'envole au dernier étage en direction de Maître Fuyant.

Je retire mes boots, mon manteau, suspends mon sac à main dans une cabine du spa, puis enfile une paire de chaussons blancs et douillets mis à disposition à l'entrée, et rejoins enfin la piscine sans croiser âme qui vive.

Dans le long bassin bleu turquoise, au milieu de cette bulle vitrée où règnent une douce odeur de chlore et une ambiance feutrée, un seul et unique corps se démène.

– À nous deux, Poséidon… murmuré-je pour me donner du courage.

Rio maîtrise parfaitement le crawl, son visage sort à peine de l'eau, ses bras puissants surgissent et frappent les flots dans un rythme soutenu, entêtant. J'ai du mal à détacher mes yeux de sa peau hâlée, de son corps trempé, tendu, en plein effort. Impossible de ne pas le trouver impressionnant, viril, terriblement séduisant.

Je suis humaine.

Mais je ne suis pas venue pour ça. Pas pour rester cachée dans mon coin, à l'admirer de loin comme une groupie qui n'ose pas s'approcher. Pas pour écouter mon cœur cogner dans ma poitrine. Et certainement pas pour garder le silence alors que j'ai tant à lui dire.

Une sonnerie fend l'air, tout à coup, et me fait sursauter. Le téléphone du nageur vibre en propageant un air de Vivaldi dans cette pièce qui résonne. Je recule de quelques pas et me range derrière une colonne en acier brillant.

Rio sort la tête de l'eau, secoue sa tignasse trempée et passe une main sur son visage. Puis il quitte le bassin en se hissant à bout de bras, saute sur ses pieds et ne remarque pas ma présence. J'observe son grand corps presque nu se mouvoir avec cette aisance, cette nonchalance presque insolentes réservées aux gens comme lui. Ceux qui possèdent une parfaite et entière confiance en eux… et ne sont pas loin de penser que le monde leur appartient.

Tandis que je ronge un peu mon frein et mes ongles, il atteint la chaise longue où sont posés ses effets personnels, balance sa serviette sur ses épaules musculeuses et décroche son téléphone.

Sa voix rugueuse rompt à nouveau le silence.

– Édouard, on a gagné ?

L'avocat sort lentement de mon champ de vision, je n'entends bientôt plus son timbre grave et je m'approche de l'eau pour y tremper mes orteils à travers mon collant.

C'est tiède, agréable, je me repasse les images de Rio dans ce bassin, puis tente de les chasser de mon esprit. Mais ce qui m'arrache pour de bon à ma contemplation, ce sont les deux mains qui se posent au creux de mes reins… et me poussent dans le bassin.

Je hurle dans les airs, puis sous l'eau. Je bois la tasse, remonte à la surface et me débats dans mes fringues trempées. Et lorsque je parviens à rouvrir les yeux, je le vois, *lui*, assis sur le rebord de la piscine, les mains posées de chaque côté de son short de bain vert amande, l'air goguenard et le torse bombé.

On échange un long regard, plein de défi et de provocation et, alors que mon sang bat dans mes tempes, j'éclate de rire sans pouvoir m'en empêcher.

– Tu es fier de toi ? Tu vas me le payer.

– Willa, Willa, Willa… roucoule sa voix suave. Tu croyais vraiment que je ne t'avais pas vue arriver ?

– C'était indispensable, de me foutre à l'eau ?

– Non. Juste amusant.

– Viens me rejoindre, si t'es un homme…

Il se laisse glisser dans l'eau dans la seconde, avant même que j'aie terminé ma phrase. Hors de moi, je lui crie dessus tout en riant, tandis qu'il secoue ses cheveux comme un sauvage et me tourne autour en nageant. Il se marre, je l'asperge. Il se rapproche, je le repousse, puis je tente de retirer les mèches qui me collent au visage.

Je n'ai pas pied, lui oui. Soudain il plonge sous l'eau et je me bats avec ma robe qui remonte tout en haut de mes cuisses, j'imagine son regard sur moi et je me sens tout à la fois excitée, vulnérable, incendiée, frigorifiée.

Je nage jusqu'à un endroit moins profond en me demandant si le requin est toujours à mes trousses, avec cette minuscule pointe d'envie irraisonnée qu'il le soit. Mais Rio émerge ailleurs et m'observe, les yeux moqueurs, très fier de cette petite joute aquatique. Il lâche un petit rire rocailleux en découvrant ma moue contrariée qui sort enfin le menton de l'eau, et je me mets à l'insulter à nouveau.

– Enflure ! Crétin ! Imbécile ! Gamin !

– Tu as besoin que je te rappelle à quel point je n'ai rien d'un gamin ?

Un sourire féroce au coin des lèvres, il avance lentement vers moi et tente une nouvelle approche, j'esquive ses mains baladeuses en le repoussant contre le rebord et le préviens :

– Bas les pattes, je ne suis pas venue pour ça !

Son regard se plisse, se pose sur la baie vitrée et il m'écoute, à la fois ailleurs et concentré.

– J'en ai marre que tu m'évites, Rio. Je crois même que je préférais quand tu me collais aux basques.

Je me déplace encore, fais quelques brasses pour atteindre la partie la moins profonde du bassin et pouvoir me redresser sur mes pieds. L'eau m'arrive maintenant à la taille. Lui me suit, tout en restant à distance. Je lâche enfin :

– J'ai besoin que tu sois de mon côté. Avec moi.

Le brun hausse un sourcil et me fixe étrangement.

– En tant qu'avocat !

– J'attendais juste ta réponse, Willa…

– Quelle réponse ?

– Tu ne comptes plus te passer de mes services ? Tu ne veux plus engager quelqu'un d'autre ?

Je n'ai jamais songé sérieusement à changer d'avocat et depuis tout ce temps, si c'était évident pour moi, je réalise que ça ne l'était pas pour lui.

– Je ne sais pas ce que tu caches, Rio, je sais juste que tu es aussi caractériel et buté que moi, mais je crois que tu es un bon dans ton job. C'est tout ce que je cherche.

– Et c'est tout ce que je propose.

Son ton est sans équivoque. On se contemple, je me force à avaler la petite boule coincée dans ma gorge, je chasse mon envie de le remettre à sa place en lui rappelant que ses mains étaient tout sauf *dociles*, deux minutes plus tôt, et je continue, sur un ton le plus neutre possible.

– Je tiens à mon rôle dans cette série et… je me connais. Tu pourrais m'éviter des ennuis, un jour ou l'autre.

Il se contente d'acquiescer.

– On finit ce tournage, toi et moi, continué-je. On trouve un terrain d'entente pour se supporter et on avance. Tu me laisses être moi, j'essaie de ne pas trop déborder. Tu me défends quand j'en ai besoin, je t'écoute quand tu as une critique constructive à m'adresser. Ou disons que je t'écoute une fois sur deux…

Je souris, il conserve son sérieux et croise ses bras sur son torse nu.

– Willa l'indomptable se laisserait donc dompter ?

C'est plus fort que lui, il me provoque déjà. Mais Rio s'en rend compte, se reprend et s'excuse en silence, juste à l'aide de son regard.

– Tu veux bien être juste de mon côté ? insisté-je.

– Ça peut se faire.

– Pas de sale coup entre nous, Delacroix.

Il hoche la tête et ses yeux cappuccino viennent se poser sur ma bouche. Seul un mètre nous sépare, dans ce bassin désert, sous le ciel lourd et nuageux de New York. Un ange passe. Rio me dévisage pendant quelques secondes, je fais de même et rapidement, mon cœur s'emballe. Ses yeux descendent sur mon corps moulé dans mes fringues trempées, je le trouve beau à crever.

Je sens qu'à tout moment, la situation peut déraper.

J'en ai envie.

Mais je me l'interdis.

Je quitte cette piscine, toujours sous son regard, en empruntant les marches sur le côté du bassin. J'essore comme je peux les pans de ma robe, mes longs cheveux bruns, puis me rends jusqu'à son transat pour lui piquer son peignoir.

– Ah, et c'est la dernière fois que tu ruines mes fringues, l'avocat.

– Tu crois ?

Son regard redoutable me dit tout le contraire. En fait, il me promet même que je me fourvoie. J'en ai des frissons. Partout.

Surtout entre les cuisses.

– Rio…

– Hum ?

– N'oublie pas que je suis capable de sortir les griffes.

Je lâche ces mots et fuis cet endroit, le pouls complètement affolé, dans un peignoir imprégné de son odeur.

– Tu pars encore comme une voleuse, Willa Larsson.

À cette dernière pique envoyée, je réponds sans me retourner.

– Arrête-moi si tu peux, Maître Delacroix.

Qui sait jusqu'où on pourrait aller si moi, je ne m'arrêtais pas ?

32

AFFAIRE CLASSÉE

Rio

Tiens, la poupée qui fait non sait dire oui, aussi.

Voilà une heure qu'elle est partie et que je repense à sa façon de se pointer ici sans crier gare, juste pour mettre les choses à plat et me confirmer une bonne fois pour toutes que oui, je reste bien son avocat. Et rien d'autre.

Je ne doutais pas vraiment de sa réponse, mais la faire mijoter un peu en m'éloignant et la voir enrager, c'était divertissant.

Et ça fait surtout une heure que je cours sur mon tapis en essayant de ne pas trop penser à son corps moulé dans ses fringues trempées. La pousser dans l'eau était une riche idée, pour la punir d'être restée là à me mater en cachette et pour la faire redescendre un peu de son piédestal de reine énervée. Mais la moins bonne idée, c'était de réveiller ce petit truc en moi qui me fait désirer une femme que je n'aurais jamais regardée. Un corps différent de tous ceux que j'ai allongés dans mon lit jusque-là, que je n'aurais même jamais songé à déshabiller avant ça.

Je ne sais pas pourquoi Willa me fait cet effet-là. Et je déteste ne pas savoir, ne pas comprendre, ne pas pouvoir ranger les choses clairement dans ma tête : une colonne pour les oui, une colonne pour les non, ça devrait être aussi simple que ça.

Veux ou veux pas.

Affaire classée ou dossier à suivre. C'est normalement ordonné comme ça dans mon monde manichéen, et ça me va très bien.

Je transpire à grosses gouttes sur ma machine et j'accélère encore la vitesse de la bête pour finir sur un sprint. J'ai au moins besoin de ça pour évacuer. Après cet effort physique intense, j'ai bien envie de retourner piquer une tête dans l'eau fraîche mais les images me reviennent. Sa paire de seins insensés, sa peau laiteuse, les courbes généreuses de ses fesses, ses hanches, ses cuisses, qui rempliraient si bien mes mains. Tous ses excès qui me donnent envie d'en faire. Avec elle.

C'est bon, là.

Je suis juste en manque, je crois. Aucune rencontre depuis mon arrivée à New York, je ne reste jamais si longtemps seul, en tout cas dans mon lit.

Je secoue la tête et essaie de remplir mon cerveau d'autres souvenirs féminins : le corps nu d'Anouk à califourchon sur le mien, sa petite poitrine fière pointée vers moi, la silhouette fine et pudique de Garance aux essayages, le joli cul bombé de Bruna et sa façon de marcher en ondulant, les muscles allongés d'Ifé dessinés sous sa peau sombre, toutes les hanches saillantes et les tailles fines que j'ai pu avoir entre les mains, la sensation d'une plume que j'ai presque peur de brutaliser sous mon corps, la beauté élégante de ces lignes déliées, graciles, comme si c'était la seule option possible. Et la connerie finie d'imaginer que je peux faire tout ce que je veux d'un corps svelte et filiforme, que la domination physique et le plaisir sexuel passent forcément par cette forme de pouvoir. Mais je n'ai eu aucun mal à dominer Willa. À la plaquer au mur. À la retourner. À la prendre et…

Stop.

Cette poupée XL à grande gueule ne va pas quand même pas me faire analyser mon rapport au corps des femmes… alors que c'est le dernier truc qui me reste que je peux faire sans réfléchir.

Prendre mon pied, ne pas me prendre la tête : ce n'est quand même pas compliqué.

J'ai aimé ma nuit avec elle, ça ne remet pas tout en question. Je crève parfois d'envie de recommencer mais ça ne signifie rien d'autre. Le désir a ses raisons et je ne veux rien savoir.

Fous-moi la paix, poussin mouillé…

Je vais m'asseoir par terre dans la salle de sport, adossé à un mur, les jambes repliées, juste le temps de retrouver mon souffle et de reprendre mes esprits. Je récupère mon portable, vérifie qu'il n'y a rien d'urgent dans mes mails pros ou mes textos perso. Puis je me décide à en envoyer un à Willa – au moins ce sera fait, j'arrêterai d'y penser – en le dictant à la voix à mon téléphone :

« Je ne sais pas si j'aime quand tu sors les griffes, virgule, surtout quand c'est sur ma peau, points de suspension. »

Je souris comme un con et me reprends aussitôt. Je n'ai plus 15 ans. Pas la peine de faire semblant ou de jouer les fins de phrases mystérieuses : ce genre de truc m'insupporte chez les filles avec qui je flirte.

– Tout effacer. Nouveau message à Willa Larsson : « Je sais que tu es capable de sortir les griffes, virgule, mon dos s'en souvient très bien, point. »

Je pose mon portable entre mes jambes, retire mon tee-shirt trempé qui me colle au torse et m'éponge avec une serviette de l'hôtel. Une vibration et je sais que la brune m'a répondu du tac au tac. Elle est incapable de s'en empêcher. Son message contient une unique photo, elle dans un bain sans qu'on ne voie rien, sa main posée sur sa cuisse mouillée et pleine de mousse, avec ses ongles longs et acérés, vernis dans une couleur genre prune, et surtout plantés dans le moelleux de sa chair. Foutue peste qui sait comment m'exciter.

Un SMS arrive peu après la photo.

[Quoi ? Tu ne pensais
quand même pas que j'allais
t'envoyer une photo de moi nue ?]

Je lui réponds en activant le mode dictée.

« Pas besoin, il y en a plein Internet. »

[Donc tu as cherché
des photos de moi ?
Pas très pro, ça.]

« À quelle adresse, le bain ? J'ai envie de débarquer chez toi moi aussi. Et j'ai déjà raté le bain de Newark, je n'aime pas perdre deux fois… »

Cette fois, j'ajoute des points de suspension à la voix et je relève la tête pour vérifier que personne d'autre que moi ne passe son dimanche matin dans cette salle de sport.

Sur un coup de tête – et de chaud –, je me prends en selfie, torse nu et toujours dégoulinant de sueur, la serviette autour du cou. Je ne souris pas, ou alors juste un tout petit peu. Et puis je lui envoie la photo qui ne devrait pas tarder à lui donner envie de me traiter de cliché, de pauvre mec, de type qui réfléchit avec ses muscles, d'avocat nul qui est incapable de respecter un contrat dont il rabâche sans cesse les clauses à sa cliente indocile.

Peut-être.

Et ça, ça me fait vraiment sourire d'avance.

Mais celle qui ne fait rien comme tout le monde et jamais ce qu'on attend d'elle ne me répond plus. Soit j'ai réussi à la troubler, soit elle a trouvé mieux à faire. Soit elle a décidé d'être raisonnable, soit elle a envie de se faire désirer. Soit je suis allé trop loin dans la provocation et elle est en train de me pondre un roman féministe pour m'apprendre la vie, soit elle cherche le bon angle pour m'envoyer une photo encore plus sexy et voir jusqu'où je suis prêt à jouer. Avec Willa Larsson, tout est possible. Je peux m'attendre à toutes sortes de réactions et je dois bien avouer que j'aime bien cette imprévisibilité.

Après de longues minutes de silence, le nouveau message de Willa ne me déçoit pas :

[Cap ?]

Sous ces trois petites lettres, toujours une photo de ses griffes mais son index montre cette fois le numéro de son appartement : 10A.

Quelques secondes plus tard, un texto plus long et parfaitement explicite. La brune n'est pas du genre à tergiverser ou à jouer les mystérieuses pour faire semblant de ne pas être gagnée d'avance. Pas trop facile.

[82th Street, mais même
un avocat aussi nul que toi
le savait déjà. Mes deux colocs
sont absentes pour la journée.
Ce message et cette proposition
s'autodétruisent dans une heure.
C'est maintenant ou jamais.]

Je me surprends à aimer cet aplomb qui me titille là où il ne devrait pas. À l'imaginer me regarder bien en face pour me proposer ça de ses yeux de « killeuse », son corps nu à la sortie du bain qui ne se cache pas, sa pose de guerrière qui n'a pas peur de moi, sa bouche charnue qui me menace de disparaître… ou me promet de me faire mille autres choses.

Et puis, une nouvelle vibration.

[Finalement, je crois que
je prends goût aux
ultimatums. Et toi ?]

Cette fille me tue. Me fait sourire, bander, flipper. Mon corps saute sur ses pieds, ça me démange comme un dingue de courir la retrouver chez elle et de la faire taire de la meilleure façon que je connaisse. Mais mon cerveau embrouillé hésite encore. Elle est dangereuse, imprévisible, incontrôlable.

Le genre d'affaires impossible à classer.

33

ÇA DÉBORDE

Willa

Tu déconnes, ma fille, tu déconnes !

Il est maintenant neuf heures et demie du matin, ce même dimanche, mon nombre d'heures de sommeil est toujours à zéro et mon palmarès du jour édifiant. Je me suis donc déjà retrouvée à menacer d'enfoncer la porte d'une chambre d'hôtel, puis à me faire pousser dans une piscine tout habillée.

Et maintenant, l'inviter ici et l'allumer, ça sent encore plus l'erreur monumentale à plein nez.

Et s'il se pointait ?

Non, Rio Delacroix ne s'abaissera jamais à ça.

Tu joues à quoi, là, Willa ?

De toute façon, il n'a besoin de personne, il ne court après aucune femme, il attend qu'on vienne le chercher. Ou qu'on le pousse dans ses retranchements et qu'il ne puisse plus résister.

Rio ne viendra pas.

« J'arrive. »

Sa voix rauque résonne dans mon téléphone. L'avocat vient de m'envoyer un message vocal en guise de texto.

Il ne peut pas écrire, comme tout le monde ?

Je le réécoute et j'ai des frissons de la tête aux pieds. Je ne repense qu'à son corps musclé et dénudé dans cette piscine. À ses mains qui me cherchaient sous l'eau et qui savent si bien me toucher. À ce qu'il se serait passé si je l'avais laissé faire, en écoutant mon désir plutôt que ma fierté. Aux baisers passionnés qu'on a déjà échangés et qui me retournent à tous les coups, comme si je n'avais jamais été embrassée avant. À la nuit torride qu'on a passée ensemble à Newark, il y a trois mois de ça, avant de ne plus jamais en reparler.

Pourquoi suis-je si faible ?

J'ai beau m'engueuler intérieurement, je vibre à la seule idée qu'il soit en route pour chez moi. Je ne sais même pas si je dois le croire ou s'il souffle encore le chaud pour me promettre le froid.

Nouveau message.

« J'ai laissé ma séance de sport en plan pour toi. Deux très jolis haltères aux courbes plantureuses m'attendaient sagement… »

Il vient vraiment.

Depuis ma porte d'entrée, je me mets à courir pour me réfugier à nouveau dans mon bain. Je ne veux pas qu'il me voie comme ça, intégralement nue, dégoulinante, vulnérable. Je me plonge dans l'eau mousseuse et lui écris à nouveau.

[J'ai laissé la porte
entrouverte, tu n'auras
qu'à suivre mes pas
mouillés sur le parquet.
Tu devrais pouvoir
retrouver le chemin de
la salle de bains.]

Je suis en train de faire quoi, exactement ?

Un jeu de piste, maintenant ?

Je rajoute de l'eau chaude en tournant le robinet du bout du pied, remets une bonne dose de savon pour faire mousser, me relève pour aller éteindre la lumière et allumer des bougies tout le long de la baignoire. J'ai beau m'assumer, on est bien plus à son avantage sous une lumière tamisée. Et des tonnes et des tonnes de mousse. Bientôt, ça déborde. Mais au moins, ça cache l'essentiel de ma nudité.

Est-ce que je suis en train de me faire avoir ?

De me préparer pour un rencard qui n'aura jamais lieu ?

Si ça se trouve, Rio n'est jamais parti de chez lui, il me fait juste marcher. Ou il va bientôt m'envoyer un message vocal pour annuler, me rappeler les clauses du contrat qu'on s'est fixé. Me traiter d'allumeuse, de fille pas respectable qui beugle pour se faire respecter.

Toc toc toc.

Mon cœur tressaute au même rythme. Trois fois.

– C'est moi, annonce une voix d'une intensité qui me coupe le souffle.

Rio Delacroix est là. Chez moi.

Son timbre était grave, calme, profond, il a vibré très loin dans mon corps. Par réflexe, je plonge ma tête tout entière sous l'eau comme si je pouvais disparaître pour toujours. Je m'arrête de respirer quelques secondes en pensant à Wolf et ses mises en garde : « Cet avocat est un type détestable », « Tu es incapable de faire les bons choix », « Pourquoi tu te mets toujours dans de sales draps ? »

Dans le silence liquide, les voix de mes anges gardiens se confondent et me vrillent les tempes. Ma mère, mon agent, ma meilleure amie, toutes ces femmes me hurlent de sortir de là. Et vite. J'ai le sang qui bout, les poumons qui brûlent et l'air qui me manque.

Qu'est-ce qui m'a pris de l'inviter ici ?

Une seule et bonne raison : cet avocat qui n'a peur de rien et surtout pas de moi me rend folle. Me séduit. Me trouble. Me fait perdre tous mes moyens, mes certitudes, mes bonnes résolutions.

En moi aussi, ça déborde.

Je ressors la tête de l'eau en prenant une grande inspiration et il est là. Rio Delacroix, face à moi, entièrement nu dans ma salle de bains embuée, plongée dans une semi-obscurité.

Vision divine qui me laisse la bouche entrouverte et parfaitement muette, quelques secondes.

Assez longtemps pour que le grand brun s'invite dans mon bain. J'écarte spontanément les jambes pour lui faire de la place, il s'installe face à moi et mes cuisses se retrouvent hors de l'eau, encastrées par-dessus les siennes. Entre son torse musclé, ses bras étalés de chaque côté de la baignoire, ses cheveux bruns désordonnés, le contact de nos peaux nues et la chaleur de l'eau, j'ai du mal à respirer.

Je le trouve à tomber.

Rio ne me parle pas, ne me provoque pas, il ne cherche ni à me faire la leçon ni à me baratiner. On se regarde droit dans les yeux et pour la première fois depuis longtemps, depuis toujours peut-être, il me sourit entièrement. Pas ce demi-sourire arrogant ou méprisant, ce petit sourire en coin qu'il affiche si souvent.

Et ça me bouleverse comme si on se voyait enfin vraiment.

En moi, des milliers de bulles éclatent, au creux de mon ventre qui palpite, tout autour de mon cœur qui s'emballe, au fond de mon esprit qui s'enflamme. Je lui rends son sourire, sans rien calculer, je me rends compte que je fonds littéralement sous son regard, sous son charme, sous son aura… Et je me supplie de ne pas tomber amoureuse de lui.

L'instant d'après, ses mains plongent sous l'eau et viennent me frôler. Son torse s'avance et m'aimante vers lui. Son beau visage s'approche et le mien l'imite. Nos bouches s'appellent et décident à l'unisson de faire durer encore un tout petit peu ce moment, de prendre leur temps, de faire voler leur souffle, de s'ouvrir lentement à ce baiser qui promet d'être dément.

Je n'ai jamais désiré si fort qu'on m'embrasse.

Jamais aimé à ce point-là qu'on ne m'embrasse pas encore.

Quand ses lèvres trouvent les miennes, mouillées, quand sa langue m'effleure, chaude et patiente, quand on se glisse l'un dans l'autre avec cette langueur d'un érotisme fou, je crois que je n'ai rien vu d'aussi beau, rien vécu d'aussi sensuel, rien ressenti d'aussi puissant de ma vie.

Je défaille.

Je l'embrasse en me sentant partir.

Rio me retient d'une main dans mon cou. Son immense paume s'invite sous mes cheveux, sur ma joue, son pouce vient caresser ma bouche pendant qu'il m'embrasse encore. Son autre main parcourt ma cuisse de haut en bas, de bas en haut, dans et hors de l'eau, recommence jusqu'à atteindre mon entrejambe qui n'attendait que ça. Un frôlement d'abord. La pulpe d'un doigt entre mes lèvres, une caresse subtile sur mon clitoris. Et puis cette sensation de chaleur qui se répand, ce plaisir qui grimpe et me monte à la tête, ces doigts experts qui me titillent, m'enveloppent, me massent, m'agacent, me quittent et reviennent en mettant le feu à mon sexe immergé.

L'eau et la mousse se mettent à faire des vagues entre nous. J'ai l'impression que je pourrais jouir à chaque instant. Mais le requin à mes trousses s'amuse à jouer avec mes nerfs et mon intimité. Sa main se plaque parfois tout entière sur mon intimité, comme pour me laisser quelques secondes de répit, mais je sens mon bassin onduler contre sa paume par réflexe, pour en demander encore. Alors il presse, il appuie, et je l'embrasse un peu plus fort pour le supplier de ne pas arrêter. Rio sourit dans ses baisers. Je soupire contre sa bouche.

Et soudain je suis sur lui. Ce n'est plus assez. Je le veux tellement que je me dresse sur les genoux et me colle à son torse. Mes bras pendus à son cou, je fourre mes doigts dans ses cheveux humides, ma langue plus loin entre ses lèvres, je presse mes seins lourds et tendus contre ses pectoraux et je sens ses mains se plaquer sur mes fesses. Là, je suis bien. Sans un seul millimètre laissé entre nous. Sa peau contre la mienne et l'eau de la baignoire qui inonde le sol.

Face à mon audace, le brun se tend et lâche un petit son rauque, entre rire et grognement. Ses doigts empoignent mes cheveux et tirent un peu, il fait reculer mon visage de quelques centimètres avant de m'embrasser plus fougueusement encore, juste pour être celui qui décide, celui qui mordille, celui qui dévore.

– Tu me rends… complètement dingue.

Son timbre profond allume un feu en moi, au milieu de tous ces flots.

Puis il glisse ses mains entre nos corps mouillés et empoigne mes seins, il les malaxe sans douceur et en porte un à sa bouche. Sa langue, ses dents sur mon téton me font un effet fou. L'autre se retrouve pincé entre des doigts impatients qui savent très bien ce qu'ils font. Ses mains sont partout. Dans mon dos, sur mes fesses, autour de ma taille, de mes hanches et entre mes jambes à nouveau. Rien n'arrête Rio.

Je plonge les mains dans l'eau mousseuse à la recherche de son sexe, je bute sur ses abdominaux mais un doigt se glisse en moi et me paralyse. Je laisse échapper un gémissement tant c'est bon de le sentir, tout à coup, si fort, si loin. Personne ne m'a touchée comme ça, si bien. Deux doigts, maintenant, et je me retrouve à onduler malgré moi, à prendre un plaisir fou en oubliant tout, à m'agripper à ses larges épaules, assise à califourchon sur le plus beau mec que j'aie jamais vu de ma vie et le meilleur amant qui soit.

Je pourrais le laisser faire ça des heures. Tout ce qu'il veut de moi.

– Willa, sors de là, m'ordonne sa voix grave.

Impossible de dire non à ce ton, ce regard. Je n'y pense même pas.

– Je te veux tout entière.

Cette seule idée, la perspective de ce que ça peut vouloir dire, l'assurance et la force de son désir me font bondir hors de l'eau. J'enjambe la baignoire sans réfléchir, je mets de l'eau partout, je sens Rio qui me suit de près puis me retourne pour me planter face à lui. Sans me toucher, juste en avançant vers moi, son corps nu dégoulinant d'eau et de mousse, son sexe dressé entre nous, il me fait reculer de trois pas. Mes fesses heurtent le meuble de la salle de bains et j'hésite à me hisser à côté de la vasque. Mais mon amant terrible a déjà une de mes cuisses dans sa main et la remonte brusquement.

Une seconde plus tard, il est accroupi devant moi, son visage enfoui entre mes jambes et sa bouche collée contre mon sexe. Ses coups de langue me font lâcher des soupirs, ses dents et ses lèvres joueuses me font pousser des cris. C'est si grisant que je me retrouve à faire ce que je ne fais jamais : appuyer sur la tête d'un homme pour qu'il me mange encore, plus vite, plus fort.

À cet instant précis, les yeux les plus chauds que je connaisse se lèvent vers moi et attrapent mon regard. On reste soudés comme ça un petit moment. Je me noie dans son cappuccino pendant qu'il se délecte de moi, je crois voir un sourire au fond de ses iris brillants de désir, je meurs de plaisir et je fonds encore… Jusqu'à ce que mon propre regard se porte sur moi.

Ce n'est plus lui que je vois, c'est tout mon corps, d'en haut, mes seins, mon ventre, mes hanches et tout ce qui dépasse, et tout ce que lui doit « admirer » d'en bas. Je ne veux pas. Malgré la lumière tamisée, malgré la chaleur qui m'entoure, malgré les sensations folles à l'intérieur, mes complexes extérieurs me rattrapent. J'attrape le menton de Rio et je le fais remonter contre moi.

Instinctivement, je me retourne pour lui offrir mon dos, croiser les bras sur ma poitrine et me recroqueviller un peu, me cacher de ses yeux.

On a toutes nos moments de faiblesse, nos obsessions débiles et parfois futiles, on porte toutes un jugement bien trop dur sur soi… Mais dans un corps comme le mien, qu'il est dur de faire abstraction, de s'oublier, de s'abandonner vraiment.

– Eh, poupée… souffle le grand brun collé derrière moi.

– Hum ?

– Tu fais quoi, là ?

Ses immenses bras entourent mes épaules, sa bouche s'approche de mon oreille et se met à la mordiller… avant de m'embrasser dans le cou. Il sait rallumer le feu en moi à la seconde où je l'éteins.

– Tu veux que j'arrête, Willa ?

Sa voix suave me colle la chair de poule. Je fais non de la tête et je perçois juste un infime mouvement dans le reflet du miroir complètement embué.

– J'ai besoin de te l'entendre dire.

– N'arrête pas… soupiré-je.

Rio dégage les cheveux trempés de ma nuque, passe ses doigts en dessous et tire à nouveau vers l'arrière pour me forcer à le regarder. Ce geste m'électrise. Ses lèvres tout près des miennes murmurent à voix basse :

– Je te l'ai déjà dit mais tu vas m'entendre, cette fois : je te veux tout entière.

Son autorité, son intensité me coupent le souffle. D'un mouvement lent mais sûr, il dégage mes bras et ses mains les remplacent sur mes seins. J'adore sa façon de faire, sans me brusquer mais sans hésiter. La même précision dans ses paroles que dans ses actions. Un homme carré, ça a parfois du bon.

Je renverse mon bras en arrière pour saisir sa tête et l'embrasse à pleine bouche. Il se plaque un peu plus fort derrière moi et je sens son érection grandir, durcir, frôler mes reins et mes fesses. Rien de tel que son désir pour me redonner confiance en moi.

Moi aussi, je le veux.

Je pense qu'il n'a pas idée à quel point.

Je glisse mes doigts entre nous et vais attraper son sexe. J'avais oublié sa largeur, sa puissance, ça me fait perdre la tête. Je le caresse, entre ma paume et la peau de mes fesses, je sens Rio se tendre et grogner dans mon cou, ses dents qui se plantent dans la chair de mon épaule, ses mains qui pétrissent mes seins sans douceur, nos désirs qui grandissent et la moiteur qui revient dégouliner sur nos corps aimantés.

Tout en moi le réclame.

Je ne le veux plus seulement sur moi, en aimant, je l'exige *en moi*. C'est urgent. Sans plus penser à rien d'autre qu'à cette évidence-là, cette pulsion, ce besoin vital de ne faire qu'un, je me mets à ouvrir tous les tiroirs de la salle de bains, à fouiller d'une main, à toute vitesse, dans tous les recoins, à la recherche de ces capotes promotionnelles qu'on nous a distribuées dans un bar de New York, il n'y a pas si longtemps. Je crois qu'elles sont à la fraise. Je ne sais plus. Je m'en fous, j'ai besoin de mettre la main dessus.

– Tu trouves, poupée ? Ou je vais chercher mon…

Toujours dos à lui, je vais planter mes ongles dans sa fesse. Il se tait et émet juste un petit soupir de douleur, puis attrape l'emballage rose que je lui tends.

– J'ai toujours su que tu étais un bonbon à déguster…

Sa voix se fait joueuse, ses mains s'agitent derrière moi puis se plantent à nouveau sur mes hanches. Il attire mes fesses vers lui, je me penche un peu en avant en frémissant d'avance. Il se met à malaxer mes fesses en me cherchant du bout de son sexe. Un incendie me ravage au creux du ventre, la frustration est telle que je me cambre pour m'offrir à lui, j'ondule du bassin pour chercher la délivrance, je me retiens de le supplier d'abréger mes souffrances.

– Rio, putain, déguste-moi ! m'entends-je prononcer d'une voix éraillée.

Son petit rire viril roule jusqu'à moi et son sexe parfum fraise me transperce.

C'est bon à en crier mais ça me coupe la respiration. Debout derrière moi, l'avocat recommence, il me délaisse puis me pénètre encore plus fort, repart et revient, chaque fois un peu plus loin. Mon intimité s'embrase à chaque coup de reins et je ne peux plus retenir ni mes soupirs ni mes cris. Je sens sa peau claquer contre la mienne, par-derrière, ses mains marquer le rythme en me tenant fermement par les hanches, et je plante à nouveau mes doigts dans son cul bombé qui se déchaîne à une allure folle.

Je perds pied mais je crois qu'il n'en a pas encore assez. Rio me retourne et me soulève juste assez pour que mes fesses se hissent sur le meuble de la salle de bains. Il tient une de mes cuisses dans sa main, je relève l'autre et il me prend de face, sans attendre, se plante en moi tout en fourrant sa langue dans ma bouche. Je lui mords la lèvre, lui décoiffe les cheveux, m'accroche à sa nuque et le laisse me malmener de son sexe bandé, dur, infatigable.

Ce corps-à-corps devient si intense que je perds l'équilibre. Je manque de tomber et de l'entraîner avec moi, je crains le pire mais il amortit la chute et on se retrouve à même le sol de cette salle de bains trempée, sens dessus dessous, comme si on venait de la cambrioler. Un roulé-boulé plus tard, je me retrouve assise sur lui, le corps en feu et les cheveux devant les yeux. Il dégage mon visage, passe à nouveau son pouce sur ma bouche entrouverte et je le mords à pleines dents. Il m'adresse un de ses petits sourires irrésistibles avant de marmonner :

– Si tu savais comme j'ai envie de toi, Willa. Ça ne s'arrête jamais.

Seuls ces mots me viennent :

– Je te l'ai déjà dit, moi aussi : ne t'arrête pas.

À cet ordre, l'avocat ne sourit plus. Une lueur folle traverse ses yeux sombres, une flamme qui éclaire tout en lui et allume tout en moi. Allongé sur le dos, il guide à nouveau son érection entre mes cuisses et je m'y empale avec plaisir. Ses mains sur mes fesses, son regard planté loin dans le mien, il me laisse imprimer le rythme que je veux, me déhancher sur lui, atteindre l'extase en sentant chacun de ses petits coups de reins gagner encore du terrain.

C'est divin. Une vague brûlante m'envahit et m'emporte. Je lâche un cri sauvage qui n'était encore jamais sorti de ma bouche. Je bouge encore un peu pour faire durer cet orgasme inouï, d'une force et d'une longueur qui me semblent infinies.

C'est à ce moment-là que Rio implose, tous les muscles de son torse tendus à l'extrême, ses mâchoires contractées et ses lèvres ourlées qui ne s'ouvrent que pour prononcer tout bas :

– Putain, Willa…

34

POURQUOI MOI ?

Willa

Je m'autorise quelques secondes, peut-être quelques minutes de répit sur le carrelage de ma salle de bains, entièrement nue, juste le temps de me remettre de ce débordement d'émotions, de sensations, ce tourbillon divin qui m'a laissée exsangue.

Rio repose aussi sur le dos, un bras replié sous la tête, son beau regard rivé au plafond, dans un silence apaisé. Je perçois sa respiration calme, profonde, et je me demande qui de nous deux va prononcer un mot en premier. J'en cherche un ou deux mais rien ne vient.

« Merci » ? Et puis quoi encore ?

« Pourquoi moi » ? Un peu trop franc.

« Oh, mon Dieu » ? Beaucoup trop flatteur.

Alors je ne dis rien, je pense à ma nudité et je me demande si je peux décemment attraper ce tapis de bain trempé pour me le jeter nonchalamment dessus, à la manière d'un drap de satin comme dans les films où les filles ont toujours sous la main de quoi se couvrir juste ce qu'il faut de fesses et de seins.

Foutue vraie vie.

À côté de moi, le beau brun détendu se passe la langue sur les lèvres puis ferme les yeux quelques instants. C'est fou de ne jamais se poser de questions sur ce qu'on fait, ce qu'on devrait faire, ce qu'on renvoie, ce qu'on paraît, ce qu'on pense de nous… Ça doit être merveilleusement reposant.

Je profite de la trêve qu'il m'offre sans le savoir et quitte la salle de bains sur la pointe des pieds. Dans le couloir, j'enjambe ses fringues abandonnées en arrivant. Dans le salon, je retrouve le peignoir de son hôtel que je lui ai « emprunté » à la piscine. Puis je me dirige vers la cuisine pour me planter devant le frigo, assoiffée et affamée. J'hésite longuement. Je crois que mon esprit n'est pas apte à réfléchir pour le moment : Rio prend toute la place. Ce qu'on vient de partager remplit encore tout mon corps et mon esprit de pensées, d'images, de sentiments qui s'entrechoquent.

Je me décide enfin et bois de longues gorgées à même une bouteille de lait. C'est doux, c'est frais, ça me rappelle l'enfance et ça me rassure comme ça peut. Je rêverais d'un petit déjeuner gargantuesque et d'une grasse matinée, seule, dans un immense lit douillet.

– Je peux ? souffle une voix dans mon dos.

Je me retourne sur un Rio rhabillé en vitesse, tee-shirt bordeaux, jean brut même pas boutonné jusqu'en haut, pieds nus et cheveux encore humides, tout en désordre. Il est beau à tomber et il me prend doucement la bouteille en frôlant mes doigts. Je le regarde boire comme si je n'avais jamais vu un mec canon aimer le lait. Ça me semble surréaliste, tout ça : sa simple présence chez moi, un dimanche matin, notre proximité, la douceur et le naturel de ce moment, après l'intensité du précédent. Rien n'a de sens.

– Qu'est-ce que tu fais là ? lui demandé-je malgré moi.

– Hein ?

Il me sonde une seconde en plissant les yeux.

– Un certain Bennett m'a donné du fil à retordre en bas, à l'entrée de ton immeuble.

– J'imagine que ton petit numéro de charme a marché aussi sur lui…

Le brun se frotte distraitement du doigt l'espace entre les sourcils sans chercher à me répondre.

– Tu me demandes ce que je suis venu faire ici, Willa ?

– Ici, à New York, pour chaperonner deux actrices françaises au lieu de mener ta carrière de brillant avocat à Paris.

Rio recule jusqu'à un plan de travail de la cuisine et s'y adosse, mains dans les poches, jambes croisées l'une sur l'autre.

– Je t'aime bien… mais pas au point de briser le secret professionnel pour toi.

« Je t'aime bien. » Trois mots et demi tout simples balancés en l'air, sûrement sans arrière-pensée, mais qui se glissent sous ma peau et cognent partout en dedans. Dans mon sang, dans mon cœur, contre mes tempes.

Mais déjà, son petit sourire insolent se redessine sur son visage racé.

– Il va falloir me torturer mieux que ça pour obtenir quoi que ce soit de moi. Et je n'ai toujours pas eu de *room service* !

Sa nouvelle provocation atteint parfaitement son but : me déstabiliser.

Je ne sais pas s'il s'attend à ce que je lui prépare du bacon et des œufs brouillés mais ça m'étonne de lui. En fait, je pensais qu'à ce stade, il serait déjà parti. Je m'infiltre dans la brèche.

– Tu penses toujours qu'un homme avec une trisomie ne peut pas être mannequin ? Et qu'il n'y a qu'une seule sorte de beauté valable ?

Rio me surprend encore et éclate de rire. Ce n'est pas la réaction que j'attendais et je n'ai pas la moindre idée de ce que ça signifie. J'essaie juste de ne pas me laisser avoir par son rire séduisant, son visage éclairé, ses yeux noisette qui m'enveloppent et me désarment.

– Et toi, qu'est-ce que tu crois, Willa ? Qu'est-ce que tu penses vraiment de moi ?

Il croise les bras sur sa poitrine et j'ai du mal à soutenir son regard plein de défi. Je déteste le voir faire mumuse avec moi comme avec un chaton qu'on énerve pour qu'il sorte ses minuscules griffes inoffensives. Combat de fauves inégal.

C'est bien la première fois de ma vie que j'ai l'impression de ne pas faire le poids.

– Pourquoi « Rio » ? attaqué-je soudain au lieu de lui répondre.

Sur ce terrain-là, je sais qu'il fait un peu moins le malin.

Ses mâchoires se contractent, juste un millième de seconde, mais je le remarque. Il hésite à me faire le plaisir de me répondre. Mais je crois qu'il hésite aussi à fuir et passer pour un lâche qui n'assume pas qui il est. Ça bataille dur sous sa tignasse brune, je le vois. Et ça le rend peut-être plus beau encore de se montrer humain, indécis, presque un peu vulnérable dès qu'on aborde la moindre question intime.

– Rio parce que… j'ai du sang argentin dans les veines, lâche enfin sa voix rauque. C'est le nom d'une ville argentine qu'adorait ma…

Il s'interrompt lui-même.

– Ce peignoir est à moi, tu sais ?

– Peut-être… Mais tu m'as déjà assez vue nue pour aujourd'hui. Je te le rendrai plus tard.

– Cadeau. Il te va mieux qu'à moi.

Rio quitte soudain son poste, vient me planter un baiser sur les lèvres et quitte la cuisine. C'est décidément bien trop d'intimité pour lui. Dans l'embrasure de la porte, je le vois récupérer ses boots en cuir, son pull et son manteau. Il m'annonce sans me regarder qu'il va se chercher un vrai petit déjeuner. Et il quitte mon appart exactement comme il est arrivé, en silence et sans crier gare.

Le vide qu'il laisse a un drôle de goût. Son charisme et sa présence me manquent déjà. Mais c'est aussi un tel soulagement de ne plus avoir à affronter ses mystères, ses barrières érigées entre lui et le reste du monde, sa façon de tenir chaque chose et chaque personne à distance. Impossible de savoir ce qu'il ressent : ni pour moi ni pour ce qu'il vient de se passer. Ce qu'il pense des règles qu'on vient d'enfreindre, du contrat non respecté, des beautés atypiques, des gens qui boivent à même le goulot de la bouteille, des bains éclairés à la bougie, des femmes qui l'invitent chez elles sans faire de chichis, des complexes des unes, du lâcher-prise des autres. Du sien.

Je n'ai pas rêvé : un peu sur un coup de tête, il m'a livré un tout petit bout de son histoire. Avant de se renfermer à double tour. Et les questions reviennent.

Pourquoi moi ?

Pourquoi maintenant ?

Pourquoi lui, pourquoi si fort, pourquoi si bien ?

Et pourquoi j'en veux tellement encore ?

35

RIEN À PERDRE

Willa
Neuf ans plus tôt

J'ai 18 ans. Je viens d'avoir mon bac et de passer dix-huit années à faire exactement ce qu'on attend de moi. À satisfaire les autres. Parents fiers, profs contents, copines filles qui ne se sentent jamais menacées par moi, potes garçons ravis de pouvoir se confier à leur bonne copine Willa sans crainte d'être jugés. Même mon frère et tous ses démons vivent leur meilleure vie : rébellion, liberté, envie de tout faire péter et certitude d'y arriver un jour, peu importe les dégâts que ça causera.

Et moi j'étouffe.

Dix-huit ans dont dix à me traîner un corps deux fois trop lourd pour moi.

Des années à pleurer le matin devant mon reflet qui ne sait pas quoi mettre. Des nuits à rêver dans mon oreiller à tous ces garçons qui ne me déshabilleront jamais. Des journées à conseiller à mes copines de prendre leur temps pour ne rien regretter, alors que je veux juste ne pas être la dernière à y passer.

Et des soirées entières à danser, j'aime tellement ça, à essayer de passer pour cette fille tellement bien dans sa peau qu'elle en filerait des complexes aux autres.

En fait, je n'ai juste rien à perdre.

Les kilos ne partent pas. Les mecs ne me regardent pas… ou trop vite, avant de passer à la fille beaucoup plus mince à côté de moi. J'ai un beau visage, on me le répète inlassablement, et je serais même une vraie beauté si seulement je n'étais pas grosse, ça aussi, ma mère aime bien me le seriner. En attendant, celles et ceux au lycée qui ont tenté de se moquer de moi ont eu affaire à Wolf Larsson et n'ont plus jamais recommencé.

J'ai un garde du corps, mais s'il savait comme j'aimerais qu'on me protège un peu moins et qu'on m'approche un peu plus.

Alors quand ce garçon me propose ça, à moi, vers une heure du matin dans un salon à l'ambiance de fin du monde et en toute fin de soirée, j'ai l'impression d'exister un peu plus maintenant que ces dix-huit dernières années.

– Willa, tu restes avec moi pour ranger ? Faut que je te parle d'un truc important.

Il me sourit un peu timidement et ça me fait craquer. J'ai un gros faible pour les garçons qui ne sourient pas souvent. Parce que quand ils le font enfin, vous avez l'impression que c'est juste pour vous et que vous avez fait quelque chose de fou pour mériter ça.

– Tu l'as trouvée bien, ma soirée ?

– Ouais, je me suis bien amusée. Et toi ?

Le garçon ramasse les cadavres de bouteilles, Smirnoff Ice, Despé, bières aromatisées et alcools forts noyés dans des jus sucrés. Je vide des cendriers, empile des gobelets plus ou moins vides et plus ou moins collants. Tout le monde est parti tôt, des couples avaient mieux à faire, certains lycéens avaient un couvre-feu à minuit ou une heure, d'autres des mensonges bien ficelés.

– Je sais pas… grommelle-t-il en s'affalant sur le canapé.

Il abandonne le sac-poubelle qu'il avait commencé à remplir et se rallume une clope. Ça me donne mal à la tête.

– Je pensais que Noémie allait rester, soupire-t-il dans un nuage de fumée.

– Ah ouais ?

– Elle a fait que danser avec Sophie et Émilie, elle m'a ignoré toute la soirée.

– Marie et Mélanie m'ont dit que Noémie t'aimait bien. Mais comme tu fais jamais le premier pas, elle est pas sûre, quoi.

– Je suis puceau, Willa.

Il a lâché ça comme une bombe.

Il tire sur sa cigarette pour se donner une contenance mais je vois bien que cet aveu lui fait mal.

– Tu le répéteras pas, hein ?

– Non, bien sûr que non.

– J'aimerais bien faire un pas vers Noémie mais je suis sûr qu'elle pense que j'ai de l'expérience. Et elle, elle l'a déjà fait plein de fois, je crois.

– Je sais pas…

– Et toi ?

– Ouais, bien sûr que ouais.

Il me sourit quand je lui dis ça et ça craquelle un peu partout en moi. Il m'attrape le bras et tire pour que je m'asseye sur le canapé. Avec moi, pas de problème pour faire le premier pas.

Il me tend sa clope comme s'il me faisait un cadeau incroyable de partager ça avec moi, je tire mais je déteste ça.

Je m'en fous, j'ai dans la bouche un mégot un peu humide de ses lèvres à lui.

– Tu veux pas me montrer ? souffle-t-il.

– Quoi ?

– Comment on fait ?

– L'amour ?

– Comme ça, ce serait réglé pour moi… Enfin, si t'as envie, quoi.

– Là, maintenant, comme ça ?

– Non mais je comprends si tu veux pas, Willa. C'était juste pour…

Je l'attrape par le tee-shirt et je l'attire à moi. Je m'étends en arrière sur le canapé jonché de je ne sais quoi, je le laisse s'allonger sur moi et me sourire comme si je venais de lui sauver la vie. J'embrasse sa bouche qui sent le Coca et le tabac, qui ne sourit qu'à moi, je sens des trucs cogner dans mon cœur, fourmiller entre mes cuisses et ses mains qui défont son bouton, sa braguette, descendent son jean et son boxer juste sous ses fesses.

– Tu te déshabilles toute seule ou je le fais ?

– Attends…

J'ai une robe longue qui cache tout et j'ai juste à la remonter tout en haut. Il va bien se débrouiller avec ma culotte. Son doigt me touche par dessus et je ne sais pas quoi faire d'autre. Ni même si j'aime ça. Je pense qu'il n'a jamais vu ni touché des fesses, des cuisses, des mollets si gros, je me demande si ça va le couper dans son élan. Mais il essaie d'entrer un peu, toujours avec ma culotte entre sa main et moi. Je ne sais pas exactement comment on « fait l'amour » mais je *sais* qu'on ne fait pas comme ça.

Le garçon qui sent la cigarette, la transpiration et la maladresse m'adresse un petit sourire gêné qui ressemble plus à un rictus. J'ai envie que ça s'arrête. Lui, la nausée, le mal de tête.

– Je crois que mon frère m'appelle, inventé-je en cherchant mon portable sous mes fesses. Mes parents doivent criser, faut que je rentre.

Je le repousse pour me relever du canapé et c'est la première fois que je me dis que mon corps sert au moins à ça, avoir la force de m'enfuir et partir.

J'ai pas grand-chose à perdre… mais quand même un peu de dignité.

36

LES GENS NORMAUX

Willa

Bon, c'est confirmé : je ne suis pas faite comme les autres. Pas normalement constituée.

Et ça n'a rien à voir avec ma silhouette *plus size*, ma grande gueule, mes métiers un peu fous, ma famille atypique, mes amis bizarres, mon prénom, mes surnoms, mon amour des boulettes de viande suédoises et des chips trempées dans la Nocciolata.

Non, c'est autre chose. Il doit y avoir quelque chose qui déconne dans mon système. Mes cellules, mon génome, mon ADN doivent être déficients.

Parce qu'ils arrivent à cacher ce qu'ils ressentent, eux, les gens normaux. Ils sont capables de sauter dans le vide un jour et de réapparaître le lendemain, l'air parfaitement placide, carré, sous contrôle. Il suffit de le regarder *lui*.

L'avocat. Le dieu vivant qui, hier encore, me faisait perdre ma voix, ma raison, ma pudeur et ma dignité, m'a retournée dans tous les sens, dans une baignoire, contre un meuble, sur le carrelage de ma salle de bains en m'offrant une partie de baise épique. Insensée. Inoubliable.

Et plus que ça : l'homme d'ordinaire si fermé qui s'est confié, un peu livré, enfin ouvert à moi. Hier dans ma cuisine, j'ai eu l'impression qu'on était moins des étrangers. Que quelques verrous avaient sauté entre nous. Mais je dois être naïve, ça doit aussi faire partie de mon « anormalité ».

Ce matin, alors que je l'observe à la dérobée et que tout mon corps et mon esprit tremblent encore de notre corps-à-corps, de notre tête-à-tête, il affiche un calme olympien.

– Parfaitement injuste… soufflé-je entre mes dents.

La tignasse brune coiffée en arrière, le visage rasé de frais, la démarche nonchalante, la voix posée, le sourire discret et le regard serein, Rio Delacroix s'entretient avec Garance dans la plus grande normalité. Il me sait dans les parages et, pourtant, rien ne tremble chez lui. J'ai bien tenté de capter son regard, d'esquisser un sourire dans sa direction, un infime signe du menton, une tête penchée à peine sur le côté, un frôlement pour attirer son attention : il n'a eu aucune réaction. Si on devait expliquer le verbe « snober », son attitude en serait la parfaite illustration. Pour lui, le chapitre d'hier est apparemment lu, consommé, terminé. Ce matin, c'est comme si rien ne s'était passé entre nous. Page tournée.

Alors pourquoi est-ce que chez moi, à l'intérieur comme à l'extérieur, ça frémit, ça couine, ça chahute, ça trépigne… et ça en veut encore ?

***

Je le croise plus tard dans la matinée, à la sortie de ma loge, alors que je suis gainée dans mon corset de guerrière, un onyx planté au milieu de mon front. Dans ce long couloir où tant de gens affairés circulent sans même nous remarquer, je me fige tandis que l'homme en costard gris foncé avance tranquillement jusqu'à moi.

Cette nonchalance, toujours. Il faudrait qu'il m'apprenne…

– Givenchy ? articulé-je sans trop savoir quoi lui dire.

Il écarte les pans de sa veste déboutonnée, en inspecte l'intérieur et confirme distraitement d'un hochement de tête.

– Accélère, Willa. Robbins t'attend sur le plateau numéro trois.

– Tu joues aux assistants, maintenant ?

– Ouais, apparemment, soupire-t-il. Rappelle-moi de t'obliger à virer celle qu'on paie à ne rien foutre…

– Rappelle-moi de te rappeler que personne ne m'oblige jamais à faire quoi que ce soit.

Je le défie du regard, le cœur un peu affolé. Je ne devrais pas m'aventurer sur ce terrain-là. Il passe soudain son index sur la pierre noire au sommet de mon visage et me sourit… peut-être un peu plus intensément que ce à quoi il m'a habituée jusque-là. Puis son sourire se transforme en rictus agacé et l'avocat m'aboie dessus sans raison.

– Allez, oust ! Au boulot, reine des emmerdeuses !

Maître Lunatique décampe instantanément, en dégainant son téléphone pour appeler je ne sais quel client bien plus important que moi.

De mon côté, je trottine jusqu'au fameux plateau dont le décor reproduit une immense salle de banquet de l'époque médiévale, pleine de métal, de bois et de verdure. Je repère Bulle dans un coin en pleine partie de *shi fu mi* avec l'assistant de Bruna, la vire dans ma tête tout en sachant que je ne le ferai jamais en vrai, puis accélère sérieusement le pas en percevant les cris du réalisateur impatient.

– Comme c'est étonnant, il ne nous manque que Willa Larsson ! ironise le grand nerveux.

À ses côtés, Jacob n'en mène pas large. Je remarque leur proximité physique, leurs pantalons qui se frôlent, la manière dont le boss attrape son employé par le bras, puis par la taille, en prétextant lui montrer quelque chose sur le moniteur. Je perçois nettement que sa poigne est excessive, dominatrice, que ces contacts semblent être désirés par Robbins mais subis par son assistant.

Je prends sur moi, serre les dents, soude mes lèvres et grimpe sur le plateau pour aller tourner la scène de l'épisode quatre répétée la veille.

Je n'ai que très peu de lignes à réciter aujourd'hui. Attablée au milieu de ce décor opulent fait de vaisselle, d'armures et de branchages, Ira déguste une grappe de raisin et amuse son public pendant qu'Animae, Prudens et Celerity fomentent un plan secret pour faire tomber Xaar, le roi sadique et corrompu qui règne encore sur ce royaume.

Très peu de lignes, mais je parviens quand même à bafouiller, à renverser un verre, à mal me placer, à inverser mes répliques, à manquer le bon timing. Et au fond de moi, j'enrage parce que je sais pertinemment que tout ce bordel a quelque chose à voir avec le grand brun aux yeux noisette qui m'observe au loin.

Froidement.

– Willa Larsson, mais tu glandes quoi là ?! explose Robbins après six prises ratées.

– Désolée…

– Je perds mon temps ! Et une tonne de fric ! Quinze minutes de pause, tout le monde ! Toi, la débutante, tu restes là et tu te concentres !

Je me prends ça dans les dents sans me rebiffer. Je l'ai un peu mérité.

Les yeux clos, j'inspire un grand coup et tente de me réunir, tout là-haut. Un sifflement retentit, je perds ma concentration, cherche d'où il provient et mon regard tombe sur Maître Givenchy qui se rapproche, l'air agacé. En se penchant sur moi, l'avocat me glisse à l'oreille :

– Reprends-toi, respire et arrête de merder.

– Avocat, assistant… et voilà qu'il se prend pour un coach, maintenant ?

Il me contemple de toute sa hauteur, m'enivre de musc et d'arrogance, puis lâche un long soupir et s'éloigne. Je le quitte rapidement du regard pour éviter de me lever et d'aller le trucider à force de baisers enragés. Je me focalise sur Garance, un peu plus loin, qui flirte outrageusement avec un cadreur – probablement celui de Long Beach. Mais la blonde continue de zieuter Rio par moments.

Autant dire que ça ne m'aide pas à le sortir de mon système – défaillant.

Heureusement, Bulle finit par se souvenir qu'elle bosse pour moi et me rejoint, ses grandes lunettes au bout du nez et un café à la main. La combinaison jaune moutarde et la casquette zébrée qu'elle porte lui donnent un petit air à la Billie Eilish.

Les cheveux noirs et verts en moins.

– Tu viens de t'en prendre une bonne, frère ! Robbins est en forme, aujourd'hui… Mais bois ça et tous tes soucis s'évanouiront.

– Qu'est-ce que tu as versé dans ce café, Bulot ?

– À l'époque de la prohibition, rien de tout ça n'aurait été possible…

Elle rigole toute seule, je vois bien qu'elle tente de me remonter le moral et de m'aider comme elle peut, mais je passe mon tour, pas convaincue que l'alcool me sauve de moi-même aujourd'hui. Jacob revient soudain sur le plateau pour annoncer qu'il n'est plus question de pause mais qu'on remet finalement le tournage à cet après-midi. Les soupirs fusent, dans ce décor qui se vide, et j'envoie à l'assistant un sourire contrit, consciente que j'ai mis son enfoiré de patron d'une humeur de chien.

Il me fait signe que tout va bien.

Et puis mon héros surgit. Mon grand frère. Wolf Larsson, en chair et en os.

Ce jour obscur s'éclaire enfin.

– Qu'est-ce que tu fais là, Wolfy ?!

– Tu ne vas pas la kidnapper et la ramener de force à Paris, hein ? s'inquiète Bulle. Elle est complètement nulle aujourd'hui, mais le reste du temps elle s'en sort pas trop mal…

Le grand brun aux yeux polaires qui me sert de frère contemple Bulle avec curiosité et un certain malaise, comme toujours. Disons qu'ils ne viennent pas de la même planète, ces deux-là.

Le pragmatique et la folle à lier.

Cette dernière voit passer Garance et nous quitte pour aller, j'en suis sûre, obtenir des détails juteux sur le beau cadreur et son « long zoom ».

– Ils t'ont laissé passer ? chuchoté-je soudain à Wolf, en pensant aux armoires à glace qui bloquent l'entrée des studios.

Seuls l'équipe de tournage, les acteurs et leur *team* sont autorisés à pénétrer entre ces murs. Confidentialité oblige.

– Il m'a filé un laissez-passer, lâche mon frère en désignant quelqu'un d'un signe de tête.

Je me retourne vers la personne en question et découvre Rio, assis sur des marches à dix mètres de là et penché sur l'écran de l'ordinateur qui repose sur ses cuisses.

– Vous… Vous vous êtes parlé ?

– Dix mots, tout au plus. Ce mec est détestable mais pas totalement incompétent.

Comme s'il devinait qu'on parle de lui, l'avocat lève la tête et nous observe un instant. Son regard vif se remplit d'animosité quand il se pose sur mon frère, puis Rio nous adresse un bref signe du menton qui arrive à mêler mépris, nonchalance, défi et tension avant de se plonger à nouveau dans son travail.

Moi, je tente de ne rien laisser paraître.

– Wolf, tu n'es quand même pas venu jusqu'à New York juste pour moi ?

– J'ai senti que tu avais besoin de compagnie, Boulette. Et je vais en profiter pour faire un passage éclair à l'agence de Greene Street.

– Le boulot, toujours le boulot, marmonné-je tout en le serrant dans mes bras. Viens, on se casse d'ici pour aller déjeuner !

– Fais-moi visiter, d'abord. Je n'ai jamais vu de tels studios, un vrai labyrinthe ! Et je propose que tu te changes…

– Quoi ? Je ne suis pas la définition même de Strange & Strong, là-dedans ?

Je tourne sur moi-même dans mon corset de conquérante, en contractant mes biceps et en riant à gorge déployée. Mon frère dégaine son téléphone et me filme malgré les interdictions et, depuis son poste de surveillance, Me Delacroix se racle bruyamment la gorge pour nous faire comprendre d'aller faire ça ailleurs.

J'essaie de l'ignorer mais n'y parviens pas vraiment. Alors je fais ma Willa, lui balance un sourire de peste assorti d'un clin d'œil insolent au possible. Rio crispe ses mâchoires et me fusille du regard. Alors j'embarque mon frère derrière moi et disparais de sa vue en riant plus fort encore.

***

Une fois installés à la table de notre restaurant préféré, tout près de Central Park, on commande à déjeuner et on se raconte tout ce qu'on ne s'est pas encore dit dans le taxi qui nous a menés jusqu'ici. Wolf m'apprend, en souriant à moitié, que Léo lui réclame de vraies vacances, que Louve est une terreur qui mord tout ce qui bouge, que même notre père – la patience incarnée – refuse maintenant de la garder et que Judith est officiellement amoureuse d'un type schizophrène de vingt ans de moins qu'elle. Puis il me donne des nouvelles de son associé Matthias, sa femme Naoko et leurs enfants, de mes copains mannequins Côme, Eugénie, Élias, Qin-Qin et tous les autres, de la standardiste pin-up Lorelei et son chien aux yeux globuleux, tous ceux qui forment la grande famille de Strange & Strong.

Je me régale, m'émeus, m'étouffe dans mon carpaccio, ris aux éclats.

– Il faudrait sans doute tous les interner. Mais en t'écoutant, j'ai l'impression d'un peu tous les retrouver…

– Ils t'attendent, Boulette.

Mon frère est mon pilier. On se rentre très souvent dedans mais je sais que je peux m'appuyer sur lui à tout moment. Quand je me détestais au point de ne plus aimer la vie, c'est lui qui m'y a redonné goût. Lui qui, en créant son agence, en œuvrant pour ouvrir les esprits, changer les regards, faire taire les préjugés, a changé ma différence et mes complexes en force. En atout. Et ça me fait un truc de le voir si heureux, si épanoui. La colère qui grondait si fort en lui semble l'avoir quitté depuis qu'il a trouvé Léonore et qu'il est devenu père.

Je lui souris, attendrie.

– Tu es toujours fou de ta Léo et de ta Louve ?

– Les amours de ma vie, ouais… confirme-t-il en me volant quelques frites.

Il est le seul, je dis bien le seul, à survivre à un tel outrage.

– Et la vie d'actrice, alors ?

– Complètement dingue. Tu veux la version longue ou résumée ?

Lorsque ça concerne les siens, Wolf Larsson ne laisse rien au hasard, il veut tout savoir.

– À ton avis ?

Je me lance dans un interminable monologue ponctué d'éclats de rire, de soupirs et de quelques gorgées de Coca Light. Je lui décris celles et ceux avec qui je travaille, devant et derrière la caméra, insiste sur les actrices avec qui je partage l'affiche et une belle histoire d'amitié, passe rapidement sur Robbins, ses humeurs et ses comportements inappropriés – inutile d'inquiéter mon frère pour rien. J'évoque mes prochains tournages en extérieur qui vont me mener à Rhode Island, Baltimore, puis en Floride et à Cuba.

– Bulle va t'accompagner partout ?

– Oui, sauf si elle se fait virer avant ça.

– Toujours aussi mauvaise, comme assistante ?

– Pire que ça. Mais elle veille sur moi.

Mon frère comprend, il connaît bien ce lien qui me lie à ma meilleure amie et ne cherche pas une seconde à me convaincre de « mieux m'entourer ». Son meilleur ami est recouvert de tatouages et de cicatrices, il mesure pas loin de deux mètres et fait peur à tout le monde… mais c'est son ange gardien. Wolf sait que j'ai aussi trouvé le mien – sous la forme d'un lascar blond à petits seins et grosses lunettes.

– Je suis fier de toi, Will'. Je ne pensais pas que tu survivrais plus d'une semaine dans ce monde si exigeant, si stressant… sans moi.

Il se marre, ce con.

– Tu sais quoi, gros malin ? Un styliste m'a pelotée et je ne l'ai même pas giflé, affirmé-je pour me vanter.

– Pelotée ? grommelle le loup.

– À pleines mains. Avant de tout nier en bloc, évidemment…

– Et il s'appelle comment, ce gros lâche ?

Je souris à mon frère qui serait prêt à passer une ou deux nuits en garde à vue pour moi.

– Je me suis fait justice moi-même Wolf, tout va bien.

– Cette façon d'objectiver le corps des femmes, cette banalisation du rapport de force entre les sexes, cette culture du viol, ça me dégoûte. Je ne veux pas que ma fille grandisse dans cette société et subisse toutes ces merdes. Il faut qu'on se réveille, putain !

Je lui tends mon verre pour trinquer à cette idée d'un monde meilleur, Wolf inspire profondément puis essaie de se détendre.

– Alors à part ça, aucun pétage de plombs, pas le moindre esclandre depuis tout ce temps ? Tu t'améliores, sœurette.

– J'ai un chaperon encore plus tyrannique que toi, je te rappelle.

Wolf fronce les sourcils, à nouveau soucieux.

– Il revient souvent sur le tapis, celui-là, grogne-t-il.

– N'importe quoi.

– Willa…

– Quoi ?

– Balance.

– Rien à ajouter.

– Qu'est-ce que tu as fait avec Rio Delacroix ?

Il me connaît par cœur. Et je sais que c'est exactement pour ça qu'il est là : venir m'interroger, me mettre en garde, comprendre ce qui se passe et savoir si je suis déjà dans une mauvaise passe ou pas.

Je me mords les joues, fuis son regard, me colle deux frites sous la lèvre en guise de crocs pour le faire rire, mais je sais déjà que mon mensonge ne tiendra pas. Passée aux rayons X de ses yeux de loup, j'éclate de rire et lâche le morceau.

– Seulement deux fois !

– Quoi ?!

– J'ai couché avec lui, OK. Mais ça s'arrête là !

– WILLA !

– Ce n'est pas une histoire d'amour et ça n'en sera jamais une !

– Tu… J'espère bien, putain !

– Je suis faible, je sais. J'ai des goûts de chiottes en matière d'hommes, peut-être. Mais il a un truc, ce maudit avocat… Un truc qui me fait tourner la tête ! Et qui fait tomber ma petite cu…

– Trop d'informations !

Je ris et m'évente avec la main, partagée entre gêne et soulagement. Wolf sait, maintenant. Il fait clairement la gueule et s'inquiète beaucoup pour moi, ce qui devrait peut-être m'alarmer, mais les choses sont dites. Et le fait que ce qu'il y a entre Rio et moi ne soit plus entièrement un secret pourrait, qui sait, rendre la chose moins interdite. Et donc moins excitante.

Et m'éviter de craquer encore. Et encore.

Et encore.

– Ce type n'est pas comme nous, insiste mon frère.

– Je sais…

– Il aime tellement gagner que tu perdras à tous les coups, Willa. Quel que soit le jeu auquel vous jouez…

– Aucun risque. Je sais parfaitement où je vais.

Faux.

Archifaux.

Comme pour tous les gens normaux.

37

LES VICTIMES, LES COUPABLES

Willa

Mon super-héros de frère quitte New York dès le lendemain, après m'avoir promis de revenir me voir accompagné de Léo et de leur petite bestiole qui montre un peu trop les crocs.

Et dont je suis – secrètement – terriblement fière.

La scène du banquet est enfin derrière moi. Hier après-midi, j'ai finalement réussi à rire au bon moment, à boire sans inonder tout le décor et mon *make-up*, à croquer dans un raisin sans m'étrangler avec un pépin ou avoir le réflexe de survie de le cracher sur mon voisin. Cette fois, Robbins n'a pas eu la joie de me hurler dessus, même s'il ne s'est pas déridé pour autant.

Cet homme est un être exécrable. Il a des qualités humaines proches du zéro pointé, mais tout ce qu'il a réalisé jusque-là a raflé je ne sais combien d'Emmys, de Golden Globes, de

People's Choice Awards et autres statuettes qui feraient rêver n'importe qui dans cette industrie. Et parce que cet enfoiré est si bon dans ce qu'il fait, il peut à peu près tout se permettre.

Y compris nous traiter comme de la crotte.

– Il est reparti ?

Ce timbre grave et chaud à la fois, qui me parle comme aucun autre. Je jette un œil vers la porte entrouverte de ma loge et tombe sur le regard inquisiteur de Rio.

– Wolf ? deviné-je.

Il acquiesce en venant adosser son costard noir au mur gris face à moi.

– Déjà dans l'avion du retour, résumé-je.

– Il ne pourra plus mettre les pieds dans ces studios, tu le sais ?

– Non, je ne sais pas.

– Une seule fois, Willa, pas deux. J'ai eu un mal de chien à obtenir une autorisation à la dernière minu…

– Eh, je ne t'ai jamais demandé de faveur, l'avocat, le stoppé-je. J'aurais pu le retrouver à l'extérieur.

Ma voix était probablement un peu trop mordante. Simple réflexe.

Oui, il peut m'arriver d'être un chouia pénible…

– C'est un crime de te rendre service, Willa ?

Je hausse les épaules face à sa mauvaise humeur.

– Tu n'étais pas en forme, pas vraiment en bons termes avec Robbins, j'ai juste fait ça pour t'éviter de péter un plomb… et m'éviter les problèmes par la même occasion.

– La prochaine fois, laisse-moi me débrouiller, OK ? Surtout si c'est pour venir me faire la leçon ensuite.

Je ne m'attendais pas à ce que ce soit lui qui ait fait ça pour moi. Ça me touche… mais ça m'agace à la fois. Je n'aime pas quand il feint de prendre soin de moi comme si j'avais *à ce point* besoin de lui dans ma vie. Histoire d'apaiser les choses, je lui glisse un discret : « Merci quand même. » Le brun me contemple en silence, l'air irrité, puis grommelle :

– Tu es impossible, tu le sais ça ?

– Non, mais apparemment, il y a beaucoup de choses que tu sais et pas moi.

– Willa Larsson, il faut être maso pour accepter de bosser avec toi, soupire l'arrogant en décollant ses larges épaules du mur.

– Tu vois où est la porte de cette loge ? sifflé-je. Je t'en prie…

Il ne se fait pas prier. Rio disparaît de mon espace en un fragment de seconde et je regrette presque qu'il n'ait pas bataillé un peu plus. Qu'il ne soit pas resté, au lieu de m'abandonner face à mon grand miroir, à ma fierté mal placée et à mon immaturité.

Oui, il m'arrive d'être lucide aussi.

Après une longue séance d'essayage avec Luther – qui me bichonne –, de *shi fu mi* avec Bulle – qui réinvente les règles –, puis de maquillage avec Apsara – qui me trouve cernée –, j'enchaîne sur une répétition pendant laquelle je ne brille ni par ma rigueur ni par mon éloquence. Je me mets à nouveau le réalisateur à dos, mais cette fois-ci, je ne suis pas la seule à m'attirer ses foudres. Giselle et Ifé pataugent aussi dans la semoule et, face à notre médiocrité générale, Robbins frôle la crise d'apoplexie. Il se met à transpirer de la moustache, son front se remplit de rides contrariées et ses nerfs le lâchent.

Il finit par aller s'enfermer dans sa loge en gueulant qu'il est à deux doigts de faire buter tout le monde et de changer tout le casting, en commençant par la Française qui ne sait pas aligner deux mots ni deux pieds.

Et au cas où certains pourraient confondre avec Garance, il grommelle :

– À part aligner les coups de gueule, je ne sais pas à quoi je la paie.

Non seulement sa pique me passe au-dessus, mais j'ai aussi peur qu'il ait un tout petit peu raison et me voilà prise d'une soudaine envie de bien faire – et de sauver mes fesses dodues. Rhabillée en Willa, je me pointe à sa porte après une bonne demi-heure de « j'y vais, j'y vais pas ? ». Je toque une fois, puis deux. Ça circule, ça se bouscule un peu dans le couloir, des ingénieurs, assistants, acteurs, figurants, stylistes, oreillettes Bluetooth me dépassent, je tente ma chance une troisième fois et crois entendre une sorte de « hmpfoui ».

J'ouvre en me préparant à réciter le mea-culpa révisé avec Bulle cinq minutes plus tôt, mais la scène qui se joue devant mes yeux, à l'autre bout de la loge, me saisit, me stupéfait, me prive de ma voix.

À genoux devant Robbins qui a le pantalon descendu jusqu'aux chevilles, Jacob se débat, les larmes aux yeux, une main solidement ancrée sur sa tête blonde. Je comprends tout de suite, la rage au ventre, que le réalisateur est en train d'abuser de son assistant. Sous le choc, je lutte contre le réflexe de me barrer en courant et j'entre en refermant la porte derrière moi.

Pour Jacob, pour qu'il n'ait pas à vivre cette humiliation

sous d'autres regards que le mien.

– Arrêtez ça ! fuse ma voix pleine de dégoût, de hargne et de tristesse mêlés.

Deux paires d'yeux hagards se tournent vers moi. Le plus jeune sursaute puis reste figé, à genoux, le plus vieux esquisse un petit sourire malsain et recule lentement.

– Robbins, vous n'avez pas tous les droits ! Jacob, relève-toi.

La victime du pervers se redresse, s'essuie le visage d'un revers de manche et prend la fuite sans oser croiser mon regard. Mais une fois à ma hauteur, Jacob ralentit juste le temps de me glisser cette terrible phrase :

– Ne raconte ça à personne Willa, je t'en supplie…

Il passe la porte et se mélange aux travailleurs qui vont et viennent, emportant son secret avec lui. Pendant que le réalisateur remonte sous mes yeux son slip de vieux dégueulasse, sans se presser, je ressens pour son assistant une peine immense, qui se mue rapidement en colère noire. Elle me donne envie de trucider celui qui se remet à vaquer à ses occupations dans son bureau, comme si de rien n'était.

– Vous savez que ça s'appelle un viol ? Il n'était pas consentant, ça crevait les yeux !

– Aucun témoin à part toi, Willa, murmure cette ordure. Rien de tout ce que tu as vu n'a existé. Et c'est exactement ce que dira Jacob si on lui demande.

Cet aplomb, ça me donne envie de gerber.

– Je vais vous dénoncer.

– En trahissant ce pauvre garçon ?

Je lâche un cri outré en l'entendant mentionner Jacob de cette façon.

– Allons, je suis allé un peu trop loin avec lui, je l'admets. Mais les petits jeunes ne savent pas ce qu'ils veulent et changent d'avis tout le temps. On oublie tout ça.

– Les victimes n'oublient jamais rien, grondé-je amèrement. Quand vous, les coupables…

– Quel coupable ? rétorque mon adversaire. Tu n'as pas intérêt à m'attirer des ennuis ou à trop l'ouvrir, Larsson. En échange, je fermerai les yeux sur tes prochaines erreurs…

– Pardon ? Vous pensez vraiment être en position de négocier ?

– Je dois me répéter pour que tu comprennes ?

Son calme, son assurance, sa suffisance me sortent par les yeux.

Sous mon crâne, dans ma poitrine, tout le long de ma peau, le chaos. Mon cœur enragé bat comme un forcené, la colère monte encore et me sort par tous les pores, j'ai envie de hurler, de pleurer, de me jeter sur lui, de lui faire des choses qui me mèneraient tout droit en prison.

– Ce n'est pas votre première fois, hein ? soufflé-je soudain. Vous avez fait combien de victimes, Robbins ? Combien de garçons ou de filles mis à genoux, humiliés, forcés pour votre petit plaisir de raclure finie ?

– Il suffit que je claque des doigts pour qu'Ira meure au prochain épisode, Willa…

– Vous bluffez et vous êtes hors sujet, riposté-je, hors de moi.

Sa patience le quitte, le ton change.

– N'importe quel prétexte suffira, crois-moi : « L'actrice n'était pas à la hauteur », « Le personnage ne plaisait pas au public », « Incompatibilité d'humeur irrémédiable entre le réalisateur et Willa Larsson »… Étant donné ta réputation, ça n'étonnera pas grand monde.

– Je…

– Tu la fermes et tu te contentes de jouer les scènes qu'on te confie, c'est compris ? Un seul pas de côté, un seul mot de trop et je bousille ta carrière à jamais, Big Girl…

Ce surnom me fait mal, sa voix cruelle me filerait presque des frissons.

Robbins tire sur les pans de sa chemise, reboutonne son col et passe devant moi, tout sourire, avant de m'envoyer :

– Souffle un coup, sors après moi et ne reviens plus jamais ici.

La porte se referme doucement derrière lui et dans cette pièce déserte aux souvenirs répugnants, de lourdes larmes chaudes et amères se mélangent à mon maquillage.

Un seul visage me vient à l'esprit. Un seul espoir, une seule lumière à laquelle m'accrocher dans tout ce ciel trop bas, trop flou, trop sombre.

Je fonce, tête baissée, jusqu'au plateau, je le cherche en tournant sur moi-même, en luttant pour trouver de l'air. Puis je le repère, en conversation avec l'assistant de Garance, et le rejoins en comptant les foulées qui nous séparent.

– Willa ? Qu'est-ce que…

– Je… Je ne peux pas… respirer…

Son regard alarmé me scrute de la tête aux pieds, comme s'il avait besoin de vérifier que tout était là, intact, puis ses yeux bruns sondent les miens, découvrent mon tourment et déjà, sa main m'enveloppe. Rio m'emporte en direction de la sortie. On quitte les studios comme on est, sans manteau, sans nos affaires personnelles, on se lance dans la rue, j'inspire à fond l'air froid de la fin février et me sens déjà un peu moins tremblante, un peu plus vivante.

Toujours sans un mot, concentré et dans l'action, mon avocat m'entraîne dans le café d'à côté, on s'installe sur la première table de cette salle trop sombre mais bien chauffée et Rio gueule notre commande au barista resté derrière son comptoir. Deux *latte*. À ce stade, je me sens presque prête à parler.

– Tu me racontes ?

– C'est Robbins…

Ses yeux s'ouvrent un peu plus grand, ses mâchoires se serrent un peu plus fort en m'entendant prononcer ce nom et je devine que Rio a des doutes sur le bonhomme, lui aussi.

– Je suis rentrée dans sa loge, commencé-je tout bas. Il était en train de… d'imposer une fellation à son assistant.

Rio me dévisage, l'air partagé. Il lâche un soupir sonore, entre soulagement et colère.

– Tu… Tu m'as entendue ?

– Ce mec est un porc, admet l'avocat. Et s'il s'en était pris à toi…

– Il s'en est pris à Jacob, un autre être humain, à un innocent, ça compte non ?

– Willa…

Je le vois venir, son baratin, son discours d'avocat qui protège sa cliente et son cul du même coup. Je les vois venir, ses conseils et ses mises en garde pour que je ne fasse pas de vagues, pour que je n'existe pas trop fort, une fois encore. Je ne pensais pas une seconde qu'il réagirait comme ça. Je refuse d'écouter un seul mot de compromission, je refuse de plier, de me soumettre alors que je viens d'assister à une scène ignoble, à un crime puni par la loi.

– Non, Rio, c'est toi qui m'écoutes cette fois.

En espérant susciter une émotion, une once de compassion, juste un petit quelque chose chez le brun fermé qui me fixe de son air méfiant, je balance tout sur la table. Le regard apeuré, le rapport de force, la résignation, les sanglots de Jacob me reviennent à l'esprit et je lutte contre les larmes.

Rio reste de marbre. On nous sert nos cafés, je suis toujours sous tension, tandis que ses beaux yeux sans expression parcourent mon visage.

– Mais réagis !

– Je suis habitué à ce genre de situations, Willa. Se mettre dans tous ses états, ça n'aide jamais personne.

– Je veux porter plainte contre Robbins.

– Tu n'es pas la victime, ce n'est pas de ton ressort.

– Il ne m'a pas agressée mais il m'a menacée de…

– De te virer pour mauvaise conduite, m'interrompt l'avocat. Ce qu'un réalisateur est en droit de faire.

– Juste pour m'empêcher de le dénoncer !

– C'est ta parole contre la sienne.

– C'est du chantage !

– Idem : c'est ta version. Et si Jacob refuse de témoigner, il n'y a absolument rien que tu puisses faire.

Il me rend folle à se faire l'avocat du diable.

– Désolé mais tu dois l'entendre, l'accepter. C'est encore un combat perdu d'avance, poupée.

– Efface. Ce. Mot. De. Ton. Vocabulaire.

– Tu ne peux pas sauver la terre entière, Willa, et surtout pas si ça met ta carrière en péril. Aucune personne sensée et saine d'esprit ne ferait ça pour ta pomme.

– Tu n'aimes pas les gens, toi.

– Et tu me juges sans me connaître, toi.

Toujours le même ping-pong, la même rengaine. D'habitude, j'aime ces joutes verbales. Celle d'aujourd'hui me débecte.

On se regarde en chiens de faïence, on se jauge, on se teste, on se déteste. Mais pas vraiment. Pas complètement.

– Rio… Je vis depuis vingt-sept ans dans la peau de ceux qu'on écrase, qu'on humilie et qu'on fait taire à coups d'insultes ou de moqueries, murmuré-je.

Ses yeux toujours plongés dans les miens, il se laisse aller en arrière, contre le dossier de sa chaise métallique.

– Mon frère a monté son agence juste pour ça, continué-je. Pour donner une légitimité à tous ceux qui pensent ne pas avoir le droit de s'exprimer ou d'exister. Pour faire entendre la voix de ceux qu'on n'écoute jamais. Les Larsson ont ça dans le sang, je crois.

– Les causes nobles permettent rarement de gagner, Willa.

– Mais je me fous de gagner, tu comprends ? Je veux juste être, vivre, compter, aussi imparfaite que je sois. Avoir les mêmes droits que tout le monde, ne pas avoir à m'excuser d'être « comme ça », de prendre un peu plus de place et de respirer un peu plus fort que les autres. Je n'ai pas choisi de vivre dans ce corps, mais à force de vouloir en changer, j'ai cru mourir. Alors j'ai décidé de vivre avec… et j'ai trouvé la force de me battre. C'est ça qui m'a donné l'envie de me battre pour les autres aussi. À force d'humiliations, je me suis forgé une âme de guerrière.

Mes doigts s'enroulent autour de ma tasse et se mettent à pianoter nerveusement. Son regard à lui reste braqué sur moi, intense, attentif mais impossible à cerner.

– Je ne peux plus supporter ces violences, ces injustices, ces préjugés devenus banals et tout le monde qui accepte en fermant les yeux. Pourquoi c'est moi qui passe pour une chieuse, d'ailleurs ? Pour être « normale », bien comme il faut et rentrer dans de jolies petites cases, je devrais tout accepter et me taire ? Dans ce cas-là, Rio, je préfère être anormale, mal vue, pointée du doigt. Je préfère passer pour une tarée, une emmerdeuse, une nuisible plutôt que rester la complice de ce système qui permet à un type connu et friqué de violer impunément son assistant.

Ma voix se brise en fin de phrase. Cette scène à laquelle je viens d'assister, j'en tremble encore.

– Tu n'as pas vu Jacob, pas croisé son regard, pas lu toute la peur, la détresse, la honte qu'il contenait. Personne ne devrait subir ça, jamais.

Les larmes montent à nouveau, je tente de les chasser en avalant une gorgée de café brûlant. Raté, l'une d'elles coule, tombe et trace des petits cercles en atterrissant dans ma tasse, comme une minuscule et inutile onde de choc.

– Ça me touche, Willa, souffle l'homme face à moi.

– Quoi ?

– Ça me touche et ça ne devrait pas.

Je lis une émotion inédite, inespérée dans son regard chaud. Et je saute dans la brèche.

– Ça ne devrait pas ? répété-je à voix basse. Comment est-ce que tu pourrais rester indifférent ? On parle d'un viol, là…

Le fier baisse soudain les yeux. Il inspire profondément, comme s'il manquait d'air, et passe la main sur son front. J'ai rarement vu Rio aussi tourmenté.

– Willa…

– Ça ne va pas te déranger de retourner aux studios, de voir Robbins continuer à harceler son jeune assistant en public et de savoir ce qu'il se passe ensuite en coulisses ?

– Arrête de me prendre pour un enfoiré…

On se contemple en silence, en retenant nos souffles, chacun au bord d'un gouffre.

– Toi aussi, tu aimes les combats difficiles, les cas perdus d'avance, non ? Ta mère est une victime, comme Jacob. Ton histoire, c'est aussi…

– Ça n'a rien à voir.

Le rideau retombe. Rio Delacroix se referme, joue avec sa tasse, regarde ailleurs, bat impatiemment de la jambe, pose les yeux partout sauf sur moi.

– Je voudrais comprendre, Rio. Après ce que tu as vécu, après ce que ton père a fait…

Ses mots me reviennent. « Le type qui a manipulé ma mère, abîmé ma mère, brisé ma mère… C'est mon propre père. »

– Il a déjà rejoint l'enfer il y a bien longtemps, je ne pourrai jamais le faire payer, riposte-t-il froidement. On ne fait pas le procès d'un mort, je ne gagnerai jamais contre lui.

– L'enfer ? murmuré-je.

– Tu ne veux pas savoir, Willa.

– Mais alors, si ton père n'est plus là, c'est pour qui ton combat ?

– Ma mère.

Je reste interdite. Pendant tout ce temps, j'imaginais que le combat de sa vie était de faire payer son père, de l'envoyer croupir en prison pour avoir fait tout ce mal à sa mère.

– Rio, qu'est-ce que la justice peut faire pour ta mère, si ton père est mort ?

– Elle pourrait commencer par lui rendre sa liberté.

– Sa liberté ?

Je le vois hésiter, sonder mon regard, le sens à deux doigts de m'échapper, de se renfermer à nouveau.

– Rio, elle est en prison ?

– Ma mère est une victime qui s'est retrouvée à endosser le statut de coupable, souffle-t-il soudain.

– Coupable de quoi ?

– Meurtre.

Ce mot sort de sa bouche sans la moindre émotion. Dans ma poitrine, ça s'affole.

– Pardon ?

– Elle a pris trente ans de prison pour avoir tué mon père.

Encore une phrase prononcée froidement, qui vient perforer l'air puis se planter entre mes deux poumons. Le souffle court, j'ai du mal à accuser le coup.

– Elle l'a… Elle l'a vraiment tué ?

– Il le méritait. Et je me battrai pour elle jusqu'au bout. Je la ferai sortir.

Il baisse les yeux sur ses mains, les croise, les décroise, fait craquer ses doigts, les écarte et les serre. Comme un homme dans le tourment, trahi par son corps, qui s'agite inconsciemment parce qu'il souffre et bataille contre le petit garçon qu'il était, mais ne l'admettra jamais. C'est la première fois que je le vois comme ça, vulnérable, humain, en proie à ses émotions qui débordent, lui qui reste toujours parfaitement de marbre. Ça me touche et me choque d'autant plus qu'il laisse son armure se fendiller sous mes yeux.

– Tu ne lui en veux pas ? murmuré-je soudain. Elle t'a quand même privé d'un père…

– Je suis né d'un viol, Willa.

Ça dégringole en moi.

– Si j'avais pu le buter moi-même, je l'aurais fait.

38

DÉCHET DE LA SOCIÉTÉ

Willa

Je ne sais pas ce qui lui prend, mais quand je propose à Rio de le raccompagner chez lui, il ne m'envoie pas bouler à l'autre bout de New York. Je tais toutes ces questions qui me taraudent sur lui, sa famille, ses drames, on quitte le café après avoir réglé la note, on repasse rapidement par les studios pour récupérer ce qu'on avait laissé derrière nous et on marche une quinzaine de minutes pour atteindre son appart-hôtel.

Depuis ses confessions, je le sens un peu flottant, ailleurs, moins à cran mais aussi moins présent. Et cette version-là de Rio Delacroix, je ne la connais pas.

– Tu veux monter ?

Avant même qu'il ne me le demande, je m'étais déjà engouffrée dans l'ascenseur. Je ne sais pas ce qu'il attend de moi, mais ça ne fait pas un pli d'être là pour lui. Je me sens fébrile, nouée, complètement assommée par les émotions de la journée. On atteint le quatrième en silence, mais en s'observant du coin de l'œil. Je lui souris, il fixe mes lèvres un instant puis se détourne.

– Tu veux boire quelque chose ? me propose-t-il une fois dans la chambre.

– Tu as de l'alcool ?

– J'ai l'air de boire de la grenadine ?

Il a beau plaisanter, sa voix est rauque et son visage grave. Je lui fais remarquer que tous les adultes mâles de la planète ne consomment pas d'alcool par principe, juste parce qu'ils ont un gosier hyper viril qui supporte avec courage les boissons les plus couillues. Il ne se déride pas. Il m'ignore à moitié et revient avec trois bouteilles presque pleines. Scotch, gin, vodka.

– Choisis pour moi, fais-je en haussant une épaule.

– C'est nouveau, ça…

Je ris tout bas, il sourit presque, puis je remonte mon jean noir particulièrement moulant avant de faire le tour du salon.

– Je t'ai vue dans ta dernière pub pour un mascara, au fait.

– Ah bon ? Elle ne passe pas encore à la télé, il me semble.

Le grand brun renversant hoche la tête, l'air satisfait… et bien renseigné.

– Non, j'ai cherché un peu, je l'ai trouvée en ligne.

– *Stalker*…

– C'est mon boulot de vérifier ta e-réputation.

– Et ?

– Et tu n'es pas déplaisante à regarder, Willa Larsson.

– Tu as fait bien plus que regarder, l'avocat.

Cette fois, c'est lui qui me sourit en me fixant intensément avant de m'apporter mon verre de vodka frappée. C'est puissant, glacé et brûlant la fois. Un délice.

Comme lui.

Il pose son verre sur la table basse, retire lentement sa veste, la balance sur une banquette en cuir, puis remonte ses manches de chemise sur ses avant-bras hâlés avant de s'asseoir sur un canapé noir. Je le suis mais choisis le fauteuil d'à côté.

– Moi aussi, j'ai cherché un peu ce qu'Internet sait de toi, Rio Delacroix.

– Et ?

– Rien.

– Je préfère maîtriser ce qui se dit de ma vie.

– Alors je t'écoute, murmuré-je en penchant la tête sur le côté.

Me voir le prendre à son propre jeu l'amuse, je crois. À moins que ce soit de me voir employer la manière douce, pour une fois. Il fait tournoyer le liquide incolore dans son verre avant d'en avaler une gorgée.

– Je n'aime pas les inexactitudes et encore moins que tu te fasses de fausses idées… Alors je vais t'en dire un peu plus, m'annonce-t-il. Mais ensuite, on n'en parlera plus, le sujet sera clos. Pour de bon.

Son timbre est encore plus grave, son ton solennel, l'expression de son visage et son langage corporel dégagent une telle force, un tel charisme que je me contente d'acquiescer, troublée, étonnée qu'il s'ouvre à moi.

– Ma mère est française. Il y a trente-quatre ans, pendant un voyage en Argentine, elle est tombée folle amoureuse d'un baron de la drogue sans le savoir.

Je frémis au son de sa voix gutturale.

– C'était une gamine de 22 ans, elle pensait vivre un conte de fées et n'a rien vu venir. Il l'a attirée dans ses filets, utilisée, manipulée, droguée, il l'a convaincue de tout plaquer pour lui et de rester en Argentine. Elle s'est éloignée de sa famille, a arrêté ses études, c'était foutu pour elle. Et au bout de quelques semaines à peine, il s'est mis à la frapper…

Il se penche en avant, touche sa ride du lion du bout du pouce, puis reprend.

– Elle lui appartenait, elle était sa chose. Elle a tenté de fuir plusieurs fois mais il arrivait toujours à la rattraper, il avait une vraie armée à ses ordres, il était tout-puissant. Alors il a fait mumuse avec elle pendant des mois et un beau jour, quand elle a été assez brisée, il a décidé d'en faire une mule.

– Elle a transporté de la drogue pour lui ?

– Oui, des kilos et des kilos, jusqu'en France.

Rio passe une main nerveuse dans sa tignasse, vide son verre d'un trait et contemple le vide à l'intérieur.

– Dès le deuxième voyage, elle a décidé de ne pas repartir. Elle a détruit la coke qu'elle transportait et elle est allée se cacher chez une amie. Elle pensait qu'il ne la retrouverait pas…

– Elle a dû avoir tellement peur, susurré-je.

Il marque une pause, peut-être touché par mes mots.

– C'était un diable, Willa. Il a débarqué en France, il l'a rattrapée comme il le faisait toujours, pour essayer de récupérer la came mais aussi et surtout pour la punir, pour montrer l'exemple à toutes les autres mules qui pourraient songer à en faire autant. Pour lui rappeler qu'elle était sa chose. Cette nuit-là, il l'a violée jusqu'à ce qu'elle s'évanouisse de terreur et de douleur. Et j'ai été conçu.

Sa voix se brise. Il se racle la gorge, puis relève enfin ses yeux fauves pour croiser les miens.

– Elle l'a tué au petit matin, résonne sa voix rauque. Juste avant qu'il se réveille et la force à reprendre un avion pour l'Argentine.

Ce malheur, c'est le sien, et pourtant, ce sont bien mes yeux qui ruissellent. Rio tend simplement le bras, approche une main de mon visage et essuie du plat du pouce mes larmes qui coulent. Ce geste intime me surprend, me réchauffe.

– Et ensuite ? reniflé-je.

– Elle est allée se livrer à la police. Personne n'a vraiment cru à son histoire et comme elle était liée non seulement à un meurtre mais aussi à un gros trafic de drogue, elle a été jetée en prison après un procès bâclé.

– Elle n'a pas pu faire appel ?

– Ma mère ne compte pas. Elle n'existe pas, ni aux yeux de sa famille qui l'a reniée ni à ceux de la justice. Elle n'est qu'un déchet de la société dont on ne sait pas quoi faire…

J'attrape sa main qui pianote fébrilement sur le bras du canapé et je l'enferme dans la mienne. Il marque un temps d'arrêt, fixe nos peaux mélangées, mais semble choisir de ne pas les séparer.

– Tu as tout essayé ?

– Ça fait dix ans que je me bats pour elle, mais elle a fait des conneries en prison pour survivre, ça n'a fait qu'allonger sa peine. Je n'excuse pas tout mais le système carcéral et tout ce qu'elle a vécu avant, ça l'a rendue plus dure, un peu instable, sur la défensive, bagarreuse… Mais je ne lâcherai pas, je ne m'avouerai jamais vaincu. Elle va sortir avant ses 55 ans, je me le suis juré. Et même si quelques années supplémentaires à tirer ne semblent plus grand-chose par rapport à tout ce qu'elle a déjà fait, ça reste trop pour elle… Pour moi.

Je me mets à dessiner des cercles sur le dos de sa main, il ne cherche toujours pas à se dégager.

– Tu as grandi comment, Rio ? Avec qui ?

– Je suis passé chez une tante, puis un oncle, des cousins éloignés, mais je n'étais jamais vraiment le bienvenu nulle part…

– Et ton prénom, il vient d'où ? Tu ne m'as jamais raconté.

– C'est le nom d'une ville de Patagonie dont ma mère est tombée amoureuse en visitant l'Argentine. Avant tout ça. Elle voulait me donner un prénom qui me rattache à mes racines, à son premier voyage, à cette terre qu'elle aimait, sans que mon père ou que les drames qui ont suivi ne me volent mon histoire. Peut-être pour me réconcilier avec mon sang argentin et ce pays qu'elle savait que j'allais détester. Mais je n'y ai jamais mis les pieds. Mon histoire, ma patrie, mon parcours, c'est elle. Je suis content qu'elle m'ait appelé comme elle voulait. C'était un acte d'amour, une façon de rester ma mère même si elle n'allait pas pouvoir m'élever…

Sa voix est redevenue calme, presque tranquille, comme si le pire de la tempête était passé. La mienne continue à trembler.

– Je ne sais pas quoi dire, à part que je suis désolée.

– Ce n'est pas ta pitié que je veux, Willa.

– Tu veux quoi, Rio ?

On se contemple, sans que plus rien n'existe. Le temps s'arrête, il n'y a plus que lui et moi. Nos cœurs un peu trop lourds qui battent, qui cognent et se répondent en écho.

Je promène mes yeux sur ses lèvres, il fait de même et je meurs d'envie de l'embrasser, de m'abandonner, d'aller me blottir contre lui sur ce canapé et de ne faire plus qu'un pour tout oublier. Son tortionnaire de père et sa mère en prison qui l'ont laissé presque sans famille. Jacob, Robbins, les larmes de l'un, les menaces de l'autre.

Mais une vibration répétée vient rompre cet instant suspendu. Rio se détourne en premier, un léger sourire au coin des lèvres. Je sors mon téléphone de la poche arrière de mon jean et débloque l'écran. Je découvre un appel manqué de Bulle, puis son SMS qui s'affiche en direct.

[Frère, je crois qu'on peut
toutes les deux dire adieu
à notre job. Assieds-toi avant
de cliquer.]

Sous ce message, un lien qui mène à une vidéo YouTube. *« Sexe, alcool, drogue : Willa Larsson assume vraiment tout ! »*

39

MA DROGUE

Willa

L'air me manque dans cet appart-hôtel pourtant spacieux, mais cette fois ce n'est pas la faute de Rio. J'ai les jambes coupées, je m'assieds au bord du canapé, le regard vissé à mon écran de portable. Je clique sur le lien de la vidéo que m'a envoyé Bulle, les doigts tremblants, avant de mettre le son au minimum.

Qui sait ce que je pourrais encore être en train de beugler ?

Je me souviens du décor dans le fond, une chambre d'hôtel partagée avec Cosimo après une soirée arrosée, mais je ne sais plus bien ni où ni quand. Berlin ? Montréal ? Madrid ? L'hiver dernier ? Celui encore d'avant ? Tout est assez flou dans ma mémoire, en fait. Mais les images se chargent vite de me rappeler ce qui s'est passé.

L'Italien m'embrasse goulûment, je glousse, il me touche, je n'ai pas du tout l'air contre, je bois à même le goulot d'une bouteille de champagne, il me fait tourner, je chantonne en dansant, il se met à me déshabiller, je lui demande d'arrêter en riant, je me retrouve en culotte avec une robe moulante remontée jusqu'à la taille. Cosimo m'allonge sur le lit d'un geste maladroit, il semble au moins aussi saoul que moi, il essaie tant bien que mal de ramper par-dessus mon corps, caresse mes jambes en poussant des grognements de Cro-Magnon, je lui colle un de mes escarpins entre les pectoraux pour calmer ses ardeurs et cet imbécile déclame avec son accent de rital :

– J'adore ça ! Et je ne peux pas arrêter, Willa Larsson, tu es ma drogue !

Puis il fait semblant de sniffer bruyamment je ne sais quel rail de coke imaginaire le long de ma cuisse nue. La couette et l'angle de vue ne permettent pas de voir distinctement la scène. Mais on perçoit très bien la fessée qu'il me colle et me fait hurler de rire.

Je reconnais à peine ma voix, je me trouve ridicule, vulgaire. Je meurs de honte. Tout mon corps se met à trembler, j'ai des fourmis partout, un poids se loge sur ma poitrine et la compresse.

Je ne comprends pas ce qui m'arrive.

Assis à côté de moi sur le canapé, Rio secoue la tête face à mon téléphone puis me le prend brusquement des mains et relance la vidéo au début. J'entends en écho la voix de Cosimo suivie de mon rire désinhibé. Tout le visage de mon avocat respire la colère, la désapprobation, la perplexité.

– Ne regarde pas ! fais-je, paniquée, en lui arrachant à nouveau mon portable.

– Quoi ?! Tu plaisantes, là ?

– Je ne veux pas que tu me voies comme ça.

Il me fixe étrangement, de son regard café noir.

– Premièrement, je t'ai déjà vue bien plus nue que ça et dans bien d'autres positions.

– Ça n'a rien à voir. Et c'est tellement humiliant.

– Tu n'as pourtant pas l'air gênée une seule seconde par la manière dont ce mec te traite dans cette vidéo…

– Je n'étais pas dans mon état normal.

– J'ai cru remarquer, gronde sa voix rauque.

– Et c'était quoi, le deuxièmement ? soupiré-je pour que la leçon de morale se termine au plus vite.

– Je suis ton avocat, Willa… Et là, je crois que tu vas *vraiment* avoir besoin de moi.

J'ai du mal à respirer.

Une soudaine envie me traverse : quitter cette chambre, fuir pour laisser tout ce cauchemar derrière moi, mais mes jambes refusent de coopérer.

Alors malgré moi, je retourne observer, penaude, la dernière image figée sur mon écran.

– *Fuck, fuck, fuck*… Mais c'est quoi ça ? Je ne peux pas y croire… Qui a posté un truc pareil sur Internet ?

– Ça me paraît évident : ton copain photographe.

– Cosimo ne ferait jamais ça !

Un peu trop vite, un peu trop fort, mais j'ai prononcé cette phrase avec la plus grande assurance : j'ai une totale confiance en lui et je ne vais pas laisser Maître Suspicieux instiller le moindre doute dans mon esprit.

Je clique sans attendre sur le numéro de Cosimo dans mes favoris, écoute les sonneries retentir puis tombe sur son répondeur. Je retente ma chance : même résultat.

Alors je renonce et fixe mon avocat.

– Écoute, Rio…

– Non, là c'est moi qui parle.

L'avocat se lève d'un bond et se met à faire les cent pas dans ce salon soudain trop exigu pour contenir son grand corps tendu, le mien, sa colère, ma honte… De mon côté, j'essaie de reprendre mes esprits, de chasser la panique, de démêler les nœuds qui se sont formés en moi.

Je pourrais tout perdre.

– Tu penses un peu à ton contrat, Willa ?

– Je ne fais que ça ! Tu as d'autres questions intéressantes ?

– Tu as l'habitude de boire autant ?

– Je sais m'amuser… Là, c'était peut-être un tout petit peu plus que la normale.

– *Normale* ? Et prendre de la drogue, ça fait aussi partie de ta normalité ? s'énerve-t-il en ouvrant grand les bras de chaque côté.

– Non, ce n'est pas du tout ce que tu crois.

Je déteste le voir m'engueuler comme une adolescente immature qui ne sait rien de la vie. Mon père n'a jamais employé la manière forte avec moi, pour la simple raison que ça ne marche pas – et que ça ne devrait marcher sur personne.

– Je ne sais pas ce que je dois croire, Willa. Mais je vais avoir besoin de savoir tout ce que tu as fait d'illégal, de sulfureux ou de malsain avec ce mec…

– Oh, ça va, garde tes jugements de valeur pour toi ! le coupé-je soudain.

– Tu as accepté de te faire filmer ? En train de… ?

– Mais non, bon sang !

Je m'écroule en arrière sur le canapé, les bras enroulés

autour de mon visage qui rougit sûrement.

– Et même si je l'avais fait, les adultes consentants ont le droit de faire ce qu'ils veulent dans un lit, répliqué dans une tentative pour me rebeller, sans sortir de ma cachette.

– Je *dois* savoir ce qu'il y a d'autre sur la suite de cette vidéo.

Je ne le vois pas faire, au début, mais Rio m'attrape par les épaules et me redresse en position assise sur le sofa pour que je puisse lui faire face. J'avais oublié sa force, sa poigne, la précision de ses gestes.

Mais aussi son charisme, sa détermination, son intensité quand il me regarde droit dans les yeux, penché en avant sur moi avec ce mélange d'autorité, de douceur et de persuasion pour me faire parler.

Je dégage quand même ses mains de mes épaules, par principe.

C'est bête, elles m'apaisaient presque.

40

QUI D'AUTRE ?

Rio

Dans son jean noir moulant et son pull noir en V qui épouse ses formes et dégage son décolleté, Willa a des airs d'Ira. Visage de poupée contrariée, regard bleu polaire qui ne cesse de me fusiller, peau claire immaculée qui me rappelle la perfection de celle que j'ai touchée, ailleurs, et qui contraste avec ses fringues sombres et ses airs de guerrière. Cette fille est capable de passer du glacial au brûlant en un rien de temps.

Et de vous faire à peu près le même effet, si vous n'y prenez pas garde.

Elle se dégage soudain de mon emprise et se remet sur ses pieds, l'air décidé. Tant mieux, je n'aime pas la voir allongée près de moi, ça m'empêche de penser.

Cette fois, elle a *vraiment* déconné.

– Je… Je pense que Cosimo m'a filmée à mon insu, bredouille-t-elle.

– Tu te fous de moi ?!

– Pas la peine de faire cette tête outrée, Maître Contrôle. J'ai l'habitude qu'il me prenne en photo, qu'il fasse des petites vidéos de nous quand on s'éclate, juste pour garder des souvenirs, ou poster des *stories* marrantes. On aime bien s'amuser et partager, il n'y a pas besoin d'y voir autre chose… Mais toi, tu vois toujours le mal partout.

– Et tu ne saisis toujours pas où est le problème, là ?

Je fronce les sourcils. Elle va sûrement détester que je lui parle comme ça, mais il faut qu'elle ouvre les yeux. Son Italien a une très mauvaise influence sur elle. Je ne l'ai jamais senti, ce mec qui se croit tout permis sous prétexte qu'il a un sourire sympa, un accent chantant et une vie dissolue. Il n'est pas obligé d'entraîner les autres dans sa chute.

– Cosimo est photographe, c'est un homme d'images, il aime bien documenter ce qu'il fait, c'est tout, tente-t-elle pour se justifier.

– Là en l'occurrence, c'est un documentaire sur toi qu'il a tourné, Willa. Et ça m'a l'air d'être le genre de film interdit aux moins de 18 ans.

Elle se met à faire des allers-retours entre les fenêtres et la porte, à marcher fort sur le parquet, comme une lionne en cage qui a envie d'en découdre. Mais qui se bat plutôt contre elle-même.

– Je ne me rends pas toujours compte de ce qu'il fait, quand j'ai un peu trop bu. Mais j'ai confiance en lui, Rio. On partage souvent des chambres d'hôtel quand on est à l'étranger.

– J'ai cru comprendre, ouais, grogné-je malgré moi.

Quel con.

Pourquoi j'ai eu besoin de dire ça ?

– Non, tu ne comprends pas. C'est mon ami. Il aime bien les excès mais il n'a jamais dépassé les bornes avec moi. Même quand on passe de folles soirées, il s'assure que je rentre bien, il joue les *bodyguards*, les guides, les chauffeurs, il me respecte et il sait pertinemment que quand je dis non, c'est non. C'est un mec comme on n'en fait plus beaucoup, il ne serait plus dans ma vie depuis longtemps, sinon. D'ailleurs, il ne s'est rien passé d'autre ce soir-là.

– C'est bien assez pour ruiner ta réputation !

Ma voix était trop dure, ma fureur trop parlante. Ça me rend fou qu'elle ne panique pas plus que ça, qu'elle ne se rende pas compte des potentiels dégâts.

– Tu le fréquentes encore ? demandé-je un ton plus bas.

La guerrière s'immobilise, dos à un mur, et croise les bras sur sa poitrine. J'essaie de ne pas laisser mes yeux divaguer sur ses seins remontés.

– Pourquoi tu me poses cette question ? C'est l'avocat qui parle ou…

– Qui d'autre ?

Je l'interromps sèchement : je ne suis rien d'autre que ça et ça doit rester parfaitement clair entre nous. Deux nuits, quelques baisers et de rares confidences ne changent rien à mon titre, mon rôle dans sa vie.

– Tu en as après Cosimo ou après moi, Rio ? Tu m'en veux de quoi exactement ? D'être ce genre de fille, libre et dévergondée, qui n'a pas honte de prendre du bon temps ? Ou juste de l'avoir fait avec un autre que toi ? Il faudrait que je me réserve seulement à Rio Delacroix, quand ça lui prend de jouer avec moi comme une envie de pisser ? Quand il en a marre, tout à coup, de sa vie remplie d'ordre et de gens carrés ?

– Willa…

– Réponds-moi.

Ira du clan des Onyxis me met au défi de lui dire la vérité. Elle n'a pas de pierre noire et brillante collée entre les yeux, pas de corset sexy pour lui servir d'armure ou d'atout charme, pas de flèches ou de lames tranchantes pour me faire la peau, mais son regard perçant et son aplomb ont de quoi convaincre.

– Probablement un mélange de tout ça, réponds-je finalement, sans la quitter des yeux.

Je la vois déglutir et prendre une profonde inspiration qui gonfle sa poitrine laiteuse. Ouvrir sa bouche pulpeuse et finalement décider de la refermer. Elle me fait beaucoup trop d'effet pour que je puisse me concentrer sur son dossier.

– Rentre chez toi, Ira.

– Hein ?

– Willa. Rentre chez toi et essaie juste de contacter ton photographe. J'ai ses coordonnées, je vais tenter aussi de mon côté. Et par pitié, ne fais rien qui puisse aggraver ton cas.

C'était un ordre, une supplication, un vœu pieux.

Et au fond de moi, je sais pertinemment que ça n'arrivera pas.

41

GRAVE ERREUR

Willa

Le mois de mars débute au beau milieu de ce cauchemar.

Postée il y a moins de douze heures, la vidéo a déjà été visionnée, partagée et postée des dizaines de milliers de fois. Me voilà happée dans une espèce de spirale infernale qui tourne et tourne et tourne encore, jusqu'à me donner des vertiges et la nausée. En me réveillant aux aurores ce matin, après une nuit courte, hachée et remplie de rêves angoissants, je n'arrive même pas à avaler un café. Et mon état de nerfs empire lorsque je découvre les vingt-sept appels en absence qui s'affichent sur l'écran de mon téléphone.

Robbins, Colette, Wolf, ma mère : ils ont tous essayé de me joindre plusieurs fois, avant de me laisser des messages vocaux probablement vociférants, que je n'ai pas le courage d'écouter.

Cosimo. Je ne pense qu'à lui, à son visage mignon et à ses airs de faux jeton, à notre amitié si spéciale, si précieuse, à nos fous rires, nos engueulades, nos nuits de folie, nos discussions jusqu'au petit matin, à ses mots qui m'apaisent, à son regard qui me rend belle, à cette place énorme qu'il occupe dans ma vie. Je n'arrive pas à croire qu'il ait pu me trahir. Cette vidéo, il en est l'auteur – et il va me le payer cher –, mais il ne l'a certainement pas postée.

Il ne me ferait jamais ça.

– Quelqu'un a dû mettre la main sur ces images, marmonné-je en direction de mon plafond. Mais qui ? Et pourquoi, bordel de cul ?

En attendant, ce crétin de rital n'a répondu à aucun de mes appels cette nuit ni à un seul des SMS que je lui bombarde en direct. Probablement en transit entre Mexico, Bangkok, Moscou ou je ne sais où encore, ce con de photographe doit être bien trop occupé pour s'intéresser à tout ce chaos qu'il a créé.

– Je vais te poursuivre jusqu'à la fin des temps, sale chacal.

Il paraît que je suis un peu vulgaire, sous pression.

Et que je parle à des objets inanimés.

Mais eux, ils me laissent toujours avoir le dernier mot.

***

« Starbucks. »

Le seul et unique mot que Rio Delacroix me balance par message vocal, en même temps qu'une carte qui m'indique l'itinéraire pour m'y rendre.

« J'y suis déjà. Bouge tes fesses. »

Son second message vocal à peine écouté, je file sous la douche, m'habille et me maquille en vitesse, puis croise Bulle à la sortie de la salle de bains. À peine réveillée, sans lunettes et ses cheveux de bobtail dans la face, elle me serre dans ses bras comme si je vivais mes dernières heures.

– Ça va aller, Boulette. Je ne te lâcherai pas.

– Bulle…

– Non, je ne te laisserai pas te détruire !

– Bulle…

– On va tout quitter, renoncer à cette vie de fada et partir cultiver des noisettes dans le Piémont pour créer notre propre marque de Nocciolata aromatisée à la vodka.

– Bulle ! Je vais sauver mes fesses, comme à chaque fois. Toi, retourne te coucher.

– Mais le boulot ? fait-elle en se grattant la joue.

– Je ne tourne pas avant cinq jours.

Ce menu détail, qu'elle devrait connaître, puisque c'est elle qui valide mes plannings, lui revient en mémoire. Mon assistante en carton contemple un instant le vide, hoche la tête en remuant sa tignasse emmêlée et repart en direction de sa chambre, un poing paresseux levé.

– Révolution, frère ! me parvient sa voix molle. Ils n'auront pas notre peau !

Je fais claquer la porte de l'appartement un peu trop fort, croise Ernie mais ne prends pas le temps d'écouter la blague graveleuse du jour, puis presse le pas sous le ciel lourd et nuageux de Manhattan. J'atteins le point de rendez-vous en moins de dix minutes et repère mon avocat, dans sa bulle en titane, installé à une table isolée.

Je l'observe vivre comme si rien ni personne n'existait autour de lui.

En tenue *casual*, jean brut et pull côtelé beige, un café fumant à côté de lui, Rio pianote furieusement sur le clavier de son ordinateur portable. Je le rejoins, m'assieds le plus discrètement possible en face de lui mais mon fauteuil se met à couiner de désespoir. C'est humiliant. Et drôle à la fois. Impossible de retenir le son amusé qui s'échappe de ma bouche.

– Tu penses vraiment que la situation prête à rire ?

Si des yeux pouvaient tuer, je serais déjà sous terre.

– Bonjour, rétorqué-je simplement en m'emparant de sa tasse de café.

– La tienne t'attend au comptoir.

Sa voix acérée me percute, tandis que sa main immobilise mon bras. On se scrute un bon moment, je cède en premier et repose le mug en soupirant.

– On ne partage plus, Maître Joie-de-vivre ? Il a suffi que tu voies cette vidéo pour te remettre à me détester à nouveau ?

– Arrête de tout mélanger, Willa. On parle boulot, là. Et tu es sérieusement dans la merde.

– Je n'ai rien fait de mal ni d'illégal.

– Ce n'est pas ce que la vidéo laisse penser…

– C'est du vent, tout ça !

– Le *network* n'est pas du même avis.

– Je m'en fous, grommelé-je. J'ai le droit d'avoir une vie.

Rio se frotte le front en lâchant un soupir agacé.

– Une vie peut-être, mais pas celle qu'on devine sur ces images ! C'est pour ça que j'ai été engagé et tu le sais, Willa. Pour tasser, étouffer tout ce qui pourrait déborder de ton côté. C'est le jeu auquel tu as accepté de jouer et les règles sont parfaitement claires depuis le début. Les Américains marchent comme ça, ils fuient les acteurs ou actrices à scandale qui risquent de ternir l'image de leurs productions pour lesquelles ils investissent des centaines de millions de dollars. Tu n'étais pas censée faire parler de toi, bordel !

– Je n'ai pas posté cette vidéo !

– Pour eux, ça ne change rien, gronde-t-il.

– Tu n'es qu'un hypocrite, comme tous les autres ! Je suis libre. Mon corps m'appartient, ce que je fais de ma vie sexuelle aussi. Je ne vois pas pourquoi je subirais la morale publique. Ces images ne montrent rien de choquant, elles sont intimes, personnelles et n'auraient jamais dû fuiter, mais on a tous fait ou vu pire que ça ! Et tu n'as rien d'un saint, à ce que je sache.

– Ne mêle pas mes histoires de cul à tout ça, Willa. Et ne commence pas, avec tes discours de…

– De quoi ? De femme qui veut être traitée de la même manière que tous les êtres humains ? Si j'étais un homme, tu sais très bien que je n'aurais pas été la cible du quart de ces insultes. Vous êtes des héros et nous des salopes, c'est ça ?

– Un peu facile ce raccourci, non ?

– Peut-être. Mais pas totalement faux non plus.

Il soupire, lève les yeux au plafond, tandis que j'argumente de plus belle.

– Je n'ai peut-être rien qui pend entre mes jambes, Rio, mais j'ai un cerveau, un cœur et l'ambition de vivre pleinement et comme je l'entends.

J'ai abattu ces mots si vite que j'en suis essoufflée.

– Willa, pas maintenant s'il te plaît.

Je redescends en même temps que le ton de sa voix.

– Je n'arrive pas à joindre ton photographe, m'apprend-il alors. J'ai contacté son agence, puis son assistante pour savoir dans quel pays il se trouve mais clairement, il n'aime pas qu'on lui coure après. Je n'ai obtenu aucune info. Rien. Le néant. Ce mec est un courant d'air.

L'avocat passe une main nerveuse dans ses cheveux et j'ai du mal à ne pas le contempler trop longtemps. Il est terriblement beau quand il affiche cet air en colère, soucieux, concentré, mais pour ça non plus, ce n'est apparemment pas le moment.

– Il peut être n'importe où, confirmé-je. Entre deux avions, au beau milieu d'une jungle, sur la banquise, en direction de la lune… Il ne me répond pas non plus.

Sur le pied de guerre, résolu à faire disparaître cette vidéo de tous les écrans, Rio s'éloigne pour prendre un coup de fil. Je vide son café et décide d'aller faire un tour sur les réseaux sociaux.

Grave erreur.

Ce que j'y découvre m'atteint et me transperce plus que je ne l'aurais imaginé. J'ai la peau dure, l'habitude d'être critiquée, rabaissée, réduite à mes kilos en trop ou insultée pour ma franchise et ma liberté d'expression. On m'a déjà accusée de faire l'apologie de l'obésité, on m'a même déjà mis la faim dans le monde sur le dos, mais aujourd'hui, ça craquelle en moi. La bêtise, la méchanceté de tous ces anonymes, ces lâches cachés derrière leur écran qui se permettent de juger et condamner, ça me prend aux tripes. Sous cette vidéo qui continue à circuler, je découvre un nombre insensé de commentaires moqueurs, humiliants, parfois haineux.

Dans leurs yeux et sous leur clavier, je suis une « traînée ». Une « alcoolique dépravée ». Une « junkie » ou une « sniffeuse de poudre ». Une « mangeuse d'hommes », une « (grosse) pute », une « sale chienne ». Et même une « vache folle qui devrait être abattue ». Une « moins-que-rien ».

Et, le cœur lourd, je renonce à me faire plus de mal, à aller plus loin après cette perle de la merveilleuse Stella1994 : « Mais attendez, je croyais que la coke faisait maigrir ?! »

Rio réapparaît au moment où mon téléphone se met à sonner. Numéro inconnu pour moi, mais apparemment pas pour lui. Il me fait signe de décrocher, puis appuie lui-même sur mon haut-parleur.

– Willa Larsson ?

– C'est moi.

– Bonjour, Jared Walls à l'appareil. Directeur des programmes d'HBX.

– Je… peux vous aider ?

– Il faut que vous veniez nous voir au siège, Willa. Aujourd'hui.

Je lance un regard apeuré à Rio, qui me fait comprendre de ne pas paniquer et articule presque en silence : « Gagne du temps » tout en pointant sa montre du doigt.

– Aujourd'hui, ça va être compliqué… inventé-je.

– Ça ne peut pas attendre. La vidéo qui circule et dont vous n'ignorez sûrement pas l'existence remet beaucoup de choses en question. Il faut qu'on prenne des mesures immédiatement. Le réalisateur, les producteurs, le responsable communication de la chaîne seront tous présents lors de cette rencontre.

Mon cœur s'emballe un peu plus en repensant à Robbins, son regard de vicelard, sa moustache qui sue et ses menaces de me flinguer. D'envoyer Ira sous terre.

Nouveau chuchotement de Me Delacroix qui mime un téléphone près de son oreille :

– Dis que tu rappelles.

– Je… je vous rappelle et reviens vers vous au plus vite !

Je raccroche et balance mon portable à l'autre bout de la table, comme s'il venait de me brûler les doigts.

– Je suis foutue, murmuré-je. Ils vont me bouffer toute crue. M'éviscérer. M'écharper. Me balancer dans les braises. Je vais perdre mon rôle et tout ce que je…

En face de moi, Rio m'ignore et fixe longuement un point invisible droit devant lui. Il sort enfin de ses pensées pour m'annoncer d'une voix aussi calme que terrifiante :

– Si tu veux avoir une chance de sauver ta peau, ton rôle, ta réputation, ne réponds à *personne*. Fais profil bas, garde le silence et laisse-moi faire.

Sans m'adresser le moindre regard, l'avocat en mission se lève, récupère son trench et glisse nonchalamment son ordinateur sous son bras. Je l'observe en silence, à la fois inquiète et terriblement lasse, déçue qu'il me lâche déjà. La minute suivante, il passe la porte du café et disparaît pour de bon.

Je tente une nouvelle fois d'appeler Cosimo, mais mes sonneries résonnent dans le vide intersidéral.

***

Moins de deux heures plus tard, je suis à JFK. Une petite valise à la main, j'avance jusqu'à la salle d'embarquement numéro douze. Je m'apprête à grimper dans le premier vol direct pour Paris.

Et ça, si mon avocat le savait, il me ferait la peau.

42

TOUT FOUTRE EN L'AIR

Willa

Après sept heures et demie de vol, j'atterris à Paris vers minuit heure locale et file directement place des Vosges, à l'agence de mon frère dont je possède la clé et tous les codes secrets. Seule, fraîchement débarquée, le ventre un peu noué, j'ignore les appels de Rio, préviens Bulle de mon voyage inopiné, puis descends un paquet d'Oreo avant de m'endormir sur l'un des sofas moelleux du hall.

– Ton chaperon te cherche partout, la fugueuse…

La voix de Wolf et la lumière des spots au plafond me réveillent en sursaut. Je mets de longues secondes à comprendre où je suis, ce que je fais là et pourquoi j'ai tant bavé sur cet oreiller en velours bordeaux.

– Café beaucoup trop sucré ?

Je hoche la tête en prenant la tasse qu'il me tend, me

redresse et bois une gorgée brûlante. Ça me fait du bien, même si j'ai mal au crâne et regrette déjà à moitié d'avoir sauté dans cet avion en risquant de tout perdre. Il est six heures quatre du matin, j'ignore pourquoi mon frère est arrivé si tôt, s'il travaille beaucoup trop ou s'il n'a pas fermé l'œil de la nuit à cause de sa sœur qui s'est fourrée dans un sale pétrin.

Encore.

Stupide vidéo qui inquiète tous ceux qui tiennent à moi.

– Tu aurais dû me dire que tu rentrais à Paris, Boulette. Et venir dormir à la maison…

– J'ai encore mon appart mais j'ai oublié les clés à New York, j'ai pris celles de l'agence à la place, je me suis gourée en partant un peu précipitamment.

– Hum… grogne mon frère suspicieux.

– Tu as vu la vidéo ? lui demandé-je timidement.

Dans un soupir, il vient s'asseoir à côté de moi, puis me tapote la cuisse pour me faire comprendre qu'il ne compte pas me renier. Pas dans l'immédiat, en tout cas.

– Désolée si tu t'es fait du souci, Wolfy.

– Delacroix est furax, lâche-t-il en souriant presque.

– Il t'a appelé ?

– Hier soir.

Je trempe à nouveau les lèvres dans mon café, sans réussir à mettre mes idées au clair. J'ai la désagréable sensation d'avancer dans un brouillard épais, à tâtons, sans aucune idée de la bonne direction.

– Je pensais qu'il me laisserait un peu plus de liberté que ça…

– Tu n'étais pas censée quitter New York, Willa.

– Avec lui, je ne suis même pas censée respirer.

– Tu risques gros en étant ici, ton contrat te l'interdit.

– J'avais besoin d'oxygène, pas pu faire autrement, avoué-je. Il fallait que je rentre, même si c'est juste pour trois jours. Que je vienne baver sur ton mobilier et vider tes réserves de sucre.

Je fais un sourire un peu faux mais surtout triste à Wolf, qui me le rend et m'entoure de son bras protecteur.

– Je vais le broyer, ton connard de Cosimo, gronde le loup.

– Range tes muscles et sors ton cerveau, Rambo, ça me sera plus utile. Et si jamais tu as une baguette magique pour tout effacer, je prends ! Et un croissant. Pur beurre.

Pas de baguette magique, mais un petit déjeuner au vrai goût de Paris pris dans le joli café d'à côté, sous les arcades, qui me requinque un peu. Un frère qui vous connaît par cœur, vous comprend comme personne, vous prend exactement comme vous êtes mais vous botte le cul avec amour lorsque c'est nécessaire, il n'y a que ça de vrai.

– Va te coiffer et essayer de ressembler à quelque chose, souillon. Ensuite, on essaiera de mettre un peu d'ordre dans ta vie…

Wolf Larsson, mon héros.

Je passe un temps fou sous la douche, à tenter – en vain – de me laver de tous mes péchés, tous mes doutes, toutes mes insécurités dans cette salle de bains design réservée aux mannequins de Strange & Strong qui doivent courir de casting en casting. Puis je me change, estompe mes cernes, dompte ma crinière brune et me glisse dans ces bottines à talons hauts emportées à la hâte dans ma petite valise de l'urgence.

Ira aurait peaufiné cette tenue avec un corset, une peau de bête et un glaive, mais je n'ai pas ça sous la main.

En repassant par l'accueil, je salue Lorelei, la secrétaire qui vient d'arriver avec son carlin Lolita : toutes deux portent la même robe rose à pois blancs du plus bel effet. Je lève les yeux en direction du bureau de Wolf, crois reconnaître une silhouette à travers les parois en Plexiglas transparent et sens un frisson glacial me parcourir l'échine.

Rio est déjà là.

À Paris.

Dans les locaux de Strange & Strong.

Sur le territoire de mon frère. De mon clan.

– Inconsciente, immature, irréfléchie, intenable… énumère-t-il en me voyant arriver.

La colère lui va bien. Rio apporte du chaud dans ce bureau froid fermé par quatre miroirs géants.

– Continue, je t'en prie. Inconsciente, immature, irréfléchie, intenable et quoi d'autre ?

Je cache mon trouble derrière mon sarcasme. Typiquement moi.

– Tu veux tout foutre en l'air, Willa ? Tout gâcher ? Et me mettre dans une putain de merde noire au passage, c'est ça ?!

– Laisse-la s'expliquer, Delacroix. Et baisse d'un ton, tu es sur mon lieu de travail ici.

– Je suis au courant, rétorque l'avocat. Et je vois que tu choisis aussi mal que moi les gens avec qui tu bosses…

Les deux colosses bruns se font face, bombent le torse et se contemplent sans chercher à se mentir : ils ne peuvent pas s'encadrer et ils ne vont même pas jouer à faire semblant.

– Ta sœur est incapable de suivre les règles et de prendre les bonnes décisions. Je me doutais bien qu'elle foutrait le camp ici à un moment ou à un autre…

Je lève la main et décide que c'est mon tour de parler.

– Par ici, l'avocat ! Je suis là, présente, capable de t'entendre et de comprendre, Rio. Merci de t'adresser à moi directement.

Il serre les dents et plonge ses yeux pleins de foudre dans les miens.

– Hier midi, quand ton portier m'a dit que tu avais quitté ton immeuble avec une valise, j'ai senti le truc et sauté dans le premier avion.

– Je ne t'ai rien demandé…

– C'est mon job ! Tu n'as pas l'air d'avoir bien compris, hier, quand je t'ai demandé de ne rien tenter et d'attendre sagement que je règle toutes ces emmerdes à ta place.

– J'ai parfaitement compris. Je n'ai juste pas obéi, nuance.

– Tu es ta propre ennemie, tu le sais ça ?

– Parce que tu me connais si bien ?

– Arrête de me chercher, Willa.

– Sinon quoi, Rio ?

– Tu ne veux pas le savoir…

Wolf se racle bruyamment la gorge et vient se planter à côté de moi. Protecteur, loyal, prêt à intervenir face à l'intrus qui ose s'en prendre à sa sœur, comme il l'a toujours fait.

– On se calme sur les menaces, Delacroix. Parlons plutôt du fond.

– Qu'est-ce que tu pensais régler en te réfugiant ici ?

Rio m'adresse ces mots tout bas, l'air soudain fatigué. De tout ça. De moi.

– J'avais besoin de chaleur humaine, murmuré-je en laissant un peu tomber ma garde.

– Et ton assistante ? Et Garance ? Elles te servent à quoi ?

– Elles ne sont pas *lui*, fais-je en pointant Wolf du doigt.

Mon avocat soupire et va s'asseoir dans le fauteuil le plus proche pour mieux réfléchir. Dans son costard noir ouvert, la tête penchée en avant, les coudes posés sur ses cuisses écartées, il se masse le front des deux mains.

Et si je ne me trompe pas, sa migraine s'appelle Willa.

– Toujours rien du côté de Cosimo ? marmonne-t-il.

– Silence radio.

– Il a d'autres vidéos ?

– Quoi ?

– Des photos, des enregistrements, des choses compromettantes ? Qu'est-ce qu'il a d'autre sur toi ?

Je croise son regard intense et ne sais plus quoi penser. Dans mon cerveau, c'est le flou total. L'angoisse.

– Willa, c'est le moment de tout déballer, me glisse mon frère.

– Il n'est pas comme ça ! Ce n'est pas Cosimo, le problème !

– Ce n'est pas ce qu'il te demande, Will'.

– Lui et moi, on a fait des tas de choses un peu folles, oui, finis-je par admettre. C'est mon ami, il est photographe, j'étais une sorte de muse pour lui donc il jouait souvent à me prendre en photo ! Je ne vois pas en quoi…

– Je cherche juste à anticiper la catastrophe qui se profile, Willa, grogne Rio. Elles exposent quoi, ces photos ? Du nu ? Du trash ? Pire encore ?

– Ça commence à ressembler salement à un interrogatoire, ton truc… Tu ne veux pas m'arracher une ou deux molaires ou m'électrocuter un petit coup pour me faire parler ?

– Tout ça ne mène nulle part, faisons une pause, soupire mon frère en me faisant signe de sortir de son bureau.

Lorsque j'y retourne, dix minutes plus tard, Rio est en train de mettre fin à son coup de fil.

– J'ai fait ajouter un avenant à ton contrat, m'apprend-il. Tu as le droit à soixante-douze heures de répit à Paris pour « raisons familiales ». En réalité, ils pensent que tu es dévastée à cause de la vidéo qui a fuité.

– *Dévastée*, moi ? Tous des chochottes.

– Techniquement, tu ne fais rien d'illégal sur ces images : le contenu n'est pas pornographique et l'usage de drogue ne peut pas être prouvé. Donc à ce stade, même si la chaîne est en rogne, elle ne peut pas rompre ton contrat.

– Et toc !

– Arrête un peu, Willa, commence aussi à s'impatienter mon frère. Tu ne peux pas toujours te sortir de tout comme ça…

– Mais vous voulez quoi, à la fin ? Que je me roule en boule et que je pleure ? C'est moi la victime et c'est moi qu'on accule ! De toute façon, on me jugeait déjà bien avant cette vidéo ! On me traitait déjà comme un cas à part, comme une personne incontrôlable et hors norme. Et si c'est ce que je suis, alors laissez-moi être moi, merde !

Les deux hommes se contemplent un instant, entrouvrent la bouche et se ravisent. Puis ils se détournent pour arpenter la pièce chacun de leur côté.

– Si Cosimo se trouve à Paris, je vais rapidement mettre la main sur lui, reprend mon avocat. S'il faut le dénicher à l'étranger, ça prendra plus de temps, mais il ne pourra pas se cacher éternellement. J'ai déjà mis deux enquêteurs du cabinet sur lui…

– Arrêtez de vous acharner pour rien en pensant qu'il est derrière tout ça, murmuré-je encore. Vous perdez votre temps, il doit être en plein shooting, parfaitement insouciant, et ignorer tout de ce qui se passe ici.

– On ne sait jamais, Boulette. Il faut tout envisa… Quoi ?

Wolf vient de lâcher ce foutu surnom, cette bombe, pendant que j'ouvre de grands yeux, sous ceux amusés de Maître Moqueur. Qui s'empresse de me ricaner au nez.

– Garde tes commentaires pour toi ! grommelé-je. Retiens juste que le méchant dans cette histoire, ça ne peut pas être Cosimo.

– Qui d'autre ? insiste Rio. Qui chercherait à te nuire ?

– Personnes présentes exclues ?

Je tente un trait d'humour qui ne passe pas du tout. Si mon frère lâche un rire léger, l'avocat renfrogné se tend à nouveau.

– Une agence de mannequins concurrente pourrait s'en prendre à elle pour vous discréditer ? demande-t-il à Wolf.

– J'y ai pensé, répond ce dernier. Peu probable.

– Robbins ? tenté-je à mon tour. Après ce que j'ai vu…

– Vu quoi ?

Mon frère fixe ses yeux polaires sur moi et je n'ai d'autre choix que de raconter la scène ignoble à laquelle j'ai assisté récemment.

– Encore un mec qui se croit le roi du monde et qui abuse d'un plus faible que lui, classique… enrage le loup.

– En attendant, il n'oserait pas mettre sa série en danger, si ? Je suis l'une des actrices principales, toute cette mauvaise pub, ça l'atteint aussi…

À la façon dont il garde le silence et semble férocement

cogiter, je devine que mon avocat a une intuition qui le travaille.

– Rio ?

– J'ai à faire, je vous laisse quelques heures. Et toi la frondeuse, tu te tiens à carreau !

– Tout doux, Delacroix.

Mon frère lui grogne à nouveau dessus, mais les menaces semblent totalement glisser sur la carapace en acier inoxydable de l'avocat.

Je crois que ces deux-là ont chacun trouvé un adversaire à leur hauteur… et que j'aime un peu trop qu'un autre que mon frère prenne soin de moi.

– Je suis désolée… pour tout ça, lâché-je tout bas. Les coups de gueule, la fugue, tous les problèmes avec la chaîne. Et pour les retombées que cette vidéo pourrait aussi avoir sur l'image de Strange & Strong.

Rio et Wolf m'étudient en silence, un peu déconcertés par mon mea-culpa, mais toujours le regard vif, l'air grave.

– Merci de voler au secours d'une « boulette » comme moi.

Silence, toujours. Suivi de leurs deux voix qui s'entremêlent :

– Où est passée Willa Larsson alias la reine des emmerdeuses ?

– Qu'est-ce que tu as fait à ma sœur, enfoiré ?

***

Notre tête-à-tête ne dure pas depuis un quart d'heure que mon frère abuse déjà de ses droits d'aîné. Tout en poussant mes pieds que je viens de croiser sur un coin de son bureau, il m'annonce d'une voix parfaitement neutre :

– Puisque tu es dans le coin, Boulette, je vais te faire bosser.

– Ce surnom est officiellement rayé de la liste. Et comment ça, *bosser* ?

– L'égérie de cette agence se pointe la veille d'un grand défilé, ce serait absurde de ne pas en profiter…

Il me sourit, ce foutu loup, et je me retrouve incapable de lui refuser quoi que ce soit.

– Quel grand défilé ?

– Apprête-toi juste à marquer les esprits, après-demain.

– Qu'est-ce que tu mijotes toi, encore ?

– Une idée de Matthias. On veut frapper fort, sur ce coup-là.

En s'amusant à faire durer le suspense, il me mène jusqu'au bureau de son associé, qui est aussi l'un de mes amis les plus proches depuis l'adolescence. Ce dernier, toujours aussi tatoué et toujours aussi lourd, m'accueille en mimant une fille bourrée en train de danser de manière… explicite. J'enfonce mon poing dans son épaule, là où ça fait vraiment mal, il se marre et couine en même temps avant de me prendre dans ses bras.

– Je savais que cette agence faisait dans l'extraordinaire, parfois dans le sexy, mais à ce point, c'est du grand Willa !

– Mec, c'est ma sœur. Un peu de respect.

– C'est ma sœur aussi, ou tout comme. Tu me laisses lui manquer de respect et tu te détends.

Pendant qu'ils se chamaillent comme deux ados attardés, je repère Eugénie et Qin-Qin qui viennent d'entrer dans le hall de l'agence aux meubles conceptuels, futuristes et bariolés. Je quitte sur-le-champ les deux mâles demeurés pour aller retrouver mes deux copines mannequins et les serrer contre moi.

Je n'ai pas la meilleure des réputations dans le milieu : ma grande gueule peut faire peur et j'ai le réflexe de garder les autres à distance, par expérience, de ne pas m'ouvrir facilement pour éviter les déconvenues en amitié. Mais avec elles, c'est différent. Au fil des années, des castings, des défilés, des shootings, des campagnes de pub et autres galères, on est devenues amies. Réellement.

Et aujourd'hui, il ne manque que Léonore pour compléter notre quatuor. La sublime métisse à la peau tachetée de vitiligo, l'incroyable Chinoise albinos à la peau très pâle, aux yeux très bleus et au carré court très blanc, la lionne à la peau brûlée et la *curvy girl* au regard glacial et au caractère bien trempé.

Toutes différentes, atypiques, hors norme, choquantes.

Toutes discriminées.

En faisant ce métier, on a décidé de ne plus vivre cachées. Nos failles, nos différences sont devenues notre force. Notre cri de guerre.

Et des cris, il en fuse de toutes parts dans cette agence lorsqu'on se retrouve, et plus encore quand le cercle s'agrandit avec l'arrivée de la fameuse lionne. Léo, ma belle-sœur, vient s'accrocher à mon dos comme un koala éclopé en braillant :

– Tu ne repars pas ! Jamais ! Ton frère est invivable quand tu n'es pas là !

Je me marre, surtout en voyant Wolf s'approcher de sa femme, l'air irrité.

– En salle de réunion, tout le monde. On fait le point pour le défilé d'après-demain !

– Elle est comment, Garance Coste, en vrai ?

– Papy Georges veut son autographe !

– Cosimo est vraiment un enfoiré de sa race, alors ?

– Il paraît qu'ils t'ont collé un avocat canon ?

– Dans les scènes de baiser, vous mettez la langue ?

– Si on débarque à New York, tu nous héberges ?

Wolf tape deux fois contre le mur histoire d'attirer notre attention, mais le jeu des questions-réponses continue dix bonnes minutes encore, sous son œil ulcéré.

Une fois la réunion lancée, j'apprends que l'agence prépare ce défilé « coup de poing » depuis des semaines, pour faire une nouvelle fois les gros titres et bousculer un peu plus les mentalités.

– Comme toujours, on va choquer pour imposer notre vision, démarre Matthias. On garde la même ligne directrice : liberté, différence, tolérance, acceptation de soi, amour de l'autre.

– Sauf que cette fois, enchaîne Wolf, on va duper le public pour dénoncer le poids des apparences et prouver qu'il faut toujours regarder plus loin que ce qu'on voit…

– Ah, ça, ils vont en voir… lance Eugénie en se marrant de l'autre côté de la table transparente.

– Comment ça ?

– Wolf ne t'a pas dit ? s'étonne Léo en souriant à son mari.

Je balance un regard mauvais au cachottier, qui finit par lever le voile sur tous ces mystères.

– Douze mannequins, treize avec toi, vont défiler entièrement nus.

– Tu… C'est une blague ?

– Recouverts de *body painting*, précise l'âne qui me sert de frère.

– T'es au courant qu'une vidéo de moi *légèrement* dénudée circule déjà ?

– Vous aurez l'air habillés, Willa.

J'interroge du regard les trois beautés extraordinaires autour de moi, elles me font signe de foncer.

– On a déjà fait des essais, c'est incroyable, Will', me rassure Léo.

– Le but, c'est de rappeler que ce qu'on voit en surface n'est pas forcément la réalité, me glisse Wolf. Et qu'on peut tout faire dire à des images et à des corps…

J'intériorise ces informations, je me les répète, me les passe en boucle. Et les mots sortent tout seuls.

– J'adore.

***

Fin de journée à l'agence et fin de ma séance de semi-torture avec les quatre maquilleurs qui couvriront intégralement mon corps nu de peinture, après-demain.

Je ne porterai donc *rien* à part un string couleur chair et quasi invisible, mais les quatre artistes un peu jetés que je viens de quitter dessineront sur ma peau et sur le bout de tissu l'illusion parfaite d'un maillot de bain de pin-up, vert amande à pois blancs, au-dessus de mes jambes peintes en océan plus vrai que nature, rempli d'algues, de coraux et de poissons arc-en-ciel. Le résultat est époustouflant.

Débarrassée de toute cette peinture mais pas de mes faux cils ni de mon maquillage de *cover girl*, je me rhabille et quitte la salle d'essayage avant de tomber nez à nez avec Rio. Je lâche un cri strident et recule par instinct, ne m'attendant pas à le trouver à nouveau sur mon territoire. Et encore moins dans ce couloir.

Lui sourit légèrement, probablement fier de son coup, amusé de mon trouble. Puis il promène son regard sur moi, en prenant son temps. Progressivement, son petit sourire satisfait disparaît, son air s'assombrit, se fait plus intense.

On ne m'a jamais déshabillée du regard à ce point, sans le moindre scrupule ni la moindre gêne. Rio me parcourt et prend possession de mon corps comme bon lui semble, sans même me toucher. Et jamais je n'aurais pensé aimer ça à ce point.

Sous ma poitrine, ça pulse à toute vitesse.

– Putain de poupée, murmure-t-il sans me quitter des yeux. Tu fais chier à être aussi appétissante…

Je n'en fais rien mais j'ai soudain l'envie furieuse de tout foutre en l'air. En particulier cette distance qu'on s'impose, lui et moi, pour ne pas mélanger ce qui ne doit pas l'être. Cette distance que *je* m'impose pour ne pas tomber un peu plus amoureuse d'un homme qui ne saura pas m'aimer.

– Ça n'a pas l'air de rentrer, mais je vais te le répéter une nouvelle fois, rétorqué-je dans une vaine tentative de rébellion. Je ne suis pas ta poupée, Rio Delacroix. Je suis une femme adulte, indépendante, qui se suffit à elle-même. Et je n'appartiens qu'à moi.

Mais ce n'est plus totalement vrai. Je ne l'avouerai jamais à voix haute, pas même sous la contrainte, mais j'ai bien peur d'avoir déjà perdu la partie.

Parce qu'à ce jour, mon plus redoutable adversaire, c'est lui.

43

LAISSER DES TRACES

Rio

Malgré toutes les emmerdes que me cause le cas Willa Larsson, je ne suis pas mécontent d'être de retour à Paris. De pouvoir la retrouver, *elle*. Ça fait plus de deux mois que je n'ai pas vu ma mère et je ne suis jamais resté si longtemps sans lui rendre visite. Je sais qu'Édouard a veillé sur elle en mon absence, qu'il est allé la voir, a suivi son dossier, mais je me demande toujours dans quel état je vais la trouver. La prison peut tellement vous pulvériser.

Je repasse les portes métalliques, les sas, les couloirs, les portiques de sécurité, je connais les gestes, le protocole, les poches à vider, les têtes des gardiens, les laissez-passer à montrer : je suis presque chez moi dans ce centre pénitentiaire. J'aimerais que ce ne soit pas sa maison, mais ma mère vit ici depuis plus longtemps que je n'occupe mon appartement parisien.

Je l'attends au parloir, avec la jambe qui bat sans que je puisse l'en empêcher, et j'essaie de me rappeler que ses conditions de détention sont un peu moins mauvaises qu'ailleurs. Je me suis battu comme un dingue pour qu'elle intègre cette maison d'arrêt pour femmes et pas une autre. Ici, elle bénéficie de locaux salubres, d'une cellule individuelle où elle peut dormir à peu près tranquille, d'une prise en charge sanitaire correcte et même de petits ateliers quand elle veut suivre une formation ou prendre un emploi qui lui permette de s'occuper.

De ne pas sombrer. Pas totalement.

– Maman !

Je l'embrasse sur la tempe et elle loge son tout petit corps frêle de profil contre le mien. L'étreinte est succincte et je sais que ça signifie que le moral est mauvais. Mais je la retrouve comme je l'ai laissée : ses cheveux blonds toujours attachés qui tirent de plus en plus vers le cendré, sa frange trop longue qu'elle fait voler chaque fois qu'elle soupire, sa maigreur cachée dans des vêtements trop amples pour elle, qu'elle superpose pour se tenir chaud. Et ses yeux bleu délavé qui portent toute la fatigue, toute l'angoisse, tout l'ennui et toute la solitude accumulés après des dizaines d'années d'enfermement.

– Comment tu vas ?

– Je n'ai plus de serviette de bain, une fille a découpé la mienne pour essayer de se pendre à la douche.

Sa voix de fumeuse prononce cette phrase comme une banalité du quotidien. Elle s'y est habituée, moi toujours pas.

– Je t'en ferai apporter une nouvelle demain matin. Tu as besoin de quelque chose d'autre ?

– Je suis à court de cigarettes, ma codétenue me taxe tout le temps.

– Hein ? Qui ça ? Vous êtes deux ?

– Une flopée de filles d'outre-mer s'est fait choper à Orly pour du stup la semaine dernière. Ils les ont casées où ils pouvaient.

C'est pareil partout, la population carcérale frôle constamment les cent vingt détenues pour une centaine de places théoriques. La plupart sont des jeunes mules qui ont tenté le voyage pour échapper à la misère de leur bled natal et se sont fait interpeller à l'aéroport avec de grandes quantités de drogue plus ou moins bien cachées. Elles purgent quelques années, complètement isolées, et repartent pour recommencer.

– Je vais parler au directeur pour lui rappeler ce que veut dire « cellule individuelle ».

– Arrête de me couver, Rio. Je mérite bien plus que toutes ces gamines d'être ici.

Ma mère souffle sur sa frange et me révèle son front lardé de rides et de cicatrices, de dessins grisés au-dessus du sourcil et au coin de l'œil. Je hais cette fausse larme mal dessinée sur sa patte-d'oie et ces blessures de guerre qui me rappellent la violence dans laquelle elle vit tous les jours. Trente ans de détention, ça laisse des traces. Bagarres pour réussir à s'imposer, tatouages de prison pour faire passer le temps ou passer pour une dure à cuire, bobos mal soignés ou mutilations auto-infligées pour se punir encore des erreurs passées : j'ai encore du mal à l'admettre mais elle est complètement ravagée.

Je me dis souvent que même si je parvenais finalement à la sortir de là, elle n'arriverait jamais à retrouver une vie normale, à se pardonner et à se réinsérer dans la société. J'ai parfois même l'impression qu'elle continue les conneries en prison pour ne pas avoir à sortir un jour. Mais elle ne supporte pas que je lui parle de ça.

– Je sais que tu ne peux rien faire pour les clopes, hein, ajoute-t-elle plus bas. Ne prends pas de risques stupides pour moi.

– Je ne vais pas me mettre hors la loi, maman, c'est toi la *badass* de la famille.

– La quoi ?

J'essayais de la faire rire et je me rends compte que je parle comme Willa. Il faut vraiment que j'arrête de passer autant de temps avec cette pou… cette fille. Je change rapidement de sujet.

– Pour le dernier recours légal, Édouard a mis un petit jeune sur le coup, plein de ressources. Il a presque autant la niaque que moi. On devrait bientôt pouvoir présenter un dossier solide au juge.

– Rio, ça fait des années que tu me parles du dernier appel, du tout dernier recours, de la dernière des dernières chances pour un ultime procès… Je suis fatiguée de me battre. Et je sais que tu as déjà fait tout ce que tu pouvais, on ne peut pas juste attendre la fin de ma peine ? Plus que quelques années à tirer, ce n'est pas la fin du monde…

– Non. Tu as droit à un procès équitable et à la réhabilitation totale. Si on arrive à prouver la légitime défense, non seulement tu sortiras, mais tu auras droit à une compensation pour toute cette vie ratée. Un nouveau départ…

– C'est trop tard. Tu sais quel âge j'ai ? Tu m'as regardée ? Rio, j'ai passé plus de temps dans une cellule que dehors, c'est ta vie à toi que j'ai gâchée, c'est celle d'un homme que j'ai prise… Je mérite mon sort.

Elle se penche en avant sur la petite table qui nous sépare et son regard décoloré me semble vide de toute force, de toute envie, de toute émotion.

– Il t'a brisée, murmuré-je.

– Et je l'ai tué, répète-t-elle sans se démonter.

Malgré mes grands discours depuis des années, ma mère est incapable de se considérer comme une victime. L'emprise qu'avait mon père sur elle ne s'est pas complètement effacée, même trois décennies après sa mort. Être une mauvaise mère, une détenue pas vraiment modèle, avoir fait des mauvais choix pour assurer sa survie, elle ne se le pardonne pas. Et je sais qu'elle est résignée à accepter son enfermement et à payer sa dette à la société.

Moi pas.

– Si tu savais la haine que j'ai pour ce type que je ne connais même pas, lui glissé-je. Et tous les hommes qui se croient…

– Arrête de te torturer avec ça, Rio. Vis. Tu as ses yeux, son teint, sa carrure… Mais dedans tu es bon, ne t'endurcis pas.

La main maigrichonne et tatouée de ma mère vient se poser sur la mienne. Elle la tapote doucement comme elle cajolerait le dos d'un bébé qui a besoin d'être apaisé mais n'a pas vraiment de raisons de pleurer. C'est machinal. C'est maternel. C'est en tout cas à ça que ressemblent les liens qu'on a tissés, en trente-deux ans, chacun d'un côté des barreaux.

Je n'ai jamais connu ma mère en dehors d'une cellule de prison. Elle ne m'a jamais emmené à l'école, n'a jamais assisté à aucune réunion ni à aucun spectacle de fin d'année. On ne s'est même jamais promenés dans la rue tous les deux. On n'a jamais fêté un Noël, un anniversaire ou une fête des Mères ailleurs qu'ici... Et on a d'ailleurs fini par ne plus les fêter du tout. Je ne connais pas les sorties en famille, les week-ends, encore moins les vacances avec elle. Jamais mis les pieds dans un musée, un cinéma, une forêt ou sur une plage avec ma mère. Mes souvenirs d'enfance ne contiennent ni berceuse ni histoire du soir, ni baiser sur le front ni câlin anticauchemar, ni bon petit plat ni la moindre tradition familiale. Rien d'autre que ça : un parloir, elle et moi.

C'est moche, c'est triste, c'est injuste, mais c'est ma réalité.

Et comme à chaque fois que ça me fait mal d'y penser, je laisse mes pensées s'évader ailleurs. Loin, très loin de ces barreaux et de cette enfance gâchée. Et il se trouve que depuis quelque temps, une seule et unique personne m'apparaît, dans ces moments-là. Une seule poupée assez obsédante pour me faire oublier tout le reste.

En voyant la paume de ma mère sur le dos ma main, mon esprit embrouillé divague et une image de New York vient se superposer : ma main sous celle de Willa, sur le bras du canapé, dans cette suite d'hôtel où je n'étais plus vraiment moi-même, mes doigts qui restent là au lieu de se tirer, la chaleur de sa peau et la douceur de son silence, pour une fois, qui m'ont fait plus de bien que beaucoup de mots.

Je chasse ce souvenir tactile et me lève d'un bond.

– Je reviens demain, maman. Tiens le coup encore un peu, OK ? Serviette de bain, cigarettes, rien d'autre ?

– Peut-être juste des mots fléchés.

– Force quatre ! acquiescé-je en souriant.

Ma mère me rend mon sourire, je l'embrasse sur le front, un peu soulagé qu'elle ait encore envie de jouer à ça. Elle est très forte avec les mots. Et c'est bien d'elle et de personne d'autre que je tiens ça.

***

Je fais un saut au cabinet pour voir de quel bois se chauffe le jeune avocat aux dents qui rayent le plancher – et qui tient l'avenir de ma mère dans ses belles mâchoires de requin.

Un peu puant, sûr de lui, bosseur et prêt à tout pour faire son trou : il me va très bien. Je lui fixe un rendez-vous à sept heures demain matin pour qu'il me fasse un exposé oral de l'avancée du dossier pendant que je serai en train de courir sur mon tapis pour mon décrassage matinal. Il accepte sans ciller malgré l'horaire et le lieu un peu spécial. Premier test passé.

Je retrouve Édouard dans son bureau et on fait le point tous les deux sur les affaires en cours avant d'aller déjeuner dans un de nos restos habituels pour un échange un peu moins formel.

– Alors, ces petites actrices ?

– Des grandes divas, comme prévu.

Et je me dis qu'aucune d'elles n'apprécierait qu'on la résume à ça.

Je rêve ou j'ai des réflexes féministes, maintenant ? Putain, deux mois avec elle, deux mois à fréquenter cette guerrière du sexisme, ça aussi ça laisse des traces.

– Je ne pensais pas te revoir si tôt, Delacroix, me glisse mon patron. Tu te souviens que tu es censé te faire oublier ?

– Je repars bientôt, ne t'inquiète pas pour ça.

– Ça chauffe un peu côté Larsson, non ?

– L'affaire de la pseudo *sextape* est sous contrôle pour l'instant. Les Américains râlent pour le principe mais ils savent très bien que ce genre de buzz leur fait aussi de la pub.

– Tu as l'air de savoir ce que tu fais…

– Tu me connais, confirmé-je pour le rassurer.

– Et tu as presque l'air d'aimer ça, dis-moi…

Mon boss se moque gentiment et je le laisse faire. Il s'imagine sûrement que j'ai toutes ces actrices à mes pieds et que je vis la belle vie à New York. Il me donne des nouvelles de sa femme et de ses enfants, en ajoutant que j'ai bien raison de profiter de mon insouciance et de ma liberté. Et tout ce à quoi je pense, devant ce café gourmand, c'est à ma mère fatiguée et à ma cliente infatigable. Combien de temps la première va-t-elle encore tenir ? Est-ce que la seconde va continuer à me mettre des bâtons dans les roues pour mener ses petits et grands combats ? Jusqu'où Willa est-elle prête à aller au lieu de finir sagement ce tournage, de propulser sa carrière et de me laisser mener la mienne pour que je puisse enfin passer associé ?

Ça n'arrivera jamais si cette poupée rebelle s'obstine à changer le monde au lieu de le laisser mal tourner.

Tous les membres du cabinet passent l'après-midi en réunion et j'en profite pour dicter à Imane tous mes comptes rendus en retard. Cette perle de secrétaire prend des notes plus vite que son ombre et sait mieux que personne mettre sur papier tous les mots que j'ai dans la tête et qui affluent dans ma bouche. À moi le fond, à elle la forme.

Notre équipe bien carrée m'avait manqué.

Je rentre chez moi à vingt et une heures passées, retrouve mon appartement parisien sans m'en émouvoir et fais le tour des réseaux sociaux devant une pizza et une bouteille de vin. Je ne peux pas m'empêcher de visionner à nouveau la vidéo de Willa et Cosimo. À part pour le puritanisme américain et ces histoires de clauses juridiques à respecter, il n'y a pas vraiment de quoi crier au scandale… Mais ces images me tuent.

Ses mains à lui sur son corps à elle.

Son accent italien, sa démarche titubante, son regard dégoulinant de désir.

Les lèvres pulpeuses de la brune qui chantent, qui boivent, qui débordent, qui éclatent de rire, qui en embrassent un autre avec cette gourmandise qui la caractérise.

Pourquoi est-elle obligée de faire les choses avec tant d'intensité ?

Pourquoi est-ce qu'elle vit si fort ?

Sa fougue et sa liberté ont quelque chose de contagieux, j'ai soudain furieusement envie d'elle. Je vide mon verre et j'arrête de tergiverser : j'ouvre l'application dictée de mon portable.

– Envoyer un message texte à Willa Larsson : « Seul dans mon lit à Paris, virgule, étrange que tu ne sois pas déjà venue tambouriner à ma porte, virgule, n'attends pas le milieu de la nuit, points de suspension. » Putain mais qu'est-ce que je fous ? Effacer tout.

Je prends une grande inspiration en cognant plusieurs fois la tranche de mon téléphone entre mes yeux. Toutes les idées qui me viennent en sont de très mauvaises. Je secoue la tête et m'interdis de déconner. Je dicte à nouveau à mon micro :

– Nouveau message à Willa Larsson : « Retour à New York

après-demain à la première heure, virgule, c'est ça ou tu peux dire adieu à ta carrière d'actrice, point. Et à ton avocat, point. »

Carré, net et sans bavure.

Les débordements, c'est terminé.

44

À MA PLACE

Willa

Cette fois, j'ai du mal à croire que Cosimo fasse autre chose que le mort. Ou l'autruche. Pas le temps, pas de réseau, pas de batterie : ça ne dure pas éternellement. Mais si je ne crois toujours pas qu'il ait pu me faire une crasse comme celle-là, j'ai bien du mal à trouver une explication à son silence : on était *sex friends* peut-être, on ne s'est rien promis, c'est vrai, mais je nous pensais surtout amis. De vrais amis. Pas qu'il était ce genre de pote qui devient injoignable quand les choses se corsent.

Et rien de tout ça ne ressemble au garçon marrant, intelligent et bienveillant que je fréquente depuis des années.

J'arrête de le harceler et je jette mon dévolu sur mes meilleures colocs restées à New York. Elles au moins, elles ont toujours du répondant.

[Hello, c'est la boulette
de service qui essaie
de percer dans le porno
amateur de fin de soirée.
Ça va vous ?
Racontez-moi ! Willa]

Garance répond en premier à ce message groupé.

[Ambiance pourrie sur le tournage.
Les gens me regardent en soupirant
et en levant les yeux au ciel comme
si j'étais ta mère et que je m'étais
laissé déborder. G.]

[Désolée qu'on te tienne
pour responsable. Je te rassure,
ma vraie mère aussi a envie
de m'envoyer en pension avec
un coup de pied aux fesses. W.]

[Des gens m'envoient
des textos en anglais mais
j'arrive pas à savoir si c'est
des blagues ou des insultes. Du coup
je réponds des doigts d'honneur
par principe. Bulle]

[Merci de prendre ma défense,
mon Bulot préféré. Tu veux

que je te ramène du fromage
à raclette ? Du vrai bon vin
qui casse la tête ? W.]

[Non mais ça devient dur
de te défendre, là, frère. Les gens
ici sont fous avec le cul ! C'est
comme si t'avais trahi toute
la confiance qu'ils ont mise à l'intérieur
de toi et que tu leur avais
craché à la tête
en couchant avec leur propre
père sous leurs yeux… B.]

[Euh… non… c'est pas exactement
pareil, quand même. W.]

[Mais comment tu peux
te retrouver dans une telle histoire,
Willa ? T'as pas vu que le mec
te filmait ? T'étais si bourrée
que ça ? G.]

[Pas fait gaffe…
Me souviens plus…
Vous allez me renier,
vous aussi ?]

Bulle renvoie trois doigts d'honneur et je ne sais pas comment je dois le prendre. Contre moi ou mes détracteurs.

Garance ne répond plus du tout. Je relis nos échanges et je panique un peu en percevant dans les derniers messages de mes copines une certaine froideur, peut-être même un jugement de valeur. Si même mes deux alliées de toujours commencent à se désolidariser, je me dis que ça ne sent vraiment pas bon pour ma réputation.

En éteignant rageusement mon portable, je me souviens que je n'ai toujours pas répondu au message de Rio : encore un de ses ultimatums qui essaient de contrôler tous mes faits et gestes, mes déplacements, mes décisions. Je déteste ça. Il le sait très bien. Et plus l'avocat me pousse dans ce sens, moins j'ai envie de repartir. Plus il m'étouffe, me contraint, plus je m'accroche à ma liberté.

En revenant à Paris, à l'agence, en retrouvant mon frère, ma famille, mon agent, toute la bande de Strange & Strong, j'ai eu la délicieuse impression de rentrer chez moi. D'être à la maison.

Parfaitement à ma place.

Je sais que cette série ressemble à la chance de ma vie et je serais bien ingrate de songer seulement à y renoncer : mais est-ce que mes rêves d'actrice dans une grosse production américaine valent plus que tout le reste ? L'impact que je peux avoir ici. Mon image pour donner de la visibilité et de la légitimité à toutes les beautés hors norme. Mon rôle d'égérie XXL qui peut inspirer d'autres filles avec des lettres en trop sur l'étiquette de leurs fringues.

Je me sens tellement utile, tellement fière de participer à ces combats. J'aurais tellement eu besoin de voir, à 10, 13 ou 18 ans, des visages ronds comme le mien, des corps différents de ceux de mes Barbie, des mannequins de toutes les formes dans les catalogues, des actrices qu'on désire, qu'on embrasse et qu'on admire au cinéma, des « grosses » qui ne soient pas juste drôles à la télévision, des femmes qui ressemblent à celles de la vraie vie et qui ont des choses à dire.

Demain soir, j'honorerai le nouveau projet fou de Wolf et je défilerai tête haute, corps nu, pour faire entendre cette voix silencieuse. Faire passer mon message sans crier, pour une fois.

Rio Delacroix serait-il en train de déteindre dangereusement sur moi ?

Après ça, j'aviserai.

Si je repars à New York avec lui, une autre mission m'attend là-bas : convaincre Jacob de parler, qu'il ouvre la voie à d'autres, peut-être, qu'on unisse nos forces et nos colères pour que ce réalisateur pervers cesse d'abuser des petites mains et des petites gens en toute impunité. Il y a des lois : son pouvoir, son talent et son statut ne l'autorisent pas à agresser, humilier, écraser, à prendre ce qu'il veut sans demander la permission et à traiter les autres comme des objets.

Nous avons des droits.

Il n'est pas au-dessus de ça.

Peut-être même qu'avec l'aide de ce foutu avocat – qui a décidément une drôle d'influence sur moi –, on pourrait imaginer que justice soit rendue, sans esclandre ni dégâts collatéraux, que Jacob et les autres gardent leur job et leur dignité, pendant que ce Robbins transpirerait de la moustache dans une salle d'interrogatoire où il aurait à répondre de ses actes dégueulasses. Des plaintes entendues, des sanctions prononcées, ça ne me semble pas si compliqué que ça. Pas si impossible.

Le vibreur de mon téléphone interrompt mon doux rêve d'un monde meilleur. C'est Colette qui m'appelle. Il doit s'agir de quelque chose d'important si mon agent ne se contente pas d'un e-mail feignant.

– Allô ?

– Ma chérie, annule tes plans pour ce soir.

– Hum… Ce n'est pas exactement le moment idéal pour moi de t'accompagner dans un club libertin, Coco.

– Excellente idée, mais plutôt demain, j'ai vu tes exploits. Quelle souplesse de jambes, ma grande ! Mamie Coco est fière de toi.

Cette vieille peau rigole en toussant dans le téléphone, finit par s'étrangler à moitié et je dois éloigner le combiné.

– Et sinon, tu m'appelais pour quoi ?

– Ah, oui. Tu es invitée sur un gros talk-show en direct à la télévision ce soir. Prime time, chaîne nationale, tu ne peux pas dire non, Willa.

– Waouh ! Pour parler de quoi ? Et pourquoi moi ?

– Aucune idée, un invité s'est désisté au dernier moment et ils cherchent de la diversité.

– Ah, OK, je bouche les trous ! comprends-je en riant.

– Écoute, tartine-toi de merdier, mets ta plus belle toilette décolletée et va expliquer à tout ce beau monde que tu fais exactement ce que tu veux de tes fesses et que ce n'est quand même pas ta faute si les bonshommes ont le cerveau dans le slip. C'est leur regard qui est obscène, pas ta façon d'être, *comprendo* ?

– Attends, je prends des notes, Coco, tu es mon idole ! Et mon avocat va te détester, c'est merveilleux !

– Je n'ai rien compris, là. Mais fais un peu de promo pour ta série, ton mascara, ton agence, noie tout ça dans une petite sauce Strunge & String et ça ira très bien, hein !

– C'est Strange & Strong, Colette.

Des années qu'elle bosse pour moi, des années qu'elle prononce comme elle veut. Et des années que ça me fait éclater de rire à chaque fois.

J'accepte l'invitation sans plus réfléchir, sans prévenir personne et encore moins mon avocat rabat-joie, et je me fais envoyer les infos dans la foulée. L'occasion est trop belle pour passer à côté, cette émission va me permettre de faire parler de mon métier et de ce qui m'anime, tout en bottant en touche sur les questions de la *sextape*. Si j'explique à la France entière, l'air parfaitement détaché, que ces images privées auraient dû rester privées, que tout ça ne regarde que moi mais ne me fait pas honte, et que surtout ça ne change rien à mon travail, peut-être que des gens importants aux États-Unis finiront par le croire aussi.

***

Pendant plus d'une heure, sur ce plateau de télé, je joue les potiches presque sans broncher. Je ris aux blagues des autres, je me moque de moi-même en acceptant les allusions plus ou moins subtiles à la vidéo de Cosimo, j'essaie de ne pas relever les exemples flagrants de sexisme ordinaire, je ne prends pas la parole tant qu'on ne me la donne pas. J'ai même le temps de me dire que les différents chaperons qui croient et aiment régir ma vie seraient fiers de moi.

L'animateur télé un peu couillon finit par m'interroger de façon plutôt cash sur ma carrière.

– Willa Larsson, comment se portent vos escarpins « embrocheurs » d'hommes ?

– Je vous demande pardon ?

– D'après ce que j'ai compris ces derniers jours, vous jouez une guerrière sanguinaire dans une série américaine féministe… Mais vous tournez aussi dans des vidéos personnelles où vous plantez vos talons dans le cœur de vos amants. Sacré C.V. !

Le public ricane face à ces bons mots tellement préparés qu'ils tombent complètement à plat. J'hésite à remettre l'animateur à sa place en lui disant que son humour manque de couilles et que seuls les hommes fragiles se sentent menacés dans leur virilité par un pauvre talon aiguille, mais j'essaie de me contenir.

– Vous imaginez bien que je ne suis pas légalement en mesure de vous parler de cette histoire… Mais ça me semble le moment idéal de rappeler que les femmes et les hommes ont des droits, dont celui de disposer de leur image, et que ce n'est pas parce qu'on fait un métier public dans lequel on est très exposé que notre nudité ou notre intimité peuvent être livrées en pâture.

– Vous dites « pâture » parce que vous avez l'impression d'être traitée comme une vache sur les réseaux sociaux ?

Son rire gras essaie de faire passer sa blague nulle.

– Euh… non. Ce ne sont pas quelques insultes qui vont changer qui je suis.

Ce petit homme à lunettes commence à me chauffer. Mais je sais ce qu'il attend exactement : me faire sortir de mes gonds en direct dans son émission. Ce n'est pas la diversité qu'il espérait en m'invitant, c'est le buzz.

– Vous regrettez ces images, Willa Larsson ? Vous avez pourtant l'air de prendre votre pied. Ha, ha, ha !

– Je pense que ces jeux de mots n'amuseraient que vous s'il n'y avait pas un chauffeur de salle pour dire au public quand se marrer.

L'animateur se renfrogne un peu. Je continue avant qu'il ne m'attaque de nouveau.

– Vous savez, vous pouvez rire de tout si ça vous chante, mais c'est très sérieux et très violent. Il y a des jeunes filles qui ont envie de se suicider pour moins que ça. Ça en dit long sur notre société qu'une victime soit traitée comme une coupable dès lors qu'un lâche bien caché derrière son écran décide de poster une vidéo intime ! La honte doit changer de camp, ce n'est pas à celle qui n'a rien fait de mal de se justifier, de se retrouver insultée, harcelée. Prenez-vous-en à ceux qui diffusent ces images, bon sang !

– Alors ça, on ne peut pas parler pour lui. Votre amant fantôme se cache peut-être parce qu'il meurt de honte de s'être fait repousser par une…

– Par une ?

Le type à lunettes éclate de rire sans oser finir sa phrase. Tous les autres invités semblent assez gênés et je ne sais plus ce que je fiche ici. Ce n'est pas du tout ma place. Je n'arrive ni à parler de ma série, ni à donner mon véritable avis sur les sujets importants qui sont mis sur la table. À force de me surveiller, je n'aurai bientôt plus aucune repartie.

Je bois une longue gorgée d'eau avant de me relancer :

– À cette heure de grande écoute, on a quand même tous une responsabilité. On pourrait commencer par montrer l'exemple en se respectant sur les plateaux de télévision, en laissant les femmes parler du fond, de leur travail ou de leurs engagements, et pas systématiquement de leur apparence physique ou de la sexualisation de leur corps au service des…

– Pourtant vous êtes le nouveau visage d'une campagne de publicité pour une grande marque de maquillage, me coupe l'animateur.

– Oui, c'est mon métier.

Je ne vois pas où il veut en venir. J'ai de plus en plus de mal à garder mon calme et plus la moindre goutte d'eau au fond de ce verre.

– Qu'est-ce que ça vous fait, Willa Larsson, d'être le porte-drapeau des femmes à forte corpulence ?

Ses raccourcis et ses étiquettes d'un autre âge me rendent folle de rage.

– J'ai tourné une pub pour du mascara, monsieur, ça fait de moi le porte-drapeau des femmes à beaux yeux et à longs cils, rien d'autre. Je pense que vous n'avez pas du tout saisi le sens de cette campagne.

– Et je suis sûr que vous allez vous faire un plaisir de me l'expliquer… ironise-t-il encore.

Je prends une grande inspiration pour tenter de garder mon sang-froid.

– En fait c'est très simple, fais-je dans un sourire. Ce n'est pas parce que vous êtes complètement con que je m'imagine automatiquement que vous êtes le porte-drapeau de tous les connards de France, vous voyez ?

Rires francs dans le public. L'animateur débile décide alors de se rallier à ma cause plutôt que se mettre tout le monde à dos.

– C'est pour ce franc-parler que la France vous aime tant, Willa ! Je ne suis pas sûr que les States soient prêts pour vous…

– Malheureusement, les femmes comme moi qu'on essaie de museler et d'écraser depuis l'adolescence à coups de petites remarques innocentes et blessantes, comme on en a entendu des tas ce soir, ont tendance à croire qu'elles doivent crier deux fois plus fort que les autres pour se faire entendre. Ce n'est évidemment pas la bonne méthode et je continue à apprendre tous les jours à écouter un peu plus et à mettre les formes quand j'ai quelque chose d'important à dire.

– C'est tout à votre honneur et on va vous laisser la parole… On pourrait peut-être même apporter un verre d'eau à notre invitée mannequin actrice reine du mascara et peut-être bientôt femme politique, qui sait ?

Voilà que ce couillon me bichonne et me cire les pompes après s'être servi de moi toute la soirée pour amuser la galerie… Mais je joue le jeu pour utiliser à bon escient la tribune qu'il m'offre en direct.

– Ça fait des années que mon frère, Wolf Larsson, essaie de casser les codes avec son agence Strange & Strong, d'offrir un nouveau regard sur la beauté, les standards, les limites qu'on se fixe tous et les apparences qu'on essaie sans cesse de sauver, mais comme vous le savez, les lignes mettent du temps à bouger. J'essaie aussi de faire ma part dans les campagnes que je choisis ou les rôles que j'accepte et j'espère, peut-être un peu naïvement, plus d'égalité, plus de paix, plus de bienveillance, plus de justice. Et pour ça il faudrait qu'on commence à œuvrer tous dans le même sens, les artistes, les éducateurs, les politiques, les avocats…

Je ne sais même pas pourquoi j'ai dit ça. Et penser à lui à ce moment-là me déstabilise. Je sens ma carapace de guerrière se fendiller, mon discours traîner en longueur et mon naturel de grande gueule incontrôlable revenir au galop.

– En fait, je crois surtout qu'il serait grand temps que tous les privilégiés ouvrent un peu les yeux sur le reste de l'humanité qui a aussi le droit d'exister sans se faire emmerder.

Je m'arrête là en entendant ma propre vulgarité qui n'augure rien de bon. Mais le public se met à applaudir et je ne sais plus où me mettre. Je cache mes joues rougies dans mon verre d'eau jusqu'à ce que l'animateur télé ramène la couverture à lui – de la façon la plus maladroite qui soit.

– Willa, l'émission touche à sa fin, je me permets de vous demander si vous êtes libre pour dîner juste après…

– Ah, mais il va falloir faire la queue, cher monsieur !

Je tente une plaisanterie pour nous sortir tous les deux de là… Mais apparemment, lui ne blaguait pas.

– Vous me brisez le cœur, Willa Larsson !

– Ce sont des choses qui arrivent, fais-je dans un sourire. Contrairement aux apparences, j'ai une carapace bien coriace qui ne me rend pas très facile à séduire.

Et cette fois, je regarde la caméra bien en face pour que Rio sache que je parle de lui.

– D'ailleurs, les derniers qui ont essayé s'y sont cassé les dents !

Le public rit à nouveau de cette réponse, en imaginant sans doute que je suis en train d'envoyer un message revanchard à mon amant de la *sextape*. Et je quitte enfin le plateau, en pensant très fort à Colette et à ce nouveau plan foireux dans lequel elle vient de m'envoyer, dans le genre suicide télévisuel… en direct.

En rallumant mon téléphone dans la loge, je découvre quatre-vingt-quatorze messages et cinquante-neuf appels en absence de Wolf, Léo, ma mère, mon agent, mon père, mes copines mannequins et bien sûr mon avocat mayonnaise qui a dû tourner au vinaigre. Je crois que mes proches ont des choses à me dire sur ce nouveau buzz.

– *Oopsy*…

45

TA PEAU ET LA MIENNE

Willa

Je quitte les studios de La Plaine Saint-Denis dans la berline avec chauffeur mise à ma disposition par la production du talk-show. Vidée, le corps un peu fourbu et l'esprit bien embrumé, je me laisse bercer par les mouvements souples du véhicule, les yeux perdus dans le décor qui défile. D'ici peu, je risque de me faire engueuler de tous les côtés pour avoir encore « fait ma Willa », mais je me laisse quelques minutes de répit avant d'affronter tout ça. Je regagne le centre de Paris sur les coups de vingt-trois heures trente, retrouve les rues joliment éclairées du 4e arrondissement où se situe l'appartement de mon frère et de Léo et me décide enfin, cinq minutes avant d'arriver, à débloquer l'écran de mon téléphone.

[T'aurais pu me prévenir, Will'.
Colette nous a filé l'info à ta place,
trois minutes avant le début
de l'émission…]

[Tu ne fais rien comme
tout le monde mais tu le fais
bien, sœurette.]

[Ton message était clair
et puissant. Strange & Strong.
Et tu n'as même pas cassé
la gueule à l'autre naze.
Beau progrès.]

[Léo t'attend à la maison,
le champ' est prêt. Louve
a déjà réservé ton petit dej'
pour demain matin : Nesquik
à la petite cuillère et Cracottes
mâchouillées pour tout
le monde.]

Je souris aux messages de Wolf et en pensant à ma nièce que j'ai hâte de serrer contre moi. Puis je soupire de soulagement : mon frère n'a même pas envie de me trucider pour cette émission tournée dans son dos et qui a bien failli déraper.

J'écoute le message vocal de Colette qui me félicite d'avoir « secoué les roubignolles » de « l'autre rigolo » d'animateur avec mes « jolis roploplos bien en vue ». Celui de ma mère qui m'a trouvée trop maquillée mais très inspirante – même si j'aurais dû croiser les jambes avant la sixième minute. Celui de Léonore qui m'ordonne de me dépêcher de venir fêter ça.

Et la boule au ventre, je me force à cliquer sur l'ultime message vocal pour entendre Rio me gueuler ses mots doux à la figure.

« Sérieux, Willa ? Sérieux ?! »

Il marque une pause dans son message, puis reprend.

« Tu ne pouvais pas t'arrêter avant de traiter le type de connard ? C'était trop te demander de la mettre en veilleuse, juste une fois ? HBX nous surveille ! Tu es au courant que tu joues ta peau et la mienne, en ce moment ? On n'avait pas besoin de mauvaise publicité… »

Nouveau silence, nouveaux reproches. Mais cette fois, murmurés.

« Willa, quand est-ce que tu vas apprendre à ne pas déborder ? »

Je range mon téléphone dans mon sac à main et chuchote en observant le ciel à travers le toit panoramique de la berline :

– Jamais. Parce que le jour où j'arrête de déborder, ce n'est plus moi. Je ne suis plus Willa.

46

PAINT IT BLACK

Willa

Du noir partout.

C'est incroyable de voir à quel point, en l'espace de vingt-quatre heures, le décor de Strange & Strong a changé. Tous les murs de l'agence, du sol jusqu'au plafond, ont été placardés de panneaux noirs, le podium recouvert d'un tapis brillant couleur charbon et les invités s'apprêtent à s'installer dans la quasi-pénombre.

Wolf et Matthias ont frappé fort.

Dans les coulisses, alors que les aiguilles tournent et que le défilé doit démarrer dans moins d'une demi-heure, c'est l'effervescence. Penché sur mon sein droit pour quelques finitions, l'un des artistes maquilleurs glisse à son collègue d'accélérer sur mon mollet gauche. Un peu plus loin, Léonore est déjà prête et sublime, en robe en fourrure de lionne plus vraie que nature. Elle se marre avec Qin-Qin qui, dans une position improbable pour laisser le maquilleur faire son boulot, se plaint de son string et réclame de défiler commando – c'est-à-dire sans culotte.

– Willa, c'est pas toi la spécialiste de ce genre de trucs ? ricane Eugénie, dans son illusion de combinaison en cuir rouge.

– Arrêtez de la stresser avec ça, intervient ma belle-sœur.

– Cosimo fait toujours le mort ?

J'acquiesce, la mort dans l'âme. Mais je dois bien me faire une raison : pas de nouvelles de lui depuis l'apparition de cette vidéo trois jours plus tôt, ça ressemble à un aveu.

– Je ne sais pas s'il est coupable, mais je ne le crois plus tout à fait innocent, confié-je à mes acolytes.

Tout à coup, la voix de Matthias se met à retentir dans le haut-parleur qui relie la scène aux coulisses.

– Vingt minutes et on se met en place !

Artus apporte la touche finale à l'hippocampe qui couvre une partie de ma cuisse, puis va aider ses collègues à fignoler la robe arc-en-ciel de Qin-Qin – qui a gardé son string.

Je m'engage dans le couloir, croise deux autres mannequins avec qui j'échange des compliments sincères, puis tombe sur Wolf tout près de la double porte qui mène au podium.

– Ces mecs sont des génies, lâche le *big boss* en admirant l'œuvre d'art peinte sur ma peau.

– Je n'ai pas l'air nue ? Même pas un tout petit peu ?

– Des génies, je te dis.

Il me tend la tasse de café qu'il tient à la main et que je zieute avidement, je la vide quasiment d'un trait et mon frère hésite entre rire et lever les yeux au ciel.

– Ce n'est pas un shot, Willa.

– Chut, j'essaie de convaincre mon corps et mon esprit que c'en est un !

– Tu n'as pas besoin de ça pour assurer.

– Tu ne vas pas monter sur scène avec ces seins, ces cuisses qui se font coucou et ces fesses à l'air, toi !

– Stressée ? demande-t-il en se marrant.

– Par le défilé ? Un peu. Mais surtout par tout le reste…

Il hoche la tête en silence et j'admire son beau profil de grand méchant loup pas si méchant que ça – surtout avec moi. Cette agence, c'est son combat. Sa vision. La différence qu'il veut faire et la voie qu'il veut tracer dans cette société.

Je devine que le défilé qui est sur le point de démarrer est une étape importante pour lui, une bataille dont il a besoin de sortir victorieux. Et si je n'étais pas prévue au programme à l'origine, je rejoins le mouvement avec fierté.

– Ça va être dingue, Wolfy.

– J'espère. La presse et les invités sont quasiment tous arrivés. Il y a du beau monde, on ne peut pas merder. Tu sais que quand on tente l'impossible, il faut le faire bien.

Je répète la fin de son mantra en même temps que lui pour lui donner confiance. Il se frotte nerveusement les mains, ne sait plus trop où poser les yeux, inspire un grand coup, trépigne, et sa si grande humanité me touche, tout à coup.

– Merci pour tout ce que tu fais… pour les gens comme moi. Merci de me défendre depuis toujours. Merci de ne pas avoir honte de ta sœur trop grosse pour son bien et pour ce monde.

Nos regards se connectent et nos yeux, si semblables, si humides tout à coup, s'échangent cet amour fraternel inconditionnel qui se passe souvent de mots.

– Je n'aurais pas pu mieux choisir notre égérie, Willa.

– Sûr ?

– Ce que tu as fait hier soir, passer à la télé devant des millions de gens, tout risquer, te montrer telle que tu es, singulière en dedans et en dehors, entière, sans filtres, te mettre en danger pour ta cause et faire entendre la voix qui te revient de droit, ça demande un courage inouï. Je suis fier, Boulette, tu n'as pas idée.

Quelques minutes plus tard, alors que « Paint It Black » des Rolling Stones embrase tout le grand hall, je monte sur ce podium sans trembler, nue et entièrement peinte, féminine et féministe, grosse et battante, sous les yeux perçants de mon frère au sourire triomphant.

Mais aussi sous les yeux de ma mère et de mon père, qui restent à bonne distance l'un de l'autre mais applaudissent bien trop tôt et bien trop fort pour être discrets. Sous les yeux de Colette, qui n'y voit probablement que dalle dans cette salle foutrement sombre, malgré les énormes spots braqués sur moi, et qui fume probablement du cannabis dans sa vaporeuse en se demandant pourquoi on m'a tartiné tout le corps de merdier.

Et enfin, sous les yeux de Rio Delacroix – que je ne m'attendais pas à trouver là, au milieu de la foule – qui me donne chaud, froid, tout à la fois et qui, dans mes rêves les plus fous, me trouve belle, forte, brillante, désirable… et se meurt d'amour pour moi. Alors qu'il a probablement très envie de rentrer chez lui, plutôt que d'assister à cette mascarade, lui pour qui les apparences comptent tant.

La si frêle et si fragile Judith apparaît à la toute fin du défilé. Accompagnée de Wolf, son fils, celle qui a quitté son hôpital psychiatrique pour l'occasion jette de la peinture phosphorescente sur le grand mur noir du fond, dans des gestes saccadés et complètement désordonnés. Mais soudain, toute une fresque se dessine en fluo. Des visages, des corps, des regards, des peaux, des cicatrices, des vécus, des histoires.

C'est beau.

Terriblement émouvant.

Et je la trouve parfaite, moi, cette humanité tout entière, de toutes les formes, toutes les couleurs, tous les sexes, tous les bords, tous les rebords, tous les débords.

Et je ne comprendrai jamais pourquoi certains ne le voient pas.

***

– J'aurai enfin vu Willa Larsson défiler de mes propres yeux…

Jean noir, chemise blanche, veste en cuir, sourire qui vous caresse et regard qui vous happe, Rio a rarement été aussi beau. Il se plante devant moi au moment où je sors des coulisses et m'apprête à rejoindre le cocktail organisé après le défilé.

J'ai enfilé un smoking cintré couleur prune, des talons hauts et laissé mes cheveux en cascade un peu anarchique mais sexy. En pensant à lui.

– Verdict, Maître ?

Je lui souris, soulagée de me retrouver face à lui habillée.

– Tu es très belle, lâche sa voix rauque.

J'en ai des frissons partout dehors et des papillons partout dedans.

– Rien d'autre ?

– Qu'est-ce que tu veux me faire dire, Willa ?

Nos sourires s'élargissent un peu plus. J'ai soif, me lèche la lèvre, il m'observe et m'imite, rendant notre échange plus joueur encore.

Wolf et Léonore se pointent, main dans la main mais en se chamaillant pour une histoire de thé glacé renversé sur je ne sais quel chemisier, et mon avocat en profite pour filer en douce.

Donc tu joues, l'avocat. Mais tu n'assumes pas.

Je vais me venger sur le champagne et tout ce qui se mange et, alors que je suis assaillie par mes parents, mon agent, des mannequins, journalistes, couturiers, stylistes, certains que je connais bien, d'autres moins, je le vois apparaître à un endroit, puis disparaître à nouveau, la plupart du temps au téléphone.

J'imagine qu'il est encore en train de sauver mes fesses auprès du *network* après ma performance télévisuelle de la veille. Ces Américains sont décidément bien frileux. Mais à bien y réfléchir, je m'en veux un peu. Lui aussi a des intérêts en jeu, lui aussi risque gros quand ma grande bouche s'ouvre un peu trop.

Alors je dépose ma coupe de champagne sur une table, m'éloigne un peu de l'agitation et pars à sa recherche en quittant le hall.

– *Mia dolce* !

Je frémis au son de cette voix.

L'air d'avoir le diable aux trousses, Cosimo fonce sur moi et me prend dans ses bras avant que j'aie le temps de réagir. Un peu paniquée, je le repousse mais ses yeux au bord des larmes me contemplent trop tristement pour que je reste impassible.

L'Italien est méconnaissable : débraillé, très essoufflé, un peu paniqué, il semble avoir couru un marathon pour rejoindre l'agence et malgré moi, malgré tout ce qui l'accuse, une petite lumière s'éclaire sous mon crâne.

Seul un homme innocent oserait se montrer ici, en présence de tout ce monde.

De mon avocat sanguin.

De mon frère sanguinaire.

– Viens !

Impatiente d'entendre ce qu'il a à me dire, je l'attrape par le poignet et l'emmène discrètement en direction des coulisses. Une fois derrière une porte close, je lui tends une petite bouteille d'eau et lui balance :

– Tu as cinq minutes pour tout m'expliquer, Cosi.

Il vide quasiment la bouteille sous mes yeux et je devine qu'il n'est pas totalement clean.

– Tu as bu ? Pris des trucs ?

– On ne se refait pas, répond-il en souriant bêtement.

– C'est quoi cette vidéo ? Qui l'a mise en ligne ?

Je n'ai plus envie de rire, je veux comprendre. Mais je n'anticipe pas le bond qu'il fait dans ma direction, ni ses lèvres qui forcent les miennes.

Cosimo m'enlace et m'embrasse avec une hargne, une rage que je ne lui connaissais pas. Je le repousse en criant, en le mordant, en lui donnant des coups de pied et parviens à m'échapper. C'est seulement lorsque nos bouches se séparent que je remarque la porte entrouverte.

Et les yeux de Rio, remplis de flammes.

– Tu ne l'approches plus, sale ordure, c'est compris ?! rugit l'avocat en plaquant le photographe au mur.

J'entends presque son dos craquer contre le béton. Wolf arrive à son tour, étudie la situation en un fragment de seconde et se poste entre les deux adversaires.

– Pas ici, grogne-t-il. Pas comme ça.

– Dis-lui que tu es derrière tout ça ! enrage mon avocat sans toucher Cosimo.

– Rio, tenté-je pour l'apaiser.

– Non, Willa. Ouvre les yeux, putain ! Il vient de se jeter sur toi et tu le crois toujours inoffensif ? Il aurait fait quoi, il serait allé jusqu'où si personne n'était venu dans cette pièce ?

J'ai le cœur qui bat à mille à l'heure. Il y a Cosimo, oui, son état lamentable et ce baiser forcé. Mais il y a surtout Rio. Le voir si déchaîné, l'entendre me défendre si fort, ça me fait quelque chose d'indescriptible.

– Laissez-le s'expliquer, murmuré-je en dévisageant l'Italien.

– Je suis désolé, Willa, souffle-t-il. Ce n'est pas ce que tu crois… Ne les laisse pas t'influencer. Tu sais qui je suis !

Rio ne supporte pas d'entendre ça. Je le vois plonger en avant, attraper le photographe par le col et le foutre dehors comme un malpropre.

– Je sais où te trouver, c'est loin d'être terminé, mais pour l'instant tu dégages !

Je me jette à mon tour sur Rio et le retiens par la manche avant qu'il n'aille trop loin.

– Arrête ça ! La violence ne résout jamais rien !

– La violence ? répète-t-il, furieux. La violence, Willa, c'est ce que je l'ai vu te faire ! Tu voulais quoi ? Que je me joigne à vous et que je l'embrasse, moi aussi ?

Sa voix devient de plus en plus basse.

– Je t'ai protégée, rien d'autre. Ne me donne pas le mauvais rôle…

Wolf se poste à mes côtés et me demande si tout va bien. J'acquiesce et le vois filer à la poursuite de Cosimo, nous laissant seuls dans cette pièce chargée en colère et frustration.

– Tu l'as aussi empêché de parler, il allait enfin me dire ce qu'il s'est passé !

– Tu as vu dans quel état il a débarqué ? Ce mec est un putain de junkie, il ment comme il respire…

– Tu ne décideras pas à ma place à qui je parle ou non, Rio.

Nos regards farouches et obstinés se font la guerre.

Encore.

– Je l'ai vu te toucher, siffle le brun hors de lui. T'embrasser de force !

– Je vais bien, murmuré-je.

– Et toi, tu es venue t'enfermer ici avec ce dégénéré ! Non mais tu pensais à quoi ? Tourner une nouvelle vidéo ?

Je recule, sidérée par cette attaque cruelle, gratuite, indigne même de lui.

– Si je pensais que tu avais un cœur, je dirais que ça ressemble à de la jalousie, soufflé-je d'une voix ténue.

Rio me contemple férocement puis glisse les mains dans ses poches. Il se rapproche, l'air soudain nonchalant, pour se pencher sur moi, un sourire arrogant au coin des lèvres.

– Ne te fais pas de films, poupée. Je ne suis pas jaloux, je cherche juste à protéger ma cliente et mon contrat. N'adresse *plus jamais* la parole à cette pourriture tant que je bosse pour toi.

***

La soirée a pris fin peu de temps après cette confrontation. Je suis rentrée avec Léonore pendant que Wolf s'entretenait avec tout le gratin, la presse et ses invités. J'ai hésité cent fois à appeler Cosimo, puis renoncé. Hésité mille fois à rejoindre Rio chez lui, même si je ne sais pas où c'est. J'aurais pu trouver.

Je me suis finalement endormie en ayant terriblement envie de pleurer, puis réveillée aux aurores pour faire ma valise, griffonner un petit mot d'amour au loup, à la lionne et à leur progéniture.

Et j'ai filé à l'aéroport, en respectant le contrat.

– Te voilà.

Ce sont les seuls mots que mon avocat m'adresse et je m'en contente, trop lasse, trop à bout de forces pour tenter un nouveau round contre lui. Dans le Boeing qui nous ramène à New York en première classe, on n'échange pas un mot de plus. Sur le siège à côté de moi, il dicte des tas de choses à son téléphone, à voix basse mais bien intelligible. Je me tourne vers le hublot et me plonge dans le script de mes prochaines scènes.

Tout va trop vite et trop fort pour moi. Mes sentiments qui grandissent malgré ma raison et malgré son incapacité chronique à me comprendre. Et ça ne s'arrête pas là : Robbins, Cosimo, la vidéo, le *network*, Ira, les internautes… je n'ai jamais subi tant de pression à la fois.

– Faire signer la clause de confidentialité à Nola Manilla, récite Rio, tout près de moi.

– Nola Manilla ? Tu la connais ?!

– Sa maison de disques fait partie de nos gros clients.

Son ton se veut neutre mais il ne l'est pas tout à fait. Notre dispute d'hier est loin d'être réglée.

– Rio ?

– Oui ?

– J'ai remarqué que tu dictais tous tes messages. Pourquoi tu n'écris jamais ?

– Tu as d'autres questions passionnantes comme ça ? rétorque-t-il froidement. Et toi, pourquoi tu ne te tais jamais ?

Je soupire, me retourne à nouveau pour lui montrer mon dos et l'entends me chuchoter :

– Ma vie, ce n'est pas ton problème, Willa. Et des problèmes, tu m'en causes assez comme ça…

47

ESSAIE ENCORE

Willa
Douze ans plus tôt

J'ai 15 ans. C'est l'été, besoin d'un nouveau maillot de bain.

J'ai craqué le dernier en l'essayant ce matin. Ma mère m'a reproché de ne pas être assez soigneuse, je ne lui ai pas avoué que la couture n'a simplement pas tenu le choc. Les kilos pris cette année sont allés tout droit dans mes seins, mon ventre mou, mes hanches et le 44 ne suffira plus, je crois.

Quand aucune de mes copines ne dépasse le 40, sans avoir conscience de la chance qu'elles ont.

Je les déteste un peu, en vrai.

Ma mère m'a d'abord filé des sous pour que j'aille m'acheter un autre maillot à H&M en vitesse, avant de changer d'avis. Elle préfère m'accompagner. Il paraît que je fais toujours les mauvais choix.

Dans les cabines d'essayage, elle reste juste derrière le rideau et ça m'insupporte.

– Arrête de l'ouvrir, j'ai encore rien essayé !

– Ben je ne peux pas deviner, Willa !

– Ben demande !

– Ben débrouille-toi alors !

Mais elle s'éloigne à peine dix secondes avant de revenir fourrer son nez derrière le rideau. Elle ne peut pas s'en empêcher. Je ne veux pas qu'elle me voie nue ou en sous-vêtements, ni de face ni de dos. Je sais que c'est comme à la plage, mais justement, non, on n'y est pas.

Elle a toujours été mince, elle ne peut pas comprendre.

Je la fiche dehors en refermant sèchement le rideau et j'enfile un maillot deux-pièces hyper coloré : le haut passe du bleu pétant au jaune vif dans une sorte de dégradé. Et le bas fait pareil mais à l'horizontale, comme un coucher de soleil.

– C'est affreux, Willa, on dirait une toile de tente découpée dans un drapeau de la Suède.

– Mais j'étais pas prête, t'avais pas le droit d'ouvrir !

Je referme le rideau et j'ai envie de pleurer. Moi j'adore ce maillot. Et je déteste son avis.

Ma mère passe juste une main pour me tendre un maillot une-pièce entièrement noir.

– Mais c'est quoi ce truc trop triste ? C'est moche et c'est même pas à la mode !

– Peut-être, mais ça t'ira mieux.

Elle n'y connaît rien. Je roule en boule son truc de grand-mère et j'essaie un autre Bikini avec un tissu un peu miroir, rose pailleté. Je sais d'avance qu'elle ne va pas aimer.

– Je peux ? souffle l'impatiente de l'autre côté.

– Oui… Mais n'ouvre pas si grand, maman !

Je reste dos à elle mais je tiens le rideau quasi fermé pour me protéger du regard des autres. En revanche, je croise les yeux de ma mère dans le miroir et ça me tétanise.

Elle ne m'avait jamais regardée comme ça, je crois.

C'est un peu comme si elle me voyait pour la première fois. Ou qu'elle réalisait pour de vrai…

Dans son regard grave, je lis de la tristesse, de la pitié, peut-être même de la honte.

– Quoi, tu savais pas que j'étais grosse ? sifflé-je, sur la défensive.

– Je n'ai rien dit, Willa.

– Non, justement, tu dis rien depuis une heure et tu regardes mon ventre comme s'il te dégoûtait.

– Mais n'importe quoi, enfin, c'est ce maillot rose que je n'aime pas sur toi, c'est tout. On dirait un gros bonbon !

– Merci, maman…

Je lui referme le rideau au nez, je m'écroule sur le tabouret plein de maillots chiffonnés et je me mets à pleurer. En silence. En me regardant sangloter dans le miroir. Et en comptant le nombre de boudins entre mon haut et mon bas de maillot.

– Essaie le noir, ma chérie, je suis sûre que tu te sentiras mieux.

Elle me chuchote ça en restant bien sagement derrière le rideau. Mais pas parce qu'elle m'a enfin entendue. Juste pour qu'on ne la voie pas être la mère d'une fille comme moi.

Je sais qu'elle en aurait préféré une autre, mince et sportive comme elle, avec une volonté de fer. Mais ma mère ignore que j'ai une détermination bien plus grande à vivre qu'à maigrir.

Je suis au régime depuis que j'ai 4 ans. Pas trop de sucre, encore moins de gras, on ne grignote pas, on ne se ressert jamais deux fois, on y va à fond sur le blanc de dinde et les laitages zéro pour cent… On se frustre, on se prive, on a faim, on finit par ne plus penser qu'à ça et on se retrouve à vider une bouteille de Coca rouge entière et à manger des Knacki froides au milieu de la nuit.

Le résultat de toutes ces privations débiles, il est là, face au miroir.

– C'est toi qui te sentirais mieux si je portais ce maillot cet été, maman, pas moi.

– Alors on achète quoi ? Essaie encore !

– Rien ! Pas de maillot de bain pour moi cette année. Je me baignerai en short et en tee-shirt, comme Wolf.

– N'importe quoi, Willa. C'est le meilleur moyen de te faire remarquer ! Et c'est tout ce que tu ne veux pas.

Je renifle, sèche mes larmes, me rhabille, et je sens venir son laïus qui se veut protecteur.

– Tu sais ma puce, à la plage comme dans la vie, il y a les filles qui aiment bien qu'on les regarde… Et puis il y a celles qui préfèrent passer inaperçues. Ce n'est pas grave d'appartenir à la deuxième catégorie.

48

L'ANGE ET LE DIABLE

Willa

Pour montrer ma bonne volonté, je vais directement de l'aéroport aux studios de tournage. Je la joue détachée face aux costumiers, aux maquilleurs, aux coiffeurs, à mes partenaires acteurs et même à Robbins qui me teste à sa façon. Le réalisateur passe de l'indifférence la plus totale à quelques piques vicieuses pour voir si j'ai retenu la leçon et appris à la fermer pendant mon petit séjour à Paris.

Je le hais encore plus qu'il y a cinq jours.

Mais je tourne ma scène sans me planter – et sans l'aide de mon assistante qui aurait apparemment trouvé un meilleur job en mon absence.

Bulot ingrat...

J'échappe à la surveillance de Rio qui passe sa vie pendu au téléphone depuis qu'on a remis les pieds à New York. Et je cours derrière Jacob que je vois passer avec un script roulé dans la poche arrière de son jean. Je l'ai à peine reconnu mais lui fait bien semblant de ne pas me reconnaître.

– Eh, joli blond, où tu vas comme ça?

L'assistant du réal' se retourne, me sourit mais ne s'arrête pas pour autant de marcher. Je l'accompagne pour ne pas le ralentir dans son job.

– Tu t'es coupé les cheveux? Ça te va bien!

Je prends des pincettes parce qu'on est loin du compte. Celui qui arborait une chevelure de poney il y a quelques jours encore n'a plus qu'un millimètre de blondeur sur le crâne.

– J'avais besoin de changement, répond-il dans un haussement d'épaules.

Je n'ose pas lui répondre que ce dont il a *vraiment* besoin pour aller bien, c'est de parler à quelqu'un de ce qui lui est arrivé, de ne pas garder enfoui ce si lourd secret et, s'il en a l'envie et le courage, de porter plainte.

Et sûrement pas de se rendre moins séduisant pour espérer échapper aux griffes de son agresseur amateur de jeunes garçons imberbes mais qu'il peut tenir par les cheveux quand ses pulsions le prennent.

– Eh, Jacob, on va boire un café en fin de journée?

– Je sais ce que tu es en train de faire, Willa, et vraiment, je t'assure que ça va.

– Tu dois être sacrément fort, là-haut, murmuré-je en désignant son cerveau. Mais ne garde pas ça pour toi, ça va te ronger, te détruire. Et il pourrait recommencer… Dénoncer Robbins, ça ouvrirait la porte à d'autres, parce que tu n'es certainement pas le premier. Pas le seul. Et si vous êtes plusieurs à parler, tu te sentiras plus fort.

Le beau blond s'arrête soudain et me chuchote :

– Je ne peux pas. Je ne peux tout simplement pas. Je ne veux pas que l'affaire s'ébruite et risquer de perdre mon job. Il pourrait m'empêcher de bosser sur tous les tournages de New York.

– Je comprends, fais-je tristement, sans m'acharner.

Et en le laissant repartir vaquer à ses occupations d'assistant du réalisateur, je me fais la promesse solennelle de mener ce combat à sa place.

***

Le soir même, je me retrouve dans un bar avec Garance et son nouveau mec, Atticus, le cadreur métis avec des yeux verts à tomber et une afro qui gigote chaque fois qu'il rigole. Tous les deux m'ont traînée à cette soirée scène ouverte pour découvrir Bulle dans son tout premier stand-up en anglais. J'appréhende pour elle. Et je crois que c'est la première fois qu'elle mène à bien un projet sans m'en faire part, me demander de l'aide ou passer une nuit d'insomnie à me faire jurer qu'elle n'est pas complètement nulle.

Il faut croire que même les bulots les mieux accrochés à leur rocher finissent par prendre leur envol.

Pendant une bonne demi-heure, derrière son micro et ses grosses lunettes, ma BFF fait un carton avec son accent français, ses anecdotes croustillantes sur ses débuts dans le milieu du cinéma et l'état de sa flore vaginale dans le milieu du célibat. Je pleure de rire et je lui fais une standing ovation à moi toute seule à la fin de sa prestation.

– Merci frère ! C'est ma mère, glousse-t-elle en pointant son doigt vers moi. Elle m'a eue à 14 ans et je ne vous dis pas l'état de sa f…

Je cours jusqu'à la scène pour plaquer une main sur le micro et une autre sur sa bouche qui parle trop. Bulle revient s'installer à notre table sous de nouveaux applaudissements et vide une chope de bière presque d'un trait.

– Merci d'être venus, je me faisais pipi dessus…

– T'étais extra, Bulle ! la félicite Garance.

– Je suis tellement fière de toi, Bullette ! Et le mec au premier rang n'arrête pas de regarder par là.

– À tous les coups c'est toi qu'il veut, Willa.

Ma meilleure amie se renfrogne. C'est presque drôle, parce que j'ai été mille fois à la place de celle qui tient la chandelle et ne se fait jamais draguer, au point de ne pas pouvoir penser une seule seconde que je puisse être l'objet d'un désir ou même juste digne d'intérêt. Je refuse d'échanger les rôles avec Bulle.

– Je ne crois pas, non. Dès que tu lui tournes le dos, il me fait des grands signes en formant des ronds avec ses doigts… Alors soit il a un problème de testicule, soit il aime bien les filles à lunettes.

Mon lascar préféré lâche un rire gras et tonitruant puis finit sa deuxième bière avant de m'apprendre qu'elle va devoir démissionner de son poste d'assistante pour se consacrer à sa propre carrière.

– Je sais que je m'étais rendue vraiment indispensable par ma polyvalence et mon cou de taureau qui sait enfoncer les portes même les mains pleines, mais il est temps que tu te débrouilles sans moi, Larsson.

– Je devrais survivre… Ursule.

La blonde n'a pas le temps de m'écharper, le type du premier rang s'approche timidement de notre table et lui propose en anglais d'aller boire une bière au bar. Bulle pousse un couinement de petit animal et nous souffle en français que cette fois, c'est trop tard.

– Là, j'ai vraiment fait un petit pipi culotte.

– Je suis bilingue, répond le mec dans un français parfait. Et je suis infirmier aussi, on peut peut-être discuter mycoses et incontinence urinaire, au besoin…

Ma meilleure amie éclate de rire et je la sens tomber amoureuse dans l'instant. Elle s'éloigne en se tenant l'entrejambe à deux mains – elle va toujours trop loin – et je reste seule à ma table avec Garance et Atticus. Les nouveaux *lovebirds* insolents de bonheur et de beauté se mettent à flirter, à se frotter le nez, à faire des messes basses, à rire en silence, à se nouer les doigts, à pencher la tête du même côté et à s'embrasser dans le cou comme si personne n'existait plus autour d'eux. Je connais cette sensation et je ne leur en veux de rien.

Je suis juste jalouse comme un pou.

Je ne sais toujours pas ce que Cosimo a fait et pourquoi.

Je sais pertinemment que Rio et moi, nous n'aurons jamais ça.

Et ça fait deux excellentes raisons de faire la tête ce soir et de commander une barquette d'*onion rings* arrosés d'une maxi-margarita. La troisième raison arrive rapidement sur mon téléphone, sous forme d'un message vocal de Rio presque impossible à écouter dans le brouhaha du bar. Je lui réponds illico par texto.

[Tu ne peux pas taper
ton message ?
Je n'entends rien.]

« Non. »

[Sympa.]

« Je ne suis pas là pour être sympa. »

[Tu es là pour quoi, exactement ?]

« Apparemment, pour jouer à ton assistant puisque la place est désormais vacante. Mais j'ai autre chose à faire que dicter des messages ce soir. Bonne soirée, Willa. »

Je soupire et vais chercher mes écouteurs au fond de mon sac à main pour les brancher et pouvoir entendre ce qu'avait à me dire ce foutu avocat incapable d'avoir des rapports normaux avec moi.

« Un assistant de Robbins vient de me prévenir qu'ils avaient supprimé de ton planning la grosse scène de combat en extérieur prévue en Floride la semaine prochaine. Tu dois voir de quoi il parle. Choix artistique apparemment, mais ça ne m'étonnerait pas que ce soit leur façon de te punir de ta fugue à Paris et de faire pression pour que tu ne l'ouvres pas trop, désormais. Tu crois que c'est envisageable ? »

– Gnagnagna ! réponds-je tout haut à mon téléphone.

Non seulement j'ai passé des heures à répéter cette scène avec un chorégraphe et des tonnes de figurants, non seulement je ne mérite pas cette punition, mais en plus, je me fais sermonner par mon avocat comme un enfant après une bêtise. Celui qui est censé être mon allié sur ce tournage est tout simplement incapable de faire preuve de la moindre empathie.

J'hésite à le rappeler ou à lui envoyer ses quatre vérités par écrit, mais je crois que je n'ai même pas la force d'une joute verbale ce soir. Depuis qu'on est rentrés à New York, Rio s'amuse à nouveau à jouer le bel indifférent, le grand arrogant, l'avocat froid et professionnel qui ne sort jamais de son rôle.

Mais il faut croire qu'il fait bien son job, puisque la vidéo de la honte ne circule plus. Elle a été supprimée de toutes les plateformes de visionnage les plus connues et est désormais quasi introuvable sur la toile. Du coup, les commentaires haineux et méprisants se tarissent eux aussi.

Les *haters* n'ont plus rien à *hater*.

– Tu fais une drôle de tête, Willa. Ça va ? s'inquiète soudain Garance.

Mais je n'ai pas le temps de répondre que la jolie blonde au crâne rasé saute de sa chaise en découvrant un message sur son portable.

– Devine quoi ?! Mon assistant me dit qu'ils viennent de me rajouter une super scène de combat ! On tourne en extérieur avec des tas de figurants, c'est la semaine prochaine dans les Keys, je suis trop contente !

Je fixe Celerity du clan des Opalis, qui exulte et saute au cou de son mec, et je réunis toutes mes forces pour lui sourire et me réjouir pour elle. Bien sûr qu'ils vont essayer de monter les *queens* les unes contre les autres. Les puissants divisent pour mieux régner depuis la nuit des temps.

Mais Ira du clan des Onyxis vaut mieux que ça.

– Bien joué, Garance ! Tu le mérites. Elle va être canon cette scène…

« Moins canon qu'avec moi », pense mon petit diable.

« C'est une bosseuse », réplique mon petit ange.

« Elle a quand même des jambes beaucoup trop longues… », dit le diable.

« Mais c'est une fille bien », répond l'ange.

Je laisse ma copine actrice planer sur son petit nuage avec son bel Atticus et je vais déverser mon sarcasme sur les réseaux sociaux, en postant une série de sondages en *stories*.

« Peut-on être belle comme un cœur, mince de nature sans faire le moindre effort, en bonne santé, chanceuse dans sa carrière comme dans sa vie amoureuse… sans être forcément une garce détestable ? Vous avez quatre heures. »

« Peut-on être à la fois envieuse de ses copines et heureuse pour elles ? »

« Peut-on aimer la bouffe plus que les gens ? »

(Je publie celui-ci par-dessus une photo en gros plan de ma bouche qui mord dans un *onion ring*, toutes dents dehors.)

« L'alcool peut-il rendre beau ? »

(Je poste celui-là par-dessus mon visage qui louche, un *onion ring* perché au bout du nez.)

« Peut-on tomber amoureuse du mec qu'on déteste le plus au monde ? »

(J'écris ce texte sur un selfie de ma moue dubitative…)

Et j'efface aussitôt la *story* : pas envie qu'on pense que je parle de Cosimo. Pas envie que Rio devine que je parle de lui.

Eh merde.

Je crois que je suis vraiment tombée sous son charme. Ce n'est pas du tout normal de penser à lui à toute heure du jour et de la nuit, à New York ou à Paris, seule dans un bar ou au milieu de plein de gens sur un plateau de télé. Pas du tout normal pour moi de ne plus regarder les autres mecs, de ne plus avoir envie de danser, de sortir, de m'éclater, de séduire. Pas plus qu'il est normal de se poser cette question stupide : « Peut-il m'aimer moi sans s'aimer lui-même ? »

– Mon Dieu, je suis pathétique, grommelé-je à voix haute. Voilà exactement ce qui manquait à sa liste : « Inconsciente, immature, irréfléchie, intenable… et pathétique ! »

Il faut que j'arrête la margarita. Et de parler toute seule. Et de penser à lui. Non, Rio Delacroix n'est pas et ne sera sans doute jamais amoureux de moi. Fin de l'histoire. Affaire classée. Dossier suivant !

Mais mon portable vibre à nouveau et mon stupide cerveau buté espère de tout cœur que ce soit encore lui. Sauf que c'est le prénom de Cosimo qui s'affiche à l'écran et me fait rater un battement.

Dans ce texto, une vidéo suivie d'un message :

[Le bon vieux temps, non ?]

J'ai les doigts qui tremblent avant de cliquer sur « *play* ». Me voilà avec les cheveux un peu plus courts, les joues roses et les yeux brillants, dans les toilettes d'un club parisien, en train de glousser face à une rangée de rails de cocaïne alignés près du lavabo en marbre noir. Je panique en me souvenant de ce que j'ai fait après. Cette fois, je m'en rappelle parfaitement. La vidéo tangue, passe de mon visage à la poudre blanche, la voix de Cosimo me demande ce que j'attends, je semble hésiter, il passe sa main sur ma joue, dans mon cou, puis m'attire à lui et m'embrasse sûrement, mais la vidéo coupe et reprend. Sur l'image d'après, je suis penchée en avant, je rabats une mèche derrière mon oreille et l'Italien tient dans ses mains le reste de ma chevelure brune. Sous ses yeux attendris et ses encouragements joyeux, je sniffe la drogue à travers un billet de banque roulé.

C'était la première fois pour moi. Et la dernière. J'ai détesté après ça cette sensation d'euphorie incontrôlable, de toute-puissance, cette énergie soudaine et proche de l'hystérie, cette envie de danser et de boire encore, de ne plus jamais rentrer, cette impression d'être imperméable à la fatigue, à l'alcool, au regard des autres, cet appétit et cette libido décuplés, comme si la drogue avait ouvert toutes les vannes de mon corps malgré moi. De nature, je suis déjà dans l'excès : j'aime parler fort, rire fort, chanter fort, aimer fort, râler fort, je ne sais même pas faire autrement…

Je n'ai vraiment pas besoin de ça pour me stimuler ou me désinhiber. Et je regrette amèrement de m'être laissé tenter.

Mais pourquoi Cosimo a filmé cette scène sans m'en parler ?

Pourquoi il m'envoie cette vidéo maintenant, plus d'un an après cette soirée ?

Pourquoi il sort de son silence seulement pour me faire chanter ?

Est-ce qu'il a seulement été mon ami ou il se fout de moi depuis toutes ces années ?

Comment j'ai pu à ce point me planter sur lui ?

Pourquoi je ne comprends plus rien ?

Et s'il apparaît sur les images… alors qui filme ?

Je relève le nez de mon téléphone avec cet horrible sentiment de paranoïa : qui me veut du mal ? Je ne me suis jamais posé autant de questions sans avoir la moindre réponse sous le coude. Je rêve d'appeler quelqu'un au secours, mais qui ? Papa, maman ? J'ai passé l'âge. Mon frère ? Il a déjà largement de quoi faire. Mon avocat ? Non merci, pas ce soir. Ma meilleure amie ? Elle est en plein rencard, accoudée au comptoir.

J'entends d'ici son rire de lascar et il résonne dans mon crâne en même temps que dans ce bar. Il me vrille les tempes et me serre le cœur. C'est exactement le même rire que celui que je viens d'entendre dans la vidéo. Je me la repasse à toute vitesse, le volume à fond et les écouteurs enfoncés dans les oreilles. Il n'y a pas deux rires comme le sien.

C'est Bulle qui nous filme.

Et c'est mon cœur qui explose dans ma poitrine.

Peut-on avoir pour meilleure amie la plus grande des traîtresses ?

49

RETENIR LES COUPS

Rio

Il est minuit passé quand des boum, boum, boum résonnent contre la porte de mon appart-hôtel. Ça ne peut être qu'elle. Le malheur frappe toujours deux ou trois fois… Willa toujours dix.

Derrière la porte, je la retrouve en pleurs, un chignon mal fait au sommet de la tête, du maquillage noir sous ses yeux très bleus et des sons inaudibles qui sortent de sa bouche. Aucun doute, ça déborde.

– Willa, qu'est-ce que…

– Il va recommencer !

Elle me colle son téléphone portable sous le nez, beaucoup trop près, je l'attrape pour mieux regarder et elle s'invite dans ma chambre. Dos à la porte refermée, je regarde trois fois cette vidéo débile, chancelante, trop longue, trop bruyante, mal filmée mais parfaitement explicite : Willa a consommé de la cocaïne dans les toilettes d'une boîte de nuit, en compagnie de cet abruti d'Italien, toujours lui, qui cherche définitivement la merde.

Et ça me fout en rogne de savoir qu'elle a pu faire une telle connerie.

– La drogue, c'est tout ce que je déteste, grogné-je comme si ça avait la moindre importance.

– C'est la seule fois de ma vie où j'en ai pris.

Je relève enfin mes yeux vers elle. Willa ressemble à une petite fille penaude, touchante, assise au bord de mon lit, prête à avouer sa bêtise pourvu qu'on l'aide à la réparer.

Enfin, une grande fille. Elle porte une longue chemise en jean clair dont beaucoup de boutons sont ouverts, avec une fine ceinture *camel* nouée à la taille et qui lui remonte les seins. Pas si gamine que ça du tout, en apparence.

Elle ne devrait pas me plaire. Elle ne devrait pas m'émouvoir. Pas maintenant.

Je regarde ailleurs pour ne pas me laisser distraire de ma colère.

– C'est Cosimo lui-même qui t'envoie ça ?

– Oui. Ça ressemble à une menace, non ?

– S'il avait voulu diffuser cette vidéo, il l'aurait déjà fait.

– Mais il ne dit pas ce qu'il veut en échange…

– Ce type est tout sauf net.

Je ne supporte pas la violence et j'ai toujours résolu mes problèmes autrement. Il n'y a que les bœufs pour coller leur poing dans la gueule de ceux qui se mettent sur leur chemin. Mais ce mec me donne régulièrement envie de lui refaire le portrait et de me défouler sur lui.

– Il faut que tu me dises tout ce que vous avez fait ensemble, Willa. Tout ce qu'il a contre toi. Et qu'on arrête Cosimo avant qu'il ne détruise complètement ton image et ta carrière.

– Je ne sais pas ce qu'il cherche… sanglote-t-elle. Et il a peut-être une complice.

Sa voix se noue et ses larmes roulent de plus belle sur ses joues. Je la regarde en serrant les dents, je m'interdis d'aller la prendre dans mes bras.

– Qui ça ?

– Bulle… Je crois que c'est elle qui filme.

– Ça ne veut pas dire que…

– Rien ne veut plus rien dire, Rio ! Je ne sais pas qui je dois croire, de qui je dois me méfier, si mon ex est une ordure ou juste un mec torturé, si ma meilleure amie m'a trahie ou pas, si toi tu me juges, si tu es de mon côté ou contre moi…

Son regard trempé me sonde, me fusille, me supplie, et ça me désarme de la voir comme ça. Elle a besoin de moi. Et je n'ai *vraiment* pas besoin de ça.

Toujours contre la porte, j'enfonce mes mains dans mes poches pour m'empêcher d'aller les poser sur elle, de sécher ses larmes, de la coller contre moi en lui disant que ça ira.

Déjà, je n'en sais rien.

Et ensuite, j'ai décidé de ne plus jouer à ça avec elle. Je dois rester pro.

Chaque fois qu'on s'est rapprochés, ça n'a pas pu s'arrêter là. Avec toutes les autres, je suis capable de faire la part des choses entre une partie de jambes en l'air et la vraie vie. Entre mes envies et mes obligations. Mon désir et mon devoir.

Mais pas avec elle.

Willa Larsson est un drôle de spécimen.

Avec elle, tout s'emmêle, tout me tiraille et je finis toujours sur une pente glissante. J'ai déjà dépassé plus d'une fois les limites du contrat et je ne peux plus me le permettre. Qu'elle déborde si elle veut, si elle ne peut vraiment pas s'en empêcher, mais moi je dois rester dans le cadre.

Et à bonne distance d'elle, cette poupée qui rend fou, juste avec un décolleté, des yeux tristes et des reparties cinglantes.

– Pas la peine de jouer le bel indifférent, Maître Stoïque, c'est moi qui te quitte.

Et la brune se relève de mon lit, récupère son trench à côté d'elle, plante une dernière fois son regard de guerrière fatiguée dans le mien, et décide de partir. Sa petite phrase bien trouvée m'a presque arraché un sourire. Et sa façon de me contourner sans trembler, d'ouvrir la porte et de se barrer sans se retourner, c'est moi que ça retourne. Pendant de longues secondes, je lutte contre l'envie stupide de lui courir après.

Pour quoi faire ?

Pour quoi dire ?

Je me retourne contre la porte restée ouverte, j'y fais cogner mon front plusieurs fois, autant de fois qu'elle a tapé à ma porte un peu plus tôt. Je lutte, je lutte… et je me mets à courir.

Comme le dernier des cons, je me jette à sa poursuite dans le couloir de l'hôtel, je la retrouve devant l'ascenseur de mon étage, je prononce son prénom et Willa se retourne juste avant que je me jette sur elle. Que je la plaque contre le mur. Que je l'embrasse à ne plus pouvoir respirer, mes mains sur ses joues encore mouillées, ma bouche sur ses lèvres au goût salé, mon corps collé à ses courbes moulées dans cette chemise en jean que j'ai envie de lui arracher.

Ce n'est pas elle qui m'arrête. Ce n'est pas la raison. Pas plus que ce n'est le contrat qui me lie au *network* ou la pression de terminer ma mission pour pouvoir passer associé. C'est cette putain de porte d'ascenseur qui sonne, s'ouvre et crache son intrus sur nous.

Une silhouette nerveuse en sort et Willa la reconnaît avant moi.

– Cosimo ?

Sa voix était blanche. Ma gueule doit faire la même chose tellement je sens mon sang me quitter et aller pulser n'importe où, n'importe comment.

– Qu'est-ce que tu fous là ? sifflé-je entre mes dents serrées.

Par réflexe, je me place entre Willa et l'Italien qui ne marche pas droit.

– Ah, je te trouve enfin, Delacroix !

Sa diction foireuse, sa bouche pâteuse, son regard fiévreux, ses gestes anarchiques : tout chez lui pue l'alcool, la drogue et le désespoir.

– Tu n'es pas dans ton état normal, Cosi... s'inquiète la brune derrière moi.

Mais c'est avec moi que le photographe a envie d'en découdre, ce soir. Il s'approche pour me parler tout près d'une voix traînante.

– Touche-la encore une fois et la vidéo atterrit sur YouTube.

Il accompagne sa menace d'un index planté sur mon épaule, je me recule juste assez pour qu'il arrête de me toucher. Et pour m'empêcher de lui refaire la face.

– Qu'est-ce que tu es venu chercher, exactement ? lui demandé-je.

– Qu'est-ce que ça peut te foutre ?

– Tu vas t'attirer de très sérieux ennuis et tu ne sais même pas pourquoi.

J'essaie de parler le plus calmement possible pour le raisonner. Ce soir, ce pauvre type me fait pitié.

– En plus d'ignoble, ce que tu fais est illégal, tu vas finir en taule. Arrête-toi avant de…

– Parce que tu crois que tu vaux mieux que moi ?

Son regard devient mauvais et son sourire faux allume une alarme au fond de mon cerveau. S'il a réussi à trouver l'adresse de mon hôtel, sur quoi d'autre est-ce qu'il a pu se renseigner ?

– Cosi, s'il te plaît… murmure Willa dans mon dos.

Mais l'Italien pose ses yeux dérangés sur moi et ne me lâche plus. Sa bouche tordue dans un sourire inversé me balance :

– Tu crois qu'un mec comme toi a des leçons à me donner ? Avec ton père baron de la drogue et ta mère meurtrière qui pourrit en prison depuis trente ans ?

C'était la phrase à ne pas dire. La personne à ne pas toucher. Le coup de grâce pour moi. Une rage impossible à contenir fait bouillir mon sang, monte et descend dans tout mon corps jusqu'au bout de mes doigts. Avant même de l'avoir décidé, je me jette sur le photographe en m'entendant hurler :

– Comment tu sais ça ?!

Et avant même de m'en rendre compte, je balance mon poing serré sur le visage brouillé du photographe. Mes phalanges atteignent la pommette de Willa qui surgit entre nous deux, je n'ai pas le temps de retenir mon coup. Elle crie. Je me fige. Paralysé par ce que je viens de faire, je n'arrive plus ni à bouger ni à parler. Je voudrais m'excuser, lui demander si ça va, prononcer juste son prénom, mais rien ne sort.

Je ne parviens pas non plus à les arrêter quand la brune décide d'entraîner son ex par le bras, de dévaler les escaliers et de partir avec lui. Elle se tient la joue et ne me regarde même pas.

Je viens vraiment de frapper la fille que…

Que quoi ?

50

DÉCHIRÉ

Willa

La pommette en feu, la tête qui tourne un peu, je laisse Cosimo m'emmener à pied en direction de Times Square. Même à plus d'une heure du matin, en plein mois de mars, la place la plus fréquentée de Manhattan est encore bondée. Éclairée par les immenses écrans accrochés à ses buildings, elle ne dort jamais.

– Regarde, Willa !

Le photographe agité pointe du doigt l'un des écrans LED et j'y découvre mon visage en gros plan, ma peau claire rendue parfaite par le maquillage et les retouches, mes cheveux lisses et brillants, mes lèvres qui sourient tristement, des larmes qui coulent de mes yeux si bleus, entre mes cils si noirs, pour vanter les faux pouvoirs de ce mascara face aux émotions vraies.

– Elle l'a fait ! s'écrie l'Italien en levant les mains au ciel. Times Square, *mia dolce* est une star !

Au milieu de ce carrefour des mondes, il s'excite tout seul, immortalise ce moment sur son téléphone portable, tourne sur lui-même comme un gosse, chancelle, rit de plus belle et je prends conscience qu'il ne va *vraiment* pas bien.

– Cosi, calme-toi, lui chuchoté-je. Viens, on va boire quelque chose de chaud.

– Tu ne me détestes pas ?

Son regard un peu fou s'accroche au mien, je lutte contre moi-même pour garder mon calme, lui sourire et prétendre que non.

– Toi et moi, c'est spécial ce qu'on a, lui glissé-je en même temps que mon bras sous le sien.

Je n'en pense plus un mot, évidemment. Si je l'ai suivi dans les rues de New York, c'est uniquement pour ça : calmer le jeu, ne surtout pas le provoquer, le faire monter en pression, éviter à tout prix qu'il partage cette nouvelle vidéo en ruinant ma carrière et ma vie pour de bon.

Ma mission, cette nuit, est de le convaincre que malgré ses menaces, malgré toutes les crasses qu'il m'a faites, je reste et resterai de son côté. Pour qu'il ne m'en fasse pas d'autres.

Pauvre taré…

Il faut être sérieusement atteint pour y croire, mais j'ai la sensation que Cosimo va mordre à l'hameçon. Qu'il est suffisamment alcoolisé, défoncé, dans un état second pour gober mes mensonges aussi gros que moi.

– Au fait, c'est Bulle qui nous a filmés ? lui demandé-je d'une voix neutre, en traversant la rue pour rejoindre un café.

– Je ne sais plus trop, j'étais tellement déchiré… On l'était tous. Pourquoi ?

– Juste comme ça.

Je prétends m'en foutre à moitié et passe à autre chose, m'assieds à la première table libre sur une terrasse chauffée et l'invite à s'installer en face de moi. Mais Cosimo préfère choisir la chaise collée à la mienne. Il s'y laisse tomber lourdement et abandonne sa tête sur mon épaule.

Je prends sur moi comme jamais pour ne pas l'envoyer valser.

J'ai des envies de meurtre. Je me vois l'écharper, lui faire bouffer tous les mégots du cendrier, lui arracher tous ses cils, lui couper la langue pour ne plus entendre son accent italien chantant, fracasser ses dents parfaites sur cette jolie table ronde éclairée par un photophore. Et puis je respire un grand coup et chasse toutes ces merveilleuses images de mon esprit. J'ai besoin qu'il me parle.

– Cosi, pourquoi tu cherches à ruiner ma carrière, ma réputation ?

Il soupire, frotte son visage sur mon trench beige avant de geindre.

– Les temps sont durs, Willa.

– C'est vraiment une raison pour t'en prendre à moi ? fais-je tout bas.

– Je prends trop de saloperies et je me suis cramé, plus personne ne veut de moi dans le métier. J'ai foiré des shoots, perdu des contrats, je ne bosse presque plus. Et je manque de thunes pour acheter ma came.

– Ou te payer une cure de désintox, grommelé-je malgré moi.

– Quoi ?

– Rien, continue.

Il se redresse et me fixe, l'air soudain inquiet.

– Tu vois ? Tu me détestes !

– Je te jure que non…

Je te jure que oui.

– Quelqu'un m'a contacté le mois dernier, reprend-il d'une voix faible. On m'a proposé pas mal de fric en échange de ce petit jeu…

Tu oses appeler ça un jeu, salopard ?!

– Quel jeu, exactement ? murmuré-je, livide mais sous contrôle.

Eh oui, pour une des premières fois de ma vie, sans que je sache bien pourquoi, j'arrive à garder la maîtrise de la situation. De mes pulsions. De moi.

– Quel jeu, Cosi ?

– Balancer des trucs sur toi, créer des scandales par-ci, par-là pour te nuire, te décrédibiliser.

– Qui veut me couler, Cosimo ? Qui t'a proposé cet argent ? Ensemble, on pourrait…

– Ah, ça, je ne peux pas te le dire, *mia dolce*. Impossible. Non, non, non, n'essaie pas de m'avoir.

Ses yeux arrivent à peine à rester ouverts, sa bouche à articuler, il est pathétique.

– C'est Robbins ? tenté-je soudain. Et Bulle… c'est ta complice ?

– Eh, un whisky *sour*, s'teuplait ! lance-t-il à un passant qui n'est même pas serveur.

Je m'excuse d'un petit signe et prends mon visage entre mes mains. Ne pas exploser me demande un effort surhumain.

– J'ai encore pas mal de dossiers en réserve, Willa. Mais je peux encore tout arrêter…

Je le contemple de profil et sens ma gorge se serrer, les larmes monter. Je l'aimais sincèrement. Je pensais avoir trouvé en lui un ami véritable, instable et fêtard peut-être, mais l'une de ces rares personnes qui restent et qui comptent toute une vie durant.

– Tu attends quoi de moi, Cosimo ?

– J'en ai marre de ce gâchis, *amore*. Toi et moi, on pourrait tout plaquer. Recommencer ailleurs. J'en peux plus de ces excès, de la pression, ce monde n'est pas fait pour nous… Pars avec moi.

– Comment je pourrais te faire confiance, après tout ça ? soufflé-je.

– Viens avec moi et tout ce qui est dans ce téléphone disparaît, Willa. Je deviendrai un nouvel homme pour toi. *Solo per te*.

Il pose une main fébrile sur ma cuisse, frôle du regard ma pommette endolorie puis penche la tête vers moi en fixant mes lèvres.

– Sois à moi et plus rien de mal ne t'arrivera…

D'une main plaquée contre son torse, je le repousse brusquement pendant que de l'autre, j'attrape son téléphone que je balance sur la route de toutes mes forces. Le portable se brise sur le bitume, avant de passer sous les roues d'un SUV.

– Va te faire soigner et oublie-moi pour de bon, Cosimo. Toi et moi, c'est *finito*, *morto*, espèce de *figlio de merda* !

Je lui jette au visage de quoi se payer un verre ou deux et je saute dans le premier taxi, pendant que l'Italien s'écroule sur la table, front en avant.

Qu'il se crame le cul pour de bon, ce chacal, ce traître, ce faux ami.

***

Je pleure un bon coup dans le taxi, puis ravale mes larmes en même temps qu'un sachet entier de Milk Duds. Oui, à cet instant précis, le sucre est mon meilleur ami.

Une fois arrivée à la 82th Street, je salue Albert à la lumière des lampadaires, tête baissée, avant de disparaître dans l'immeuble, puis de m'engouffrer dans l'ascenseur. Face au miroir qui recouvre toute une paroi de la cabine, j'observe l'hématome violacé qui commence à se dessiner sur ma joue.

– Belle droite, l'avocat… C'est ma maquilleuse qui ne va pas être ravie de ton exploit.

Enfin, ça, c'est si j'arrive à conserver mon rôle dans cette série malgré le pétrin dans lequel je me suis fourrée jusqu'au cou. Et même la joue.

J'avance dans le couloir, pressée de regagner l'appartement 10A, et repère une étrange silhouette au loin. Assis au pied de ma porte, enfermé dans un sweat à capuche vert sombre, Rio Delacroix.

En m'entendant arriver, le brun torturé saute sur ses pieds et fixe son regard intense sur moi.

– Willa…

Sa voix a quelque chose de changé. Toujours aussi grave, mais plus sombre, plus déchirée. Prise d'une timidité soudaine, je m'arrête à un mètre environ, mais son bras s'enroule autour de mes épaules et me ramène doucement à lui.

Rio me serre contre son torse avec délicatesse, sans oser serrer trop fort. Ses lèvres dans mes cheveux, il respire profondément puis me glisse à l'oreille :

– Tu vas bien, poupée ? Je ne t'ai pas… ? Et lui… Il ne t'a… Il n'a rien tenté ?

C'est exactement de ça que j'avais besoin. De toi.

Je fais non de la tête. Il m'inspecte rapidement, effleure ma pommette du bout de son pouce en serrant les dents.

– Ta joue. C'est moi qui t'ai fait ça…

Il hésite, cherche ses mots, semble vraiment dévasté d'avoir pu faire une telle chose.

– Je ne supporte pas cette idée… Je n'aurais jamais…

– Je sais, c'était un accident, murmuré-je. Je devrais survivre, ne t'en fais pas.

Je me sens si bien, dans tes bras.

– Je suis désolé, Willa. Tellement désolé…

Je crois bien que je t'aime, l'avocat.

– Je suis bien plus coriace que ça, tu sais ? soufflé-je dans un sourire. J'ai une bonne carapace.

– Arrête tes conneries. Le réal' qui s'acharne sur toi, le taré qui te suit à la trace en pleine nuit, moi qui te cogne… Tu vis dangereusement, Willa Larsson. Et tous les hommes qui t'entourent sont d'abjects bourrins.

Il parvient à me faire rire, ce crétin.

– Viens dormir avec moi.

Je n'ai pas vraiment réfléchi avant, je lui ai juste chuchoté ces mots en le tirant doucement par la main. L'un de ses sourcils se hausse, il se lèche les lèvres, pris de court. Je glisse la clé dans la serrure et précise :

– Juste dormir. Tout doux, l'avocat.

Sans rien montrer de ce qu'il pense de cette proposition impromptue, il me suit à l'intérieur. Je lui précise que nous sommes seuls. Garance passe la nuit chez Atticus et Bulle est en train de dérider quelques New-Yorkais dans son bar à scène ouverte et ne rentre généralement pas avant très tard… Voire très tôt.

Bulle. Quand je songe à elle, quelque chose se serre en moi.

– À quoi tu penses, Willa ? lâche le brun inquiet dans mon dos.

– À mon lit. Avec toi dedans.

– Montre-moi le chemin.

Son timbre chaud a quelque chose de doux, de tendre, tout à coup. Ça me ferait presque frissonner. Après toutes les émotions de la soirée, il n'en faut pas beaucoup pour me faire monter les larmes aux yeux.

Il cale sa main dans la mienne et on avance du même pas. Avec lui, je me sens en sécurité comme avec aucun autre. Je prends conscience que j'avais besoin qu'il se pointe à ma porte, ce soir, comme il l'a fait. Besoin de lui dans mon camp. Besoin de lui dans ma vie.

– Je fais la fière la plupart du temps, lui avoué-je tout bas. La forte, l'indépendante, l'intouchable. Mais la vérité, Rio, c'est que je me sens seule, sauf quand je suis avec toi.

Il marque un temps d'arrêt pour me regarder. Ses yeux cappuccino m'enveloppent et je lui fais un aveu de plus.

– Je me sens un peu cabossée, aussi, un peu brisée par tout ça, là…

Je repars en direction de ma chambre, passe la porte, Rio tente de me prendre à nouveau dans ses bras mais je le pousse sur ma couette fleurie sans lui demander son avis. Il se laisse tomber sans résistance, les bras écartés.

Là où il y a juste assez de place pour moi.

– Alors laisse-moi te rafistoler, poupée…

Et en moins de cinq minutes, je m'endors contre lui. Tout contre.

51

LE CAS WILLA

Willa

Aucune idée de l'heure qu'il est. Le soleil filtre à travers les volets de mon appartement, j'ai affreusement mal au côté gauche et il y a un homme endormi dans mon lit. Le plus bel homme qui…

Stop.

L'homme dont je suis complètement…

Stop.

Je me mords la langue pour que mon esprit arrête de dire n'importe quoi.

Rio est allongé sur le dos, dans un tee-shirt bleu cobalt, un bras replié sous sa tête reposant de côté, et j'ai l'impression que même en dormant, son beau visage racé affiche cette ride du lion entre les deux yeux qui me fait complètement craquer. Et qui me rappelle tous les tourments étouffés sous ce crâne, toute son histoire si lourde à porter, toute la violence qu'il réprime pour ne surtout pas être comme son père. À force de se contenir pour ne jamais déborder, est-ce qu'il arrive seulement à vivre ?

Du bout des doigts, je frôle son grand front torturé, je passe dans sa tignasse brune et je m'entends lui chuchoter :

– Je t'…

STOP.

Sans le réveiller, je me rends dans ma cuisine en emportant mon téléphone et un long kimono fleuri à enfiler par-dessus mon tee-shirt et mon shorty.

J'adorerais m'emmitoufler dans le sweat ou la chemise de mon avocat sexy, mais il y a des fantasmes qu'il vaut mieux garder pour la nuit. Ou pour le jour où ils inventeront la pilule qui peut te donner l'apparence que tu veux chaque matin en sélectionnant sur une application : taille, poids, teinte de peau, couleur des yeux, coupe de cheveux, taille de bonnet et forme des seins, bombé du fessier et finesse des articulations.

Pour une fille qui combat les diktats de la beauté, je me pose là.

À la place, j'ouvre mon application « messages » et réalise que j'ai été bombardée. Wolf, Léo, Bulle qui a découché et même Colette qui a l'air décidée à faire son boulot, tous m'envoient le même lien vers la même vidéo.

Je n'ai pas besoin de la visionner, je sais déjà, je tremble déjà, je suffoque déjà. Cosimo a mis sa menace à exécution.

Paniquée, je fais les cent pas, me bouffe les doigts, hésite à aller réveiller l'avocat qui dort chez moi mais un appel me coupe dans mon élan. Je me sens obligée de décrocher.

– A… allô ?

– Willa Larsson ? C'est encore Jared Walls, le directeur des programmes d'HBX.

– Je sais qui vous êtes, soupiré-je, dépitée.

Il n'était pas ravi la dernière fois qu'il m'a appelée… Mais là, il m'aboie carrément dessus.

– Vous êtes convoquée en urgence dans les bureaux de la chaîne ! À quelle heure pouvez-vous vous présenter ?

– D'ici une heure, ça irait ?

– Une demi-heure !

Le type raccroche sans mettre aucune forme et je sais que je suis dans la mouise jusqu'au cou.

Rio apparaît sur le seuil de ma cuisine, les cheveux en désordre mais le regard déjà concentré. Il secoue son téléphone qui ne fait que vibrer et s'allumer au creux de son immense main et son air grave ne me dit rien qui vaille.

– Même convocation, même punition, m'apprend sa voix rauque.

– Café ?

– J'en prendrai un à emporter. Je fais un saut à mon hôtel pour enfiler un costard, on se rejoint là-bas ?

– J'ai peur… bredouillé-je.

– Je sais.

Il fait un pas vers moi, lève la main vers mon visage, effleure ma joue bleuie pendant la nuit, mais hésite et renonce finalement à tout geste de tendresse. Ça crée un vide immense dans mon cœur, au creux de mon ventre, comme si on avait déjà aspiré toutes mes forces, ma volonté, ma combativité.

– Je mets quoi ? Je dis quoi ? Je fais quoi ?

Il ne le sait sans doute pas mais il n'y a pas beaucoup

d'hommes sur terre face à qui j'ose me montrer aussi vulnérable.

– Cache ton bleu mais sois toi-même, Willa. C'est pour ça qu'on en est là, non ?

Il quitte mon appart sur cette phrase et je ne sais pas si je n'aurais pas préféré ses conseils à la con, pour une fois, des ordres bien carrés, un protocole à suivre à la lettre pour me sortir de là.

***

Dans cette immense salle de réunion, une dizaine d'hommes en costume trônent fièrement autour d'une table ovale avec leur petite pancarte posée devant eux révélant leur nom et leur fonction. Directeur des programmes, représentants du *network*, conseillers juridiques, producteurs de la série, le réalisateur bien sûr et d'autres dont je ne comprends même pas l'intitulé. Pas une seule femme autour de la table et pas un seul qui ne soit pas blanc de peau.

Pour des promoteurs de la diversité et de l'inclusion, ils se ressemblent vraiment tous beaucoup. Et ça me désespère.

Mais le cas désespéré ici, aujourd'hui, c'est moi.

Je les écoute déblatérer deux bonnes heures sur mon image de marque et ses répercussions, la présence de drogue bien visible sur la vidéo, les préjudices subis et les potentielles poursuites à engager contre moi. J'entends « licenciement », « rupture de contrat », « avertissement », « effet immédiat ». Je vais sûrement tout perdre.

Tout ça me semble tellement surréaliste que je me détache de la scène. J'ai l'impression d'y assister d'en haut, sans être concernée. Sans doute pour me protéger, j'imagine une autre application où il suffirait d'appuyer sur un bouton pour disparaître d'une pièce et réapparaître exactement où on veut.

J'appuie une fois : je suis en tenue de combat sur une plage de Floride et Ira la guerrière écrabouille tous les mâles sur son passage, réalisateur vicieux inclus.

J'appuie de nouveau : je me retrouve sur une plage paradisiaque d'Amérique du Sud avec Rio Delacroix qui a beaucoup trop chaud pour porter un costard ou quoi que ce soit.

J'appuie encore : me voilà à Paris, entourée de mon clan Strange & Strong pour la meilleure soirée de tous les temps, à tremper des chips dans la Nocciolata, boire des litres de margarita et chanter à tue-tête avec ma nièce qu'après tout, on s'en fiche !

– Willa ? Répondez à la question : en quelle quantité en avez-vous consommé ?

– Pardon ? Des margaritas ?

– Non, de la cocaïne.

À ma gauche, Rio s'impatiente. Je croise son regard café noir qui aimerait bien que j'y mette un peu du mien mais qui me fait signe de ne pas répondre.

– Écoutez, lance-t-il en défaisant les boutons de sa veste, ce n'est ni la première ni la dernière actrice à consommer alcool et drogue lors d'une soirée festive. Vous savez comme moi que ce sont les deux carburants de cette industrie.

– Les autres ne se laissent pas filmer en pleine action, bougonne un type de l'autre côté de la table.

Mais mon avocat ne se laisse pas démonter.

– Cette vidéo a été tournée bien avant le début du tournage, ce sera très facilement démontrable. Ce qui signifie que les actions de Willa, filmées ou pas, ne rompent absolument aucune clause du contrat.

– C'est indéfendable, Delacroix, s'énerve un représentant de la chaîne. Comment on justifie ça auprès de notre jeune public ? On va avoir toutes les associations anti-addictions sur le dos.

– Je me permets de vous rappeler que je ne suis ni l'avocat de cette série ni celui de votre *network*, mais uniquement celui de Willa Larsson. Je vous laisse faire votre travail pour protéger vos intérêts, je m'occupe de ceux de ma cliente. Et cette vidéo tournée à son insu sera irrecevable auprès d'un juge, vous le savez aussi bien que moi.

Si je ne risquais pas de tout perdre, je me jetterais probablement sur lui.

J'admire son aplomb, le calme et la profondeur de sa voix, sa façon de parler avec les mains mais sans jamais s'emporter, la place que prennent ses larges épaules, seul face à dix bonshommes plus âgés et plus influents que lui, la force de son regard quand il ose les affronter un par un, les yeux dans les yeux, son autorité naturelle, son charisme presque nonchalant quand il parvient à sourire après une énième attaque contre moi.

– Qu'est-ce que vous proposez ? s'agace un avocat de l'autre côté. On augmente son salaire ? On prépare l'Emmy Award tout de suite ?

L'insolent me jette un petit coup d'œil amusé qui me fait fondre, du genre : « Et pourquoi pas ? Elle le mérite ! » Puis il lisse sa cravate du plat de la main et repart au front.

– Donnez-moi quelques heures pour faire retirer cette vidéo de la plateforme…

– Ça ne suffira pas à l'effacer du Web, elle circule déjà partout.

– Si la plupart des sites officiels la suppriment, ça envoie un signal fort au public. Et l'absence de référencement sur les moteurs de recherche va la faire tomber dans l'oubli rapidement.

Je serais bien incapable de savoir si tout ça est vrai ou si Rio bluffe. Mais il pourrait raconter n'importe quoi, à cet instant, que je boirais ses paroles.

– Ensuite, comptez sur moi pour poursuivre l'auteur de cette vidéo en justice et l'empêcher de nuire à nouveau.

Je réprime un petit frisson de malaise en pensant à Bulle. Je ne sais toujours pas si elle est impliquée et mon cerveau refuse de le croire. Mais c'est bien de Cosimo dont mon avocat parle et toute la tablée semble se mettre d'accord sur l'ennemi commun à abattre.

– Pour le contrat de Willa Larsson, qu'est-ce que vous souhaitez faire ? relance un avocat de la chaîne en se penchant vers les producteurs de la série.

Ils se concertent un petit moment à voix basse, les bouches cachées par des dossiers, et comme chaque fois que je suis stressée, je ne peux pas m'empêcher de penser à tout autre chose. J'espère qu'ils ont tous l'haleine fraîche et qu'ils ne sont pas en train de se souffler des relents de pastrami à la figure.

À côté de moi, Rio perçoit ma fébrilité et glisse son immense main sur mon bras. Je peux sentir la chaleur de sa paume à travers la manche de mon chemisier blanc et je crois que personne ici ne peut imaginer le bien que ça me fait. Encore moins les images que me renvoie la simple idée de ses mains posées sur moi.

Un des types prend la parole et détourne mon regard de Rio.

– Willa conserve son rôle dans la série pour le moment, mais plus aucun scandale ne sera toléré. Vous pouvez prendre ça pour un dernier avertissement. Le reste va se régler entre avocats désormais. Cette réunion est ajournée.

J'acquiesce comme une enfant prête à tout pour pouvoir sortir d'ici, respirer, et surtout continuer à jouer Ira. Je ne donne pas cher de ma peau pour la saison deux, mais je veux au moins aller au bout de ce tournage et faire partie des *Queens of Dust*.

Tous les hommes se lèvent, se serrent la main et se frappent les épaules comme s'ils venaient de résoudre un conflit mondial. Je fais profil bas et quitte la salle de réunion en suivant les pas de Rio.

Juste au moment où je m'apprête à passer la porte, le réalisateur à la moustache suante m'adresse un petit sourire sournois et presse le pas pour me rejoindre. Je l'ignore mais nos deux corps se frôlent en essayant de se doubler dans l'encadrement de la porte. Et j'entends très nettement Robbins me glisser tout bas :

– Il ne fallait pas te mêler de mes affaires de cul, Big Girl.

Je n'en reviens pas qu'il ait le culot d'avouer ça à voix basse comme s'il ne risquait absolument rien, comme s'il était au-dessus de tout. Mais c'est bien lui qui est derrière tout ça. Lui qui a dû proposer tout ce fric à Cosimo pour se débarrasser de moi. Pendant un millième de seconde, j'hésite à lui arracher les yeux, voire pire, mais c'est mon avocat qui fait volte-face et vient se planter entre le réalisateur sadique et moi.

– Faites bien attention, Robbins, un scandale est très facile à faire éclater. Mais à étouffer, c'est une autre histoire.

Leur petite confrontation crée un bouchon à la sortie de la salle de réunion, mais personne ne semble s'intéresser à ce qu'ils ont à se dire. Tous ces gens importants sont déjà passés à d'autres dossiers et histoires de gros sous.

Rio doit dépasser le réalisateur d'une bonne tête mais le petit nerveux ne se laisse pas impressionner.

– Je me suis aussi renseigné sur votre compte, Delacroix, qu'est-ce que vous croyez ? Un petit conseil : surveillez vos arrières et surtout votre passé.

Je vois le brun fulminer et je caresse un instant l'espoir qu'il lui éclate la pommette. Mais ce n'est pas le genre de Rio qui se contente de sourire en coin, pour de faux, avec toute l'arrogance dont il est capable.

– Essayez de tenter quoi que ce soit contre moi et je vous pulvérise, Robbins.

L'autre éclate de rire et je pousse Rio vers la sortie. Son message était suffisamment clair et je n'ai pas besoin que cette réunion s'éternise ou que qui que ce soit change d'avis sur mon cas.

En voyant Rio traîner et s'entretenir avec les autres avocats, je décide de repartir seule et de le laisser à ses règlements de comptes personnels. J'aurai l'occasion de le remercier mais là, tout de suite, j'ai une autre obsession.

[T'es où, Bulle ?]

[À l'appart, je viens
de rentrer. Pourquoi ?]

[Ne bouge pas.]

[J'peux pas, j'ai du mal
à marcher après la nuit
que j'ai passée...]

[Chut, ne gâche pas tout !]

[Gâcher quoi ? Frère,
je crois que j'ai un mec.
Pour de vrai. Et les infirmiers,
c'est vraiment le bon plan pour
apprendre des trucs sur
ta propre anatomie...]

[Non merci, Bulot.
J'arrive !]

Dans le Uber qui me ramène à la 82th Street, je ne cesse de me répéter l'unique bonne nouvelle de la journée : ma meilleure amie n'était pas derrière tout ça. Même si elle a probablement filmé ces images avec le téléphone de Cosi, elle ne savait pas ce qu'il allait en faire. Ce n'est définitivement pas elle qui a diffusé les vidéos qui auraient pu causer ma perte. Elle n'est ni une traîtresse ni la complice de Cosimo. Le seul responsable, c'est Robbins, il vient de le reconnaître à demi-mot.

Et ça ne fait pas un pli : il n'y a que ce pervers pour imaginer un coup aussi tordu et se servir de mon ex pour faire pression sur moi et m'empêcher de parler.

– Raclure de bidet… Sueur de moustache… Pastrami pourri…

Ernie fait une drôle de tête en m'entendant insulter le vide. Je l'embrasse sur la joue en riant et je me précipite dans l'ascenseur. Je trépigne derrière les portes qui mettent des plombes à s'ouvrir, puis je cours jusqu'au 10A, défonce presque la porte d'entrée et vais me jeter sur le canapé où est affalé mon lascar préféré.

– Je sais que c'est pas la taille qui compte, mais quand même tu m'écrases, lance Bulle en suffoquant sous mon poids.

Je la redresse comme une poupée de chiffon entre mes bras, elle en perd ses lunettes et je la serre le plus fort que je peux contre moi.

– Merci de ne pas m'avoir trahie, Ursule. J'aurais perdu toute foi en l'humanité.

– Je comprends rien mais je te kiffe aussi, frère. Par contre tu vas vraiment me casser en deux si tu continues… Si tu savais ce que l'autre m'a fait, déjà !

52

TOUCHÉ

Rio

Fin mai à New York : jamais je n'aurais pensé en être là.

Les dernières semaines viennent de passer à une vitesse folle. Garance n'a pas fait de vagues. Willa a retrouvé les studios et une couleur de joue normale. Elle se tient plutôt à carreau, bosse dur, n'a pas remplacé son assistante par une autre et se couche presque tôt.

En approchant de la fin du tournage, le planning s'intensifie et je ne la vois plus qu'en coup de vent. C'est à peine si j'ai le temps de lui parler entre deux scènes.

Tant mieux.

Ou tant pis.

Au moins, je n'ai pas eu trop à réfléchir à « nous », à nos derniers rapprochements. Elle et moi, c'était sûrement dû au foutoir à gérer et aux épreuves traversées ensemble. Mais je crois que les rebondissements l'ont vaccinée des dérapages incontrôlés.

La poupée XL n'est plus trop venue me chercher.

Tout ça m'a laissé le temps de bosser sur le cas Cosimo, de faire disparaître la vidéo et d'obtenir contre lui une ordonnance restrictive. Sur le territoire des États-Unis, il n'a plus le droit d'approcher Willa ni même de la contacter par téléphone, e-mail, lettre ou SMS. Cet abruti fini a bien essayé de lui faire livrer des fleurs et du champagne, ce matin, mais je les ai interceptés avant leur arrivée. Réglo, je vais quand même la retrouver à la pause déjeuner pour lui filer le petit mot dégoulinant d'amour et d'excuses qui lui est destiné.

En tenue de combat, la peau recouverte d'huile parfumée pour donner une illusion de moiteur et de transpiration, Willa est assise sur des marches au soleil et picore dans une boîte à salade. Je m'assieds à côté d'elle, une marche plus bas, et lui tends entre deux doigts la petite carte qui accompagnait les fleurs de Cosimo.

– Tiens, c'est pour toi.

– Tu écris, toi, maintenant ? me demande la brune en fronçant les sourcils.

– Certainement pas en commençant par *mia dolce*.

Ses billes bleu clair s'écarquillent et sa bouche pulpeuse délaisse sa salade pour former un O outré.

– Tu as lu ma correspondance privée, Maître Curieux !

– Non, j'ai protégé ma cliente d'une éventuelle lettre d'insultes ou de menaces…

Une petite moue dubitative plus tard, elle déchire le petit carton en mille morceaux et jette les mini-confettis blancs au-dessus de nos têtes en riant.

– Vive les mariés ! prononce-t-elle sur un ton ironique.

Sa petite plaisanterie m'arrache un sourire mais je choisis de ne pas réagir.

– Au lieu de te la garder pour toi, tu pourras donner la bouteille de champ' à Jacob ? Peut-être après avoir vérifié qu'elle n'est pas empoisonnée…

– Je ne suis toujours pas ton assistant, mais OK pour faire une exception, râlé-je par principe. Comment il va, lui ?

– Il a des cernes jusqu'au milieu des joues mais d'après ce qu'il me dit, Robbins le laisse tranquille.

– Ce porc a retenu la leçon… grogné-je.

– Non, tout le monde est juste trop débordé pour faire autre chose que tourner. Ou alors il a changé de victime pour se faire discret.

– Tu as renoncé à vouloir le faire couler ?

– Ça t'intéresse vraiment ?

La reine des emmerdeuses me regarde droit dans les yeux et je laisse échapper un soupir.

– Ça va faire bientôt six mois qu'on est à New York, je suis content que ça se termine mieux que ça n'a commencé, avoué-je pour éluder sa question.

– Tu es content de rentrer à Paris et de retrouver ta vie ?

– Je vais pouvoir me consacrer à mon cabinet.

– Et au dossier de ta mère.

Touché.

Willa tombe toujours juste. Que ce soit avec ses flèches de guerrière ou avec ses mots, elle touche toujours là où il faut.

Et où il ne faudrait pas.

– Six mois, bon sang… répété-je à voix basse.

– Et on a survécu, tu vois ?

– Je n'y croyais vraiment pas.

Elle sourit. Je fixe la pierre noire brillante collée entre ses yeux, elle regarde la ride marquée entre mes sourcils où je passe souvent le doigt et on reste un moment comme ça, à se dévisager. Je repense à notre première rencontre dans cet avion, où on avait déjà failli s'écharper.

– Tu n'as pas été simple à suivre, Willa Larsson.

– Et tu as été une horreur à supporter, Rio Delacroix.

– Il faut toujours que tu ailles trop loin…

– Je déteste les adieux, je te préviens que je vais commencer à devenir agressive juste pour le plaisir. Là, par exemple, j'ai très envie de te planter cette fourchette en plastique entre les yeux. C'est soit ça, soit je pleure dans ma salade Caesar.

Je me marre et lui retire délicatement la fourchette des mains comme si c'était une arme blanche de catégorie D.

Demain, on part tous pour Cuba où les dernières scènes de l'épisode final seront tournées sur quelques jours. Ensuite, ce sera terminé. Retour à nos vies.

– Ce n'est pas encore tout à fait fini… Tu crois que tu peux tenir encore soixante-douze heures sans esclandre ?

– Rien n'est moins sûr, n'oublie pas que j'ai toujours mes griffes sur moi.

Et Willa me montre ses ongles acérés vernis de noir pour me prouver qu'on ne la désarme pas comme ça. Bien sûr que ça me fait un truc. Que des images me reviennent comme des flashs aveuglants, sa main posée sur sa cuisse nue dans le bain, ses ongles plantés dans mes fesses en pleine action, ses doigts partout sur moi.

– Bruna, Garance, Ifé, Giselle, Willa… Vous êtes attendues sur le plateau numéro trois, annonce une voix dans un mégaphone. Retouches maquillage, s'il vous plaît !

La reine Ira se lève pour répondre à son devoir. Elle ne s'est jamais montrée si docile et j'ai une terrible envie de la retenir par le bras pour la mettre en retard. Mais elle se plante face à moi, dans ce corset noir sexy et sa jupe faite de lanières de cuir et bandes de voile noir qui pendent entre ses cuisses.

Toujours assis, je dois serrer les poings pour empêcher mes mains de passer sous son costume.

– Merci de m'avoir prise presque comme j'étais, l'avocat. De ne pas avoir trop essayé de me changer. Mine de rien, sans me brusquer, je pense qu'en fait tu as un peu réussi. On ne s'est pas entre-tués, c'est déjà un exploit, mais tu as fait plus que ça…

Elle regarde autour d'elle comme si elle s'apprêtait à me faire un aveu que personne ne doit entendre.

– Tu m'as adoucie, je crois.

Son beau regard perçant s'embrume et la guerrière fragile vient poser son pouce entre mes deux sourcils froncés.

– Tu devrais essayer pour voir, ça fait du bien parfois.

Le contact de son doigt m'électrise, mais le choix de ses mots m'apaise. C'est toujours comme ça avec elle, à double tranchant. La reine se retourne et s'éloigne sans me laisser le temps de répondre.

Juste le temps de cogiter encore sur le cas Willa.

Cette fille est capable de passer de la plus chaude à la plus tendre. De vous toucher de cette façon qui vous fait perdre la tête une nuit, et le lendemain de vous caresser la main juste comme vous en avez besoin. Parce qu'elle ne triche pas, parce qu'elle sent les gens, parce qu'elle a trop besoin d'amour pour ne pas savoir exactement comment en donner. Elle clame qu'elle déteste tout le monde mais la vérité, c'est qu'elle sait prendre soin des autres comme personne.

Et je ne savais même pas que ce genre de talent existait.

En plus des leçons de féminisme, la suivre à la trace pendant six mois m'aura appris bien plus que je ne le pensais. Sur moi, sur la façon dont je me mens à moi-même, parfois, sur ce que j'aime, ce qui me touche vraiment. Ces limites que je me fixe comme garde-fous, ces critères que je m'impose, ce type de femmes à aimer, toujours le même, ce cadre qui me permet de tout maîtriser, ces verrous qui me protégeaient et qu'elle a commencé à faire sauter.

En fait, je ne sais pas si j'ai vraiment envie que ça se termine.

Je ne sais même pas si je ne suis pas en train de tomber, comme un con, amoureux d'une poupée prénommée Willa.

Tout doux sur les verrous, Delacroix.

53

COUPEZ !

Rio

J'ai délaissé mon costard et fait tomber la chemise pour supporter les trente-cinq degrés de Cuba. Même mon marcel blanc me colle à la peau et il faut vraiment que je tienne à ce boulot pour ne pas me foutre torse nu comme la plupart des mecs ici.

Deux jours dans cette forêt tropicale à proximité de Trinidad et je rêve déjà de retrouver New York. Voire Paris.

Bien sûr, le décor est paradisiaque. Mais les routes de montagne défoncées, les chemins caillouteux à finir à pied, l'humidité de l'air, la terre partout, les chutes d'eau bruyantes, les plantes luxuriantes, les moustiques omniprésents, très peu pour moi.

Pour cet ultime jour de tournage, Ira doit échapper au roi Je-ne-sais-plus-qui et à toute son armée en se jetant du haut d'une cascade pour atterrir dans une sorte de minuscule vasque naturelle. Une doublure va réaliser cette cascade à sa place mais Willa devra quand même se jeter à l'eau, être filmée en train de nager pour remonter à la surface puis embrasser à pleine bouche Je-ne-sais-pas-quel-autre-type censé appartenir à un autre clan que le sien.

Ce n'est pas que ça ne m'intéresse pas. C'est juste que j'ai envie de refaire la face de cet acteur moitié américain, moitié coréen, qui jouait déjà dans *Kings of Dawn*, qui a l'air d'être la coqueluche de toutes les figurantes du jour et que même Willa est allée saluer timidement.

Willa, timide... On aura tout vu.

Elle a partout sur le corps des mots de guerrière écrits à la terre, à tous les endroits où sa peau nue le permet. Les lettres noires ressortent sur son teint pâle et je la trouve époustouflante.

Vraiment extraordinaire.

Robbins, lui, passe son temps à beugler dans son mégaphone, à râler sur le crétin qui a décidé de venir tourner ici – lui –, à critiquer le peu de ressemblance entre Willa et la cascadeuse – qu'il a lui-même choisie –, et à hurler sur la nature pour réclamer que les oiseaux et les cascades fassent moins de bruit. Même ses assistants flippés finissent par rire de lui et de sa bêtise.

Depuis trois prises, il coupe avant même la scène de baiser pour que Willa ouvre plus grand les yeux sous l'eau, pour que ses seins ne se barrent pas de son corset à chaque plongeon, et que son costume ne flotte pas autour d'elle comme si elle ne portait rien.

– Elle est à poil, putain ! On va encore m'accuser d'être un vicelard pour rien, crache l'abruti de réal'.

La brune qui est en train de se faire sécher pour recommencer la prise cherche mon regard de loin. Je lui fais signe de respirer, elle soupire, je place mes doigts près de ma bouche et donne un tour de clé imaginaire, elle la boucle et me sourit. C'est presque devenu trop facile.

Moi ? Je transpire, j'enrage de ne pas pouvoir faire taire ce réalisateur de malheur... Mais encore plus de ne pas pouvoir voir toutes les images de ces prises ratées qui me semblent valoir le coup d'œil.

À la quatrième prise, Willa réussit à maîtriser son costume, ses yeux, ses seins et je serre le poing comme s'il s'agissait de ma propre victoire quand je la vois ressortir de l'eau en fouettant l'air de ses cheveux mouillés.

Elle est renversante. De force, de beauté, de grâce, de sensualité.

Après les poings, je me retrouve à serrer les dents quand ce type l'attrape par les fesses, qu'elle s'enroule à califourchon sur lui et qu'ils s'embrassent pendant des secondes et des minutes interminables.

Allez, c'est bon, coupez...

Mais Robbins leur dit de continuer, approche sa caméra de leurs visages trempés, de leurs bouches qui ne font pas les choses à moitié et qui me donnent envie de hurler.

MAIS COUPEZ !

Comme pour mieux me torturer, le réalisateur fait du zèle et leur demande de se mordre, de mettre la langue, de tournoyer dans l'eau verte, de s'empoigner les cheveux, de laisser leurs visages s'immerger pour s'embrasser encore sous l'eau, de remonter sans jamais se décoller.

C'est con, j'aimais bien ce personnage dans la première série. Maintenant, je vais devoir le buter.

– Eeet… coupez! braille enfin Robbins qui libère ses acteurs.

Et moi dans la foulée.

Willa met quelques instants à reprendre ses esprits, elle sourit au Coréen en passant ses doigts sur ses lèvres endolories, il lui murmure je ne sais quoi à l'oreille qui me file de nouvelles envies de meurtre, et soudain tout le monde applaudit. Comédiens, figurants, techniciens, maquilleurs, costumiers, assistants, tous relâchent la pression et célèbrent la fin de ce tournage par des cris de liesse et de soulagement.

Je me retrouve à applaudir aussi, pendant que Willa sort de l'eau et braque ses yeux bleus sur les miens. Elle semble émue. Sonnée. C'est évidemment elle que j'acclame en battant des mains comme un con, sans jamais la quitter du regard.

Et c'est elle que je suis jusqu'à la caravane où on la laisse enfin seule pour qu'elle puisse se changer.

Deux coups contre la porte. Elle m'ouvre et je n'ai pas le temps de dire ouf. Ses griffes noires attrapent mon débardeur blanc, elle m'attire à l'intérieur et me plaque contre la porte refermée.

– J'espère que tu n'es pas venu ici pour discuter, l'avocat… souffle-t-elle tout près de ma bouche.

– Juste pour te faire oublier le goût de l'autre, répliqué-je sans hésiter.

Et on se jette l'un sur l'autre comme des affamés, je dévore ses lèvres pulpeuses qui m'ont tant manqué, je joue avec sa langue addictive, je mordille ce qui me passe sous la dent pour marquer connement mon territoire de mec mort de faim, je colle mes mains sur ses cheveux mouillés, dans son cou, sur ses reins, je retrouve mes marques sur son corps voluptueux que je colle au mien et qui me donne des tas d'idées que même Robbins préférerait ne pas filmer.

Je m'entends grogner, je l'entends couiner, rire, soupirer, gémir et c'est moi qui me décolle en premier.

Après, je ne pourrai plus m'arrêter.

La brune incendiaire me sourit, essoufflée, à peu près dans le même état second que moi. J'observe les mots tatoués sur sa peau et je lui glisse sans y penser :

– Si je n'étais pas dyslexique, j'écrirais des tas de choses indécentes sur ton corps, moi aussi.

Je ne m'attendais pas du tout à ce que ça sorte maintenant, comme ça. Cette fille fait tomber mes barrières et j'en viens à gaffer sur l'un de mes secrets les mieux gardés. Je m'en veux de me montrer aussi faible et de m'être laissé aller.

– Alors c'est ça ? chuchote-t-elle en plissant les yeux.

Tandis que je fronce les sourcils, contrarié par cette confidence non préméditée, elle attrape mes mains, embrasse les doigts de ma main droite puis y entrelace les siens.

– C'est pour ça que tu dictes tout et que tu n'écris jamais rien ?

Elle semble très surprise mais est en train de recoller les pièces du puzzle toute seule en direct.

– Je cache bien mon jeu, d'habitude, et depuis toutes ces années.

– Pourquoi, Rio ?

– C'est plus simple de cacher ses failles que de les affronter, parfois, fais-je dans un haussement d'épaules qui se veut nonchalant.

Et puis son regard bienveillant posé sur moi me fait changer d'avis. Arrêter de résister. Il y a de la magie dans ses yeux. Mes dernières barrières cèdent.

– Mais tu comprends tout, tu sens tout, toi, avec tes yeux perçants qui voient tout au fond des gens.

Et je plonge dans son regard bleu clair comme de l'eau cristalline.

– Rio… Les complexes, les imperfections à dissimuler, les défauts qu'on essaie de compenser, je suis un peu maîtresse en la matière, tu sais ?

– J'ai longtemps eu honte de ça… Mais avec toi je n'ai plus envie de me cacher, Willa.

– Pourquoi ?

Ce n'est pas la réponse que j'attendais.

– Je suis quoi pour toi ?

Sûrement pas une autre question comme ça.

Son regard inquisiteur et son intensité me laissent sans voix.

– Rio, je suis quoi ?

– Je ne sais pas, Willa…

Ma réponse la fait tiquer, elle défait nos doigts entrelacés, les passe dans ses cheveux encore humides, recule dans sa caravane et va s'emmitoufler dans un peignoir. Son corps, son costume, ses courbes, les mots peints sur sa peau, elle me cache soudain tout ça comme si je n'y avais plus droit.

– Notre contrat s'arrête là, me glisse-t-elle dans un sourire triste.

– Oui, je crois, soufflé-je.

– J'imagine que le reste aussi…

Elle ne me laisse pas le temps de répondre. Ses mains à l'horizontale frappent l'une contre l'autre et sa jolie bouche de poupée articule tout doucement :

– Coupez.

Et elle s'en va.

54

INFERNALE

Willa
Deux mois plus tard

Je ne pensais pas qu'un truc aussi inhumain existait.

Que ça pouvait être si violent.

Ce manque permanent, terrible et sournois, qui frémit à l'intérieur, bouillonne, lancine, vous tourmente jour et nuit, vous suit comme une ombre, vous parasite au point de vous couper l'appétit.

Une première pour moi.

Tout comme cette sensation de passer à côté de votre vie parce qu'une seule personne en est absente. Cette impression de faire du surplace parce que sans lui, à quoi bon avancer ?

Je n'ai pas vu, entendu, senti, touché, provoqué, irrité, agacé, embrassé Rio Delacroix depuis neuf semaines.

Et j'ignore comment je vais survivre à une seule de plus.

***

– Willa, on n'arrive plus à te suivre ! Tu viens vraiment d'accepter la campagne Milky Skye en plus de tout le reste ? Il faut que tu te calmes, tu ne tiendras pas ce rythme-là longtemps…

Il peut bien grogner, ce loup, ça ne m'empêchera pas de dire oui à tout. Ce que Wolf me rabâche rentre par une oreille et sort par un autre orifice. Je ne préciserai pas lequel.

Me noyer dans le travail, c'est tout ce que j'ai trouvé depuis mon retour en France. Cosimo n'a pas réussi à me griller. En faisant parler de moi, il a même créé l'effet inverse. Je n'arrête pas, les propositions de petites ou grandes maisons affluent, j'enchaîne les castings, les contrats, saute dans des Uber à longueur de journée, traverse tout Paris en long, en large et en travers, ignorant les conseils de mon frère qui trouve que j'en fais trop. Colette, elle, est au pic de sa vie. Elle n'a jamais récupéré autant de commissions en si peu de temps… et pris autant de Guronsan.

Prêt-à-porter, maquillage, bijoux, accessoires : les marques s'arrachent ma trogne de Française *plus size* qui sera bientôt à l'affiche d'une grosse production américaine. Je cumule les shootings, les défilés, les tournages de pub, les interviews pour des magazines de mode ou des émissions grand public.

Jamais on n'a tant vu ma tête, tant prononcé mon nom, tant entendu ma voix. Je ne dérape presque pas, à peine quelques mots plus hauts que les autres face au sexisme ou à la grossophobie ordinaires, mais j'ai compris que mes pétages de plombs desservaient mes combats. Désormais, j'aboie sans mordre, j'écoute avant de pousser mon coup de gueule, je sais caresser autant que griffer.

Bref, je remplis mes journées et mon esprit pour ne pas penser.

À lui. Rien qu'à lui.

– Tu m'entends, Boulette ?

Je cesse de jouer avec les pans de ma robe cache-cœur et me tourne vers mon frère assis derrière son bureau. Même par trente degrés, même en plein mois d'août, Strong porte un costard griffé.

– Je t'entends, oui. Reste à savoir si je t'écoute.

Je lui souris, il soupire.

– New York t'a rendue infernale…

– Je me tiens bien en public, c'est déjà pas mal.

– Non, vraiment infernale…

– Je l'étais déjà avant, Wolfy.

Sur son écran qu'il fait pivoter, on étudie ensemble les nouvelles propositions reçues aujourd'hui. Je valide deux contrats *make-up* mais renonce à un shooting pour une jolie marque de fringues sur la Côte d'Azur.

– Ça te ferait du bien de t'éloigner quelques jours, non ? me glisse mon frère.

– Je ne veux pas quitter Paris.

– Pourquoi ?

– Parce que j'ai dit non.

C'est le seul endroit où l'homme que j'attends sait où me trouver.

Je quitte mon fauteuil, Wolf m'observe avec attention sans oser m'interroger. J'imagine qu'il a deviné depuis longtemps ce qui clochait depuis mon retour de New York – et que le problème s'appelait Rio Delacroix. Mais il ne m'a jamais obligée à en parler. Là encore, il passe à autre chose, s'étale de la crème sur les mains et remplit à merveille son rôle de grand frère protecteur.

– Rien de nouveau concernant Cosimo ?

– *Niet, nada, nothing.* Plus de vidéos qui tournent et il a reçu une injonction d'éloignement ici aussi : pas le droit de me contacter ni de m'approcher.

– Il fait bien son boulot, ton avocat…

Mon cœur se serre.

– Rio n'est plus mon avocat, murmuré-je. C'est Édouard Fabre, son patron, qui a déposé cette ordonnance de protection au tribunal de Paris. Il m'a envoyé tous les papiers, j'ai signé et c'était réglé.

– Willa…

– Oui ?

– Tu as le droit de me dire qu'il te manque…

Ses yeux bleu polaire me fixent, je lutte contre les émotions sauvages qui m'assaillent et me mets à marcher dans son bureau en espérant les semer.

– Tu as le droit de ne pas aller bien tout le temps, continue doucement mon frère.

– N'importe quoi.

– Tu as le droit de ne pas être une guerrière en permanence.

– Je le suis ! Je suis bien plus forte que lui !

Wolf m'adresse un sourire triste, plein de compassion. J'ai du mal à ne pas y voir de la pitié.

– Rio Delacroix est un crétin fini, si tu veux mon avis…

– Pas vraiment, pas tout le temps, soufflé-je en sentant mon cœur vaciller.

– C'est bien ce que je dis, grogne le loup. Tu l'aimes et cet enfoiré t'a abandonnée.

Le coup qu'il me porte sans le vouloir me fait un mal de chien.

C'est l'incontestable vérité, mais c'est surtout tout ce que je ne veux pas entendre. Luttant contre mes larmes, je fais signe à Wolf de ne pas s'acharner, récupère mon sac à main et quitte l'agence sans débordement.

J'attends d'être dans une ruelle déserte pour libérer les sanglots longs et douloureux qui me bloquent la gorge, me serrent le cœur, me nouent le ventre, me vrillent les tempes et m'empêchent de respirer.

Avant, je pensais qu'il n'y avait rien de plus douloureux que vivre dans mon corps. Maintenant, je sais que c'est bien pire de vivre sans le sien.

Et le comble dans tout ça, c'est d'avoir perdu du poids.

55

JE SUIS VENU TE DIRE

Willa

– Tourne la caméra, les magnets collés sur ton frigo m'intéressent moyennement !

Je m'exécute un peu contre mon gré. Je ne voulais pas que Bulle voie que j'ai pleuré.

– Beaucoup trop de cernes, tu travailles trop, frère.

– On s'en fout, parle-moi de toi.

Je me force à sourire à la blonde à lunettes restée à New York. En deux mois, elle s'est trouvé un studio pas trop pourri à Brooklyn, une bande d'amis plutôt cool et du boulot en veux-tu en voilà. La *Frenchy* cartonne sur les petites scènes de stand-up et se met à rêver de Broadway.

Ursule a fait du chemin. Elle m'impressionne. Et tourne en boucle sur son rêve américain.

– Les Amerloques savent t'applaudir, eux. J'ai un petit orgasme à chaque fois que je quitte le micro ! Tu vois le genre ? Ça te picote entre les cuisses tellement c'est bon ! Les New-Yorkais, quand ils t'aiment, ils t'aiment vraiment !

L'amour, l'amour... Comme s'il n'y avait que ça dans la vie !

J'ai soudain envie de monter une association pour le droit à vivre seule et dignement sans être aimée.

Mais ma meilleure amie a l'air tellement heureuse dans sa salopette rouge, à me sourire comme une gamine, à sautiller devant sa fenêtre derrière laquelle resplendit un beau soleil d'août. Je ne peux qu'aimer cette fille à la folie.

– Tu me manques, Bulot.

– Viens me voir ! Avec tout ce fric que tu gagnes, tu peux bien...

– Et ton infirmier ?

– Déjà remplacé. Et ton avocat ?

– Évaporé...

Merde.

Elle fait la moue, puis se ravise.

– Pas d'apitoiement ! Willa Larsson, tu sais ce que tu es ?

– Je crains le pire...

– Une putain de *queen* ! Une « killeuse », une...

Elle s'interrompt au beau milieu de sa phrase et je vois son visage se déformer en direct.

– Bulle ? Qu'est-ce que...

– Regarde ça !

Elle tourne l'écran en direction de sa petite télé et augmente le volume. Le son est assez mauvais, mais il me semble bien que le présentateur américain cite le nom de Robbins.

– J'entends mal !

– Willa, ce gros dégueulasse est officiellement accusé de harcèlement sexuel, d'attouchements et d'agressions sexuelles !

Sous mon tee-shirt « *I LOVE BTS* », ça cogne. Je veux tellement qu'il paie, qu'il réponde de ses actes, qu'il transpire de la moustache, qu'il soit enfin jugé, puni, emprisonné, mis hors d'état de nuire et que plus jamais il n'attrape un gamin par les cheveux pour le forcer à assouvir ses pulsions.

Et tant qu'à faire, que tous les mecs dans son genre suivent le même chemin.

– Apparemment, ils sont sept à porter plainte contre lui ! s'écrie ma BFF en m'arrachant un tympan.

– Jacob en fait peut-être partie… murmuré-je.

– Willa ?

– Quoi ?

– Tu crois que Rio y est pour quelque chose ?

Elle lit définitivement dans mes pensées, cette blonde à lunettes.

***

[Jacob, c'est Willa.
Je voulais juste vérifier
que tu allais bien.
Je pense à toi. Continue
le combat !]

L'ancien assistant de Robbins met un peu plus de deux jours à répondre au message que je lui ai envoyé sur Instagram – seul moyen que j'ai trouvé pour le contacter.

[Eh! Willa. Je n'ai pas pu garder
ça pour moi. Et tu avais raison,
ça soulage même
si ça n'efface rien.]

[Tu peux être fier de toi,
tu vas éviter à d'autres
de vivre ça.]

[Il m'a beaucoup aidé.]

Mon cœur rate un battement.

[Il ?]

[Ton ancien avocat.
C'est le mien, maintenant.]

Je n'osais pas demander, pas espérer, mais le voile se lève enfin : Rio ne l'a pas abandonné, il n'a pas renoncé, il a mené ce combat dans l'ombre, sans jamais faire parler de lui, sans jamais s'arrêter avant de gagner…

Et soudain, il me manque à tel point que toute ma peau fourmille. Je vais m'allonger par terre sur le carrelage froid de ma salle de bains, comme cette fois avec lui, à New York. Les larmes montent.

– Rio… soufflé-je dans les airs.

Je crève de ne pas le voir. De ne pas l'entendre. De ne pas pouvoir poser mes mains sur lui, caresser son beau visage racé, son torse musclé, sa ride du lion contrariée, sentir son cœur battre sous cette peau ambrée, si chaude et si douce.

Un nouveau message fait vibrer mon téléphone, je m'en empare et déverrouille l'écran. Jacob rentre un peu plus dans les détails.

[Delacroix a découvert
qu'on était plusieurs, rien
que sur ce tournage,
et il nous a réunis. Sans
lui, aucun de nous n'aurait
osé parler. Il a changé
nos vies.]

Je relis cette dernière phrase à l'infini, encore et encore, puis me la repasse dans la tête, les yeux fermés.

[Merci Jacob.]

[Merci ? Pour quoi ?]

[Tu m'as permis de fermer
les yeux… pour mieux
les rouvrir.]

Je file dans mes contacts, clique sur le numéro de Rio et me redresse pour m'asseoir contre le mur en entendant les sonneries défiler. Je tombe sur son répondeur, raccroche et réessaie. Au bout de onze ou douze tentatives, je renonce, les mains tremblantes de déception.

Même pas honte. Je tente ma chance une ultime fois, sans résultat, mais trouve le courage de laisser quelques mots avant de raccrocher.

« Rio… Je ne suis sûrement pas la première à te le dire, ni la plus simple, la plus normale, la plus mince, la plus correcte, la plus facile à vivre. Non, je ne suis rien de tout ça… Je suis juste amoureuse de toi. »

J'appuie sur le bouton rouge pour raccrocher et fixe mon écran, complètement bouleversée. Chamboulée. Fière. Paniquée. Heureuse. Terrifiée.

Mais moi, juste moi.

***

Assise dans l'un des canapés du grand hall de l'agence, j'écrase successivement Léonore, Eugénie puis Qin-Qin au *shi fu mi*. Dans le bureau de Wolf, deux directrices et un directeur de L'Oréal sont en train de discuter de notre avenir d'ambassadrices.

– Ils ne vont pas toutes nous retenir, c'est sûr, soupire la métisse en frottant son beau visage tacheté.

– Je parie sur Léo…

– Tu rêves, Bisou-Bisou, lui répond la lionne. C'est Willa qu'ils veulent.

Bisou-Bisou – alias Qin-Qin en chinois – tourne vers moi ses yeux en amande aux cils parfaitement blancs.

– Tu pourrais nous laisser un peu de boulot, toi…

– Déso', pas déso'.

Je hausse mollement les épaules en les entendant rire plus ou moins jaune. En réalité, je me fous de signer ou non un nouveau contrat bien juteux – et je doute sérieusement de l'obtenir, celui-là. Tout ce que j'ai en tête, depuis trois jours, c'est ce maudit message que j'ai laissé à Rio.

Et qui est resté sans réponse.

Je ne l'ai pas recontacté – je suis amoureuse mais pas maso –, mais j'ai hésité à le faire un bon milliard de fois.

– Au fait, Willa…

Je me tourne vers ma belle-sœur et son visage à la beauté sauvage.

– Oui ?

– Ce n'est pas ton avocat qui passe partout à la télé, en ce moment ?

– Mon rien du tout, précisé-je. Juste Rio Delacroix.

– Je croyais qu'il était plutôt du genre connard, ajoute Eugénie. Mais la presse ne dit que du bien de lui…

– Il faut des mecs comme ça pour dénoncer les dérives du patriarcat. Si les hommes se mettent aussi à agresser les autres hommes…

– C'est tout le système patriarcal qu'il faut dénoncer, Qin-Qin. C'était déjà grave quand les victimes étaient des femmes, on est censés être égaux.

– Oui mais je voulais dire…

– Et Rio n'a rien d'un saint, continué-je en sentant ma colère affluer. Il a fait ce que tout homme de loi doté d'une conscience aurait fait.

– Il a quand même pris de gros risques, intervient Léo. Dans cette industrie, s'en prendre aux puissants et aux influents, c'est quasiment du suicide.

Je sens mon pouls battre dans mes tempes, j'ai envie de pleurer, d'insulter celui dont l'absence, le silence me sont insupportables, de le dénigrer alors que j'admire tant ce qu'il a fait.

Qui il est.

– Quand on a une voix, on est censé s'en servir, grondé-je en me levant. Point.

– Je n'aurais pas dit mieux, Willa Larsson.

Mon cœur explose en un million d'étincelles. Je me retourne lentement en direction de la voix grave et profonde qui vient de prononcer ces mots. Je la reconnaîtrais entre mille. Je pose mes yeux sur lui et suis prise d'un vertige.

Rio.

Rio Delacroix.

Son sourire en coin, ses yeux vifs et chauds, cette carrure qui s'avance vers moi, sous cette chemise blanche au col déboutonné, ce charisme qui occupe toute la place. Happe tout mon air. Brise toutes les barrières érigées entre nous jusque-là.

– Tu disais, poupée ?

– Qu'est-cc que tu fais là ?

– Tu n'es pas contente de me voir ?

Au milieu des sourires et des yeux brillants des autres que j'entraperçois, je ne vois plus que lui. Et constate que son arrogance n'a pas bougé d'un iota. Nos regards se défient, bataillent, se disent un tas de choses en silence. Ça martèle sous ma poitrine, je me retiens d'aller à sa rencontre, de me jeter contre lui, de me faire une petite place dans ses bras.

Il est peut-être venu me dire qu'il ne m'aimait pas.

– Je suis venu te dire…

– Attends !

Je lui fais signe de retenir encore juste un peu ses mots, ses pensées, ses sentiments. Je jette un coup d'œil tout autour et constate qu'ils sont bien trop nombreux à nous observer.

– Je me fous de ça, Willa, me souffle l'avocat.

– Quoi ?

– Contente-toi d'écouter… et de lire.

Je ne comprends plus rien, mais je commence à y croire. Follement. Désespérément. Sous mes yeux, Rio sort un paquet de feuilles pliées de sa poche.

– Il fallait que tu le saches, murmure-t-il. Tu es la plus belle chose qui pouvait arriver à un sans-cœur comme moi. Et la seule emmerdeuse capable de faire écrire tout ça à un dyslexique…

Il ouvre une première feuille et je découvre au recto le mot :

Différente

Côté verso :

Forte

Nouvelle feuille :

Sexy

De l'autre côté :

Indomptable

Troisième feuille :

Entière

Il la retourne :

Fragile

Dernier recto :

Impossible

Et au verso (accompagné d'un haussement de sourcils absolument craquant) :

… de vivre sans toi.

Des larmes plein les yeux, je renifle bruyamment et m'avance d'un grand pas pour lui arracher les feuilles des mains. Je les colle contre ma poitrine et les serre précieusement contre mon décolleté qui tambourine sous le coup de l'émotion.

– J'ai lutté et j'ai perdu, souffle l'homme qui fond sur moi. Quoi que je fasse, c'est toi qui gagnes. J'aime toutes les « toi », Willa.

Et ses lèvres s'abattent sur les miennes dans le plus parfait, le plus puissant, le plus sensuel, le plus hargneux et le plus tendre des baisers.

Parce que lui aussi, il est tout ça à la fois.

Quand je me résous enfin à quitter sa bouche, c'est pour rester à quelques millimètres à peine et lui murmurer :

– Rio Delacroix, si tu savais la force de ce que je ressens pour toi, à quel point je t'admire comme avocat, à quel point je te veux comme amant, à quel point je suis folle amoureuse de l'homme bien trop droit et trop parfait pour moi… Si tu savais comme mes sentiments débordent en ce moment, je crois que tu prendrais la fuite immédiatement.

Il se marre en silence et me répond tout bas, dans un haussement d'épaules parfaitement nonchalant :

– Je reste là.

56

LES HORS-LA-LOI

Rio

En septembre, chaque année, je passe deux jours en solitaire pour déconnecter du boulot et faire les choses que j'aime le plus au monde. Seul. J'ai besoin de cette pause pour me recentrer, vérifier que ma vie va toujours dans la bonne direction.

Mais cette année, j'ai envie de prendre un vrai tournant. De montrer ces choses à quelqu'un, même si elle va sûrement faire de la résistance et détester les partager avec moi. J'en ris d'avance.

Quand je viens chercher Willa chez elle, la poupée XL est en train de boire du lait à même la bouteille, dans une combinaison bleu pâle façon mécano, avec un foulard à fleurs de toutes les couleurs attaché dans les cheveux par un gros nœud.

– J'avais dit « tenue décontractée ». Tu es déguisée en garagiste sexy ou en œuf de Pâques ?

En entendant ma voix, elle se retourne pour me fusiller du regard.

– OK, laisse-moi deux minutes pour aller chercher mon cric, je vais te remettre les idées en place, l'avocat.

– Ah, je ne savais pas qu'on se faisait un week-end SM avec costumes et accessoires… Je n'ai pas amené mon masque et ma cravache, moi !

– Je ne sais vraiment pas comment je vais te supporter deux jours entiers, Delacroix !

– Ça va bien se passer…

Je me colle derrière elle, l'embrasse dans le cou et sens ses ongles qui s'enfoncent dans mes cheveux. En un quart de seconde, je pars. Je colle mon bassin à ses fesses, mes mains sur ses hanches. La brune qui me connaît bien se cambre et s'amuse à me rendre fou.

– Ou sinon on reste là et on ne quitte pas ton lit pendant deux jours ? proposé-je à voix basse.

– Hors de question ! Tu me feras ton petit numéro de charme dans la baignoire immense d'un hôtel luxueux, après un petit dej' gargantuesque et avant un autre *room service*.

Je me marre en pensant à son petit programme qui me rappelle notre toute première nuit ensemble, quand la tempête de neige nous avait coincés à Newark.

Quand j'arrive enfin à faire monter cette rebelle dans ma voiture, elle me fait m'arrêter dix minutes plus tard pour se commander un *latte macchiato extra vanilla* supplément crème fouettée, puis nous branche sur un podcast féministe intitulé « Comment gagner plus que lui sans l'émasculer ? ».

– Tiens, conduis ! fais-je en ressortant de la voiture.

Je vais ouvrir sa portière et je lui mets une petite tape sur la fesse pour qu'elle aille s'installer sur le siège d'à côté. Celle qui a toujours un truc à redire s'exécute en gloussant.

– Et on peut savoir pourquoi ? me demande-t-elle une fois au volant.

– Parce que tu as déjà la tenue idéale si on devait avoir un problème… Et parce que je veux me la couler douce le jour de mon anniversaire. Roule !

– Ton quoi ?

J'adore quand elle fait un rond avec ses lèvres pulpeuses qui ont envie de m'insulter.

– Mais tu ne pouvais pas le dire avant ?!

– Je n'avais pas envie d'un cadeau à la con… et mon gâteau de Pâques est apparemment déjà emballé.

Elle éclate de rire mais réplique quand même du tac au tac, pour le principe :

– Je ne sais pas ce qui me retient de t'envoyer ce café brûlant au visage ! Ah, si, c'est parce que tu es beaucoup trop beau et que j'ai envie de sortir avec une potiche d'un mètre quatre-vingt-dix qui gagne moins de fric que moi et qui me sert juste de faire-valoir.

– Ça me va très bien.

J'allonge mon siège et je me laisse aller en arrière pour me faire conduire jusqu'à ce petit village de Normandie où j'ai mes habitudes pour mes week-ends en solo.

– Tu as 33 ans, bon sang… Je me tape un vieux machin qui n'a même plus l'énergie de conduire deux heures. C'est quoi le programme du week-end ? Bridge et lecture au coin du feu ? Jardinage et Sudoku ?

– Je préfère les mots fléchés. Mais là on va se contenter de pêche en rivière et saut à l'élastique.

Tout en conduisant, elle braque son regard bleu glacé sur moi.

– Rio…

– Willa ?

Elle grogne, j'ironise.

– Tu m'as bien regardée ? Je ne monte ni dans une barque ni sur un pont à vingt mètres du sol.

– Plutôt soixante mètres. Et c'est un viaduc. Et te regarder, c'est un des trucs que je préfère au monde, avec ces deux activités…

Je lui balance un petit sourire en coin et la poupée fâchée se laisse attendrir. Pas sûr que j'arrive à la convaincre de quoi que ce soit, mais c'est tout l'intérêt de ce week-end. Voir si elle est capable de faire le grand saut avec moi.

– Je pensais qu'on allait… Je ne sais pas… Manger au resto, se balader le long de jolies rues pavées, se prélasser dans un spa, regarder une série avec des scènes de sexe et de bagarre, peut-être monter à cheval nus sur la plage et faire l'amour sur une peau de bête. Un premier week-end en amoureux, quoi !

– Super, le cliché ! Et après on dit que c'est moi qui ai besoin de tout maîtriser, hein ?

– Sinon on peut juste faire des selfies dégoulinants que je pourrai coller sur mes réseaux sociaux pour rendre jalouse la terre entière ?

– Je n'apparaîtrai *jamais* sur ces trucs, Willa. Je ne participerai pas à ça.

– Mais c'est mon agent qui dit que ce serait bénéfique à

ma carrière ! Et à ton image aussi d'ailleurs. Ça te rendrait un peu moins froid et hautain, tu vois…

– C'est non.

– Peut-être un jour…

– JA-MAIS.

– Non mais c'est moi la chieuse du couple, normalement !

Je me marre et je vais glisser ma main dans sa nuque, sous ses cheveux et son foulard à fleurs emmêlés. J'aime tellement le velouté de sa peau. Je me faufile sous le tissu de sa combinaison, caresse son épaule ronde, descends devant sur ses seins remontés et moelleux qui font comme de la soie sous mes doigts. Je crois que je suis accro.

– Je ne peux pas conduire si tu me donnes chaud ! bougonne-t-elle.

Mais elle défait un bouton de son bleu de travail et m'aguiche un peu plus avec son décolleté plongeant.

– Les femmes qui savent faire mille choses à la fois, c'est un mythe, alors ?

Dix secondes plus tard, ma bagnole freine et se range sur le bas-côté, n'importe comment, la mécanicienne à ma gauche grimpe à califourchon sur moi et m'arrache mes fringues, je proteste pour le plaisir et je la laisse me montrer de quel bois elle se chauffe.

Treize – brûlantes – minutes plus tard, on reprend la route et je lui récite machinalement l'article 222-32 du Code pénal :

– « L'exhibition sexuelle imposée à la vue d'autrui dans un lieu accessible aux regards du public est punie d'un an d'emprisonnement et de quinze mille euros d'amende. »

– Dommage, tu n'as pas eu la présence d'esprit de nous filmer pour pouvoir me faire chanter…

Sa petite repartie m'arrache un nouveau sourire et je la vois qui pianote sur son téléphone portable avant d'activer l'appel en haut-parleur dans la voiture.

– Willa, tu ne veux pas juste arrêter de faire des trucs hors la loi ?

– Allô ? fait-elle en m'ignorant.

– Boulette, ça va ? demande la voix de son frère.

– Qu'est-ce qu'on avait dit à propos de ce surnom ? Je ne suis pas seule.

– Salut Wolf ! lancé-je d'un air détaché.

– Ah, tu es avec *lui*...

Je lève les yeux au ciel. Ça amuse beaucoup la brune qu'on ne puisse pas vraiment se saquer, lui et moi, et qu'aucun de nous ne fasse semblant du contraire.

– Je voulais juste te prévenir, Wolfy, que Rio est en train de me kidnapper, même si c'est moi qui conduis parce qu'il a décidé de jouer les pachas, aujourd'hui, et qu'il veut me forcer à faire des activités à sensations fortes comme de la pêche en haute mer et des sauts de l'ange sans parachute.

– Hum... J'ai pas tout compris, mais dis-lui qu'il a ma bénédiction si ça peut te faire taire et éviter ce genre de coups de fil inutiles.

– Non mais un avocat arrogant cherche à me tuer, j'appelle mon grand frère au secours et c'est comme ça qu'il me reçoit ?

– Dis-lui de me rappeler seulement quand t'es morte et enterrée.

– Ça marche, je te fais parvenir les papiers pour l'assurance-vie, ajouté-je en direction du haut-parleur.

C'est sans doute l'une des premières fois depuis ma rencontre avec Willa que j'arrive à m'entendre sur le moindre sujet avec son frère. J'entends que ça le fait marrer au bout du fil et surtout, je vois que ça fait enrager ma poupée.

– Je vous laisse, balance Wolf, ma fille est en train de dessiner des paires de fesses à la craie sur le trottoir parce que sa mère vient de lui expliquer que toutes les morphologies existaient et que ce n'est pas parce que les médias n'en rendaient visible qu'un seul type qu'on devait faire pareil.

– Mon amour de nièce ! s'exclame la brune en levant son poing serré.

– Article 322-1 : « La destruction, la dégradation ou la détérioration d'un bien appartenant à autrui est punie de deux ans d'emprisonnement et de trente mille euros d'amende. Le fait de tracer des inscriptions, des signes ou des dessins, sans autorisation préalable, sur les façades, les véhicules, les voies publiques ou le mobilier urbain est puni de trois mille sept cent cinquante euros d'amende et d'une peine de travail d'intérêt général lorsqu'il n'en est résulté qu'un dommage léger. »

Ils me laissent réciter ma loi jusqu'au bout avant de s'écrier en chœur : « On s'en fiche ! » et de me traiter de rabat-joie. Puis ils se lancent tous dans un grand projet de révolution bordélique à la sauce Larsson, qui consisterait à aller taguer des vitrines de magasins qui n'exposent que des mannequins minces, blancs, lisses et parfaitement conformistes. Je les écoute brailler tous en même temps sans s'écouter, même la petite de 3 ans qui semble avoir plus de poigne et d'arguments que beaucoup d'avocats que je connais.

– Vous me fatiguez, soupiré-je.

En réalité, ça me stimule pas mal d'avoir rejoint un clan aussi bruyant, rebelle, libre, animé, débordant d'idées et d'imagination pour faire absolument n'importe quoi, pourvu que ça dépasse du cadre. Ça me change de la famille que je forme juste avec ma mère depuis trente-trois ans, dans le secret ténu d'un parloir surveillé et de visites codifiées.

Je la regarde de profil, en train de s'agiter, sourire et s'enflammer, et je me demande si Willa voudra des enfants, un jour, elle qui jure détester ça. Si j'arriverai à être un père, moi qui n'ai jamais connu le mien et ai eu le pire modèle qui soit. Mais bon, c'est moi que la poupée fâchée détestait il y a encore quelques mois. Et c'est ma propre histoire que je détestais avant de me décider à essayer de faire la paix avec tout ça.

On croit qu'on ne peut pas… mais on change d'avis, parfois. La vie aime bien faire des blagues, et il arrive même qu'elles soient bonnes.

Aussi bonnes que ce bonbon à côté de moi, enrobé dehors, pétillant dedans.

Je suis fou, bordel. Fou amoureux d'elle.

57

PARCE QUE TU ES LÀ

Rio

– Je ne changerai pas d'avis, Rio, je ne sauterai pas.

– Tu *peux* le faire.

– Je ne sais même pas ce que je fiche dans ce baudrier tout serré qui me fait ressembler à un rôti bien ficelé.

– Il vaut mieux qu'il soit bien serré, poupée… Tout ce que tu as à faire, c'est te laisser tomber.

– Je ne laisse RIEN tomber, Rio Delacroix, tu devrais le savoir, ni moi ni rien d'autre, jamais !

– Je sais, réponds-je en riant et en la serrant un peu plus fort contre moi.

Nos deux baudriers sont reliés par des mousquetons pour nous permettre ce saut en tandem dont j'ai eu la judicieuse idée. Je savais qu'elle résisterait un peu… mais peut-être pas à ce point-là. On est tous les deux collés depuis quinze bonnes minutes sur l'aire de saut, le moniteur a débité son laïus plusieurs fois, Willa doit maintenant connaître par cœur les techniques pour sauter et les consignes de sécurité, mais elle ne bouge toujours pas.

– On n'a aucune idée de la solidité de cet élastique, grogne-t-elle entre ses dents. Mon corps, c'est mon outil de travail, et toi tu veux le casser !

– Non. Je veux juste que tu acceptes l'idée que je peux te porter et te supporter…

Elle pousse un lourd soupir puis ajoute à voix très basse :

– Tu as vérifié les limites de poids tolérées normalement ? Et tu crois que le mec a bien entendu le mien ?

C'est vrai qu'elle a à peine osé le souffler, tout à l'heure, au moment de remplir sa fiche d'information. Et moi, je lui ai murmuré que ce n'était qu'un chiffre. Un putain de chiffre qui ne compte pas.

– C'est parfaitement sûr, fais-je en admirant la vue. Et au pire, il y a une rivière en bas. Ira a déjà sauté dans l'eau de bien plus haut que ça !

– Tu sais que je vais te faire du mal, à la seconde où je ne serai plus harnachée ? Je vais aller trouver une clé à molette dans mon coffre et je vais te redresser ce nez aquilin qui se moque de moi depuis dix minutes…

– Je pense qu'on en est à pas loin de vingt, là… Et d'autres sauteurs attendent.

– Eh ben qu'ils sautent, je ne les retiens pas !

– Pas la peine de leur crier dessus, madame, vous êtes en train de paniquer tout le monde, là.

Le moniteur ne sait pas à qui il vient de s'en prendre. Je plisse les yeux et pince les lèvres en attendant que la tempête s'abatte sur lui et toute la Normandie.

– Écoutez-moi bien, jeune homme… Je vous félicite de m'avoir appelée « madame » et pas « mademoiselle », c'est déjà un très bon départ dans la vie ! Mais il faut que je vous dise quelque chose que vous apprendrez avec les années : personne, et je dis bien *personne*, aucune femme ni aucun homme, n'a envie d'avoir les chevilles attachées pour s'envoyer en l'air, vous comprenez ? Ce sont les poignets qu'on attache normalement, quand on est contents, entre adultes consentants. Et là, je ne suis ni consentante ni contente, vous voyez ? Quand vous aurez intégré cette idée de consentement, vous irez loin dans la vie. Je ne crie pas parce que je ne vous aime pas, je crie parce que le grand brun qui me sert de mec NE M'ÉCOUTE PAS !

Comment ne pas l'aimer comme un dingue ?

Je lâche un petit rire rauque dans son dos, colle ma joue sur sa tempe, ma bouche tout près de son oreille et mes bras le long des siens.

– Je suis là, Willa.

– Je sais…

– Je peux te porter.

– Prétentieux…

– On y va ?

– Doucement…

– Seulement quand tu es prête.

– Attends…

– Quoi ?

– Non, c'est bon… Je vérifiais mais je ne suis toujours pas prête.

– Je t'aime, Willa Larsson.

– Tu n'as pas intérêt à me lâcher, Rio Delacroix. Ou à me casser quoi que ce soit.

– Je te le promets.

– J'ai l'impression que tout le monde me regarde.

– Comme si tu n'adorais pas ça…

– Bon, t'attends quoi, on y va ou je change d'avis ?

– Cinq…

– …

– Quatre…

– …

– Trois…

– …

– Deux…

– …

– Un…

– Aaaaaaaaaah ! Je te déteeeeeeeeeeste !

Je n'avais jamais autant ri pendant un saut à l'élastique. Et je ne m'étais jamais si copieusement fait insulter non plus. Willa a réussi à se taire pendant les quelques secondes de chute libre vertigineuse qui me font tellement aimer ce sport, mais depuis les rebonds, on oscille tous les deux au rythme de ses cris et de ses gros mots les plus inventifs. Elle aura franchement de la chance si personne n'a filmé cette scène pour la diffuser sur les réseaux sociaux avec un titre racoleur et des commentaires bien moqueurs.

Après avoir regagné la terre ferme avec ma garagiste favorite, je décide d'abandonner la barque pour cette année. Et de reprendre le volant pour nous mener à notre ultime destination du week-end. Quand Willa ouvre sa portière et plante les talons de ses boots dans l'herbe, je sens que je vais passer un nouveau sale quart d'heure.

– Rio, pourquoi je ne vois pas le moindre hôtel à dix kilomètres à la ronde ?

– T'inquiète pas, dis-je avec un petit sourire.

– Je ne fais que ça… Pas de resto en vue, pas même une baraque à frites ou une petite guinguette de campagne… Ça se passe comment pour le *room service* ?

– Tu parles trop, Willa.

– Aucune trace non plus d'une piscine, d'un sauna, d'un hammam ou d'un spa, bougonne-t-elle.

– Faux, il y a un Jacuzzi extérieur juste là.

Elle pose ses yeux sur la grande bassine recouverte de lattes de bois sombres… et totalement vide d'eau. Pendant qu'elle réfléchit encore un peu à l'idée que tout ça puisse être une plaisanterie, je jubile intérieurement et je vais sortir tout mon matos du coffre. Je jette en l'air ma tente pop-up dernier cri qui se gonfle d'air et se monte toute seule en quelques secondes, je vais la stabiliser sous ses yeux éberlués puis j'installe mon matériel de pêche à proximité de la rivière. Elle ne dit toujours pas un mot.

– Je ne t'avais pas dit qu'on allait camper ? lui demandé-je sur un ton détaché.

– Des types sont morts pour bien moins que ça, Delacroix.

– C'est mon anniversaire rêvé, arrête un peu de râler et laisse-toi juste porter.

Pendant deux bonnes heures et devant deux bières fraîches, je lui enseigne les rudiments de la pêche et tente de lui expliquer la sérénité que m'apportent ces moments de solitude, de contemplation, de silence total et de parfaite quiétude, sans personne pour me rappeler à mes obligations, ma carrière, mon passé, l'avenir incertain de ma mère.

Assise sur son petit tabouret pliable, devant une canne à pêche dont elle ne sait que faire, les manches de sa combi nouées autour de la taille et le haut du corps moulé dans un débardeur bleu électrique qui me fait de l'œil, Willa relève la tête et sort de son mutisme à la seconde où le combat de ma vie revient sur le tapis. Voilà ce qui l'anime, elle.

– Comment va ta mère ?

– Ni mieux ni plus mal…

– Tu crois que tu me la présenteras un jour ?

Je contrôle le sursaut qui tente de soulever mes épaules mais je ne peux pas m'empêcher d'esquisser une grimace. Ce n'était pas tellement à l'ordre du jour.

– Je ne sais pas quand elle sortira, Willa. J'ai déposé hier le dernier recours légal qu'on avait pour rouvrir l'enquête et faire réviser son procès.

– Il faut y croire…

– J'ai peu d'espoir, mais au moins j'aurai tout essayé.

– Sinon… moi je parlais d'aller la voir en prison, tu vois ? Même pas peur ! Personne n'a dit que les présentations officielles devaient forcément avoir lieu dans un resto guindé ou devant le poulet rôti du dimanche midi.

– Ce n'est pas vraiment le genre de la maison, répliqué-je en me marrant.

– Attends un peu de rencontrer ma tante Judith, ta mère va avoir l'air affreusement normale après ça.

– À ce point-là ?

Je lève un sourcil en me souvenant de l'artiste un peu déjantée croisée au défilé *body painting* de l'agence et à quelques anecdotes racontées par Willa et son frère qui lui rendent visite en hôpital psychiatrique.

– Je crois que je te connaissais depuis un mois quand je lui ai demandé ce qu'elle pensait de toi.

– Allez balance, elle a dit quoi ?

– « Petit complexe… Grands secrets… Très gros sexe. »

J'éclate d'un rire franc et je fais probablement fuir toutes les truites et les brochets de cette rivière.

– Elle est voyante ou détective privée ?

– Mais quelle arrogance ! s'exclame la brune avant de m'envoyer un coup de boots dans le tibia.

– Mon grand secret, tu le connais. Mon petit complexe, c'était ça mon complexe quand j'étais gosse, avoué-je soudain.

– C'était vraiment si difficile à vivre que ça ? tente de creuser Willa.

– On me traitait sans cesse de débile à l'école, de demeuré, d'incapable, même les profs ne donnaient pas cher de mon avenir.

– Ils ont eu tort.

– Oui, j'ai réussi à dépasser ça, à m'en sortir, sans doute parce que j'avais un bien plus lourd secret à protéger.

– Judith a aussi dit : « Bon cœur et mauvais sang. »

– Ouais. Sûrement.

Cette fois, c'est trop d'analyse et d'introspection pour moi. Je quitte mon poste et décide d'aller allumer un grand feu près de la tente pour m'occuper les mains et l'esprit. La nuit commence juste à tomber, j'enfile un sweat à capuche, en tends un autre à Willa qui vient s'asseoir par terre près de moi.

– Je n'ai pas froid… Et je n'ai pas besoin d'un prétexte pour me blottir contre toi.

La brune en bleu de travail passe ses bras autour de ma taille et colle son visage dans mon cou avant de murmurer :

– Tu as beau détester ce que ton père vous a fait, à tous les deux, c'est tout ça qui t'a construit. Sa violence t'a rendu non violent. Ses trafics, ses manipulations, son emprise sur les gens ont fait de toi quelqu'un de parfaitement honnête et droit. Et l'enfermement de ta mère t'a donné une soif de justice sans pareille, une détermination et une persévérance que personne ne peut égaler.

– Sauf une certaine Willa Larsson, ajouté-je pour détendre l'atmosphère.

– Tu n'as pas à avoir honte de tes gènes, de tes origines, de ton parcours, Rio. On n'est pas seulement le fruit de ses parents, on fait avec ce qu'on a mais on devient aussi ce qu'on décide, on choisit ses combats, on trace sa voie, on se fixe des buts pour garder la tête hors de l'eau, on se trouve un clan qui fera office de famille… Tu as fait tout ça et tu l'as fait bien. Mieux que bien.

Je garde le silence mais passe mon bras autour de ses épaules pour la serrer un peu plus fort. Je déteste qu'on parle de moi, d'habitude, qu'on me dissèque et qu'on me force à cogiter plus que je ne le fais déjà.

– Tu as vu tout ce que tu as accompli en trente-trois ans ? Le nombre de gens que tu as pu aider à trouver la paix ? Tu n'es pas seulement mon mec et mon avocat, Maître Delacroix, tu es mon justicier, mon héros, mon moniteur de pêche, mon partenaire de saut… et surtout le meilleur pour me tenir tête et m'offrir l'occasion de m'engueuler avec quelqu'un chaque fois que j'en ai envie ! Tu ne sais pas à quel point c'est précieux, ça…

Je penche la tête vers elle, frôle ses lèvres charnues mais la poupée affamée mord dans ma bouche avant que j'aie pu dire ouf. Elle me déride et je me mets à me confier à elle, face à ce feu qui fait briller ses yeux.

– Je ne sais pas si je t'ai déjà dit que j'étais né en prison…

– Non, mais je l'avais un peu deviné, souffle-t-elle après un silence.

– La même nuit, mon père a violé ma mère, j'ai été conçu et puis elle l'a tué. Chaque année pour mon anniversaire, je revis cette scène comme si j'y étais, j'essaie d'imaginer son calvaire à elle, je déborde de haine pour lui et je me demande comment les choses auraient pu tourner autrement. Je déteste cette journée. Je déteste cette histoire et mon impuissance à la changer. Sauf cette année…

Cette fois, elle m'embrasse doucement les lèvres avant de me demander pourquoi. Et je ne botte même pas en touche, pour une fois.

– Parce que tu es là et que je peux déposer un peu de mon fardeau à tes pieds.

– Je m'y connais en fardeau, Rio, envoie tout ce que tu as.

Je ne crois pas qu'on m'ait déjà souri et regardé avec autant d'amour en trente-trois ans.

– Je crois que j'ai longtemps eu honte de ce départ dans la vie. De mon géniteur agresseur, de ma mère en prison, jugée et incarcérée enceinte, de ma naissance dans une cellule, de mon enfance où j'ai été ballotté de maison en maison où on ne voulait pas vraiment de moi, de m'être construit tout seul, en autodidacte. Honte de ne pas avoir d'anecdotes de famille à raconter, de noms de grandes écoles sur mon C.V. En fait, je n'ai jamais eu rien de bien joli à raconter. Si je ne dis rien de moi, c'est parce que mon passé ne correspond pas à l'image que je renvoie. J'aurais voulu être de l'autre côté des barreaux, je suis né à l'intérieur et je n'ai jamais réussi à faire sortir ma mère. Bien sûr, c'est elle qui subit tout ça depuis tout ce temps, mais parfois, j'ai l'impression d'être encore un peu en prison avec elle. Pendant toutes ces années, j'ai cherché à effacer mon passé pour devenir l'homme que je rêvais d'être. Mais tout est faux...

– Non, tu t'es construit un personnage qui t'a permis d'avancer, on fait tous ça quand on se retrouve bloqués. Quand on rêve d'autre chose que ce que disent les apparences, quand on veut forcer le destin à dévier juste un peu de ce qui était prévu pour nous... C'était ta façon de revêtir ta carapace de guerrier.

– Mais toi, tu ne mens pas, Willa.

– Oh si, souffle-t-elle. Moi, j'ai longtemps ri très fort pour qu'on oublie que je souffrais. J'ai longtemps essayé de crier et de me faire remarquer pour compenser les silences et les regards gênés qui me faisaient mal. J'ai voulu séduire tous les hommes que je pouvais pour me venger de ceux qui n'avaient pas voulu de moi. J'ai fait ma peste avec d'autres filles pour leur prouver qu'on me désirait, moi aussi, et que je ne valais pas moins qu'elles. J'ai parfois été insupportable pour que les gens aient une bonne raison de me détester... au lieu de les supplier de m'aimer.

– Les gens seraient fous de ne pas t'aimer, poupée...

– Je vais vraiment te couper la langue puisque tu continues avec ce surnom ! Je vais chercher ma boîte à outils dans le coffre, ne bouge pas.

Je souris à ma mécanicienne en combi et je me renverse

doucement en arrière en l'attirant avec moi. On reste allongés un moment à même le sol, dans les bras l'un de l'autre, jusqu'à ce que le bruit d'un scooter vienne troubler notre bulle de silence et de sérénité.

– C'est qui ce fou furieux qui vient gâcher l'anniversaire de mon amoureux ? s'agace Willa en se relevant, prête à en découdre.

– C'est le *room service*, lui annoncé-je dans un petit sourire fier.

Selon les instructions que je lui ai laissées, le livreur dépose devant nous un immense carton à pizza fumant, une bonne bouteille de vin rouge et deux verres à pied.

– C'est comme à Newark… pour notre première soirée, bredouille la poupée aux yeux brillants.

– Ah, parce que tu pensais que j'avais pu oublier cette nuit-là ? Tu as renversé toutes mes certitudes, tu as mis tout mon monde à l'envers, Willa.

– Tu te souviens de ce que tu m'as dit le lendemain ? Qu'on n'avait rien à faire ensemble, toi et moi. Comme si tu étais beaucoup trop bien pour moi.

– Et c'était tout le contraire : tu étais bien trop dangereuse, trop différente des autres, bien trop forte pour moi.

Muette, la brune me fixe de son beau regard bleu amoureux. Et pas tout à fait certaine de devoir me croire.

– Bon, mais j'espère que tu vas manger, cette fois, tenté-je pour la faire sourire.

Willa ouvre le carton, s'empare d'une part de pizza et y mord à pleines dents sans m'attendre.

– Pour le dessert, je me suis dit que tu te contenterais de moi.

La seconde suivante, sa part à peine entamée atterrit sur le couvercle du carton et son corps sur le mien.

J'avais presque oublié qu'on ne faisait rien dans l'ordre, avec elle.

58

RIEN DE PLUS DOUX

Willa

C'est merveilleux, quand même, de voir à quel point la vie fait parfois bien les choses.

Après deux mois à faire les unes sordides de la presse internationale, Robbins a enfin été placé en examen. Il a avoué en partie les agressions, mais aussi le chantage aux vidéos commandité à Cosimo et dont j'ai été victime. Il est « fini », comme on dit dans le métier. Rio, lui, a atteint son objectif ultime de passer associé et j'ai doucement repris mes quelques petits kilos perdus.

Je ne comprends pas. Dans « salade de pâtes », il y a bien le mot salade, non ?

– Il faut vraiment que tu arrêtes de t'inviter chez moi au milieu de la nuit avec des pizzas et du vin rouge, l'avocat.

Torse nu, allongé dans mes draps froissés, les bras croisés derrière la tête, Rio contemple la même chose que moi. Mon reflet dans le grand miroir en pied.

– Ce dîner d'affaires était ennuyeux à mourir, je n'ai pensé qu'à toi tout du long. Qu'à ce corps qui me rend fou. Je ne vois rien à changer, dans ce miroir.

– Tu pourrais te lasser de… tout ça.

De ce corps que j'ai mis tant d'années à apprivoiser, à accepter, à assumer, pour finir par l'aimer tel qu'il est – la plupart du temps. Sans ces courbes, sans ce trop-plein de moi, je ne serais pas Willa. Pas exactement la même. Moins déterminée, moins engagée, moins guerrière, peut-être. Moins sur la défensive, moins excessive, moins blessée au plus profond, aussi.

Sa tête à lui fait « non », mais la mienne s'imagine tout le contraire.

Grandir avec tous ces kilos en trop a fait de moi une cible facile et m'a arraché pas mal de larmes. Puis ça m'a endurcie, je n'ai pas vraiment eu d'autre choix qu'apprendre à m'aimer moi-même, à défaut d'être aimée par les autres. Et ce matin, face à cet homme qui a réussi cet exploit, je suis assaillie de doutes.

Par la peur qu'il aille chercher mieux ailleurs : plus mince, plus simple, plus dans les normes. Moins tout le reste. Qu'il me quitte subitement. Que tout ça ne soit qu'un doux rêve.

– Ne te réveille pas, ne te réveille pas, ne te réveille pas… répété-je tout bas.

J'effleure mes seins lourds, déjà plus aussi fermes qu'avant, mon ventre qui ne l'a jamais été, mes hanches bien trop généreuses et m'arrête sur mes cuisses qui se rejoignent.

– Je n'ai jamais rien touché de plus doux, Willa, souffle le brun qui n'a pas cessé de m'observer. De plus charnel, sexy, alléchant, sensuel, excitant… Ta peau, j'ai en permanence envie de la humer, de la palper, de la bouffer.

Il roule à plat ventre, vient se placer tout au bout du lit et tend son long bras pour l'enrouler autour de l'une de mes cuisses voluptueuses.

– Viens par là. Il est temps que je fasse taire ces vilaines pensées…

***

Deux mois et des miettes qu'on s'aime en douceur, presque en silence, puis qu'on s'aime plus fort, à toute vitesse, à grands cris, complètement nus ou encore habillés, chez moi, chez lui, dans son bureau ou sa voiture. Qu'on mange, qu'on oublie de manger, qu'on débat de tout et de rien, qu'on se perd dans Paris la nuit, qu'on boit – trop parfois –, qu'on s'endort devant des séries et qu'au réveil, on soude nos corps à nouveau.

Sans jamais en avoir assez.

Aucune routine, seulement de l'improvisation. On vit cette histoire au gré de nos envies et du temps libre que nous concèdent nos carrières respectives.

Et je n'ai jamais autant aimé la vie qu'avec lui.

– Tu voudras bien me prêter tes gros bras, demain ? lui demandé-je un dimanche après-midi, en le surprenant à la sortie de la douche.

– Je te prête tout ce que tu veux, poupée…

– Ça risque d'être très, très lourd.

– Je t'ai prouvé maintes et maintes fois que je te retournais dans tous les sens sans aucune difficulté, non ?

Cet aplomb. Ce sourire enjôleur. Ce timbre rauque. Et ce corps de démon, lorsqu'il dénoue la serviette de sa taille pour la passer dans ses cheveux mouillés.

Rio Delacroix est une erreur de la nature. La plus belle, la plus scandaleuse et la plus parfaite des erreurs.

– Besoin que je te le prouve à nouveau ? me chuchote-t-il en plissant ses yeux joueurs.

Tentant. Mais on ne parle pas de la même chose, lui et moi, et il n'a pas la moindre idée du piège que je m'apprête à lui tendre.

– Cette armoire pèse bien plus lourd que moi, l'avocat.

– Cette armoire ? Quel rapport ?

– Je déménage demain.

Ses deux sourcils se haussent en même temps, sous l'effet de la surprise. Et sa ride du lion suspicieuse me fait craquer comme chaque fois qu'elle apparaît entre ses yeux cappuccino.

– Et tu comptais me dire ça quand ?

– Je viens de le faire.

– Tu déménages où ?

– Pas loin d'ici, toujours dans Paris. J'ai juste acheté plus grand. Et je me suis offert un jardin.

– Quoi, une baraque ?! Et là, tu te prépares à m'annoncer que tu veux un clébard ?

Je ris en le voyant enfiler son jean et paniquer à moitié.

– Non. Juste respirer. Mais si je voulais adopter un chien, une limace, un cochon miniature ou un petit bonhomme vert, je n'aurais pas besoin de ta permission.

– Ce n'est pas ce que j'ai dit…

– Tant mieux.

Il boutonne sa chemise sans me quitter des yeux.

– Tu l'as achetée quand ?

– À mon retour de New York.

Il hoche lentement la tête, tandis que je me remémore cette période douloureuse.

– Je t'attendais, murmuré-je. Sans savoir si tu reviendrais.

Rio me balance un sourire sans malice, empreint de tendresse. Pieds nus et décoiffé, il se laisse tomber sur mon canapé.

– Cette nouvelle maison… lâche-t-il soudain. Je veux la clé.

À mon tour de hausser les sourcils.

– Je veux la clé, Willa.

– Tu n'as même pas vu à quoi ça ressemblait !

– Je m'en fous. Je veux vivre avec toi.

– Tu… Quoi ?

– Tu m'as très bien entendu, grogne-t-il.

– Même si j'adopte un troupeau de chiens ?

– Prends un rhinocéros si ça te chante, mais je te préviens : je serai le seul dans ton lit.

Je lâche un rire tonitruant et me jette dans ses bras en faisant couiner le canapé.

– Je ne sais pas encore si j'aurai un chien ou un chat, mais je veux trois enfants, l'avocat !

– Willa, ne gâche pas tout.

– Deux et demi ?

– Je vais aller courir quelques kilomètres aux Buttes-Chaumont pour oublier ce que je viens d'entendre…

– Et le mariage, tu y penses ? Il faudra me prévenir bien à

l'avance, je veux une robe Elie Saab et ça va demander du boulot de la confectionner à ma taille !

Sa grande main se plaque sur ma bouche pour me faire taire, mais je sors les dents, les griffes, et cette conversation s'achève en roulé-boulé sur mon tapis, puis en orgasme impromptu sur mon parquet.

Ce soir-là, Rio va dîner chez Édouard, son associé, pour discuter d'un dossier sensible. Puis il rentre dormir quelques heures chez lui, avant de débarquer en bas de chez moi le lendemain à six heures cinquante-sept, avant même l'arrivée des déménageurs.

J'ai passé la nuit à tourner et à me retourner dans mon lit en soupirant de bonheur, en lâchant des couinements de joie chaque fois que je repensais à sa proposition de venir vivre avec moi, spontanément, comme s'il n'y avait pas d'autre choix. Et je n'ai pas pu fermer l'œil de peur de me réveiller de ce rêve inespéré.

Lui et moi. Pour de vrai, sous le même toit.

Ce matin, il a répondu présent, comme il le fait toujours. Rio ne se défile pas. Et je me mets enfin à croire qu'il est là pour de bon.

Dans ma peau. Dans mon cœur. Dans ma vie.

59

RIEN DE PLUS FORT

Willa

Belleville.

Belleville populaire, vivant, coloré, bruyant. Un quartier qui me correspond, où je retrouve tout ce que j'aime, cet esprit village en pleine capitale, cette ambiance qui bouge, chante, klaxonne, vibre sans cesse et sans fin.

Si ce quartier était une personne du genre humain, je crois qu'on s'entendrait bien.

Malgré l'aide des quatre déménageurs que j'ai engagés, décharger les cartons et les meubles risque de nous prendre toute la matinée : j'ai une légère tendance à accumuler, je m'attache beaucoup trop aux choses pour m'en débarrasser. Mon bazar et moi quittons donc un trois-pièces de soixante mètres carrés bourré à craquer pour nous installer dans cette maison sur trois niveaux.

Notre bonheur est immense.

Entouré de végétation, caché au bout d'une impasse pavée et fleurie, mon nouveau chez-moi fait son petit effet.

– Très belle, cette façade en briques, admet Rio en ouvrant le petit portail du jardin qu'il faudra repeindre. Et immense ! Tu as dû payer ça une fortune.

– Je gagne bien ma vie, l'avocat. Et il fallait au moins ça pour nos trois…

– Pas un mot de plus, Willa Larsson.

Sa voix assassine m'arrache un gloussement. Sur le trottoir derrière nous, les déménageurs commencent à s'activer. Rio retire sa veste en cuir beige, son sweat à capuche noir et me les tend.

– Regarde donc les hommes travailler, femme.

Tout en lui adressant mon plus beau sourire, je lâche les fringues de l'arrogant dans les graviers et accours en direction du camion pour récupérer une pile de trois cartons. Ça pèse une tonne, les déménageurs se précipitent sur moi pour m'aider, Rio m'ordonne de les reposer mais je refuse et m'obstine.

Je suis aussi forte qu'eux. Non, bien plus forte qu'eux.

– On l'engage, les gars ? se marre l'un des gros bras.

Et mon brun *légèrement* possessif de lui grogner de se mettre au boulot.

Mois d'octobre ou non, il fait grand soleil et tout cet exercice nous donne chaud. Très chaud. Rapidement, les quatre baraqués décident de faire tomber le maillot et Rio protège mes yeux d'une main pour m'empêcher d'admirer leurs gros muscles et petites bedaines.

– Tu te souviens que je suis mannequin et que je pose avec des mecs torse nu tous les quatre matins ?

– Évite de me le rappeler… souffle le jaloux.

Il se venge sur les meubles et les cartons qu'il transporte à toute vitesse, sous les regards impressionnés des quatre professionnels qui se la coulent plutôt douce, en comparaison.

À quatorze heures, le camion est vidé et le mobilier à sa place dans ma nouvelle maison. Les déménageurs partent avec un joli pourboire et Rio me réclame une visite guidée. Le rez-de-chaussée sent bon la peinture de quelques jours, son parquet ancien grince joliment sous nos pieds, on arpente chaque pièce l'un contre l'autre, en imaginant comment remplir les coins laissés vides.

Je sens que le double salon et ses grandes portes-fenêtres qui donnent sur le jardin plaisent particulièrement à mon beau brun.

– Jolie vue. Je crois que je pourrais me plaire ici… me glisse-t-il en me donnant un petit coup d'épaule.

Je le prends par la main et l'emmène en direction de la seule chambre de ce niveau : la mienne, la sienne. Rio contemple la belle pièce aux murs repeints en « noisette », ma couleur préférée du moment, puis remarque enfin la surprise que j'ai déposée sur l'oreiller de gauche.

La clé qui lui revient.

– Pas de chien ni de gosses, alors ? lâche-t-il dans un sourire. Juste moi ?

– Pour le moment, tu suffiras…

– Bon, puisque j'habite ici, il me revient de baptiser cette maison. Enlève tes fringues.

Je recule en riant, il m'attrape par la taille pour m'embrasser dans le cou.

– Chaque pièce va y passer, tu sais ? gronde-t-il en me faisant frissonner.

– Ça tombe bien, il y a trois chambres à l'étage. Il va falloir les peupler…

Son air abasourdi me fait éclater de rire. Je l'embrasse tendrement pour me faire pardonner, puis on file sous la douche pour laver nos corps qui ont transpiré.

En sortant de la salle de bains, enroulée dans une serviette, je reçois un SMS de Colette.

[Va voir tes e-mails,
ma chérie. HBX m'a envoyé
un fichier qui s'appelle
« trailer ». C'est quoi encore
ce machin ? Apparemment,
c'est confidentiel. Je te laisse
te débrouiller, j'ai RDV
pour mon épilation menton.]

J'ouvre ma messagerie sur mon téléphone dans la seconde, en apnée. Elle est là. Au bout de mon doigt.

La bande-annonce officielle de *Queens of Dust*.

J'en tremble. Le cœur battant, les fesses à l'air, je cours dans tous les sens à la recherche de mon ordinateur portable perdu dans l'un de mes milliers de cartons. Bien plus stoïque, enfilant un pantalon et rien d'autre, Rio met la main dessus avant moi. Il l'allume sans tarder et me crie de le rejoindre sur l'un des canapés du salon.

– *Holly shit* ! fais-je en anglais, trois minutes et vingt-neuf secondes plus tard.

Fracassant, somptueux, puissant, prodigieux. Vraiment extraordinaire.

Ce clip est à couper le souffle. Aux côtés de Garance, Ifé, Giselle et Bruna, je crève littéralement l'écran, comme si c'était une autre que moi. Ira m'a donné cette chance, cette voix, et j'en ai les larmes aux yeux.

J'avais mis sur pause pour chasser mes larmes et pouvoir savourer les trente dernières secondes de ce chef-d'œuvre, mais tout près de moi, Rio trépigne et ne peut plus attendre. Il m'interroge du regard, je hoche la tête et il appuie sur « *play* » à ma place. Le *trailer* reprend, explose un peu plus fort encore, puis se termine sur une scène de baiser.

Celui qu'Ira a partagé avec l'acteur américano-coréen, après avoir fait le grand saut du haut d'une cascade vertigineuse pour sauver sa vie.

– OK, je crois qu'on a assez regardé…

Rio le sauvage grommelle ces mots en venant s'allonger sur moi. Même à travers son jean, je peux déjà sentir son érection.

– Oublie Ira, c'est Willa que je veux.

C'est fou comme un simple murmure peut déclencher une myriade de frissons électriques partout en vous, comme si tout votre corps pouvait réellement ressentir la caresse d'une voix.

La sienne me fait cet effet-là.

Le grand corps de Rio me cloue au canapé et, déjà, tous mes sens se languissent de lui. Ses lèvres s'invitent dans mon cou et ses doigts défont l'attache de ma serviette. Sa langue parcourt ma peau, ses mains me palpent, ses dents me mordillent, le diable descend jusqu'à mon décolleté, suce l'un de mes tétons, mord l'autre pour me faire crier, puis il remonte brusquement pour venir coller sa bouche insatiable à la mienne.

Divin démon…

Son baiser n'est pas tendre, encore moins patient. Rio marque son territoire de sa langue, de son souffle brûlant, de tout son corps fiévreux plaqué sur le mien, qui me couvre et m'accapare. Et comme à chaque fois que nos peaux entrent en contact, la flamme incandescente s'allume au creux de mes reins.

Je soupire son nom entre mes lèvres, il colle un peu plus nos deux bassins.

Il est dur.

Très dur.

Notre baiser s'intensifie, nos lèvres se caressent, se fuient pour mieux se retrouver, je faufile mes doigts dans ses cheveux bruns, en agrippe une poignée, il grogne entre mes lèvres et m'embrasse de plus belle.

D'un coup sec, Rio arrache ce qu'il restait de ma serviette et contemple mon corps d'un œil féroce, bestial, comme s'il lui appartenait tout entier.

Il quitte mes lèvres et plonge entre mes seins généreux, il les hume, les aspire, les mordille, les cajole à m'en rendre folle. Je tends un bras fébrile vers lui, frôle ses côtes, caresse la peau nue, ferme et ambrée de ses flancs, puis ma main va se loger entre ses jambes, là où son sexe bandé aurait tant besoin d'être libéré. Je le touche à travers son jean.

– Tu veux savoir si j'ai envie de toi, c'est ça, Willa ?

Sa voix n'est qu'un souffle rauque, ardent, qui m'excite et réveille ma part animale.

– Je crois que la réponse est évidente, lui chuchoté-je.

– Tu sais que je vais te faire crier, hein ?

Excitée par ses mots, par son air fier, impétueux, je plaque ma main sur sa bouche et lui susurre :

– Je ne vais faire qu'une bouchée de toi, l'avocat…

Et je me mets en tête de le renverser. L'arrogant lutte un peu, juste pour le principe. Il lâche un grognement sexy au possible, on roule, il me tient, je lui pince un téton, il mord dans l'une de mes poignées d'amour, mais je finis par m'échapper de sous son corps pour me placer à califourchon au-dessus de lui. Il se redresse, assis sur le canapé, ses mains bien calées sur mes fesses pour maîtriser encore un peu les choses.

Mais je descends doucement, m'accroupis entre ses genoux, mon visage tout près de cette sublime érection.

Lentement, les yeux rivés aux siens, je défais le bouton de son jean, baisse sa braguette. Rio soulève son fessier musclé un instant, pour me permettre de faire glisser son pantalon le long de ses jambes.

Enfin, sa nudité face à la mienne.

Je trouve sous mes doigts son sexe dur, tendu, long et épais.

– Arrête de te lécher les lèvres, petite allumeuse, marmonne-t-il.

Je ris tout bas en le reluquant de plus belle. Puis, sous son regard si intense, j'embrasse ses cuisses à la peau douce et aux muscles dessinés, je souffle sur son érection pour l'exciter, pose mes lèvres dessus, goûte le bout de son gland puis le délaisse. Mon amant grogne, je le torture un peu plus en faisant durer ce petit jeu, en léchant sa peau tout autour.

– Poupée, tu veux que je crève ?

Sa voix déchirée et sa main dans mes cheveux m'indiquent qu'il est temps de mettre fin à ce supplice.

– Donne-moi ta bouche, Willa…

Je déteste la plupart de ses ordres… sauf ceux-là. Je les adore.

Je n'ai qu'à entrouvrir les lèvres, Rio se glisse lentement sur ma langue. Je le goûte, le suçote, c'est mouillé, salé, délicieux. Je le fais coulisser sur mon palais et au bout de quelques va-et-vient qui lui arrachent des soupirs d'extase, je l'enfonce jusque dans ma gorge. Tout au fond.

– Putain, c'est si bon…

Rio lâche ces mots en agitant son bassin pour m'aider à mieux le sucer. J'aime ça, chez lui. Cette envie de bien faire, de tout donner, tout prendre, ce besoin d'excellence, dans toutes les situations, même les plus indécentes.

Surtout les plus indécentes.

À genoux sur le sol face au canapé, je le déguste, le lèche, l'aspire, l'engloutis comme une affamée, en sentant mon sexe palpiter entre mes jambes écartées, mon désir grandir. Rio se penche soudain en avant, glisse dangereusement une main entre mes cuisses nues et atteint sa cible.

Là où je n'attends que lui.

– Tu es trempée, poupée…

J'essaie de ne pas me laisser déconcentrer. Je le plaque à nouveau en arrière, je le déguste avec amour et son corps sous tension se raidit un peu plus à chaque bruit de succion. Puis, dans un râle viril et terriblement érotique, l'homme que j'aime me murmure d'arrêter.

– Je ne vais pas tenir, tu fais ça trop bien !

Cette fois, Rio se redresse complètement, emprisonne mon visage entre ses mains, m'offre un baiser lascif, humide, brûlant, qui me fait gémir, puis il me jette en arrière sans ménagement. On atterrit tous les deux par terre.

– Tout doux, le mâle alpha... soufflé-je, surexcitée.

Mais je ne veux pas qu'il soit doux : je le désire tout entier. Et son sourire arrogant, victorieux me promet déjà un orgasme d'anthologie.

Il écarte mes jambes, sa tête s'enfonce entre mes cuisses, sa langue traverse mes lèvres et s'empale en moi. Je lâche un cri bestial tant cette prise de pouvoir est soudaine, sauvage, délicieuse.

Rio Delacroix me lèche comme un dieu en caressant mon clitoris, en palpant mes cuisses, mes hanches, mes fesses. Ma peau remplit ses mains, elle dépasse, elle déborde, mais l'avocat en veut toujours plus.

Et moi, je suis irrémédiablement sous son emprise. C'est physique. Viscéral. Je ne pourrai plus jamais me passer de cet homme, de son corps en feu et de son sang chaud.

Nouveau coup de langue fiévreux. Je me cambre comme un animal aux abois et je crie son prénom, comme à chaque fois que le plaisir ouvre un précipice sous mon corps.

– Rio !

– Tu aimes ça ? résonne sa voix grave partout en moi.

– J'ai mal...

Il s'immobilise, son regard ardent rivé au mien.

– J'ai mal tellement je te veux en moi.

Un sourire diabolique plus tard, Rio me relève en me tenant par les mains puis me jette sur le canapé comme une poupée de chiffon. La seconde d'après, il me surplombe de toute sa hauteur, de toute son intensité, et il plonge son sexe dans le mien, lentement, en prenant tout son temps pour nous faire ressentir chaque millimètre de cette pénétration.

– C'est ça que tu voulais, Willa ?

Il ne sait pas la fermer, mais il sait me baiser mieux que personne.

Des étincelles de plaisir brut, cru, explosent en moi et se répandent déjà sous ma peau.

Il est partout. Dedans, dehors, dans ma chair, sur ma peau, sur mes lèvres. Rio m'embrasse sensuellement en grognant contre ma bouche, je m'accroche à ses fesses bombées, y enfonce mes ongles et il se met à me pénétrer plus fort. Plus vite. Plus profondément.

Notre baiser devient impatient, fou, presque brutal. Notre corps-à-corps aussi. Mon amant fait claquer son sexe contre le mien, il me possède, me percute, me pilonne avec fougue.

Je crie, je gémis, je perds ma voix.

– Oh, Willa Larsson, murmure sauvagement Rio. Si tu savais comme je t'aime. Comme j'aime qui tu es. Ce que tu me fais. Ce que tu me laisses te faire…

Je n'ai pas besoin de lui répondre qu'il est l'amour de ma vie : mon regard brillant se charge de cette confidence. Il pose ses mains expertes sur mes hanches, me fait basculer et vient se positionner derrière moi, de profil.

Les petites cuillères : ma position préférée.

Je ne le vois plus mais je le *sens*. Son sexe qui s'enfonce en moi, sa main qui empoigne mon sein gauche, ses lèvres qui se perdent dans mon cou, ses dents plantées dans mon épaule.

Ça fait mal, c'est brutal, sauvage. Et tellement bon.

Ses coups de reins m'emportent, m'empêchent de penser, le plaisir fait fourmiller tout mon corps, ma poitrine se soulève, mes reins s'embrasent. Rio glisse sa cuisse musculeuse sous la mienne, crémeuse, puis il la maintient en l'air d'une main et se met à me pénétrer plus loin encore.

Nos corps trempés, soudés, nos souffles et nos râles brûlants, le son entêtant de nos peaux qui claquent, ma chair qui l'aspire encore et encore… je n'ai rien connu de plus érotique.

De plus puissant.

– Tu vas jouir, poupée ?

– Tu me rends folle, Rio…

– Quoi, tu en veux encore ?

Je souffle un « oui » à peine audible, il me déplace encore et me force à me mettre à genoux.

Derrière moi, ses mains plantées au creux de mes reins et son sexe logé au fond de ma chair, il a désormais tout le pouvoir. Je lui offre mon âme, mon cœur, mon corps, mon plaisir.

Et il en use. Et il en abuse.

Ses allées et venues bestiales m'arrachent cris, frissons et râles impudiques. Rio tire ma tignasse brune en arrière pour m'obliger à bien me cambrer, je me venge en plantant mes griffes dans ses fesses musclées.

Son corps dans mon corps…

C'est chaud, fort, dément, divin. Toutes mes sensations sont décuplées.

L'orgasme m'emporte brutalement, sans crier gare, tandis que j'enfonce ma tête dans le canapé pour hurler mon plaisir. Rio me suit peu de temps après, se plante une somptueuse et dernière fois en moi, au plus profond, se tend et se déverse en grognant comme une bête sauvage.

Éreintés, repus, on se laisse tomber sur le canapé, face à face, le souffle court et le regard énamouré.

Cet homme est parfait. Parfait pour moi, qui suis si imparfaite.

– Je t'aime, Rio Delacroix, murmuré-je en contemplant son visage racé. Je t'aime à la folie. Je t'aime tout entier.

– Ça, je le sais, que tu l'aimes *lui*…

L'insolent pointe son sexe du doigt en me balançant un sourire canaille. Je m'apprête à protester quand ses lèvres se soudent aux miennes.

Doucement.

Tendrement.

Amoureusement.

– Heureusement que je t'ai trouvée… glisse l'homme que j'aime en se lovant contre ma peau.

Et je ne me suis jamais sentie aussi à ma place que dans ces bras, dans cette maison, dans cette vie-là.

ÉPILOGUE

Willa
Dix ans plus tard

J'ai 37 ans.

Après dix saisons de *Queens of Dust*, je raccroche. D'autres actrices extraordinaires jouent maintenant les premiers rôles mais la production a eu la bonté de laisser encore une petite place à la reine Ira jusque-là, même si elle n'est plus aussi jeune, combative, *badass* qu'à ses débuts. Il y a des colères qui prennent un peu moins de place et qui font un peu moins de bruit, mais qui ne sont pas vaines pour autant.

Laissez-moi croire que j'ai un tout petit peu contribué à changer le monde à ma façon.

En dix ans, je n'ai remporté ni Golden Globe ni Emmy – bande d'ingrats –, mais ma série, oui. Et elle a vraiment marqué les esprits. Moi, j'ai foulé des tapis rouges avec Rio Delacroix à mon bras, j'ai fait l'actrice dans des robes somptueuses et des soirées mondaines, à New York et à Paris, je me suis sentie la reine du monde plus d'une fois, j'ai parlé dans des micros qu'on me tendait sans avoir à élever la voix. Et j'ai sans doute vécu la plus belle, la plus intense, la plus folle décennie de ma vie.

La plus éprouvante aussi.

J'ai également arrêté d'être mannequin, par choix – ou presque. Ça commençait à donner trop de boulot à ces maquilleurs, coiffeurs et stylistes talentueux qui se démènent pour « sublimer votre nature ». Il y a un moment où il faut surtout la laisser reprendre ses droits.

J'ai 37 ans et je suis arrivée à cette période de ma vie où je dois réfléchir pour savoir exactement quel âge j'ai. Et je ne connais plus mon poids non plus depuis un moment. En fait, je ne me pèse pas, parce que ça n'a jamais aussi peu compté pour moi que maintenant.

C'est peut-être ça, la maturité.

Dans le jardin de ma petite maison de Belleville, le reflet que me renvoie la porte-fenêtre me fait sourire. Je n'ai l'air ni plus mince ni plus grosse qu'avant, je suis un peu plus vieille et sans doute un peu moins belle, mais ce qui a vraiment changé, c'est surtout que ce n'est plus moi que je regarde. Dans la vitre baignée de soleil se dessinent les silhouettes de ceux que j'aime : un grand brun carré qui a toujours un enfant accroché à une jambe et un autre perché sur les épaules.

Comment pourrais-je me sentir plus forte que ça ? Avec un grand amour et deux minuscules qui crient encore plus fort que moi.

– Oui, tu es libre, Moustique, mais non, tu ne peux pas mettre une chaussette dans la bouche de ton frère.

– Mais pourquoiiiii ?

– Et toi, Asticot, tu peux avoir les cheveux aussi longs que tu veux, mais les shampoings à la terre, c'est non.

– Mais mamaaaaan.

– Bon, d'accord.

La maturité, je disais.

Ces deux petits garçons maigrichons ont mis du temps à arriver dans nos vies. Certains médecins particulièrement délicats m'ont assuré que j'étais bien trop grosse pour espérer être enceinte un jour, d'autres m'ont promis d'atroces souffrances, des hémorroïdes et des amputations si je prenais le risque de faire un bébé et les derniers m'ont simplement ri au nez.

Il paraît que j'étais un cas désespéré.

Alors j'ai fait exactement comme d'habitude : le contraire de ce qu'on attend de moi. Je me suis accrochée, j'ai bataillé deux fois plus fort, pleuré deux fois plus souvent, je me suis beaucoup piquée, j'ai puisé dans la force et la sérénité de Rio, ses bras m'ont portée et supportée, il a cru en moi, on a parfois renoncé, quand c'était trop lourd à porter, on a persévéré de nouveau et nos bébés ont un jour surgi à deux. C'est ce qui s'appelle un « prix de gros ».

Le contraire aurait été étonnant : pourquoi faire les choses simplement ?

Pour suivre la tradition de leur père, on a hésité à les appeler New York et Newark, en souvenir des villes qui ont marqué notre rencontre. J'avais aussi pensé à Lourdes et Bourg-la-Reine, mais ça ne faisait rire que moi. Alors Rio a choisi pour eux des prénoms universels : Cielo et Cosmo.

Une vraie page blanche pour qu'ils puissent écrire leur histoire sans appartenir à aucun lieu, aucun chemin déjà tout tracé, sans être jamais entravés par le poids de leur passé ou de celui de leurs parents lourdingues qui les aiment tellement trop.

Ni l'un ni l'autre, on ne veut être un fardeau. Nos combats ne sont pas les leurs. Nos blessures et nos névroses n'ont pas à les faire souffrir à leur tour. Et pour l'instant, nos fils sont deux poids plume qui virevoltent au gré du vent, de leur imagination débordante, de leur précieuse insouciance et de leur insolente liberté.

Comme je les envie, comme je les respecte, comme je les admire.

Je les aimerais tout autant si j'avais enfanté des enfants potelés et disciplinés. Dans tous les cas, quelle fierté pour moi de voir grandir ces deux petites têtes brunes qui ne craignent ni d'être qui ils sont ni de changer pour devenir qui ils veulent, qui savent qu'ils ont le droit d'avoir peur et d'avoir mal, qui se montrent tour à tour casse-cou, prudents, insupportables, adorables, indépendants et collants. Parfaitement normaux et merveilleusement uniques. Jumeaux et pourtant bien différents : un ver de terre intenable avec un chignon bordélique au sommet du crâne et un moucheron infernal aux cheveux longs de sauvageon. Voilà à quoi ressemblent mes enfants. Nos enfants.

Nos guerriers pacifiques et déjà féministes.

Je pourrais les regarder vivre et parler d'eux pendant des heures – si seulement ils n'étaient pas encore plus bruyants que moi.

– Papa ? Pourquoi Cosmo a le droit de faire pipi sur le mur de la maison ?

– La loi interdit d'uriner sur la voie publique, ça vous en coûtera soixante-huit euros ! Pour tout ce qui se passe à l'intérieur, vous voyez avec la reine mère.

Je n'imaginais pas une seconde Rio Delacroix en père laxiste pendant que je dois me forcer à faire la police. Mais son sourire joueur chaque fois qu'il me donne ce surnom me colle le plus délicieux des frissons.

– Papa, est-ce que je peux dire les mêmes gros mots que Judith même si elle est plus grande que moi ?

– Non, tu vas apprendre les plus beaux mots qui soient, les plus longs et les plus compliqués pour faire taire tous ceux qui voudraient t'embêter. On gagne en étant plus malin, pas plus violent. OK, petit malotru ?

– D'accord, « samerlipopette » !

Mon beau brun se marre pendant que son modèle réduit prononce ce cri de guerre à pleins poumons puis lui enfonce les doigts dans les yeux en tentant une cascade depuis le haut de ses épaules.

Je savais pertinemment quel père investi il serait.

Pendant toutes les années où on les attendait, Rio me listait ce qu'il voudrait leur apprendre : pêcher, camper, allumer un feu, se contenter de peu, viser le meilleur, bien parler, savoir écouter. Entre autres.

Et quand on pensait qu'ils n'arriveraient jamais, c'est à moi que cet homme doux et solide a appris la patience, l'espoir, l'optimisme, la persévérance. J'ai voulu tout arrêter, cent fois, mais il y a cru pour deux. Il m'a laissée lui hurler dessus, lui dire que tout était sa faute, qu'il n'avait qu'à pas me faire croire qu'ensemble on est plus forts et que l'amour est capable de tout. Même de gagner des guerres perdues d'avance.

Je l'ai supplié de me laisser seule et révoltée, comme avant, et d'aller faire des enfants avec la première venue. Il m'a toujours répondu qu'il n'allait nulle part. Qu'il avait attendu sa propre mère plus de trente ans, qu'il n'était pas à quelques mois, quelques cris et quelques larmes près pour me voir devenir mère à mon tour, d'une façon ou d'une autre, que rien ne l'empêcherait jamais d'être père et sûrement pas mes peurs ou mes colères.

Je me souviens de chacun de ses mots avec la même puissance, la même chaleur, le même amour que le jour où il les a prononcés, ses yeux café noir plongés tout au fond des miens, trempés d'eau.

« Samerlipopette », que je l'aime, cet avocat qui a toujours le dernier mot.

– Papa ? On peut faire du saut à l'élastique depuis le troisième étage avec Cielo ?

– Oui… Ou plutôt une descente en rappel pour aujourd'hui, attendez juste que j'aille chercher les harnais et les mousquetons.

– Rio, c'est hors de question ! riposté-je en commençant à paniquer. On n'a pas passé un siècle à les fabriquer pour les esquinter au bout de seulement quelques années !

– Et on s'est promis de ne jamais les empêcher de vivre, me rappelle leur père de sa voix grave. Ils sont bien plus forts que tu ne le penses.

– Je sais… Mais tu n'as pas intérêt à abîmer un seul de leurs cheveux parfaits.

– Est-ce que j'ai déjà laissé tomber l'un de vous trois ?

Nouveaux frissons : comment je pourrais leur refuser quoi que ce soit, à ces trois-là ?

Ce dimanche après-midi d'été ressemble à beaucoup d'autres : un peu de paresse, beaucoup de n'importe quoi, et le reste du clan qui arrive quand bon lui chante dans cette maison où on entre et sort comme dans un moulin.

Bulle passe le petit portail en premier, avec de grosses lunettes de soleil, un legging noir et une veste de survêtement vintage zippée jusqu'en haut du col roulé. Elle s'écroule sur le premier transat qu'elle trouve.

– Ouh là… Grosse soirée ou petite nuit ?

– Je n'ai plus l'âge pour les nuits blanches, Willa… File-moi un Doliprane en intraveineuse et du citrate de bétaïne à sniffer.

– Pourquoi tu ressembles à une mouche morte ? vient lui demander Cosmo.

– Pourquoi ta voix ressemble à celle d'un homme ? l'interroge Cielo.

– Écoutez-moi, les deux cloportes, vous allez me faire « un acheté, un offert » et déguerpir tous les deux en même temps de mon espace vital tant que j'aurai cette gueule de bois de l'enfer. Allez, oust ! Allez manger des fourmis et jouer avec votre caca.

– Pas la peine de leur donner de bonnes idées, grommelle Rio non loin de là.

Tous les deux, on a choisi pour nos fils les parrains et marraines qu'on avait sous la main : Édouard et Bulle d'un côté, Wolf et Garance de l'autre. Je ne sais vraiment pas si un avocat bourgeois, une comique instable, un loup tyrannique et une actrice débordée seront des modèles inspirants pour les jumeaux, mais ils sont de toute façon tous beaucoup trop occupés pour être des adultes normaux.

Ma nièce de 13 ans et demi déboule soudain dans mon jardin avec un mini-chien inerte sous le bras et cette moue dépitée que je connais bien.

– Qu'est-ce qui se passe, Louve ? Tes parents ne comprennent encore rien ?

Je me marre discrètement avant d'aller lui faire un câlin.

– Je ne vois vraiment pas ce que ça a de provocant ! bougonne Louve. On est dimanche et j'ai presque 14 ans, pourquoi je ne peux pas m'habiller comme je veux, hein ? Garance portait exactement ça dans son dernier film.

– Fais voir ?

La jolie brune rebelle ouvre la fermeture de son long K-way jaune poussin et me dévoile un *crop-top* tellement court que je peux lui voir les amygdales, au-dessus d'un short en jean taille haute qui s'arrête pile à la naissance de ses cuisses.

Si c'est un Bikini, c'est très réussi.

– Tu peux mettre tout ce que tu veux, Louve. C'est juste que la vraie vie et le cinéma, ce n'est pas exactement…

– Je croyais qu'on s'en foutait du regard des gens ?! Que c'était aux autres de changer leur façon de voir le monde…

– Oui, mais… Est-ce que tu veux vraiment que je te donne mon avis ?

– Non, je m'en fiche !

L'adolescente m'envoie bouler et va s'asseoir en tailleur dans l'herbe, en glissant son chien à l'intérieur du K-way qu'elle zippe de nouveau jusqu'en haut. Rio grimace, ma meilleure amie pouffe et Wolf et Léo se pointent peu après en soupirant.

– Le « je-m'en-fichisme » a encore de beaux jours devant lui apparemment, plaisanté-je pour les dérider.

– Elle ne veut même plus qu'on marche à moins de vingt mètres d'elle, explique mon frère. Il paraît qu'on lui fait honte.

– Ouais, profitez bien de vos insectes mignons avant qu'ils se transforment en bêtes féroces, conseille ma belle-sœur épuisée.

– Laissez-la faire sa révolution, les Larsson ont ça dans le sang, leur rappelé-je.

– Et le chien bizarre qui a l'air de ne pas pouvoir se déplacer seul ? demande mon mec en levant un sourcil.

– C'est un Shih Tzu à trois pattes, il est trop *mims* et il a juste besoin de rééducation pour apprendre à marcher à nouveau. Personne ne laisse jamais sa chance à personne dans ce monde relou ! balance Louve en nous fusillant tous du regard.

– Pas faux, acquiescé-je.

Rio va s'asseoir près de ma nièce pendant que ses parents m'expliquent qu'elle a encore recueilli une âme errante sans leur en parler avant, que ce chien est un peu moins « flippant » que le SDF accro à l'héroïne de la semaine dernière, mais que si elle pouvait mettre un peu moins d'énergie à changer le monde et un peu plus à changer de fringues, ça les arrangerait.

Cinq minutes plus tard, l'avocat qui me sert d'amoureux se plante devant Léo et Wolf, le mini-chien roulé en boule dans sa grande main et l'autre entourant les épaules de Louve.

– Votre fille a des arguments à vous soumettre, annonce-t-il. Je pense que sa plaidoirie mérite d'être entendue.

– Je m'engage à l'emmener moi-même chez le véto et à attendre de voir ce qu'il dit sur ses chances de remarcher. Mais à condition que vous payiez les frais au besoin.

– Ça me semble relativement équitable, commente Rio. Quoi d'autre, Louve ?

– Si vous me laissez l'adopter, je ferai un effort vestimentaire pour tous les rendez-vous chez le vétérinaire *et* pour le promener dans la rue.

– Et enfin ?

– Et si je peux le garder, je promets de lui trouver un autre nom que Chie-Dessus.

J'éclate de rire, Léonore soupire un : « C'est d'accord », et mon frère envoie son regard le plus mauvais à Rio. Pendant que Louve, Cielo et Cosmo se roulent dans l'herbe avec le petit chien estropié, Wolf menace mon mec à voix basse :

– Toi, l'avocat, tu vas me le payer très cher. Je vais te concocter en représailles les pires cadeaux qui soient pour les jumeaux. Batterie et guitare électrique au prochain Noël. Scooter et plants de cannabis pour leurs 16 ans. Week-end *open bar* avec Bulle et Cosimo à leur majorité.

Je ris jaune, Rio hausse les épaules, même pas impressionné. L'Italien est sorti de nos vies il y a bien longtemps et en est toujours resté éloigné. Je sais juste qu'il bosse toujours comme photographe mais qu'il a troqué les mannequins et les défilés contre des shootings culinaires.

En entendant son nom, ma meilleure amie sort de sa léthargie et demande :

– Quoi ? Vous voulez que j'emmène Louve en week-end ?

À cette proposition, tout le monde répond non en chœur et d'une seule voix. La blonde nous assène son plus beau doigt d'honneur puis retourne se cacher sous ses lunettes et dans sa veste de survêt.

En une décennie, ce bulot a perdu un peu sa gouaille de lascar mais rien de ses bonnes manières. Après quelques nouvelles années de galère, elle a fini par se produire sur des grandes scènes parisiennes et est même partie en tournée dans toute la France avec son one-woman-show : *Bulle Tintamarre*. Depuis, elle n'a plus jamais arrêté de bosser, dans des troupes de comédiens ou en solo, dans des festivals d'humour ou des pièces de théâtre et même dans une publicité pour... le savon intime antidémangeaisons.

Bulle n'a toujours ni mec ni enfant et ça lui va très bien comme ça, mais on partage désormais le même agent. Colette est morte de sa belle mort il y a quelques années, une cigarette à la main au beau milieu d'un club libertin, pendant qu'on lui demandait d'aller fumer ailleurs. Elle a plutôt décidé d'aller voir ailleurs si elle y était, genre en enfer où elle espérait bien atterrir.

– Mamimouche ! s'écrient soudain mes fils.

Et ils vont sauter chacun autour d'une jambe de la mère de Rio, qui tient ce surnom de sa silhouette frêle. Même neuf ans après sa sortie de prison, elle n'a jamais réussi à se remplumer. Mais elle a rattrapé tout le reste : le temps passé avec eux, avec nous, au soleil où elle se prélasse dès qu'elle le peut quand elle n'est pas en train de promouvoir l'association que son fils a créée pour elle.

– Comment ça va, maman ?

Rio la rejoint de son pas nonchalant, l'embrasse sur la tempe et tous deux se mettent à parler plaintes, confrontations, procès, appels, recours, dossiers en cours. Uniquement des causes désespérées de femmes à la fois coupables et victimes, qui se sont retournées contre leur bourreau pour tenter de sauver leur peau.

– J'ai une question ! lance soudain Bulle du fond de son transat. Est-ce que vous pensez que c'est une réponse justifiée, nécessaire et proportionnée de broyer les coucougnettes d'un mec qui vous refile une MST ? C'est pour une amie…

La mère de Rio sourit. À 60 ans passés, malgré son visage usé et ses yeux délavés, elle a retrouvé un second souffle. Une deuxième jeunesse. Et plus rien ne l'arrête.

– Je ne crois pas, Bulle, lance sa voix de fumeuse. Mais quoi que tu fasses, si tu atterris en prison à tort, on se battra pour toi et ton droit à la légitime défense.

– C'est gentil, merci… Mais je vais juste me calmer sur les coucougnettes, je crois.

En guise de rire, ma belle-mère souffle sur sa frange qu'elle fait voler au-dessus de son front marqué. Mes garçons se précipitent pour compter ses cicatrices, ses tatouages et autres blessures de guerre qui les fascinent.

Face à cette image touchante, mon brun plisse ses beaux yeux cappuccino et je sais très bien qu'il a parfois encore besoin de se pincer pour y croire, s'assurer que sa mère est vraiment là. Du bon côté des barreaux.

La mienne vient nous voir assez souvent, pour me glisser ses petits conseils de « mère-plus-que-parfaite » ou offrir à ses petits-fils des jouets éducatifs dans l'espoir qu'ils sautent une ou deux classes – contrairement à mon père qui se contente de les couvrir d'affection. Ma mère est un cas à part mais j'essaie de la prendre et de l'aimer comme elle est. Elle fait le même effort avec moi et je lui en suis reconnaissante, mais j'ai renoncé depuis longtemps à intervenir pour les rabibocher, Wolf et elle.

Je sais que mon frère en parle à Rio parfois et qu'ils se comprennent mieux que personne sur ce sujet.

Mon mec va s'asseoir sur la plus haute marche juste devant la maison, pose son index entre ses yeux et descend doucement le long de l'arête de son nez aquilin avant de remonter : je ne me lasserai jamais de voir ce geste qui lui fait du bien et me fait tant d'effet.

Je me rapproche de lui, trouve une petite place entre ses jambes et m'assieds sur la marche juste devant. Rio m'entoure aussitôt de ses bras.

– Je n'en reviens toujours pas, me souffle sa voix rauque à l'oreille.

– Quoi, notre famille ? Tout ce qu'on a construit ensemble ?

– Non, qu'on laisse nos enfants manger de la pizza pour le goûter.

J'éclate d'un rire tonitruant, je lui mets tout sur le dos en rappelant qu'il ne leur dit jamais non et Rio me plaque la main sur la bouche pour me faire taire.

– Rio, lance soudain mon frère soucieux, je pourrais t'envoyer un contrat à relire ? J'ai un gros doute sur une clause abusive : un mannequin de l'agence a signé un contrat d'égérie de deux ans avec une grande marque, mais ils l'empêchent de se marier avec son mec parce que c'est mauvais pour le business.

– Qu'il soit casé ou qu'il soit homo ?

– Sûrement les deux. On peut toucher le gros lot ou pas ?

Le loup se frotte les mains, mon avocat émet un grognement dubitatif.

– Rappelle-moi depuis quand je bosse pour ton frère aux dents qui rayent le plancher ? me souffle mon brun à l'oreille.

– Depuis que je suis ta femme, confirmé-je.

Je me love un peu plus dans ses bras et il m'embrasse dans le cou avant de relancer une pique à Wolf juste pour le plaisir. Mais ma petite-nièce révolutionnaire intervient juste à ce moment-là. Ça faisait longtemps qu'elle n'avait pas crié à l'injustice juste pour le principe.

– De toute façon, vous n'êtes même pas mariés ! Apparemment, il n'y a que moi qui doive suivre les règles, dans cette famille.

Tous nos rires fusent dans le ciel de Belleville. Et j'essaie d'expliquer l'inexplicable à Louve :

– Le tout premier contrat qu'on a signé ensemble, Rio et moi, ça a bien failli détruire toute notre histoire. On s'est juré qu'on ne serait plus jamais liés par un bout de papier.

L'adolescente lève les yeux au ciel et n'en croit pas un mot.

– Pas besoin d'un contrat pour mater cette poupée, ajoute l'arrogant en me tenant fermement. Je lui ai fait deux enfants aussi bruyants, intenables et attachants qu'elle, on est trois à l'aimer comme elle est maintenant, quel autre choix elle a que rester coincée avec nous jusqu'à la fin des temps ?

– Euh… Tu m'as bien regardée ? fais-je en me retournant pour le fusiller du regard.

– Je ne fais que ça, Willa. Et plus je te regarde, plus je t'aime…

– T'as intérêt, l'avocat !

On se cherche, les yeux un peu brillants, on se sourit, on se mord.

Ce mec qui n'était pas pour moi : je sais que je vais l'aimer toute ma vie.

Et pour quelqu'un qui avait peur de prendre trop de place, de faire trop de bruit, de vivre trop grand, d'en vouloir encore et encore, je crois que j'ai juste trouvé quelqu'un à ma hauteur.

Aussi fort que moi.

Fin

Vous avez aimé l'histoire de Willa et Rio ?
Découvrez celle de Wolf et Léo dans *PS : Oublie-moi !*

Petit catalogue d'Emma Green à l'usage des nouveaux lecteurs !

Les romans « *one shot* »

Cent facettes de Mr Diamonds
Fallait pas me chercher !
Bliss. Le faux journal d'une vraie romantique
(Im)parfait
It's Raining Love!
The Boy Next Room
Recherche coloc : emmerdeurs, râleurs, lovers… s'abstenir !
10 bonnes raisons de te détester !
Just 17
Love & Lies on Campus

Les séries

• Les *Toi + Moi*

Toi + Moi. L'un contre l'autre (volume 1)
Toi + Moi. Envers et contre tout (volume 2)
Toi + Moi. Seuls contre tous (Prequel : on retrouve Alma et Vadim lors de leur première rencontre à la fac ! Peut se lire avant le 1 ou après le 2.)

• Les *Jeux*

La série des *Jeux* est divisée en deux saisons : la première centrée sur le couple de Liv et Tristan, et la seconde qui raconte l'histoire de June et Harry.

Vous pouvez ne lire qu'un tome, les quatre, seulement les deux premiers ou seulement les deux derniers !

Saison 1

Jeux interdits (1/2)

Jeux insolents (2/2)

Saison 2

Jeux imprudents (1/2)

Une toute dernière fois (2/2)

Les romans qui peuvent se lire seuls ou avec spin-off

Ces livres-ci peuvent se lire indépendamment, ce ne sont pas des suites mais des spin-off, des romans compagnons. On retrouve des personnages récurrents d'un volume à l'autre, mais les héros changent à chaque fois.

• Les *Call Me*

Call Me Baby (Sidonie & Emmett)

Call Me Bitch (Joe & Jude)

• Les *Love & Kiss*

Love Me if You Can (Adèle & Damon)

Kiss Me if You Can (Violette & Blake)

• *Corps, Cœurs & Âmes*

Corps impatients (Thelma & Finn)

Cœurs insoumis (Solveig & Dante)

Âmes indociles (Calliopé & Lennon)

• Les *Strange & Strong*

PS : Oublie-moi ! (Léo & Wolf)

Bien plus forte que toi ! (Willa & Rio)

addictives

Romans déjà parus et à paraître

Rose Becker
Le Bébé, mon milliardaire et moi (aussi en poche)
Torride, sexy & dangereux
Forever You – saisons 1 et 2
Dangerous

Phoebe Campbell
Tes ordres sont mes désirs – poche
Lui résister… ou pas – l'intégrale
You Again
Single Daddy. Try Me if You Can

Mia Carre
Bad for You
Teach Me Everything
Charmant connard !

Mélodie Chavin
Campus Rules

Olivia Dean
À lui, corps et âme – volumes 1 et 2 – poche

Emma Green
Toi + Moi : L'un contre l'autre (aussi en poche)
Toi + Moi : Envers et contre tout (aussi en poche)
Toi + Moi : Seuls contre tous (aussi en poche)
Call Me Baby – volumes 1 et 2
Call Me Bitch
Love Me if You Can
Kiss Me if You Can
Bliss. Le faux journal d'une vraie romantique – volumes 1 et 2
Jeux interdits
Jeux insolents
Jeux imprudents
Une toute dernière fois
Fallait pas me chercher ! – volumes 1 et 2

Corps impatients (aussi en poche)
Cœurs insoumis (aussi en poche)
Âmes indociles (aussi en poche)
Cent facettes de Mr Diamonds – l'intégrale
Bliss. Le faux journal d'une vraie romantique – l'intégrale
(Im)parfait
Love Me if You Can – l'intégrale
Kiss Me if You Can – l'intégrale
It's Raining Love!
The Boy Next Room
Call Me Baby – l'intégrale
Call Me Bitch – l'intégrale
PS: Oublie-moi!
Fallait pas me chercher! – l'intégrale
Recherche coloc: emmerdeurs, râleurs, lovers… s'abstenir!
10 bonnes raisons de te détester!
Just 17
Love & Lies on Campus
Bien plus forte que toi

Kim Grey
Insolent Bastard

Megan Harold
Sublime-moi! – poche
Breaking the Rules
Initiation with my Boss

Amy Hopper
Gone Boy
Le Coloc

Julie Huleux
Alpha Player

Kate Jacobson
Révèle-moi – volumes 1 et 2

Charlie Lazlo
Mon insupportable boss

Sienna Lloyd
Mords-moi!

Caroline Mongas
Mariage forcé. Un contrat indécent

June Moore
Étreinte – volumes 1 à 3

Zoé Murat
Stepbrother Love
Boss Me Around

Clara Oz
Arrogant

Lise Robin
Infiltrée. Sex, Drugs & Danger
Love Scandal
Forbidden Stepbrother – poche

Gaëlle Sage
Kiss, Kill & Ride

Ana Scott
Dark Ride
Last Ride
Vicious Ride
The Dominant
Evil Ride

Camilla Simon
Le voisin parfait est un enfoiré
Initiation with my Enemy

Ève Souliac
Sexy Mistake

Liv Stone
Love Lessons

Lisa Swann
Adore-moi ! – l'intégrale

Louise Valmont
Toi & moi, c'est compliqué !
Campus Initiation

Chloe Wilkox
Extreme Lover – l'intégrale
Immoral
Your Game, My Rules – poche
Dominant Boss. Apprends-moi
The Virgin's Price

Luv

Romans déjà parus et à paraître

Ana K. Anderson
Indompté
Scottish Bastard

Sophie Auger
Be with Me

Laura Black
Dark Initiation
Games of Desire
H.A.R.D. Hot, Arrogant, Rebelle, Déterminé

Margot D. Bortoli
Too Young

Juliette Brunel
Delicious

Anne Cantore
Promets-moi. Louise et Marco

Sarina Cassint
Avec toi... peut-être
Insolent Boss

Mary Ann Davis
Coach Me Love!

Nora Davy
Don't Resist

Gwen Delmas
Noël, toi & moi
Perfect Boss
Sex Friends. Pas de contraintes, que du plaisir

Cléa Dorian & Ninon Vars
Dark Love

Laurie Eschard
Love Naked

Lil Evans
Savage Rider
Crash & Burn
Boss Affair

Lou Garance
Can You Keep a Secret?

Alexandra Gonzalez
Shades of You

Erin Graham
Teach Me Love
The Boss
Secret Stepbrother
Strong Addiction

Joh Harper
Crazy Love

Marie Hayle
Under Control

Emma S. James
Under the Rain

Iris Julliard
Catch & Shoot

Lucie F. June
Fight with Darkness

Sara June
Rider in the Dark
Sexy Wild Rider

Lena Jung
Mon coloc, mes désirs & moi

Emily Jurius
Love to Hate You

Allie Krown
High School Challenge

Pauline Libersart
Tiger. Entre ses griffes

Nina Loren
Breaking the Ice

Ella Lores
Mariée par accident à un connard arrogant rencontré la veille…

Jessica Lumbroso
Emma X. Secrète et insoumise

Mila Marelli
Dark Man in Love
Crazy Wedding

Mag Maury
Fast Games
No Love, No Limits
My Hipster Christmas

Alix Parks
Never Kiss the Boss

Jeanne Pears
Insupportable coloc
Colocs & Sex Friends
H.O.T. Hypnotique, Obstiné, Ténébreux

Alexia Perkins
Arrogant Fake Lover

Sophie S. Pierucci
L'Inconnu de l'ascenseur & Moi (aussi en poche)
My Stepbrother. L'initiation
Deep & Dark – poche

Silvia Reed
Darkest. La dernière heure
Too Close

Anita Rigins
No Rules
My Rules

Avril Rose
Coffee, Sex & Law

Jana Rouze
Effet de vague – saisons 1, 2 et 3

Wendy Roy
Une seule fois (ou presque)

Ana Scott
À corps brisés

Léana Soal
Fight & Hope

Cara Solak
Perfect Obsession

Liv Stone
Initie-moi. Mes jours contre tes nuits

Lena K. Summers
Perfect Bad Boy

Kaly Swann
Austin. Breathe with Me

Alexiane Tolley
The Boss Rules – poche

Lily Tortay
Dance for Me

Flore Valier
Ta peau contre la mienne

Anna Wendell
Arrogant Bad Boy
Apprends-moi le désir

Mina Zadig
Just Sex & Tattoos

H.O.T.
Jeanne Pears

C'est un enfoiré. Mais c'est MON enfoiré !
Séducteur, bagarreur et sûr de lui, Frank est invincible. Rien ni personne ne l'impressionne, il maîtrise toutes les situations.
L'arrivée de Lexi au centre d'entraînement de hockey bouleverse tout.
Elle est belle, déterminée, têtue… Elle est aussi le premier amour de Frank, celle qui a brisé son cœur dix ans auparavant.
Les retrouvailles entre eux sont houleuses, la colère et le ressentiment se mélangent au désir et à la passion… pour un résultat explosif !

Auteure : Emma Green

Edisource – Éditions Addictives
100, rue Petit, 75019 Paris
Imprimé par FINIDR – Lipova cp. 1965 – 73701 Cesky Tesin,
République tchèque
Dépôt légal : juin 2021 – Achevé d'imprimer : mars 2021
ISBN : 978-2-37126-428-1
Réf. contrat : ZLLA_001